生活·讀書·新知三联书店

鹿鼎记

第四集

金　庸著

图书在版编目(CIP)数据

鹿鼎记 (四)/金庸著. -北京:生活·读书·新知三联书店,1994.5 (1995.8 重印)(1996.2 重印)(1996.11 重印) (1997.6 重印)
(金庸作品集;35)
ISBN 7-108-00669-3

Ⅰ.鹿… Ⅱ.金… Ⅲ.①侠义小说-中国-现代②长篇小说-中国-现代 Ⅳ.I247.58

中国版本图书馆 CIP 数据核字(94)第 02580 号

目　录

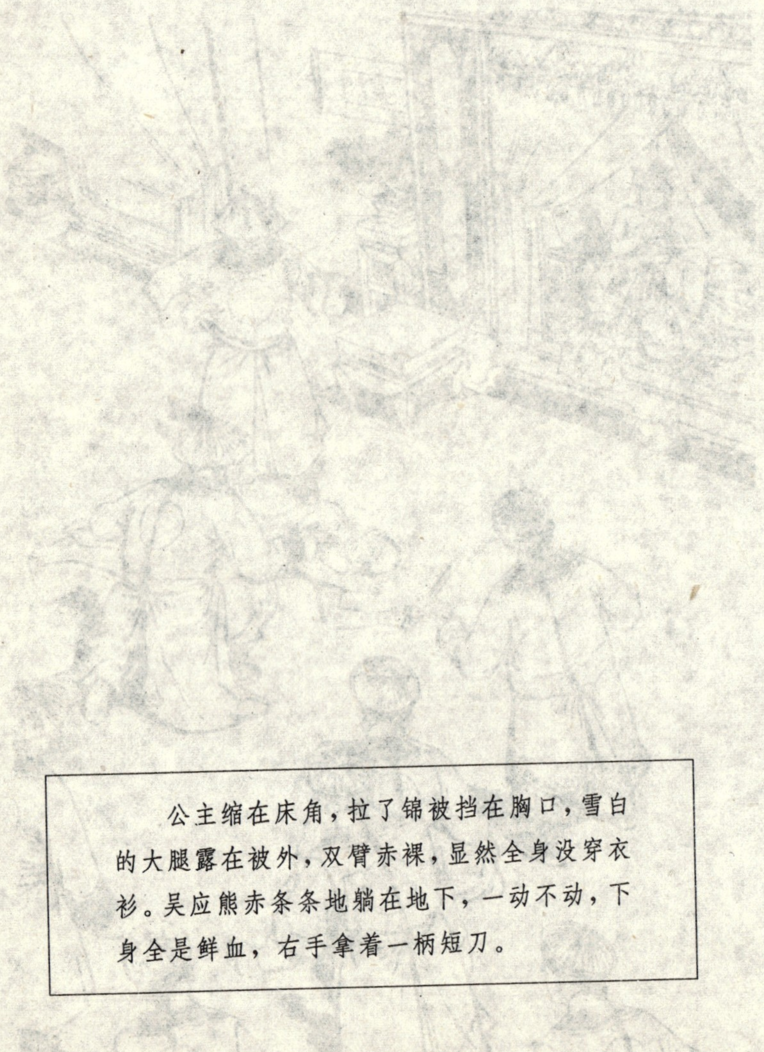

公主缩在床角，拉了锦被挡在胸口，雪白的大腿露在被外，双臂赤裸，显然全身没穿衣衫。吴应熊赤条条地躺在地下，一动不动，下身全是鲜血，右手拿着一柄短刀。

第三十一回　罗甸一军深壁垒　滇池千顷沸波涛

韦小宝晚饭过后，又等了大半个时辰，才踱到建宁公主房中。

公主早等得心焦，怒道："怎么到这时候才来？"韦小宝气忿忿的道："你公公拉住了我说话，口出大逆不道的言语，我跟他争辩了半天。若不是牵记着你，我这时候还在跟他争呢。"公主道："他说甚么了？"韦小宝道："他说皇上老疑心他是奸臣，心里很不舒服。我说皇上若有疑心，怎会让公主下嫁你的儿子？他说皇上定是不喜欢你，有意坑害你。"

公主大怒，伸手在桌上重重一拍，喝道："这老乌龟胡说八道，我去扯下他的胡子来。你叫他快快来见我。"

韦小宝也是满脸怒容，骂道："他奶奶的，当时我就要跟他拚命。我说：皇上最喜欢公主不过。公主又貌美，又伶俐，你儿子哪一点儿配得上了？我又说：你胆敢说这等话，公主不嫁了，我们明天立刻回北京去。像公主这等人才，天下不知有多少人争着要娶她为妻。我心里有一句话没说出来。我实在想跟老乌龟说：我韦小宝巴不得想娶了公主呢。"

公主登时眉开眼笑，说道："对，对！你干么不跟他说？小宝，咱们明日就回北京去。我去跟皇帝哥哥说，非嫁了你不可。"

韦小宝摇头道："老乌龟见我发怒，登时软了下来，说他刚才胡言乱语，不过说笑，千万不可当真，更加不可传入公主的耳里。我说，我姓韦的对皇上和公主最是忠心不过，从来不敢有半句话瞒骗皇上和公主。”

公主搂住他脖子，在他脸上轻轻一吻，说道：“我早知你对我十分忠心。”

韦小宝也吻她一下，说道：“老乌龟慌了，险些儿跪下来求我，又送了两把罗刹人的火枪给我，要我一力为他遮掩。”说着取出火枪，装了火药铁弹，让公主向花园中发射。

公主依法开枪，见这火枪一声巨响，便轰断了一根大树枝，伸了伸舌头，说道：“好厉害！”

韦小宝道：“你要一支，我要一支，两根火枪本来是一对儿。”公主叹道：“两根火枪一雌一雄，并排睡在这木盒儿里，何等亲热？一分开，两个儿都孤零零的十分凄凉了。我不要，还是你一起收着罢。”说这话时，想到皇帝旨意毕竟不可更改，自己要嫁韦小宝，终究是一句虚话罢啦。

韦小宝搂住了她着意慰抚，在她耳边说些轻薄话儿。公主听到情浓处，不禁双颊晕红，吃吃而笑。韦小宝替她宽衣解带，拉过锦被盖住她赤裸的身子，心想：“怎地大汉奸的手下还不放火？最好他们冲到这里来搜查，撞见了公主赤身裸体，公主便可翻脸发作。”

他坐在床沿，轻轻抚摸公主的脸蛋，竖起了耳朵倾听屋外动静。公主鼻中唔唔作声，昵声道：“我……我这可要睡了。你……你……”

耳听得花园里已打初更，韦小宝正自等得不耐，突然间锣声镗镗响动，有十余人大叫：“走水啦，走水啦！”公主一惊坐起，搂住韦小宝的脖子，颤声问道：“走水？”韦小宝怒道：“他妈的，定是老乌龟放火，要烧死你我二人灭口，免得泄漏了他今日的胡话。

”公主更加惊慌，问道：“那……那怎么办？”

韦小宝道：“别怕。韦小宝赤胆忠心，就是性命不保，也要保卫我的亲亲好公主平安周全。”轻轻挣脱了她搂抱，走到房门口，如见有人冲来，自己可先得走出公主卧房。

但听得人声鼎沸，四下里呐喊声起：“走水！走水！快去保护公主。”韦小宝往窗外张去，只见花园中十余人快步而来，心想：“大汉奸这些手下人来得好快。他们早就进了安阜园，伏在隐蔽之处，一听得火警，便即现身。”回头对公主道：“公主，没甚么大火，你不用怕。老乌龟是来捉奸。”

公主颤声道：“捉……捉甚么？”韦小宝道：“他定是疑心你跟我好，想来捉奸。”说着打开了屋门，说道：“你躺在被窝里不用起身，我站在门外。倘若真有火头烧过来，我就背了你逃走。”公主大是感激，说道：“小宝，你……你待我真好。”

韦小宝在门外一站，大声道：“大家保护公主要紧。”呼喝声中，已有平西王府的家将卫士飞奔而至，叫道：“韦爵爷，园子中失火，世子已亲来保护公主。”只见东北角上两排灯笼，拥着一行人过来。片刻间来到跟前，当先一人正是吴应熊。

韦小宝心想：“为了搜查那蒙古大胡子，竟由小汉奸亲自出马带队，可见对大胡子十分看重，勾结蒙古、罗刹国造反之事，定然不假。”只听得吴应熊遥遥叫道：“公主殿下平安吗？”一名卫士叫道：“韦爵爷已在这里守卫。”吴应熊道：“那好极了！韦爵爷，这可辛苦你了，兄弟感激不尽。”韦小宝心道：“我辛苦甚么？我搂着公主亲热，好辛苦么？你为此而对我感激不尽吗？这倒不用客气。”

接着韦小宝所统带的御前侍卫、骁骑营佐领等也纷纷赶到。各人深夜从床上惊跳起身，都是衣衫不整，有的赤足、有的没穿上衣，模样十分狼狈，大家一听得火警，便想：“倘若烧死了公主，那是杀头的大罪。”是以忙不迭的赶来。

韦小宝吩咐众侍卫官兵分守四周。张康年一扯他衣袖，韦小宝走开了几步。张康年低声道：“韦副总管，这事有诈。”韦小宝道：“怎么？”张康年道：“火警一起，平西王府家将便四面八方跳墙进来，显是早就有备。他们口中大叫救火，却到各间房中搜查，咱们兄弟喝骂阻拦也是无用，已有好几人跟他们打了架。”韦小宝点头道：“吴三桂疑心我们打他的主意，我看他要造反！”张康年吃了一惊，向吴应熊瞧去，低声道：“当真？”韦小宝道：“让他们搜查好了，不用阻拦。”张康年点点头，悄悄向北京来的官兵传令。

这时园子西南角和东南角都隐隐见到火光，十几架水龙已在浇水，水头却是射向天空，一道道白晃晃的水柱，便似大喷泉一般。

韦小宝走到吴应熊身前，说道：“小王爷，你神机妙算，当真令人佩服，当年诸葛亮、刘伯温也不及你的能耐。”吴应熊一怔，道：“韦爵爷取笑了。”韦小宝道：“决非取笑。你定然屈指算到，今晚二更时分，安阜园中要起火，烧死了公主，那可不是玩的，因此预先穿得整整齐齐，守在园子之外，耐心等候。一待火起，一声令下，大伙儿便跳进来救火。哈哈，好本事，好本事。”

吴应熊脸上一红，说道：“倒不是事先料得到，这也是碰巧。今晚我姊夫夏国相请客，兄弟吃酒回来，带领了卫士家将路过此地，正好碰上了园中失火。”

韦小宝点头道：“原来如此。我听说书先生说道：‘诸葛亮一生惟谨慎’。我说小王爷胜过了诸葛亮，那是一点也不错的。小王爷到姊夫家里喝酒，随身也带了水龙队，果然大有好处，可不是在这儿用上了么？”

吴应熊知他瞧破了自己的布置，脸上又是一红，讪讪的道：

"这时候风高物燥，容易起火，还是小心些好的，这叫做有备无患。"韦小宝道："正是。只可惜小王爷还有一样没见到。"吴应熊道："倒要请教。"韦小宝道："下次小王爷去姊夫家喝酒，最好再带一队泥水木匠，挑备砖瓦、木材、石灰、铁打。"吴应熊问道："却不知为了何用？"韦小宝道："万一你姊夫家里失火，水龙队只是朝天喷水，不肯救火，你姊夫家不免烧成了白地。小王爷就可立刻下令，叫泥水匠给你姊夫重起高楼。这叫做有备无患啊。"

吴应熊嘿嘿嘿的干笑几声，向身旁卫士道："韦爵爷查到水龙队办事不力，你去将正副队长抓了起来，回头打断了他们狗腿子。"那卫士奉命而去。

韦小宝问道："小王爷，你将水龙队正副队长的狗腿子打断之后，再升他们甚么官？"吴应熊一怔，道："韦爵爷，这句话我可又不明白了。"韦小宝道："我可也不明白了。我想，嘿，小王爷只好再起两座大监狱，派这两个给打断了腿的正副队长去当典狱官。"

吴应熊脸上变色，心想："你这小子好厉害，卢一峰当黑坎子监狱典狱官，你竟也知道了。"当下假作不明其意，笑道："韦爵爷真会说笑话，难怪皇上这么喜欢你。"打定主意："回头就命人去杀了卢一峰，给这小子来个死无对证。"

不久平西王府家将卫士纷纷回报，火势并未延烧，已渐渐小了下来。韦小宝细听各人言语，并未察觉打何暗语，但见吴应熊每听一人回报，脸上总微有不愉之色，显是得知尚未查到罕帖摩，不知他们使何暗号。留神察看众家将的神情，亦无所见。忽见一名家将又奔来禀报，说道火头突然转大，似向这边延烧，最好请公主启驾，以防惊动。吴应熊点了点头。

韦小宝站在一旁，似是漫不在意，其实却在留神他的神色举止，只见吴应熊眼光下垂，射向那家将右腿。韦小宝顺着他眼光瞧去，见那家将右手拇指食指搭成一圈，贴于膝旁。韦小宝登时恍然：“原来两根手指搭成一圈，便是说没找到罕帖摩。说话中却无暗号。”

吴应熊道：“韦爵爷，火头既向这边烧来，咱们还是请公主移驾罢，倘若惊吓了公主殿下，那可是罪该万死。”

韦小宝知道平西王府家将到处找不着罕帖摩，园中只剩下公主的卧房一处未搜，他们一不做，二不休，连公主卧房也要搜上一搜，不由得心头火起，一时童心大盛，提起右手，拇指和食指扣成一圈，在吴应熊脸前晃了几晃。

这个记号一打，吴应熊固然大吃一惊，他手下众家将也都神色大变。吴应熊颤声问道：“韦……韦爵爷……，这……这是甚么意思？”韦小宝笑道：“难道这个记号的意思你也不懂？”吴应熊定了定神，说道：“这记号，这记号，嗯，我明白了，这是铜钱，韦爵爷是说要银子铜钱，公主才能移驾。”韦小宝心道：“小汉奸的脑筋倒也动得好快。”当下笑笑不答。吴应熊笑道：“铜钱银子的事，咱们是自己兄弟，自然一切好商量。”

韦小宝道：“小王爷如此慷慨大方，我这里代众位兄弟多谢了。小王爷，请公主移驾的事，你自己去办罢。”笑了笑道：“你们是夫妻，一切好商量。深更半夜的，小将可不便闯进公主房里去。”心想：“就让你自己去看个明白，那蒙古大胡子是不是躲在房里。”

吴应熊微一踌躇，点了点头，推开屋门，走进外堂，在房门外朗声道：“臣吴应熊在此督率人众救火，保护公主。现下火头向这边延烧，请公主移驾，以策万全。”隔了一会，只听得房内一个娇柔的声音“嗯”的一声。吴应熊心想：“你我虽未成婚，但我是额驸，名份早定，此刻事刀，我进你房来，也不算越礼。这件事不查个明白，终究不妥。除我之外，旁人也不能进你房来。”当即推开房让，走了进去。

韦小宝和百余名御前侍卫、骁骑营将官、平西王府家将都候在屋外。过了良久，始终不闻房中有何动静。

又过一会，众人你瞧瞧我，我瞧瞧你，脸边嘴角，均含笑意，大家心中所想的全是同一回事："这对未婚夫妻从未见过面，忽然在公主闺房中相会，定是甚为香艳。不知两人要说些甚么话？小王爷会不会将公主搂在怀里，抱上一抱？亲上一亲？"只有韦小宝心中大有醋意，虽知吴应熊志在搜查罕帖摩，这当儿未必会有心情和公主亲热，但公主这骚货甚么事都做得出，是否自行去跟吴应熊亲热，那也难说得很。

突然之间，听得公主尖声叫道："大胆无礼！你……你……不可这样，快出去。"屋外众人相顾而嘻，均想："小王爷忍不住动手了。"哗啦 得公主又叫："你……你不能，不能脱我衣服，滚出去，啊哟，救命，救命！这人强奸我哪！他强奸我。救命，救命！"

众人忍不住好笑，均觉吴应熊太过猴急，忒也大胆，虽然公主终究是他妻子，怎可尚未成婚，便即胡来？有几名武将终于笑出声来。御前侍卫等都瞧着韦小宝，候他眼色行事，是否要保护公主，心中均想："吴应熊这小子强奸公主，虽然无礼，但毕竟是他们夫妻间的私事。我们做奴才的妄加干预，定然自讨没趣。"

韦小宝心中却怦怦乱跳："这小汉奸为人精明，怎地如此胡闹？难道他……他真想加害公主吗？"当即大声叫道："小王爷，请你快快出来 ，不可得罪了公主。"

公主突然大叫："救命！"声音凄厉之极。韦小宝大吃一惊，手一挥，叫道："闹出大事来啦。"抢步入屋。几名御前侍卫和王府家将跟了进去。

只见了寝室房门敞开，公主缩在床角，身上罩了锦被，一双雪白的大腿露在被外，双臂裸露，显然全身未穿衣衫。吴应熊赤裸裸地躺在地下，一动不动，下身全是鲜血，手中握着一柄短刀。众人见了这等情状，都惊得呆了。王府家将忙去察看吴应熊的死活，一探鼻息，尚有呼吸，心脏也尚在跳动，却是晕了过去。

公主哭叫："这人……这人对我无礼……他是谁？韦爵爷，快快抓了他去杀了。"韦小宝道："他便是额驸吴应熊。"公主叫道："不是的，不是的。他剥光了我衣衫，自己又脱了衣衫，他强奸我……这恶徒，快把他杀了。"

一众御前侍卫均感愤怒，自己奉皇命差遣，保卫公主，公主是今上御妹，金枝玉叶的贵体，却受吴应熊这小子如此侮辱，每人都可说是有亏职守。王府家将却个个神色尴尬，内心有愧。其中数人精明能干，心想事已至此，倘能在公主房中查到罕帖摩，或能对公主反咬一口，至少也有些强辞夺理的余地，当下假装手忙脚乱的救护吴应熊，其实眼光四射，连床底也瞧到了，却哪里有罕帖摩的影踪？

突然之间，一名王府家将叫了起来："世子……世子的下身……下身……"吴应熊下身鲜血淋漓，众人都已看到，初时还道是他对公主无礼之故，这时听那人一叫，都向他下身瞧去，只见鲜血还是在不住涌出，显是受了伤。众家将都惊慌起来，身边携有刀伤药的，忙取出给他敷上。

韦小宝喝道："吴应熊对公主无礼，犯大不敬重罪，先扣押了起来，奏明皇上治罪。"众侍卫齐声答应，上前将他拉起。

王府家将亲耳所闻，亲眼所见，吴应熊确是对公主无礼，绝难抵赖，听韦小宝这样说，只有暗叫："糟糕，糟糕！"谁也不敢稍有抗拒之心。一名家将躬身说道："韦爵爷开恩。世子受了伤，请韦爵爷准许世子回府医治。我们王爷必感大德。世子确是万分不是，还请公主宽宏大量，韦爵爷多多担代。"

韦小宝板起了脸，说道："这等大罪，我们可不敢欺瞒皇上，有谁担待得起？有话到外面去说，大伙儿拥在公主卧房之中，算甚么样子？哪有这等规矩？"

众家将喏喏连声，扶着吴应熊退出，众侍卫也都退出，只剩下公主和韦小宝二人。

公主忽地微笑，向韦小宝招招手。韦小宝走到床前，公主搂住他肩头，在他耳边低声说道："我阉割了他。"韦小宝大吃一惊，问道："你……你甚么？"公主在他耳中吹了一口气，低声笑道："我用火枪指住他，逼他脱光衣服，然后用枪柄在他脑袋上重击一记，打得他晕了过去，再割了他的讨厌东西。从今而后，他只能做我太监，不能做我丈夫了。"

韦小宝又是好笑，又是吃惊，说道："你大胆胡闹，这祸可闯得不小。"

公主道："闯甚么祸了？我这可是一心一意为着你。我就算嫁了他，也只是假夫妻，总而言之，不会让你戴绿帽做乌龟。"

韦小宝心下念头急转，只是这件事情实在太过出于意外，不知如何应付才好。公主又道："强奸无礼甚么都是假的。不过我大叫大嚷，你们在外面都听见了，是不是？"韦小宝点点头。公主微笑道："这样一来，咱们还怕他甚么？就算吴三桂生气，也知道是自己儿子不好。"韦小宝唉声叹气，道："倘若他给你一刀割死了，那可如何是好？"公主道："怎么会割死？咱们宫里几千名太监，哪一个给割死了？"

韦小宝道："好，你一口咬定，是他强奸你，拿了刀子逼你。你拚命抗拒，伸手推他。他手里拿着刀子，又脱光了衣服，就这样一推一挥，自己割了去。"

公主埋首锦被，吃吃而笑，低声道："对啦，就这样说，是他自己割了的。"

韦小宝回到房外，将吴应熊持刀强逼、公主竭力抗拒、挣扎之中吴应熊自行阉割之事，低声向众侍卫说了。众人无不失惊而笑，都说吴应熊色胆包天，自遭报应。有几名吴应熊的家将留着探听动静，在旁偷听到后，都是脸有愧色。

安阜园中闹了这等大事出来，王府家将迅即扑灭火头，飞报吴三桂，一面急传大夫，给吴应熊治伤。御前侍卫将吴应熊受伤的原因，立即传了开去，连王府家将也是众口一词，都说皆因世子对公主无礼而起。各人不免加油添酱，有的说听到世子如何强脱公主衣服；有的说世子如何手持短刀，强行威迫。至于世子如何惨遭阉割，各人更是说得活龙活现，世子怎么用刀子架在公主颈中，公主怎么挣扎阻挡，怎么推劝世子手臂，一刀挥过，就此糟糕，种种情状，皆似亲要眼目睹一般。说者口沫横飞，连说带比；听众目瞪口呆，不住点头。

过得小半个时辰，吴三桂得到急报，飞骑到来，立即在公主屋外磕头谢罪，气急败坏的连称："罪该万死！"

韦小宝站在一旁，愁形于色，说道："王爷请起，小将给你进去探探公主的口气。"

吴三桂从怀中掏出一把翡翠珠玉，塞在他手里，说道："韦兄弟，小王匆匆赶来，没带银票，这些珠宝，请你分赏给各位侍卫兄弟。公主面前，务请美言。"

韦小宝将珠宝塞还他手中，说道："王爷望安，小将只要能出得到力气的，决计尽力而为，暂且不领王爷的赏赐。这件事实在太大，不知公主意思如何。唉，这位公主性子高傲，她是三贞九烈，娇生惯养的黄花闺女，便是太后和皇上也让她三分，世子实在……实在太大胆了些。"吴三桂道："是，是。韦兄弟在公主跟前说得了话，千万拜托。"

韦小宝点点头，脸色郑重，走到公主屋门前，朗声说道："启禀公主：平西王爷亲来谢罪，请公主念他是有功老臣，从宽发落。”

吴三桂低声道：“是，是！老臣在这里磕头，请公主从宽发落。”

过了半晌，公主房中并无应声，韦小宝又说了一遍，忽听得砰的一声，似是一张凳子倒地。韦小宝和吴三桂相顾惊疑。只听得一名宫女叫了起来：“公主，公主，你千万不可自寻短见！”

吴三桂吓得脸都白了，心想：“公主倘若自尽而死，虽然眼下诸事尚未齐备，也只有立刻举兵起事了。逼死公主的罪名，却如何担当得起？”

但听房中几名宫女哭声大作。一名宫女匆匆走出，哭道：“韦……韦爵爷，公主殿下悬梁自尽，你……你快来救……救……”

韦小宝踌躇道：“公主的寝殿，我们做奴才的可不便进去。”

吴三桂轻轻推他背心，说道：“事急从权，快救公主要紧。”转头对家将道：“快传大夫。”说着又在韦小宝背上推了一把。

韦小宝抢步进房，只见公主躺在床上，七八名宫女围着哭叫。韦小宝道：“我有内功，救得活公主。”众宫女让在一旁。只见公主双目紧闭，呼吸低微，头颈里果然勒起了一条红印，梁上悬着一截绳索，另有一截放在床头，一张凳子翻倒在地，韦小宝心下暗笑：“做得好戏！这骚公主倒也不是一味胡闹的草包。”抢到床边，伸指在她上唇人中重重一捏。

公主嘤的一声，缓缓睁开眼来，有气没力的道：“我……我不想活了。”

韦小宝道：“公主，你是万金之体，一切看开些。平西王在外边磕头请罪。”公主哭道：“你……你叫他将这坏人快快杀了。”韦小宝以身子挡住了众宫女的眼光，伸手入被，在她腰里捏了一把。公主就想笑了出来，强行忍住，伸指甲在他手臂上狠狠一戳，大声哭道："我不想活了，我……我今后怎么做人？"

吴三桂在屋外隐隐约约听得公主的哭叫之声，得悉她自杀未遂，不禁长长舒了一口气，又听她哭叫"今后怎么做人"，心想："这事也真难怪她着恼。小两口子动枪动刀也罢了，别的地方甚么不好割，偏偏倒霉，一刀正好割中那里。应熊日后就算治好，公主一辈子也是守活寡了。眼前只有尽力掩护，别张扬出去。"

过了半晌，韦小宝从屋里出来，不住摇头。吴三桂忙抢上一步，低声问道："公主怎么说？"韦小宝道："人是救过来了。只是公主性子刚强，说甚么也劝不听，定要寻死觅活。我已吩咐宫女，务须好好侍候公主，半步不可离开。王爷，我担心她服毒。"吴三桂脸色一变，点头道："是，是。这可须得小心提防。"

韦小宝低声道："王爷，公主万一有甚么三长两短，小将是皇上差来保护公主的，这条小命也是决计不保的了。到那时候，王爷你可得给我安排一条后路。"吴三桂一凛，问道："甚么后路？"韦小宝道："这句话现下不能说，只盼公主平安无事，大家都好。不过性命是她的，她当真要死，阻得她三四天，阻不了十天半月。小将有一番私心，只盼公主早早嫁到你王府之中，小将就少了一大半干系啦。"

吴三桂心头一喜，说道："那么咱们赶快办理喜事，这是小儿胡闹，闹出来的祸，韦兄弟一力维持，小王已是感激不尽，决不能再加重韦兄弟肩上的担子。"压低嗓子问道："只不知公主还肯……还肯下嫁么？"心想："我儿子已成废人，只盼公主年幼识浅，不明白男女之事，刚才这么一刀，她未必知道斩在何处，胡里胡涂的嫁了过来，木已成舟，已无话可说，说不定她还以为天下男子都是这样的。"

韦小宝低声道："公主年幼，这种事情是不懂的，她是尊贵之人，也说不出口。"

吴三桂大喜，心想："英雄所见略同。"随即转念："他妈的，这小子是甚么英雄了，居然跟我相提并论？"说道："是，是。咱们就是这么办。刚才的事，咱们也不是胆敢隐瞒皇上。不过万岁爷日理万机，忧心国事，已是忙碌之极，咱们做奴才的忠君爱国，可不能再多让皇上操心。太后和皇上钟爱公主，听到这种事情，只怕要不快活。韦兄弟，咱们做官的要诀，是报喜不报忧。"

韦小宝一拍胸膛，又弹了弹自己帽子，慨然道："小将今后全仗王爷栽培提拔，这件事自当拚了小命，凭着王爷吩咐办理。"吴三桂连连称谢。韦小宝道："不过今晚之事，见到的人多，倘若有旁人泄漏出去，可跟小将没有干系。"

吴三桂道："这个自然。"心中已在筹划，怎地点一支兵马，假扮强盗，到广西境内埋伏，待韦小宝等一行回京之时，一古脑儿的将他们都杀了。广西是孙延庆的辖地，他妻子孔四贞是定南王孔有德的女儿，太后收了她为干女儿，封为和硕格格，朝廷甚是宠幸。治境不靖、盗贼戕官的罪名，就由孔四贞去担当罢。

韦小宝虽然机灵，究不及吴三桂老谋深算，见他心有所思，只道他还在担心此事泄漏于外，笑道："王爷放心，小将尽力约束属下，命他们不得随口乱说。"

吴三桂道："韦兄弟今日帮了我这个大忙，那不是金银珠宝酬谢得了的。不过韦兄弟统带的官兵不少，要塞住他们的嘴巴，总得让小王尽些心意，回头就差人送过来。"

韦小宝道："这就多谢了。只不知世子伤势怎样，咱们去瞧瞧，只盼伤得不重才好。"

吴三桂和他同去探视。那大夫皱眉道："世子性命是不碍的，不过……不过……"吴三桂点头道："性命不碍就好。"生怕韦小宝要扣押儿子，吩咐家将立即送世子回府养伤，亲自绊住了韦小宝，防有变卦，直至吴应熊出了安阜园，这才告辞。

韦小宝心想："小汉奸醒转之后，定要说明真相，但那有甚么用？谁信得过一位金枝玉叶的公主，平白无端的会将丈夫阉了？就是大汉奸自己，也决计不信，多半还会狠狠将儿子痛骂一顿。"又想："公主这一嫁出，回北京之时，一路上可得向阿珂大下功夫了。"

回到住处，徐天川、玄贞等早已得讯，无不抚掌称快。韦小宝也不向他们说明实情，问起嫖院之事，群雄说道依计行事，一切顺利。韦小宝心想："今晚发生了这件大事，倘若立即派兵回京，大汉奸定疑心我是去向皇上禀告，还是待事定之后，再送这蒙古大胡子出去。"

忙乱了一夜，群雄正要退出，忽然御前侍卫赵齐贤匆匆走到门外，说道："启禀总管：平西王遇刺！"

韦小宝大吃一惊，忙问："刺死了吗？刺客是谁？"他不想让赵齐贤见到天地会群雄深夜在他房中聚会，当即走到门外，又问："大汉……大……平西王有没有死？"

赵齐贤道："没有死，听说只受了点轻伤。刺客当场逮住，原来……原来是公主身边的宫女。"韦小宝又是一惊，连问："是公主身边的宫女？哪一个宫女？为甚么要行刺平西王？"赵齐贤道："详情不知。属下一得平西王遇刺的讯息，即刻赶来禀报。"韦小宝道："快去查明回报。"

赵齐贤答应了，刚回身走出几步，只见张康年快步走来，说道："启禀总管：行刺平西王的宫女，名叫王可儿。"韦小宝身子晃了一晃，颤声道："她……她……为了甚么？"王可儿便是阿珂的化名，是将"珂"字拆开而成。

张康年道："平西王已将她带回府中，说是要亲自审问，到底是何人指使。"韦小宝一听得心上人被逮，脑子中一片混乱，再也想不出主意。张康年道:“大家都说,又有谁主使她了?这王可儿是个十六七岁的小姑娘,定是她忠于公主,眼见公主受辱自尽,心下不忿,因此要为公主出气报仇。”

韦小宝在一团漆黑之中,斗然见到一线光明,忙道:“对,对,定是如此。这样一个美貌小姑娘,跟平西王有甚么怨仇?咱们就是要行刺平西王,也决计不会派个小姑娘去。”

赵齐贤和张康年互望一眼,均想:“韦副总管说话有些乱了,咱们怎会派人去行刺平西王?”张康年道:“想来平西王也不会疑心到别人头上。这件事张扬开来,谁都没好处。他多半派人悄悄将这宫女杀了,就此了事。”韦小宝颤声道:“杀不得,杀不得!他如杀了,老子跟他拚命,跟这老乌龟大汉奸白刀子进,红刀子出。”

赵张二人又是对望一眼,心下起疑:“难道是韦副总管恼怒公主受辱,派这宫女行刺?”二人垂手站立,不敢接口。

韦小宝道:“那怎么办?那怎么办?”

张康年见他犹如神不守舍,焦急万状,安慰他道:“韦副总管,这事当真闹将出来,告到皇上跟前,追究罪魁祸首,那也是吴三桂父子的不是。强奸公主,那还了得?何况吴三桂又没死,就算他查明了指使之人,咱们给他抵死不认,他也无可奈何。”

韦小宝摇头苦笑,说道:“的的确确,不是我指使她的。咱们自己兄弟,难道还用得相瞒?”赵齐贤和张康年登时放心,同时长长舒了口气。赵齐贤道:“那就好办了,咱们蒙头大睡,诈作不知,也就是了。”

韦小宝道:“不行。两位大哥,请你们辛苦一趟,拿我的名帖去见平西王,说道王可儿冲撞了王爷,十分不该,我很是恼怒,但这是公主的贴身宫女,请王爷将这妞儿交给你们带来,由我禀明公主,重重责打,给王爷出气。”赵张二人答应了自去,都觉未免多此一举，由吴三桂将这宫女悄悄杀了，神不知，鬼不觉，大家太平无事。

韦小宝匆匆来到九难房外，推门而进，见她在床上打坐，刚行功完毕，说道："师父，你知道师姊……师姊的……的事吗？"九难问道："甚么事？这样慌慌张张的。"韦小宝道："师……师姊她……她去行刺大汉奸，却给……给逮住了。"九难眼中光芒一闪，问道："可刺死了没有？"韦小宝道："没有。可是……可是师姊给他捉去了。"

九难哼了一声，脸有失望之色，冷冷的道："不中用的东西。"

韦小宝微觉奇怪，心想："她是你徒儿，她给大汉奸捉了去，你却毫不在乎。"转念一想，登时明白，说道："师父，你有搭救师姊的法子，是不是？"九难瞪了他一眼，摇头道："没有。这不中用的东西！"韦小宝一路之上，眼见师父对这师姊冷冷淡淡的，并不如何疼爱，远不及待自己好，可是师父不喜欢她，我韦小宝却喜欢得要命，急道："大汉奸要杀了她，只怕现下已打得她死去活来，说是要……要查明指使之人。"

九难冷冷的道："是我指使的。大汉奸有本事，让他来拿我便了。"

九难指使徒儿去行刺吴三桂，韦小宝听了倒毫不诧异。她是前明崇祯皇帝的公主，大明江山送在吴三桂手里，对此人自然恨之切骨，而她自己，也就曾在五台山上行刺过康熙。可是阿珂武功平平，吴三桂身边高手卫士极多，就算行刺得手，也是难以脱逃，师父指使她去办这件事，岂非明明要她去送命？韦小宝心中疑团甚多，却也不敢直言相询，说道："师姊决不会招出师父来的。"九难道："是吗？"说着闭上了眼。

韦小宝不敢再问，走出房外。料想赵张两人向吴三桂要人，不会这么快就能回来，在厅上踱来踱去，眼见天色渐明，接连差了三批侍卫去打探消息，一直不见回报。到后来实在忍不住了，点了一队骁骑营军士，亲自率领了，向平西王府行去，开到离王府三里处的法慧寺中扎下，又差侍卫飞马去探。

过了一顿饭时分，只听得蹄声急促，张康年快马驰来，向韦小宝禀报："属下和赵齐贤奉副总管之命去见平西王。王爷一直没接见。赵齐贤还在王府门房中相候。"韦小宝又急又怒，顿足骂道："他妈的，吴三桂好大架子！"张康年道："他是威镇一方的王爷，天下除了皇上，便是他大。他不见我们小小侍卫，那也是平常得紧。"韦小宝怒道："我亲自去见他，你们都跟我来！"

韦小宝回头吩咐一名骁骑营的佐领："把我们的队伍都调过来，在吴三桂这狗窝子外候命。"那佐领接令而去。

张康年等众人听了，均有惊惧之色，瞧韦小宝气急败坏的模样，简直便是要跟吴三桂火拼；可是平西王麾下兵马众多，从北京护送公主来滇的只有两千多官兵，若是动手，只怕不到半个时辰，就给杀得干干净净。张康年道："韦副总管，你是钦差大臣，奉了皇上之命来到昆明，有甚么事跟他好好商量，平西王不能不卖你的面子。以属下之见，不妨慢慢的来。"

韦小宝怒道："他妈的，吴三桂甚么东西？咱们倘若慢慢的来，他把我老……把那王可儿杀了，谁能救得活她？"

张康年见他疾言厉色，不敢再说，心想："杀一个宫女，又有甚么大不了？她又不是你亲妹子，用得着这么大动阵仗？"

韦小宝连叫："带马，带马！"翻身上马，纵马疾驰，来到平西王府前。

王府的门公侍卫见是钦差大臣，忙迎入大厅，快步入内禀报。

夏国相和马宝两名总兵双双出迎。夏国相是吴三桂的女婿，位居十总兵之首，向韦小宝行过礼后，说道："韦爵爷，王爷被遇刺的讯息，想来你已得知了。王爷受伤不轻，不能亲自迎接，还请恕罪。"

韦小宝吃了一惊，道："王爷受了伤？不是说没受伤吗？"夏国相脸有忧色，低声道："王爷胸口给刺客刺了一剑，伤口有三四寸深……"韦小宝失惊道："啊哟，这可糟了。"夏国相皱起眉头，说道："王爷这番能……能不能脱险，眼前还难说得很。我们怕动摇了人心，因此没泄漏，只说并没受伤。韦爵爷是自己人，自然不能相瞒。"韦小宝道："我去探望王爷。"夏马二人对望一眼。夏国相道："小人带路。"

来到吴三桂的卧房，夏国相道："岳父，韦爵爷探您老人家来啦。"听得吴三桂在帐中呻吟了几声，并不答应。夏国相揭起帐子，只见吴三桂皱眉咬牙，正自强忍痛苦，床褥被盖上都溅满了鲜血，胸口绑上了绷带，带中还在不断渗出血水。床边站着两名大夫，都是愁眉深锁。

韦小宝没料到吴三桂受伤如此沉重，原来的满腔怒气，刹那间化为乌有，不由得大为耽心。吴三桂是死是活，他本也不放在心上，但此人倘若伤重而死，要救阿珂是更加难了，低声问道："王爷，你伤口痛得厉害么？"

吴三桂"嗬嗬"的叫了几声，双目瞪视，全无光采。夏国相又道："岳父，是韦爵爷来探望你老人家。"吴三桂"哎唷，哎唷"的叫将起来，说道："我……我不成啦。你们……你们快去把应熊……应熊这小畜生杀了，都……都是他害……害死我的……"夏国相不敢答应，轻轻放下了帐子，和韦小宝走出房外。

夏国相一出房门，便双手遮面，哭道："韦爵爷，王爷……王爷是不成的了。他老人家一生为国尽忠，却落得如此下场，当真……当真是皇天不佑善人了。"

韦小宝心道："为国尽个屁忠！皇天不佑大汉奸，那是天经地义。"说道："夏总兵，我看王爷虽然伤重，却一定死不了。"夏国相道："谢天谢地，但愿如爵爷金口。却不知何以见得？"韦小宝道："我会看相。王爷的相，贵不可言。他将来做的官儿，比今日还要大上百倍。这一次决不会死的。"

吴三桂贵为亲王，云贵两省军民政务全由他一人统辖，爵位已至顶峰，官职也已到了极点。韦小宝说他将来做的官儿比今日还要大上百倍，除了做皇帝之外，还有甚么官比平西王大上百倍？夏国相一听，脸色大变，说道："皇恩浩荡，我们王爷的爵禄已到极顶，再升是不能升了。只盼如韦爵爷金口，他老人家能逢凶化吉，遇难呈祥。"

韦小宝见了他的神色，心想："吴三桂要造反，你十九早已知道了，否则为甚么我一说他要高升百倍，你就吓成这个样子？我索性再吓他一吓。"说道："夏总兵尽管放心，我看你的相，那也是贵不可言，日后还得请你多多提拔，多多栽培。"

夏国相请了个安，恭恭敬敬的道："钦差大人言重了。大人奖勉有加，小将自当忠君报国，不敢负了钦差大人的期许。"

韦小宝笑道："嘿嘿，好好的干！你们世子做了额驸，便官封少保，兼太子太保。就是当年岳飞岳爷爷，朱仙镇大破金兵，杀得金兀术屁滚尿流，也不过是官封少保。一做公主的丈夫，就能有这般好处。夏总兵，好好的干！"一面说，一面向外走出。

夏国相吓得手心中全是冷汗，心道："听这小子的说话，竟是指明我岳父要做皇帝。难道……难道这事竟走漏了风声？还是这小子不知天高地厚，满口胡说八道？"

韦小宝走到回廊之中，站定了脚步，问道："行刺王爷的刺客，可逮到了？到底是甚么人？是谁指使的？是前明余孽？还是沐王府的人？"

夏国相道：“刺客是个女子，名叫王可儿，有人胡说……说她是公主身边的宫女。小将就是不信，多半是冒充。钦差大人明见，小将拜服之至，这人只怕是沐家派来的。”

韦小宝蓦地一惊，暗叫：“不好！他们不敢得罪公主，诬指阿珂是沐王府的人，便能胡乱处死了。这可糟糕之极。”说道：“王可儿？公主有个贴身宫女，就叫王可儿。公主喜欢她得紧，片刻不能离身。这女子可是十七八岁年纪，身材苗条，容貌十分美丽的？”

夏国相微一迟疑，说道：“小将一心挂念王爷的伤势，没去留意刺客。这女子若不是冒充宫女，便是名同人不同。钦差大人请想，这位姓王的宫女既然深得公主宠爱，平素受公主教导，定然知书识礼，温柔和顺，那有行刺王爷之理？这决计不是。”

他越是坚称刺客绝非公主的宫女，韦小宝越是心惊，颤声问道：“你们已……已杀了她么？”夏国相道：“那倒没有，要等王爷痊愈，亲自详加审问，查明背后指使之人。”韦小宝心中略宽，说道：“你带我去瞧瞧这个刺客，是真宫女还是假宫女，我一看便知。”夏国相道：“这可不敢劳动钦差大人的大驾。这刺客决计不是公主身边的宫女，外面谣言很多，大人不必理会。”

韦小宝脸色一沉，道：“王爷遇刺，伤势很重，倘若有甚么三长两短，两短三长，那可谁也脱不了干系。本人回到北京，皇上自然要仔仔细细的问上一番，刺客是甚么人？何人指使？我如不亲眼瞧个清清楚楚，皇上问起来，又怎么往上回？难道你叫我胡说一通吗？这欺君之罪，我自然担当不起。夏总兵，嘿嘿，只怕你也担当不起哪。”

他一抬出皇帝的大帽子来，夏国相再也不敢违抗，连声答应：“是，是。”却不移步。

韦小宝脸色不愉，说道：“夏总兵老是推三阻四，这中间到底有甚么古怪？你想要掉枪花，摆圈套，却也不妨拿出来瞧瞧，看我姓韦的是否对付得了。”他因心上人被擒，眼见凶多吉少，焦急之下，说话竟不留丝毫余地，官场中的虚伪面目，全都撕下来了。

夏国相急道：“小将怎敢向钦差大人掉枪花？不过……不过这中间实在有个难处。”韦小宝冷冷的道：“是吗？”夏国相道：“不瞒钦差大人说，我们王爷向来御下很严，小将是他老人家女婿，王爷对待小将加倍严厉，以防下属背后说他老人家不公。”

韦小宝微微一笑，说道：“你这女婿，是不好做得很了。王爷的王妃听说叫做陈圆圆，乃是天下第一美人。我大清得这江山，跟陈王妃很有些关系。你丈母娘既有羞花闭月之貌，你老婆大人自然也有沉鱼落雁之容了。你这个女婿做得过，做得过之至，只要多见丈母娘几次，给丈人打几次屁股，那也稀松平常……”夏国相道：“小将的妻室……”韦小宝说得高兴，又道：“常言道得好，丈母看女婿，馋唾滴滴涕。我瞧你哪，丈母娘这么美貌，这句话要反过来说了。女婿看丈母，馋唾吞落肚。哈哈，哈哈。”

夏国相神色尴尬，心想：“这小子胡说八道，说话便似个市井流氓，哪里有半分大官的样子？”说道：“小将的妻室不是陈王妃所生。”

韦小宝叹道：“可惜，可惜，你运气不好。”脸色一沉，说道：“我要去审问刺客，你却尽来跟我东拉西扯，直扯到你丈母娘身上，嘿嘿，真是奇哉怪也。”

夏国相越来越怒，脸上仍是一副恭谨神色，说道：“钦差大人要去审问刺客，那是再好不过，钦差大人问一句，胜过我们问一百句、一千句。就只怕王爷……王爷……”韦小宝怒道：“王爷怎么了？他不许我审问刺客么？”夏国相忙道：“不是，不是。钦差大人不可误会。大人去瞧瞧刺客，查明这女子的来历，我们王爷只有感激，决无拦阻之理。小将斗胆，有一句话，请大人别见怪。”韦小宝顿足道：“唉，你这人说话吞吞吐吐，没半点大丈夫气概，定是平日在老婆床前跪得多了。快说，快说！”

夏国相心中骂道：“你姓韦的十八代祖宗，个个都是畜生。”说道：“就只怕那刺客万一就是公主身边的宫女，大人一见之下，便提了去，王爷要起人来，小将交不出，那……那可糟糕之极了。”韦小宝心道：“你这家伙当真狡猾得紧。把话儿说在前头，要我答应不提刺客。你奶奶的，这刺客是我亲亲老婆，岂容你们欺侮？”笑道：“你说过刺客决非公主的宫女，那又何必担心？”夏国相道：“那是小将的揣测，究竟如何，实在也不明白。”韦小宝道：“你是不许我把刺客提走？”

夏国相道：“不敢。钦差大人请在厅上稍行宽坐，待小将去禀明王爷，以后的事，自有王爷跟钦差大人两位作主。就算王爷生气，也怪不到小将头上。”

韦小宝心道：“原来你是怕给岳父打屁股，不肯担干系。”嘿嘿一笑，说道：“好，你去禀告罢。我跟你说，不管王爷是睡着还是醒着，你给我即刻回来。你王爷身子要紧，我们公主的死活，却也不是小事。公主殿下给你世子欺侮之后，这会儿不知怎样了，我可得赶着回去瞧瞧。”他生怕吴三桂昏迷未醒，夏国相就此守在床边，再也不出来了。

夏国相躬身道：“决计不敢误了钦差大人的事。”

韦小宝哼了一声，冷笑道：“这是你们的事，可不是我的事。”

夏国相进去之后，毕竟还是过了好一会这才出来，韦小宝已等得十分不耐，连连跺脚。夏国相道：“王爷仍未十分清醒。小将怕钦差大人等得心焦，匆匆禀告之后，来不及等候王爷的谕示，这就来侍候大人去审问刺客。钦差大人请。”

韦小宝点点头，跟着他走向内进，穿过了几条回廊，来到花园之中。只见园中数十名家将手执兵刃，来回巡逻，戒备森严。

夏国相引着他走到一座大假山前，向一名武官出示一支金批令箭，说道："奉王爷谕，侍候钦差大人前来审讯刺客。"那武官验了令箭，躬身道："钦差大人请，总兵大人请。"侧身让在一旁。夏国相道："小将带路。"从假山石洞中走了进去。

韦小宝跟着入内，走不几步，便见到一扇大铁门，门旁有两名家将把守。原来这假山是地牢的入口。一连过了三道铁门，渐行渐低，来到一间小室之前。室前装着粗大铁栅，栅后一个少女席地而坐，双手捧头，正在低声饮泣。墙上装有几盏油灯，发出淡淡黄光。

韦小宝快步而前，双手握住了铁栅，凝目注视着那少女。

夏国相喝道："站起来，钦差大人有话问你。"

那少女回过头来，灯光照到她脸上。韦小宝和她四目交投，都是"啊"的一声惊呼。那少女立即站起，手脚上的铁链发出呛呛啷啷的声响，说道："怎……怎么你在这里？"两人都是惊奇之极。

韦小宝万万想不到，这少女并非阿珂，而是沐王府的小郡主沐剑屏。

他定了定神，转头问夏国相："为甚么将她关在这里？"夏国相道："大人识得刺客？她……她果然是服侍公主的宫女吗？"脸色之诧异，实不下于韦小宝与沐剑屏。韦小宝道："她……她是行刺吴……行刺王爷的剑客？"夏国相道："是啊，这女子胆大之极，干这等犯上作乱之事，到底是谁人主使，还请大人详加审问。"

韦小宝稍觉放心："原来大家都误会了，行刺吴三桂的不是阿珂，却是沐家的小郡主。她父亲被吴三桂害死，她出手行刺，为父亲报仇，自然毫不希奇。"又问夏国相："她自己说名叫王可儿？是公主身边的宫女？"

夏国相道："我们抓到了之后，问她姓名来历，主使之人，她甚么也不肯说。但有人认得她是宫女王可儿。不知是也不是，要请大人见示。”

韦小宝思忖:“小郡主被擒,我自当设法相救。她也是我的老婆,做人不可偏心。”说道:“她自然是公主身边的宫女,公主是十分喜欢她的。”说着向沐剑屏眨了眨眼睛,说道:“你干么来行刺平西王?不要小命了吗?到底是谁主使?快快招来,免得皮肉受苦。”

沐剑屏慨然道:“吴三桂这大汉奸,认贼作父,把大明江山奉送给了鞑子,凡是汉人,哪一个不想取他性命?我只可惜没能杀了这奸贼。”韦小宝假意怒道:“小小丫头,这等无法无天。你在宫里耽了这么久,竟一点规矩也不懂。胆敢说这种大逆不道的话?你不怕杀头吗?”沐剑屏道:“你在宫里耽得比我久得多,你又知道甚么规矩.我怕杀头,也不来昆明杀吴三桂这大汉奸了。”韦小宝走上一步,喝道:“快快招来,到底是谁指使你来行刺?同党还有何人?”一面说,一面右手拇指向身后指了几指,要小郡主诬攀夏国相。他身子挡住了手指,夏国相站在他后面,见不到他手势和挤眉弄眼的神情。

沐剑屏会意,伸手指着夏国相,大声道:“我的同党就是他,是他指使我的。”夏国相大怒,喝道:“胡说八道!”沐剑屏道:“你还想赖?你叫我行刺吴三桂。你说吴三桂这人坏极了,大家都恨死了他。你说……你说刺死了吴三桂后,你就可以……可以……”她不知夏国相是甚么身份,又不善说谎,一时接不下去。

韦小宝道:“他就可以升官发财,从此没人打他骂他?”

沐剑屏大声道:“对啦,他说吴三桂常常打他骂他,待他很凶,他心里气得很,早就想亲手杀了吴三桂,就是……就是没胆子。”夏国相连声喝骂,沐剑屏全不理会。

韦小宝喝道:“你说话可得小心些。你知道这将军是谁?他是平西王的女婿夏国相夏总兵,平西王虽然有时打他骂他,那都是为了他好。”说着在胸前竖起大拇指，赞她说得好。

沐剑屏道：“这夏总兵对我说，一杀了吴三桂，他自己就可做平西王。他说不论行刺成不成功，他都会放我出去，不让我吃半点苦头。可是他却关了我在这里。夏总兵，我听你吩咐，干了大事，你甚么时候放我出去？”

夏国相怒极，心想：“你这臭丫头本来又不认得我，全是这小子说的。这混帐小子，为了要救你，拿老子来开玩笑。你二人原来相识，可真万万料想不到。”喝道：“你再胡言乱语，我打得你皮开肉绽，死去活来。”

沐剑屏一惊，便不敢再说，心想韦小宝倘若相救不得，这武官定会狠狠对付自己。

韦小宝道：“你心里有甚么话，不妨都说出来。这位夏总兵是我的好朋友，倘若真是他指使你行刺平西王，你老老实实跟我说，我也不会泄露出去。”说着又连使眼色。

沐剑屏道：“他……他要打死我的，我不敢说了。”

韦小宝道：“如此说来，这话是真的了。”说着叹了口气，退后几步，摇了摇头。

夏国相道：“大人明鉴，反贼诬攀长官，事所常有，自然是当不得真的。”

韦小宝沉吟道：“话是不错。不过平西王平时对夏总兵很严，夏总兵心下恼恨，想杀了岳父老头儿，这些话，只怕她一个小小女孩儿凭空也捏造不出。待平西王伤愈之后，我要好好劝他，免得你们丈人和女婿势成……势成那个水甚么，火甚么的。”

先前夏国相听得沐剑屏诬攀，虽然恼怒，倒也不怎么在意，自己一生功名富贵，全由平西王所赐，没人相信自己会有不轨图谋，但韦小宝若去跟平西王说及此事，岳父定然以为自己心中怀恨，竟对外人口出怨言；岳父近年来脾气暴躁，御下极严，一听了这番话，只怕立有不测之祸，忙道："王爷对待小将仁至义尽，便当是亲生儿子一般，小将心中感激万分。钦差大人千万不可跟王爷说这等话。"

韦小宝见他着急，微微一笑，说道："人无伤虎意，虎有害人心。恩将仇报的事情，世上原是有的。平西王待我不错，我定要劝他好好提防，免得遭了自己人的毒手。平西王兵强马壮，身边有无数武功高手防卫，外人要害他，如何能够成功？可是内贼难防，自己人下毒手，只怕就躲不过了。"

夏国相越听越是心惊，明知韦小宝的话无中生有，用意纯在搭救这少女，可是平西王疑心极重，对人人都有猜忌之心，前几日他亲兄弟吴三枚走入后堂，忘了除下佩刀，就给他亲手摘下刀来，痛骂了一顿。韦小宝倘若跟平西王去说甚么"外敌易御，内贼难防"的话，平西王就算不信，这番话在他心中生下了根，于自己前程必定大大有碍，当即低声道："钦差大人提拔栽培，小将永远不敢忘了您老的大恩大德，大人但有所命，小将赴汤蹈火，在所不辞。便有天大的干系，小将也一力承担了。"

韦小宝笑道："我是为你着想啊。这丫头的话，天知地知，你知我知，还有小丫头知，一共是三个人知道。本来嘛，你早早将她一刀杀了灭口，倒也干净利落。这时候言入我耳，你要再灭口，须得半将也一刀杀了。我手下的侍卫兵将，早就防了这着，几千人都候在王府之外，你要杀我，比较起来要难上这么一点儿。"

夏国相脸色一变，请了个安，道："小将万万不敢。"

韦小宝笑道："既然灭不了口，这番话迟早都要传入平西王耳中。夏总兵，你是十大总兵的头儿，又是平西王的女婿，其余九位总兵，还有王府中的文武百官，喝你醋的人恐怕不少。常言道得好：开门七件事，柴米油盐酱醋茶。既然有人喝醋，加油添酱的事也就免不了啦。只要漏出了这么一点儿风声出去，平西王的耳根就不怎么清净了。人人在他老人家耳边说你坏话。加柴添草，煽风点火，平西王受了伤，病中脾气不会很好罢？这个……这个……唉！”说着连连摇头。

韦小宝只不过照常情推测，夏国相却想这小子于我王府的事倒知得清楚，妒忌我的人确然不少，说道：“大人为小将着想，小将感激不尽，只不知如何才好？”

韦小宝道：“这件事办起来，本来很有些为难，好罢，我就担些干系，交了你这朋友。你把这小丫头交给我带去，说是公主要亲自审问。”凑嘴到他耳边，低声道：“今儿晚上，我把她杀了，传了消息出来，说她抵死不招，受刑不过，就此呜呼哀哉。那不是大事化小，小事化无，一干二净，一清二楚吗？”

夏国相早料到他要说这几句话，心道：“他妈的混帐臭小子，你想救这小丫头，却还要我承你的情，是你臭小子帮了我一个大忙。只不过你怎会识得这小丫头，可真奇了。”问道：“大人的确认清楚了，她是公主身边的宫女？小将刚才盘问她之时，她对公主相貌年纪、宫里的情形，说得都不大对。”

韦小宝道：“她不愿连累了公主，自然要故意说错了。这小丫头忠于公主，又不负你夏总兵的重托，很好，很好。”

夏国相听他话头一转，又套到了自己头上，忙道：“大人妙计，果然高明。就请大人写个手谕，说将犯人提了去，好让小将向王爷交代。”

韦小宝笑骂：“他妈的，老子瞎字不识，写甚么手谕脚谕了？”伸手入怀，摸出一柄短铳火枪，说道：“这是你王爷送给我的礼物，你去拿给王爷瞧瞧，就说我奉公主之命，把犯人提去，这把火枪就是证物。”

夏国相双手接过，放入怀中，出去叫了两名武官进来，吩咐打开铁栅，除去沐剑屏的足镣，但仍是戴着手铐。夏国相手握手铐上连着的铁链，直送到王府门外，将铁链交在韦小宝手里，又将手铐的钥匙交给他，大声说道："钦差大人奉公主殿下谕示，将女犯一名提去审问，大伙儿小心看守，可别给犯人跑了。"

韦小宝笑道："你怕我提了犯人会抵赖么？这里人人都瞧见了，都听见了。我想要赖，也赖不了啦。"夏国相躬身道："大人取笑了，小将决无此意。"韦小宝道："你去跟王爷说，我挺惦念他老人家的身子，明日再来请安问候。"夏国相又躬身道："不敢当。"

韦小宝带着沐剑屏回到安阜园自己屋里，关上了房门，笑嘻嘻的问道："好老婆，到底是怎么回事？"

沐剑屏小脸羞得通红，嗔道："一见面就不说好话。"手一抬，手铐上铁链叮叮当当发声，道："你先把这个除去了再说。"韦小宝笑道："我先得跟你亲热亲热，一除去手铐，你就不肯了。"说着伸手抱住她纤腰。沐剑屏大急，道："你……你又来欺侮我。"

韦小宝笑道："好，我不欺侮你，那么你来欺侮我。"将自己面颊凑到她嘴唇上轻轻一触，取出夏国相交来的钥匙开了手铐，拉着她并肩坐在床边，这才问起行刺吴三桂的情由。

沐剑屏道："洪教主和夫人收到你送去的东西，很是喜欢，让我服了解药，解去身上的毒，派了赤龙副使带同我来见你，要你忠心办事。夫人说，教主和夫人知道你要想见我，所以……所以……"韦小宝握住她手，道："所以派你来给我做老婆？"沐剑屏急道："不，不是的。夫人说怕你心中牵记我，不能安心办事。她真的没说别的。"韦小宝道："夫人一定说了的，你自己瞒着不说就是了。"沐剑屏道："你如不信，见到夫人时问她好了。"

韦小宝见她急得泪珠在眼眶中滚动，怕逗得她哭了，便温言道："好，好。夫人没说。不过你自己，是不是也牵记我？也想见我？"沐剑屏转过脸去，轻轻点了点头。

韦小宝道："那赤龙副使呢？怎么你又去行刺吴三桂？"沐剑屏道："我们大前天来到昆明，就想来见你，不料在西门外遇见了我哥哥跟柳师父。"韦小宝道："啊，你哥哥和柳师父都到了昆明，我可不知道。"沐剑屏道："敖师哥、刘师哥他们也都来了，只吴师叔生了病没来。大家来到昆明，安排了个计策，要刺杀建宁公主。"

韦小宝吃了一惊，道："要刺杀公主，那为甚么？公主可没得罪你们沐王府啊。"

沐剑屏道："我哥哥说，我们要扳倒吴三桂这大汉奸，眼前正有个大好机会。鞑子皇帝将妹子嫁给吴三桂的儿子，我们如把公主杀了，皇帝一定怪吴三桂保护不周，下旨责罚，多半就会逼得吴三桂造反。"

韦小宝听到这里，手心中全是冷汗，暗想："这计策好毒。我一心在图谋吴三桂，没想到如何好好保护公主，倘若给沐王府先下手为强，这可糟了。"问道："后来怎样？"

沐剑屏道："我哥哥叫我假扮宫女，混到公主身边行刺，他们在外接应，一等我得手，就救我出去。赤龙副使听到了他们的计策，对我说，白龙使负责保护公主，倘若杀了公主，只怕要连累了你。我想这话不错，想来跟你商量。不料给柳师父知道了，一刀就将赤龙副使杀了。"说到这里，身子微微发抖，显是想起当时情景，兀自心有余悸。

韦小宝紧紧握住沐剑屏手，安慰道："别怕，别怕。你都是为了我，多谢你得很。"沐剑屏泪水滚下面颊，抽抽噎噎的道："可是……可是你一见我，就来欺侮我，又……又不信我的话。"韦小宝拿起她手来，打了自己一记耳光，骂道："该死的混蛋，打死你这婊子儿子！"沐剑屏忙拉住他手，说道："不，我不要你打自己、骂自己。"韦小宝又拿起她手，轻轻在自己脸颊上打了一下，说道：

"总之是韦小宝该死，你的好老婆沐家亲亲小宝贝给吴三桂捉去了，怎么不早些去救？"

沐剑屏道："你这不是救了我出来吗？不过咱们可得赶快想法子，怎生去救哥哥和柳师父。"韦小宝微微一惊，问道："你哥哥和柳师父也都给捉去了？"

沐剑屏道："前天晚上，我们住的地方忽然给吴三桂手下的武士围住了。他们来的人很多，武功很高的人也有二十多个，我们寡不敌众，敖师哥当场给杀了。我哥哥、柳师父、还有我自己，都让他们捉了。"韦小宝叹道："敖师兄给大汉奸杀了，可惜，可惜。"又问："你给他们拿住之后，怎么又能去行刺吴三桂？"沐剑屏道："行刺吴三桂.我没有啊。我当然想杀了大汉奸，可是……可是这些坏人给我戴了脚镣手铐，我又怎能行刺？"

韦小宝越听越奇，问道："你前天晚上就给捉住了？这两天在哪里？"沐剑屏道："我一直关在一间黑房里，今天他们带我去关在那地牢里，过得不久，你就来了。"韦小宝隐隐知道不妙，显已上了夏国相的大当，只是其中关窍，却想不出来，沉吟道："今天吴三桂给人行刺，受伤很重，不是你刺的？"

沐剑屏道："自然不是。我从来没见过吴三桂，他会死吗？"

韦小宝摇头道："我不知道。你自己的身分来历，有没有跟他们说？"沐剑屏道："没有。我甚么也不说，审问我的武官很生气，问我是不是哑巴。韦大哥，你从前也说过我是哑巴。"韦小宝在她脸上轻轻一吻，道："你是我的亲亲小哑巴，我还说要在你脸上雕一只小乌龟呢。"沐剑屏又羞又喜，眼光中尽是柔情，却不敢转头去瞧了。

韦小宝心中却在大转念头："夏国相为甚么要小郡主来冒充宫女？是了，他要试试我，跟沐王府的人是否相识。我这一救小郡主，显然便招承跟他们同是一伙。他是布了个陷阱，要我踏将下去。眼下老子不小心，已落入了他的圈套，这可糟了，大大的糟了。老子大大的糟了之后，下一步又是如何糟法？”

他虽机警狡狯，毕竟年幼，真正遇上了大事，可不是吴三桂、夏国相这些老奸巨猾之人的对手，心中一急，全身都是汗水，说道：“亲亲好老婆，你在这里待着，我得去跟人商量商量，怎生救你哥哥和柳师父。”

当下来到西厢房，召集天地会群雄，将这些情由跟众人说了。徐天川等一听，均觉其中大有蹊跷。玄贞道：“莫非咱们假装杀了罕帖摩的把戏，给吴三桂瞧出了破绽？”钱老本道：“吴三桂不知从何得到讯息，半夜里去擒拿沐王府的朋友？”韦小宝心念一动，道：“沐王府有个家伙，名叫刘一舟，此人跟我有梁子，为人又贪生怕死，多半是他通风报讯。”钱老本道：“想必如此。可是韦香主，你是鞑子皇帝宠信的钦差大臣，大汉奸说甚么也不会疑心你跟沐王府的人有甚么牵连。这中间……”皱起了眉头，苦苦思索。

祁清彪道：“依我推想，大汉奸决不是疑心韦香主跟沐王府的人本来相识，那只是误打误撞，事有巧合。”韦小宝忙问：“怎地误打误撞，事有巧合？”祁清彪道：“行刺大汉奸的，多半真是公主身边那宫女王可儿，大家都这么说，不能无中生有的捏造。”韦小宝道：“是，是，那王可儿确是失了踪，定是给大汉奸逮去了。”祁清彪道：“大汉奸自然料到公主会派韦香主去要人，碍着公主和钦差大人的面子，他不能不放人，却又不甘心就此放了刺客。恰好沐家小郡主给他们逮着，他们就说这是刺客。韦香主到牢里一看，自然认得她不是王可儿。这一来，韦香主便束手无策了。”

韦小宝一拍大腿，说道：“对，对，究竟祁三哥是读书人，理路清楚。他们就算没逮到沐家小郡主，一般能随便找个姑娘来塞给我，说道：'钦差大人，这是刺客，您老人家要不要？要就提去，不必客气。她不是公主身边的宫女吗？那好极了！'他奶奶的，那时老子最多只能说公主走失了一个宫女，要他们在昆明城里用心找找，可不能硬要提人了。我居然认得沐家小郡主，一定大出他们意料之外。这件事大汉奸问起来，倒也不易搪塞。"

祁清彪道："韦香主，事已如此，那只好跟吴三桂硬挺。你跟他说，你是奉了皇帝的圣旨，才跟沐家结交的。"

韦小宝给他一语提醒，当即哈哈大笑，说道："不错，不错。我放了吴立身这一干人，的的确确是……"说到这里，立即住嘴，心想："皇上亲口下旨，要我释放吴立身等人，这话却不能说。"转口道："我虽可说奉的是皇帝圣旨，就怕骗不过这大汉奸。"

钱老本道："真要骗倒大汉奸，自然不易。不过韦香主只须一口咬定是皇帝的主意，大汉奸就算不信，那也无可奈何。总而言之，韦香主只要不跟他翻脸，一等离了云贵两省，就不怕他了。"徐天川点头道："这计策甚高。大汉奸做了亏心事，不免疑神疑鬼，担心小皇帝会知道他造反的阴谋。"

韦小宝道："沐王府的人明知我奉旨保护公主，却想来刺死她，太也不讲义气。要是吴立身吴二哥在这里，一定不会赞成。"祁清彪道："他们知道韦香主身在曹营心在汉，也不是当真忠心给鞑子皇帝办事，因此没顾虑到此节。咱们天地会和沐王府虽然打赌争胜，但大家敌忾同仇，柳大洪等又是响当当的好汉子，咱们可不能袖手旁观，置之不理。"

说到如何拯救沐剑声、柳大洪等人，此事殊非容易，群雄都想不出善策。商议良久，韦小宝道："这些法子恐怕都不管用，待我见了大汉奸后，再瞧有没有机会。"

群雄辞出后，韦小宝心想："说不定我那阿珂老婆并没去行刺大汉奸，也没给逮了去，那是旁人误传。"

来到九难房中，不见阿珂，问道："师父，师姊不在吗？"九难一怔，道："吴三桂放了她出来？他知……知道了么？"说这话时神色有异，声音也有些发颤。韦小宝奇道："吴三桂知道甚么？"九难默然，隔了一会，问道："这大汉奸伤势如何？"韦小宝道："伤得很重。弟子刚才见到了他，他昏迷不醒，只怕未必能活。"九难脸上喜色一现，随即又皱起了眉头，低声道："须得让他知道。"

韦小宝想问让他知道甚么，但见师父神色郑重，不敢我问，退了出去。

他心中还存了万一的指望，去查问阿珂的所在。"王可儿"这宫女平日极少露面，她又化了妆，丽色尽掩，向来无人留意，安阜园中一众宫女、太监、侍卫，都说没见到。有的侍卫则说："王可儿，那不是行刺平西王的宫女吗？平西王放了人吗？可没见到。"

他忙了一天一晚，实在倦得很了，回到房中，跟沐剑屏说得几句闲话，倒头便睡。

注：罗甸在贵州省中部，吴三桂驻有重兵。

陈圆圆唱到这个“流”字，歌声曼长，琵琶声调特高，盖过了歌声，歌声和琵琶声渐缓渐低，琮琮乐音之中似乎微闻叹息，到后来几乎细不可闻。

第三十二回　歌喉欲断从弦续
舞袖能长听客夸

次日韦小宝去探吴三桂的伤势。吴三桂的次子出来接待，说道多谢钦差大人前来，王爷伤势无甚变化，此刻已经安睡，不便惊动。韦小宝问起夏国相，说道正在带兵巡视弹压，以防人心浮动，城中有变，再问吴应熊的伤势，也无确切答复。

韦小宝隐隐觉得，平西王府已大起疑心，颇含敌意，这时候要救沐王府人，定难成功：要救阿珂更是难上加难，只怕激得王府立即动手，将自己一条小命送在昆明。

又过一日，他正在和钱老本、徐天川、祁清彪等人商议，高彦超走进室来，说道有一名老道姑求见。韦小宝奇道："老道姑？找我干甚么？是化缘么？"高彦超道："属下问她为了何事，她说是奉命送信来给钦差大人的。"说着呈上一个黄纸信封。

韦小宝皱眉道："相烦高大哥拆开来瞧瞧，写着些甚么。"高彦超拆开信封，取出一张黄纸，看了一眼，读道："阿珂有难……"韦小宝一听到这四字，便跳了起来，急道："甚么阿珂有难？"天地会群雄并不知九难和阿珂之事，都是茫然不解。高彦超道："信上这样写的。这信无头无尾，也没署名，只说请你随同送信之人，移驾前往，共商相救之策。"

韦小宝问道："这道姑在外面么？"高彦超刚说得一句："就在外面。"韦小宝已直冲出去。来到大门侧的耳房，只见一个头发花白的道姑坐在板凳上相候。守门的侍卫大声叫道："钦差大臣到。"那道姑站起身来，躬身行礼。

韦小宝问道："是谁差你来的？"那道姑道："请大人移步，到时自知。"韦小宝道："到哪里去？"那道姑道："请大人随同贫道前去，此刻不便说。"韦小宝道："好，我就同你去。"叫道："套车，备马！"那道姑道："请大人坐车前往，以免惊动了旁人。"韦小宝点点头，便和那道姑出得门外，同坐一车。

徐天川、钱老本等生怕是敌人布下陷阱，远远跟随在后。

那道姑指点路径，马车迳向西行，出了西城门。韦小宝见越行越荒凉，微觉担心，问道："到底去哪里？"那道姑道："不久就到了。"又行了三里多路，折而向北，道路狭窄，仅容一车，来到一小小庵堂之前。那道姑道："到了。"

韦小宝跳下车来，见庵前匾上写着三字，第一字是个"三"字，其余两字就不识得了，回头一瞥，见高彦超等远远跟着，料想他们会四下守候，于是随着那道姑进庵。

但见四下里一尘不染，天井中种着几株茶花，一树紫荆，殿堂正中供着一位白衣观音。神像相貌极美，庄严宝相之中带着三分俏丽。韦小宝心道："听说吴三桂的老婆之中，有一个外号四面观音，又有一个叫作八面观音。不知是不是真有观音菩萨这么好看。他妈的，大汉奸艳福不浅。"

那道姑引着他来到东边偏殿，献上茶来，韦小宝揭开碗盖，一阵清香扑鼻，碗中一片碧绿，竟是新出的龙井茶叶，微觉奇怪："这龙井茶叶从江南运到这里，价钱可贵得紧哪，庵里的道姑还是尼姑，怎地如此阔绰？"那道姑又捧着一只建漆托盘，呈上八色细点，白磁碟中盛的是松子糖、小胡桃糕、核桃片、玫瑰糕、糖杏仁、绿豆糕、百合酥、桂花蜜饯杨梅，都是苏式点心，细巧异常。这等江南点心，韦小宝当年在扬州妓院中倒也常见，嫖客光临，老鸨取出待客，他乘人不备，不免偷吃了一片两粒，不料在云南一座小小庵堂中碰到老朋友，心下大乐："老子可回到扬州丽春院啦。"

那道姑奉上点心后，便即退出。茶几上一只铜香炉中一缕青烟袅袅升起，烧的是名贵檀香，韦小宝是识货之人，每次到太后慈宁宫中，都闻到这等上等檀香的气息，突然心中一惊："啊哟，不好，莫非老婊子在此？"当即站起身来。

只听得门外脚步之声细碎，走进一个女子，向韦小宝合十行礼，说道："出家人寂静，参见韦大人。"语声清柔，说的是苏州口音。

这女子四十岁左右年纪，身穿淡黄道袍，眉目如画，清丽难言，韦小宝一生之中，从未见过这等美貌的女子。他手捧茶碗，张大了口竟然合不拢来，刹时间目瞪口呆，手足无措。

那女子微笑道："韦大人请坐。"

韦小宝茫然失措，道："是，是。"双膝一软，跌坐入椅，手中茶水溅出，衣襟上登时湿了一大片。

天下男子一见了她便如此失魂落魄，这丽人生平见得多了，自是不以为意，但韦小宝只是个十五六岁的少年，竟也为自己的绝世容光所镇慑。那丽人微微一笑，说道："韦大人年少高才，听人说，从前甘罗十二岁做丞相，韦大人却也不输于他。"

韦小宝道："不敢当。啊哟，甚么西施、杨贵妃，一定都不及你。"

那丽人伸起衣袖，遮住半边玉颊，嫣然一笑。登时百媚横生，随即庄容说道："西施、杨贵妃，也都是苦命人。小女子只恨天生这副容貌，害苦了天下苍生，这才长伴清灯古佛，苦苦忏悔。唉，就算敲穿了木鱼，念烂了经卷，却也赎不了从前造孽的万一。"说到这里，眼圈一红，忍不住便要流下泪来。

韦小宝不明她话中所指，但见她微笑时神光离合，愁苦时楚楚动人，不由得满腔都是怜惜之意，也不知她是甚么来历，胸口热血上涌，只觉得就算为她粉身碎骨，也是甘之如饴，一拍胸膛，站起身来，慷慨激昂的道："有谁欺侮了你，我这就去为你拚命。你有甚么为难的事儿，尽管交在我手里，倘若办不到，我韦小宝割下这颗脑袋来给你。"说着伸出右掌，在自己后颈中重重一斩。如此大丈夫气概，生平殊所罕见，这时却半点不是做作。

那丽人向他凝望半晌，呜咽道："韦大人云天高义，小女了不知如何报答才是。"忽然双膝下跪，盈盈拜倒。

韦小宝叫道："不对，不对。"也即跪倒，向着她冬冬冬的磕了几个响头，说道："你是仙人下凡，观音菩萨转世，该当我向你磕头才是。"那丽人低声道："这可折杀我了。"伸手托住他双臂，轻轻扶住。两人同时站起。

韦小宝见她脸颊上挂着几滴泪水，晶莹如珠，忙个出衣袖，给她轻轻擦去，柔声安慰："别哭，别哭，便有天大的事儿，咱们也非给办个妥妥当当不可。"以那丽人年纪，尽可做得他母亲，但她容色举止、言语神态之间，天生一股娇媚婉娈，令人不自禁的心生怜惜，韦小宝又问："你到底为甚么难过？"

那丽人道："韦大人见信之后，立即驾到，小女子实是感激……"

韦小宝"啊哟"一声，伸手在自己额头一击，说道："胡涂透顶，那是为了阿珂……"双眼呆呆的瞪着那丽人，突然恍然大悟，大声道："你是阿珂的妈妈！"

那丽人低声道："韦大人好聪明，我本待不说，可是你自己猜到了。"

韦小宝道："这容易猜。你两人相貌很像，不过……不过阿珂师姊不及……你美丽。"

那丽人脸上微微一红，光润白腻的肌肤上渗出一片娇红，便是如白玉上抹了一层胭脂，低声问道："你叫阿珂做师姊？"

韦小宝道："是，她是我师姊。"当下毫不隐瞒，将如何和阿珂初识、如何给她打脱了臂骨、如何拜九难为师、如何同来昆明的经过一一说了，自己对阿珂如何倾慕，而她对自己又如何丝毫不瞧在眼里，种种情由，也是坦然直陈。只是九难的身世，以及自己意欲不利于吴三桂的图谋，毕竟事关重大，略过不提。

那丽人静静的听着，待他说完，轻叹一声，低吟道："妻子岂应关大计？英雄无奈是多情。红颜祸水，眼前的事，再明白也没有了。韦大人前程远大……"

韦小宝摇头道："不对，不对。'红颜祸水'这句话，我倒也曾听说书先生说过，甚么妲己，甚么杨贵妃，说这些美女害了国家。其实呢，天下倘若没这些糟男人、糟皇帝，美女再美，也害不了国家。大家说平西王为了陈圆圆，这才投降清朝，依我瞧哪，要是吴三桂当真忠于明朝，便有十八个陈圆圆，他奶奶的吴三桂也不会投降大清啊。"

那丽人站起身来，盈盈下拜，说道："多谢韦大人明见，为贱妾分辨千古不白之冤。"

韦小宝急忙回礼，奇道："你……你……啊……啊哟，是了，我当真混蛋透顶，你若不是陈圆圆，天下哪……哪……有第二个这样的美人？不过，唉，我可越来越胡涂了，你不是平西王的王妃吗？怎么会在这里搞甚么带发修行？阿珂师姊怎么又……又是你的女儿？"

那丽人站起身来，说道："贱妾正是陈圆圆。这中间的经过，说来话长。贱妾一来有求于韦大人，诸事不敢隐瞒；二来听得适才大人为贱妾辨冤的话，心里感激。这二十多年来，贱妾受尽天下人唾骂，把亡国的大罪名加在贱妾头上。当世只有两位大才子，才明白贱妾的冤屈。一位是大诗人吴梅村吴才子，另一位便是韦大人。”

其实韦小宝于国家大事，浑浑噩噩，胡里胡涂，那知道陈圆圆冤枉不冤枉，只是一见到她惊才绝艳的容色，大为倾倒，对吴三桂又十分痛恨，何况她又是阿珂的母亲，她便有千般不是，万般过错，这些不是与过错，也一古脑儿、半丝不剩的都派到了吴三桂头上。听她称自己为“大才子.，这件事他倒颇有自知之明，急忙摇手，说道：“我西瓜大的字识不上一担，你要称我为才子，不如在这称呼上再加上‘狗屁’两字。这叫做狗屁才子韦小宝。”

陈圆圆微微一笑，说道：“诗词文章做得好，不过是小才子。有见识、有担当，方是大才子。”

韦小宝听了这两句奉承，不禁全身骨头都酥了，心道：“这位天下第一美女，居然说我是大才子。哈哈，原来老子的才情还真不低。他妈的，老子自出娘胎，倒是第一次听见。”

陈圆圆站起身来，说道：“请大人移步，待小女子将此中情由，细细诉说。”

韦小宝道：“是。”跟着她走过一条碎石花径，来到一间小房之中。

房中不设桌椅，地下放着两个蒲团，墙上挂着一幅字，看上去密密麻麻的，字数也真不少，旁边却挂着一只琵琶。

陈圆圆道：“大人请坐。”待韦小宝在一个蒲团上坐下，走到墙边，将琵琶摘了下来，抱在手中，在另一个蒲团上坐了，指着墙上那幅字，轻轻说道：“这是吴梅村才子为贱妾所作的一首长诗，叫作《圆圆曲》。今日有缘，为大人弹奏一曲，只是有污清听。”

韦小宝大喜，说道：“妙极，妙极。不过你唱得几句，须得解释一番，我这狗屁才子，学问可平常得紧。”

陈圆圆微笑道："大人过谦了。"当下一调弦索，丁丁冬冬的弹了几下，说道："此调不弹已久，荒疏莫怪。"韦小宝道："不用客气。就算弹错了，我也不知道。"

只听她轻拢慢捻，弹了几声，曼声唱道：

"鼎湖当日弃人间，破敌收京下玉关。恸哭六军俱缟素，冲冠一怒为红颜。"

唱了这四句，说道："这是说当年崇祯天子归天，平西王和满清联兵，打败李自成，攻进北京，官兵都为皇帝戴孝。平西王所以出兵，却是为了我这不祥之人。"

韦小宝点头道："你这样美貌，吴三桂为了你投降大清，倒也怪他不得。倘若是我韦小宝，那也是要投降的。"

陈圆圆眼波流转，心想："你这个小娃娃，也跟我来调笑。"但见他神色俨然，才知他言出由衷，不由得微生知遇之感，继续唱道：

"红颜流落非吾恋，逆贼天亡自荒宴。电扫黄巾定黑山，哭罢君亲再相见。"

说道："这里说的是王爷打败李自成的事。诗中说：李自成大事不成，是他自己不好，得了北京之后，行事荒唐。王爷见了这句话很不高兴。"韦小宝道："是啊，他怎么高兴得起来？曲里明明说打败李自成，并不是他的功劳。"

陈圆圆道："以后这段曲子，是讲贱妾的身世。"唱道：

"相见初经田窦家，侯门歌舞出如花。许将戚里箜篌伎，等取将军油壁车。家本姑苏浣花里，圆圆小字娇罗绮。梦向夫差苑里游，宫娥拥入君王起。前身合是采莲人，门前一片横塘水。"

曲调柔媚宛转，琵琶声缓缓荡漾，犹似微风起处，荷塘水波轻响。

陈圆圆低声道："这是将贱妾比作西施了，未免过誉。"韦小宝摇头道："比得不对，比得不对！"陈圆圆微微一怔。韦小宝道："西施哪里及得上你？"陈圆圆微现羞色，道："韦大人取笑了。"韦小宝道："决不是取笑。其中大有缘故。我听人说，西施是浙江绍兴府诸暨人，相貌虽美，绍兴人说话'娘个贼胎踏踏叫'，哪有你苏州人说话又嗲又糯。"陈圆圆巧笑嫣然，道："原来还有这个道理。想那吴王夫差也是苏州人，怎么会喜欢西施？"韦小宝搔头道："那吴王夫差耳朵不大灵光，也是有的。"陈圆圆掩口浅笑，脸现晕红，眼波盈盈，樱唇细颤，一时愁容尽去，满室皆是娇媚。韦小宝只觉暖洋洋地，醉醺醺地，浑不知身在何处。但听得她继续唱道：

"横塘双桨去如飞，何处豪家强载归？此际岂知非薄命？此时只有泪沾衣。薰天意气连宫掖，明眸皓齿无人惜。夺归永巷闭良家，教就新声倾坐客。"

唱到这里，轻轻一叹，说道："贱妾出于风尘，原不必相瞒……"韦小宝道："甚么叫做出于风尘？你别跟我掉文，一掉文我就不懂。"陈圆圆道："小女子本来是苏州倡家的妓女……"韦小宝拍膝叫道："妙极！"陈圆圆微有愠色，低声道："那是贱妾命薄。"韦小宝兴高采烈，说道："我跟你志同道合，我也是出于风尘。"陈圆圆睁着一双明澈如水的凤眼，茫然不解，心想："他一定不懂出于风尘的意思。"

韦小宝道："你出身于妓院，我也出身于妓院，不过一个是苏州，一个是扬州。我妈妈是在扬州丽春院做妓女的。不过她相貌跟你相比，那是一个天上，一个地下。"陈圆圆大为奇怪，柔声问道："这话不是说笑？"韦小宝道："那有甚么好说笑的？唉，我事情太忙，早该派人去接了我妈妈来，不能让她做妓女了。不过我见她在丽春院嘻嘻哈哈的挺热闹，接到了北京，只怕反而不快活。"

陈圆圆道："英雄不怕出身低，韦大人光明磊落，毫不讳言，正是英雄本色。"韦小宝道："我只跟你一个儿说，对别人可决计不说，否则人家指着我骂婊子王八蛋，可吃不消。在阿珂面前，更加不能提起，她已经瞧我不起，再知道了这事，那是永远不会睬我了。"陈圆圆道："韦大人放心，贱妾自不会多口，其实阿珂她……她自己的妈妈，也并不是甚么名门淑女。"韦小宝道："总之你别跟她说起。她最恨妓女，说道这种女人坏得不得了。"

陈圆圆垂下头来，低声道："她……她说妓院里的女子，是坏得……坏得不得了的？"韦小宝忙道："你别难过，她决不是说你。"陈圆圆黯然道："她自然不会说我，阿珂不知道我是她妈妈。"韦小宝奇道："她怎会不知道？"

陈圆圆摇摇头，道："她不知道。"侧过了头，微微出神，过了一会，缓缓道："崇祯天子的皇后姓周，也是苏州人。崇祯天子宠爱田贵妃。皇后跟田贵妃斗得很厉害。皇后的父亲嘉定伯将我从妓院里买了出来，送入宫里，盼望分田贵妃的宠……"韦小宝道："这倒是一条妙计。田贵妃可就糟糕之极了。"陈圆圆道："却也没甚么糟糕。崇祯天子忧心国事，不喜女色，我在宫里没耽得多久，皇上就吩咐周皇后送我出宫。"

韦小宝大声道："奇怪，奇怪！我听人说崇祯皇帝有眼无珠，只相信奸臣，却把袁崇焕这样大大的忠臣杀了。原来他瞧男人没眼光，瞧女人更加没眼光，连你这样的人都不要，啧啧，啧啧。"连连摇头，只觉天下奇事，无过于此。

陈圆圆道："男人有的喜欢功名富贵，有的喜欢金银财宝，做皇帝的便只想到如何保住国家社稷，倒也不是个个都喜欢美貌女子的。"韦小宝道："我就功名富贵也要，金银财宝也要，美貌女子更加要，只是皇帝不想做，给了我做，也做不来。啊哈，这昆明城中，倒有一位仁兄，做了天下第一大官，成为天下第一大富翁，娶了天下第一美人，居然还想弄个皇帝来做做。"陈圆圆脸色微变，问道："你说的是平西王？"韦小宝道："我谁也没说，总而言之，既不是你陈圆圆，也不是我韦小宝。"

陈圆圆道："这曲子之中，以后便讲我怎生见到平西王。他向嘉定伯将我要了去，自己去山海关镇守，把我留在他北京家里，不久闯……闯……李闯就攻进了京城。"唱道：

"坐客飞觞红日暮，一曲哀弦向谁诉？白晰通侯最少年，拣取花枝屡回顾。早携娇鸟出樊笼，待得银河几时渡？恨杀军书底死催，苦留后约将人误。相约恩深相见难，一朝蚁贼满长安。可怜思妇楼头柳，认作天边粉絮看。"

唱到这里，琵琶声歇，怔怔的出神。

韦小宝只道曲已唱完，鼓掌喝采，道："完了吗？唱得好，唱得妙，唱得刮刮叫。"陈圆圆道："倘若我在那时候死了，曲子作到这里，自然也就完了。"韦小宝脸上一红，心道："他妈的，老子就是没学问。李闯进北京，我师公崇祯皇帝的曲子是唱完了，陈圆圆的曲子可没唱完。"

陈圆圆低声道："李闯把我夺了去，后来平西王又把我夺回来。我不是人，只是一件货色，谁力气大，谁就夺去了。"唱道：

"遍索绿珠围内第，强呼绛树出雕栏。若非壮士全师胜，争得蛾眉匹马还？蛾眉马上传呼道，云鬟不整惊魂定。蜡炬迎来在战场，啼妆满面残红印。专征箫鼓向秦川，金牛道上车千乘。斜谷云深起画楼，散关日落开妆镜。

"传来消息满江乡，乌桕红经十度霜。教曲技师怜尚在，浣纱女伴忆同行。旧巢共是衔泥燕，飞上枝头变凤凰，长向尊前悲老大，有人夫婿擅侯王。"

她唱完"擅侯王"三字，又凝思出神，这次韦小宝却不敢问她唱完了没有，拿定了主意："除非她自己说唱完了，否则不可多问，以免出丑。"只听她幽幽的道："我跟着平西王打进四川，他封了王。消息传到苏州，旧日院子里的姊妹人人羡慕，说我运气好。她们年纪大了，却还在院子里做那种勾当。”

韦小宝道：“我在丽春院时，曾听她们说甚么‘洞房夜夜换新人’，新鲜热闹，也没甚么不好啊。”陈圆圆向他瞧了一眼，见他并无讥嘲之意，微喟道：“大人，你还年少，不明白这中间的苦处。”弹起琵琶，唱道：

“当时只受声名累，贵戚名豪竞延致。一斛明珠万斛愁，关山漂泊腰肢细。错怨狂风飏落花，无边春色来天地。

“尝闻倾国与倾城，翻使周郎受重名。妻子岂应关大计，英雄无奈是多情。全家白骨成灰土，一代红妆照汗青。”

眼眶中泪珠涌现，停了琵琶，哽咽着说道：“吴梅村才子知道我虽然名扬天下，心中却苦。世人骂我红颜祸水，误了大明的江山，吴才子却知我小小一个女子，又有甚么能为？是好是歹，全是男子汉作的事。”韦小宝道：“是啊，大清成千上万的兵马打进来，你这样娇滴滴的一个美人儿，能挡得住吗？”又想：“她这样又弹又说，倒像是苏州说书先生的唱弹词。我跟她对答几句，帮腔几声，变成说书先生的下手了。咱二人倘若到扬州茶馆里去开档子，管教轰动了扬州全城，连茶馆也挤破了。我靠了她的牌头，自然也大出风头。”正想得得意，只听她唱道：

“君不见，馆娃初起鸳鸯宿，越女如花看不足，香径尘生鸟自啼，屧廊人去苔空绿。换羽移宫万里愁，珠歌翠舞古梁州。为君别唱吴宫曲，汉水东南日夜流。”

唱到这个“流”字，歌声曼长不绝，琵琶声调转高，渐渐淹没了曲声，过了一会，琵琶渐缓渐轻，似乎流水汩汩远去，终于寂然无声。

陈圆圆长叹一声，泪水簌簌而下，呜咽道：“献丑了。”站起身来，将琵琶挂上墙壁，回到蒲团坐下，说道：“曲子最后一段，说的是当年吴王夫差身死国亡的事。当年我很不明白，曲子说的是我的事，为甚么要提到吴宫？就算将我比作西施，上面也已提过了。吴宫，吴宫，难道是说平西王的王宫吗？近几年来我却懂了。王爷操兵练马，穷奢极欲，只怕……只怕将来……唉，我劝了他几次，却惹得他很是生气。我在这三圣庵出家，带发修行，忏悔自己一生的罪孽，只盼大家平平安安，了此一生，哪知道……哪知道阿珂……阿珂……”说到这里，呜咽不能成声。

韦小宝听了半天曲子，只因歌者色丽，曲调动听，心旷神怡之下，竟把造访的来意置之脑后，一听她提起阿珂，当即站起，问道：“阿珂到底怎么了？她有没行刺平西王？她是你女儿，那么是王爷的郡主啊。啊哟，糟了，糟了。”陈圆圆惊道：“甚么事糟了？”

韦小宝神思不属，随口答道：“没……没甚么。”原来他突然想到，阿珂本来就瞧不起自己，她既是平西王的郡主，和自己这个妓女的儿子，更加天差地远。

陈圆圆道：“阿珂生下来两岁，半夜里忽然不见了。王爷派人搜遍了全城，全无影踪。我疑心……疑心……”忽然脸上一红，转过了脸。韦小宝问道：“疑心甚么？”陈圆圆道：“我疑心是王爷的仇人将这女孩儿偷了去，或者是要胁，要不然就是敲诈勒索。”

韦小宝道：“王府中有这么多高手卫士和家将，居然有人能神不知、鬼不觉的将阿珂师姊偷了出去，那人的本事可够大的了。”陈圆圆道：“是啊。当时王爷大发脾气，把两名卫队首领都杀了，又撤了昆明城里提督和知府的差。查了几天查不到影踪，王爷又要杀人，总算是我把他劝住了。这十多年来，始终没阿珂的消息，我总道……总道她已经死了。”

韦小宝道：“怪不得阿珂说是姓陈，原来她是跟你的姓。”

陈圆圆身子一侧，颤声道：“她……她说姓陈？她怎么会知道？”

韦小宝心念一动：“老汉奸日日夜夜怕人行刺，戒备何等严密。要从王府中盗一个婴儿出去，说不定还难于刺杀了他，天下除了九难师父，只怕没有第二个了。”说道：“多半是偷了她去的那人跟她说的。”陈圆圆缓缓点头，道：“不错，不过……不过为甚么不跟她说姓……姓……”韦小宝道：“不说姓吴？哼，平西王的姓，不见得有甚么光彩。”

陈圆圆眼望窗外，呆呆出神，似乎没听到他的话。

韦小宝问道：“后来怎样？”陈圆圆道：“我常常惦念她，只盼天可怜见，她并没死，总有一日能再跟她相会。昨天下午，王府里传出讯息，说王爷遇刺，身受重伤。我忙去王府探伤。原来王爷遇刺是真，却没受伤。”

韦小宝吃了一惊，失声道：“他身受重伤，全是假装的？”陈圆圆道：“王爷说，他假装受伤极重，好让对头轻举妄动，便可一网打尽。”韦小宝茫然失措，喃喃道：“果然是假的，我……我这大蠢蛋，早该想到了。”心想：“大汉奸果然已对我大起疑心。”

陈圆圆道：“我问起刺客是何等样人。王爷一言不发，领我到厢房去。床上坐着一个少女，手脚上都戴了铁铐。我不用瞧第二眼，就知道是我的女儿。她跟我年轻的时候生得一模一样。她一见我，呆了一阵，问道：‘你是我妈妈？’我点点头，指着王爷，道：‘你叫爹爹。’阿珂怒道：‘他是大汉奸，不是我爹爹。他害死了我爹爹，我要给爹爹报仇。’王爷问她：‘你爹爹是谁？’阿珂说：‘我不知道。师父说。我见到妈后，妈自会对我说。’王爷问她师父是谁，她不肯说，后来终于露出口风，她是奉了师父之命，前来行刺王爷。”

韦小宝听到这里，于这件事的缘由已明白了七八成，料想九难师父恨极了吴三桂，单是杀了他还不足以泄愤，因此将他女儿盗去，教以武功，要她来行刺自己的父亲。他站起身来，走到窗边，随即想到："是了，师父一直不喜欢阿珂，虽教她武功招式，内功却半点不传，阿珂所会的招式固然高明，可是乱七八糟，各家各派都有，澄观老师侄这样渊博，也瞧不出她的门派。嗯，师父不肯让她算是铁剑门的，我韦小宝才是铁剑门的嫡派传人。"想到九难报仇的法子十分狠毒，不由得打了个冷战。

陈圆圆道："她师父深谋远虑，恨极了王爷，安排下这个计策。倘若阿珂刺死了王爷，那么是报了大仇。如果行刺不成，王爷终于也会知道，来行刺他的是他亲生女儿，心里的难过，那也不用说了。"韦小宝道："现下可甚么事都没有啊。她没刺伤王爷，反而你们一家团圆，你向阿珂说明这中间的情由，岂不是大家都高兴么？"陈圆圆叹道："倘使是这样，那倒谢天谢地了。"

韦小宝道："阿珂是你亲生的女儿，凭谁都一眼就看了出来。不是你这样沉鱼落雁的母亲，也生不出那样羞花闭月的女儿。"他形容女子美丽，翻来复去也只有"沉鱼落雁，羞花闭月"八个字，再也说不出别的字眼，顿了一顿，又道："王爷不肯放了阿珂，难道要责打她么.她两岁时给人盗了去，怎会知道自己身世？怎能因此怪她？"

陈圆圆道："王爷说：'你既不认我，你自然不是我的女儿。别说你不是我女儿，就真是我亲生之女，这等作乱犯上，无法无天，一样不能留在世上。'说着摸了摸鼻子。"韦小宝微笑道："他爱摸自己的鼻子吗？"陈圆圆颤声道："你不知道，这是王爷向来的习性，他一摸鼻子，便是要杀人，从来不例外。"韦小宝叫声"啊哟"，说道："那可如何是好？他……他杀了阿珂没有？"陈圆圆道："这会儿还没有。王爷他……他要查知背后指使的人是谁，阿珂的爹爹又究竟是谁？"

韦小宝笑道："王爷就是疑心病重，实在有点傻里傻气。我一见到你，就知你是阿珂的妈妈，他又怎会不是阿珂的爸爸？想来阿珂行刺他，他气得很了。”说到这里，脸色转为郑重，道：“咱们得快想法子相救阿珂才是。如果王爷再摸几下鼻子，那就大事不好了。”

陈圆圆道：“小女子大胆邀请大人过来，就为了商量这事。我想大人是皇上派来的钦差大臣，王爷定要卖你面子，阿珂冒充公主身边宫女，只有请大人出面，说是公主向他要人，谅来王爷也不会推搪。”

韦小宝弯起右手食指，不住在自己额头敲击，说道：“笨蛋，笨蛋，上了他的大当。”说道：“你的计策我非但早已想到，而且已经使过。哪知道这人……大王爷棋高一着，小笨蛋缚手缚脚。我已向王爷要过人，王爷已经给了我，可是这人不是阿珂。”

于是将夏国相如何带自己到地牢认人，如何见到一个熟识的姑娘、如何以为讯息传错、刺客并非阿珂、如何冒认那姑娘是公主身边的宫女、将她带了出来等情由，一一说了，又道：“夏国相这厮早有预谋，在王府之前当数百人大声嚷嚷，说道已将公主的宫女交了给我。我又怎么第二次向他要人？不用说，这厮定会大打官腔，说道：‘韦大人哪，你这可是跟小将开玩笑了。公主那宫女行刺王爷，小将冲着大人的面子，拚着头上这顶帽儿不要，拚着给王爷责打军棍，早已让大人带去了。王府前成千上百人都是见证。王爷吩咐，盼望大人将这宫女严加处分，查明指使之人。大人又来要人，这……这个玩笑可开得太大了。’”他学着夏国相的语气，倒是唯肖唯妙。

陈圆圆眉头深锁，说道：“大人说得不错，夏姑爷确是这样的人。原来……原来他们早安排了圈套，好塞住大人的口。”

韦小宝顿足骂道：“他奶奶个雄……”向陈圆圆瞧了一眼，道：“他们要是碰了阿珂的一根寒毛，老子非跟这大……大混蛋拚命不可。”

陈圆圆裣衽下拜，说道：“大人如此爱护小女，小女子先谢过了。只不过……”

韦小宝急忙还礼，说道：“我这就去带领兵马，冲进平西王府，杀他个落花流水。救不出阿珂，我跟大汉奸的姓，老子不姓韦，姓吴！他妈的，老子是吴小宝！”

陈圆圆见他神情激动，胡说八道，微感害怕，柔声道：“大人对阿珂的一番心意……”韦小宝道：“甚么大人小人，你如果当我自己人，就叫我小宝好了。我本该叫你一声伯母，不过想到那个他妈的伯伯，实在叫人着恼。”

陈圆圆走近身去，伸手轻轻按住他肩头，说道：“小宝，你如不嫌弃，就叫我阿姨。”

韦小宝大喜，说道：“我叫你阿姨，我在扬州丽春院里……”说到这里，急忙住口。

陈圆圆却也已明白，他在丽春院里，对每个妓女都叫阿姨。她通达世情，善解人意，说道：“我有了你这样个好侄儿，可真欢喜死了。小宝，我们可不能跟王爷硬来，昆明城里，他兵马众多，就算你打赢了，他把阿珂先一刀杀了，你我二人都要伤心一世。”

她说的是吴侬软语，先已动听，言语中又把韦小宝当作了自己人，只听得他满腔怒火，登时化为乌有，问道：“好阿姨，那你有甚么救阿珂的法子？”

陈圆圆凝思片刻，道：“我只有劝阿珂认了王爷作爹爹，他再忍心，也总不能害死自己的亲生女儿……”

忽听得门外一人大声喝道：“认贼作父，岂有此理！”

门帷掀处，大踏步走进一个身材高大的老僧来，手持一根粗大镔铁禅杖，重重往地下一顿，杖上铁环当当乱响。这老僧一张方脸，颏下一部苍髯，目光炯炯如电，威猛已极。就这么一站，便如是一座小山移到了门口，但见他腰挺背直，如虎如狮，气势慑人。

韦小宝吃了一惊，退后三步，几乎便想躲到陈圆圆身后。

陈圆圆却喜容满脸，走到老僧身前，轻声道："你来了！"那老僧道："我来了！"声音转低，目光转为柔和。两人四目交投，眼光中都流露出爱慕欢悦的神色。

韦小宝大奇："这老和尚是谁？难道……难道是阿姨的姘头？是她从前做妓女时的嫖客？和尚嫖妓女，那也太不成话了。嗯。这也不奇，老子从前做和尚之时，就曾嫖过院。"

陈圆圆道："你都听见了？"那老僧道："听见了。"陈圆圆道："谢天谢地，孩儿还……还活着，我……"忽然哇的一声，哭了出来，扑入老僧怀里。那老僧伸左手轻轻抚摸她头发，安慰道："咱们说甚么也要救她出来，你别着急。"雄壮的嗓音中充满了深情。陈圆圆伏在他怀里，低声啜泣。

韦小宝又是奇怪，又是害怕，一动也不敢动，心道："你二人当我是死人，老子就扮死人好了。"

陈圆圆哭了一会，哽咽道："你……你真能救得那孩儿吗？"那老僧森然道："尽力而为。"陈圆圆站直身子，擦了擦眼泪，问道："怎么办？你说？怎么办？"那老僧皱眉道："总而言之，不能让她叫这奸贼作爹爹。"陈圆圆道："是，是，是我错了。我为了救这孩子，没为你着想。我……我对你不起。"

那老僧道："我明白，我并不怪你。可是不能认他作父亲，不能，决计不能。"他话声不响，可是语气中自有一股凛然之威，似乎眼前便有千军万马，也会一齐俯首听令。

忽听得门外靴声橐橐，一人长笑而来，朗声道："老朋友驾临昆明，小王的面子可大得紧哪！"正是吴三桂的声音。

韦小宝和陈圆圆立时脸色大变。那老僧却恍若不闻，只双目之中突然精光大盛。

蓦地里白光闪动，嗤嗤声响，但见两柄长剑剑刃晃动，割下了房门的门帷，现出吴三桂笑吟吟的站在门口。跟着砰蓬之声大作，泥尘木屑飞扬而起，四周墙壁和窗户同时被人以大铁锤锤破，每个破洞中都露出数名卫士，有的弯弓搭箭，有的手持长矛，箭头矛头都对准了室内。眼见吴三桂只须一声令下，房内三人身上矛箭丛集，顷刻间便都变得刺猬一般。

吴三桂喝道："圆圆，你出来。"

陈圆圆微一踌躇，跨了一步，便又停住，摇头道："我不出来。"转头轻推韦小宝肩后，说道："小宝，这件事跟你不相干，你出去罢！"

韦小宝听到她话中对自己的回护之意甚是至诚，大为感动，大声道："老子偏不出去。辣块妈妈，吴三桂，你有种，就连老子一起杀了。"

那老僧摇头道："你二人都出去罢。老僧在廿多年前，早就已该死了。"

陈圆圆过去拉住他手，道："不，我跟你一起死。"

韦小宝大声道："阿姨有义气，韦小宝难道便贪生怕死？阿姨，我也跟你一起死。"

吴三桂举起右手，怒喝："韦小宝，你跟反叛大逆图谋不轨，我杀了你，奏明皇上，有功无过。"向陈圆圆道："圆圆，你怎么如此胡涂？还不出来？"陈圆圆摇了摇头。

韦小宝道："甚么反叛大逆？我知你就会冤枉好人。"

吴三桂气极反笑，说道："小娃娃，我瞧你还不知这老和尚是谁。他把你蒙在鼓里，你到了鬼门关，还不知为谁送命。"

那老僧厉声道："老夫行不改姓，坐不改名，奉天王姓李名自成的便是。”

韦小宝大吃一惊，道：“你……你便是李闯李自成？”

那老僧道：“不错。小兄弟，你出去罢！大丈夫一身作事一身当，李某身经百战，活了七十多岁，也不要你这小小的鞑子官儿陪我一起送命。”

蓦地里白影晃动，屋顶上有人跃下，向吴三桂头顶扑落。吴三桂一声怒喝，他身后四名卫士四剑齐出，向白影刺去，那人袍袖一指，一股劲风挥出，将四名卫士震得向后退开，跟着一掌拍在吴天桂背心。吴三桂立足不定，摔入房中。那人如影随形，跟着跃进，右手一掌斩落，正中吴三桂肩头。吴三桂哼了一声，坐倒在地。

那人将手掌按在吴三桂天灵盖上，向四周众卫士喝道：“快放箭！”

这一下变起俄顷，众卫士都惊得呆了，眼见王爷已落入敌手，谁敢稍动？

韦小宝喜叫：“师父！师父！”从屋顶跃下制住吴三桂的，正是九难。韦小宝来到三圣庵，她暗中跟随，一直躲在屋顶。平西王府成千卫士团团围住了三圣庵，守在庵外的高彦超等人不敢贸然动手。九难以绝顶轻功，蜷缩在檐下，众卫士竟未发觉。

九难瞪眼凝视李自成，森然问道：“你当真便是李自成？”李自成道：“不错。”九难道：“听说你在九宫山上给人打死了，原来还活到今日？”李自成点了点头。九难道：“阿珂是你跟她生的女儿？”李自成叹了口气，向陈圆圆瞧了一眼，又点了点头。

吴三桂怒道：“我早该知道了，只有你这逆贼才生得出这样……”

九难在他背后踢了一脚，骂道：“你两个逆贼，半斤八两，也不知是谁更加奸恶些。”

李自成提起禅杖在地下砰的一登，青砖登时碎裂数块，喝道：“你这贱尼是甚么人，胆敢如此胡说？”

韦小宝见师父来到，精神大振，李自成虽然威猛，他也已丝毫不惧，喝道：“你胆敢冲撞我师父，活得不耐烦了吗？你本来就是逆贼，我师父他老人家的话，从来不会错的……”

忽听得呼呼声响，窗外飞进三柄长矛，疾向九难射去。九难略一回头，左手袍袖一拂，已卷住两柄长予，反掷了出去，右手接住第三柄长予。窗外“啊、啊”两声惨叫，两名卫士胸口中矛，立时毙命。第三柄长矛的矛头已抵住吴三桂后心。

吴三桂叫道：“不可轻举妄动，大家退后十步。”众卫士齐声答应，退开数步。

九难冷笑道：“今日倒也真巧，这小小禅房之中，聚会了一个古往今来第一大反贼，一个古往今来第一大汉奸。”韦小宝道：“还有一个古往今来第一大美人，一位古往今来第一武功大高手。”九难冷峻的脸上忍不住露出一丝微笑，说道：“武功第一，如何敢当？你倒是古往今来的第一小滑头。”

韦小宝哈哈大笑，陈圆圆也轻笑一声，吴三桂和李自成却绷紧了脸，念头急转，筹思脱身之计。这两人都是毕生统带大军、转战天下的大枭雄，生平也不知已经历过了多少艰危凶险，但当此处境，竟然一筹莫展，脑中各自转过了十多条计策，却觉没一条管用。

李自成向九难厉声喝道：“你待怎样？”

九难冷笑道：“我待怎样？自然是要亲手杀你。”

陈圆圆道：“这位师太，你是我女儿阿珂的师父，是吗？”九难冷笑道：“你女儿是我抱去的，我教她武功可不存好心，我要她亲手刺死这个大汉奸。”说着左手微微用力，长矛下沉，矛尖戳入吴三桂肉里半寸，他忍不住“啊”的一声叫了出来。

陈圆圆道："这位师父，他……他跟你老人家可素不相识，无冤无仇。"

九难仰起头来，哈哈一笑，道："他……他跟我无冤无仇？小宝，你跟她说我是谁，也好教大汉奸和大反贼两人死得明明白白。"

韦小宝道："我师父她老人家，便是大明崇祯皇帝的亲生公主，长平公主！"

吴三桂、李自成、陈圆圆三人都是"啊"的一声，齐感惊诧。

李自成哈哈大笑，说道："很好，很好。我当年逼死你爹爹，今日死在你手里，比死在这大汉奸手里胜过百倍。"说着走前两步，将禅杖往地下一插，杖尾人地尺许，双手抓住胸口衣服两下一分，嗤的一响，衣襟破裂，露出毛茸茸的胸膛，笑道："公主，你动手罢。李某没死在汉奸手里，没死在鞑子手里，却在大明公主的手下丧生，那好得很！"

九难一生痛恨李自成人骨，但只道他早已死在湖北九宫山头，难以手刃大仇，今日得悉他尚在人间，可说是意外之喜，然而此刻见他慷慨豪迈，坦然就死，竟无丝毫惧色，心底也不禁佩服，冷冷的道："阁下倒是条好汉子。我今日先杀你的仇人，再取你的性命，让你先见仇人授首，死也死得痛快。"

李自成大喜，拱手道："多谢公主，在下感激不尽。我毕生大愿，便是要亲眼见到这大汉奸死于非命。"

九难见吴三桂呻吟矛底，全无抗拒之力，倒不愿就此一矛刺死了他，对李自成道："索性成全你的心愿，你来杀他罢！"

李自成喜道："多谢了！"俯首向吴三桂道："奸贼，当年山海关一片石大战，你得辫子兵相助，我才不幸兵败。眼下你被公主擒住，我若就此杀你，捡这现成便宜，谅你死了也不心服。"抬起头来，对九难道："公主殿下，请你放了他，我跟这奸贼拚个死活。”

九难长矛一提，说道：“且看是谁先杀了谁。”吴三桂伏在地下哼了几声，突然一跃而起，抢过禅杖，猛向九难腰间横扫。九难斥道：“不知死活的东西！”左手长矛一转，已压住了禅杖，内力发出，吴三桂只觉手臂一阵酸麻，禅杖落地，长矛矛尖已指住他咽喉。吴三桂虽然武勇，但在九难这等内功深厚的大高手之前，却如婴儿一般，连一招也抵挡不住。他脸如死灰，不住倒退，矛尖始终抵住他喉头。

李自成俯身拾起禅杖。九难倒转长矛，交在吴三桂手里，说道：“你两个公公平平的打一架罢。”吴三桂喝道：“好！”挺矛向李自成便刺。李自成挥杖架开，还了一杖。两人便在这小小禅房之中恶斗起来。

九难一扯韦小宝，叫他躲在自己身后，以防长兵刃伤到了他。

陈圆圆退在房角，脸色惨白，闭住了眼睛，脑海中闪过了当年一幕幕情景：

“我在明朝的皇宫里，崇祯皇帝黄昏时临幸，赞叹我的美貌，第二天皇帝没上朝，一直在寝殿中陪伴着我，叫我唱曲子给他听，为我调脂抹粉，拿起眉笔来给我画眉毛。他答应要封我做贵妃，将来再封我做皇后。他说从今以后，皇宫里的妃嫔贵人，再也没一个瞧得上眼了。皇帝很年轻，笑得很欢畅的时候，突然间会怔怔的发愁。他是皇帝，但在我心里，他跟从前那些来嫖院的王孙公子也没甚么两样。三天之中，他日日夜夜，一步也没离开我。

“第四天早晨，我先醒了过来，见到身边枕头上一张没丝毫血色的脸，脸颊凹了进去，眉头皱得紧紧的，就是睡梦之中，他也在发愁。我想：‘这就是皇帝么？他做了皇帝，为甚么还这样不快

活？'

“这天他去上朝了，中午回来，脸色更加白了，眉头皱得更加紧了。他忽然向我大发脾气，说我耽误了国事。他说，他是英明之主，不能沉迷女色，成为昏君。他要励精图治，于是命周皇后立刻将我送出宫去。他说我是误国的妖女，说我在宫里耽了三天，反贼李自成就攻破了三座城市。

“我也不伤心，男人都是这样的，甚么事不如意，就来埋怨女人。皇帝整天在发愁，心里怕得要死，他怕的是个名叫李自成的人。我那时心想：‘李自成可了不起哪，他能叫皇帝害怕，不知道是怎样的一个人？’”

陈圆圆睁开眼来，只见李自成挥舞禅杖，一杖杖向吴三桂打去。吴三桂闪避迅捷，禅杖始终打不中他。陈圆圆心想：“他身手还是挺快。这些年来，他天天还是在练武，因为……因为他想做皇帝，要带兵打到北京去。”

她想起从皇宫出来之后，回到周国丈府里。有一天，国丈府大宴宾客，叫她出来歌舞娱宾，就在那天晚上，吴三桂见到了她。此刻还是清清楚楚的记得，烛火下那满是情欲的火炽眼光，隔着酒席射过来。这种眼光她生平见得多了，随着这样的眼光，那野兽一般的男人就会扑将上来，紧紧的抱住她，撕去她的衣衫，只不过那时候是在大庭广众之间……

忽想：“刚才那个娃娃大官见到我的时候，也露出过这样的眼光，当真好笑，这样一个小娃娃，也会对我色迷迷。唉！男人都是这样的，老头子是这样，连小孩子也这样。”

她抬起头来，向韦小宝瞧了一眼，只见他脸上充满了兴奋之色，注视李吴二人搏斗，这时候吴三桂在反击了，长矛不断刺出。

“他向周国丈把我要了去。过不了几天，皇帝便命他去镇守山海关，以防备满洲兵打进来。可是李自成先攻破了北京，崇祯皇帝在煤山上吊死了。李自成的部下捉了我去，献了给他。这个粗豪的汉子，就是崇祯皇帝在睡梦中也在害怕的人吗？”

“他攻破了北京，忙碌得很，明朝许许多多大官都给他杀了。他部下在北京城里奸淫掳掠，捉了许许多多人来拷打勒赎，许许多多无辜百姓也都给害死了。可是他每天晚上陪着我的时候，总是很开心，笑得很响。他鼻鼾声很大，常常半夜里吵得我醒了过来。他手臂上、大腿上、胸口的毛真长，真多。我从来没见过这样的男人。

“吴三桂本来已经投降了他，可是一听说他把我抢了去，就去向满洲人借兵，引着清兵打进关来。唉，这就是‘冲冠一怒为红颜’了。李自成带了大军出去，在一片石跟吴三桂大战，满洲精兵突然出现，李自成的部下就溃败了。他们说，一片石战场上满地是鲜血，几十里路之间，躺满了死尸。他们说，这些人都是为我死的。是我害了这十几万人。我身上当真负了这样大的罪孽吗？

“李自成败回北京，就登基做了皇帝，说是大顺国皇帝。他带着我向西逃走，吴三桂一路跟着追来。李自成虽然打了败仗，还是笑得很爽朗。他手下的兵将一天天少了，局面越来越不利，他却不在乎。他说他本来甚么也没有，最多也不过仍旧甚么都没有，又有甚么希罕了？他说他生平做了三件得意事，第一是逼死了明朝皇帝，第二是自己做过皇帝，第三是睡过了天下第一美人。这人说话真粗俗，他说在三件事情之中，最得意的还是第三件。

“吴三桂一心一意的也想做皇帝，他从来没说过，可是我知道。只不过他心里害怕，老是在犹豫，又想动手，又是不敢。只要他今天不死，总有一天，他会做皇帝的；就算只在昆明城里做做也好，只做一天也好。永历皇帝逃到缅甸，吴三桂追去把他杀了。人家说，有三个皇帝断送在我手里，崇祯、永历，还有李自成这个大顺国皇帝。怎么崇祯皇帝的帐也算在我头上呢？今日吴三桂不知道会不会死？如果他将来做了皇帝，算我又多害死一个皇帝了。大明的江山，几十万兵将、几百万百姓的性命，还有四个皇帝，都是我陈圆圆害死的。

“可是我甚么坏事也没做，连一句害人的话也没说过。”

她耳中尽是乒乒乓乓的兵刃撞击之声，抬起头来，但见李自成和吴三桂窜高伏低，斗得极狠。二人年纪虽老，身手仍都十分矫捷。她生平最怕见的就是男人厮杀，脸上不自禁现出厌憎之色，又回忆起了往事：

“李自成打了个大败仗，手下兵马都散了。黑夜之中，他也跟我失散了。吴三桂的部下遇到了我，急忙送我去献给大帅。他自然喜欢得甚么似的。他说人家骂他是大汉奸，可是为了我，负上了这恶名也很值得。我很感激他的情意。他是大汉奸也好，是大忠臣也好，总之他是对我一片真情，为了我，甚么都不顾了。除他之外，谁也没这样做过。

“那时候我想，从今以后，可以安安稳稳的过日子了。甚么一品夫人、二品夫人，我也不希罕，只盼再也不必在许多男人手里转来转去。

“可是……可是……在昆明住了几年，他封了亲王，亲王就得有福晋。他元配夫人早已去世。他的弟弟吴三枚来跟我说，王爷为了福晋的事，心下很是烦恼。按理说，应当让我当福晋，只是我的出身天下皆知，她把我名字报上去求皇上诰封，未免亵渎了朝廷。我自然明白，他做了亲王，嫌我是妓女出身的下贱女子，配不上受皇帝诰封。我不愿让他因我为难，不等吴三枚的话说完，就说这事好办，请王爷另选名门淑女作福晋，以免污了他的名头。他来向我道歉，说这件事很对我不起。

“哼，做不做福晋，那有甚么大不了？不过我终究明白，他对我的情意，也不过是这样罢了。我从王府里搬了出来，因为王爷要正式婚配，要立福晋。

“就在那时候，忽然李自成出现在我面前。他已做了和尚。我吓了一跳。我只道他早已死了，也曾伤心了好几天，那想到他居然还活着。李自成说他改穿僧装，只是掩人耳目，同时也不愿薙头，穿鞑子的服色。他说他这几年来天天想念我，在昆明已住了三年多，总想等机会能见我一面，直等到今天。唉，他对我的真情，比吴三桂要深得多罢？他天天晚上来陪我，直到我怀了孕，有了这女娃娃。我不能再见他了，须得立刻回王府去。我跟王爷说，我想念他得很，要他陪伴。王爷对他的福晋从来就没真心喜欢过，高高兴兴的接我回去。后来那女娃娃生了下来，也不知他有没疑心。

“这女孩儿在两岁多那一年，半夜里忽然不见了。我虽然舍不得，但想定是李自成派人来盗去了。这是他的孩子，他要，那也好。他一个人凄然寂寞，有个孩子陪在身边，也免得这么孤苦伶仃。那知道……唉，哪知道全不是这么一回事……”

突然之间，一点水滴溅了她手背，提手一看，却是一滴血。她吃了一惊，看相斗的两人时，只见吴三桂满脸鲜血，兀自舞矛恶斗，这一滴血，自然是从他脸上溅出来的。

房外官兵大声呐喊，有人向李自成和九难威吓，但生怕伤了王爷，不敢进来助战。

吴三桂不住气喘，眼光中露出恐惧神色。蓦地里矛头一偏，挺矛向陈圆圆当胸刺来。

陈圆圆“啊”的一声惊呼，脑子中闪过一个念头：“他要杀我！”当的一声，这一矛给李自成架开了。吴三桂似乎发了疯，长矛急刺，一矛矛都刺向陈圆圆。李自成大声喝骂，拚命挡架，再也无法向吴三桂反击。

韦小宝躲在师父身后，大感奇怪："大汉奸为甚么不刺和尚，却刺老婆？"随即明白："啊，是了，他恼怒老婆偷和尚，要杀了她出气。"

九难却早看出了吴三桂的真意："这恶人奸猾之至，他斗不过李自成，便行此毒计。"

果然李自成为了救援陈圆圆，心慌意乱之下，杖法立显破绽。吴三桂忽地矛头一偏，噗的一声，刺在李自成肩头。李自成右手无力，禅杖脱手。吴三桂乘势而上，矛尖指住了他胸口，狞笑道："逆贼，还不跪下投降？"李自成道："是，是。"双膝缓缓屈下跪倒。

韦小宝心道："我道李自成有甚么了不起，却也是个贪生……"念头甫转，忽见李自成一个打滚，避开了矛头，跟着抢起地下禅杖，挥杖横扫，吴三桂小腿上早着。李自成跃起身来，一杖又击中了吴三桂肩头，第三杖更往他头顶击落。

韦小宝却不知道，当情势不利之时，投降以求喘息，俟机再举，原是李自成生平最擅长的策略。当年他举兵造反，崇祯七年七月间被困于陕西兴安县车箱峡绝地，官军四面围困，无路可出，兵无粮，马无草，转眼便要全军覆没，李自成便即投降，被收编为官军，待得一出栈道，立即又反。此时向吴三桂屈膝假降，只不过是故技重施而已。

九难心想："这二人一般的凶险狡猾，难怪大明江山会丧在他二人手里。"

眼见李自成第三杖击落，吴三桂便要脑浆迸裂。陈圆圆忽然纵身扑在吴三桂身上，叫道："你先杀了我！"

李自成大吃一惊，这一杖击落势道凌厉，他右肩受伤，无力收杖，当即左手向右一推，砰的一声大响，铁禅杖击在墙上，怒叫："圆圆，你干甚么？"陈圆圆道："我跟他做了二十多年夫妻，当年他……他曾真心对我好过。我不能让他为我而死。"

李自成喝道："让开！我跟他有血海深仇。非杀了他不可。"陈圆圆道："你将我一起杀了便是。"李自成叹了口气，说道："原来……原来你心中还是向着他。"

陈圆圆不答，心中却想："如果他要杀你，我也会跟你同死。"

屋外众官兵见吴三桂倒地，又是大声呼叫，纷纷逼近。一名武将大声喝道："快放了王爷，饶你们不死。"正是吴三桂的女婿夏国相，又听他叫道："你们的同伴都在这里，倘若伤了王爷一根寒毛，立即个个人头落地。"

韦小宝向外看去，只见沐剑声、柳大洪等沐王府人众，徐天川、高彦超、玄真道人等天地会人众，赵齐贤、张康年等御前侍卫，骁骑营的参领、佐领，都被反绑了双手，每人背后一名平西王府家将，执刀架在颈中。

韦小宝心想："就算师父带得我逃出昆明，这些朋友不免个个死得干干净净，要杀吴三桂，也不忙在一时。"当下拔出匕首，指住吴三桂后心，说道："王爷，大伙儿死在一起，也没甚么味道，不如咱们做个买卖。"

吴三桂哼了一声，问道："甚么买卖？"

韦小宝道："你答应让大伙儿离去，我师父就饶你一命。"李自成道："这奸贼是反复小人，说话作不得数。"九难眼见外面被绑人众，也觉今日已杀不得吴三桂，说道："你下令放了众人。我就放你。"

韦小宝大声道："阿珂呢？那女刺客呢？"夏国相喝道："带刺客。"两名王府家将推着一个少女出来，正是阿珂。她双手反绑，颈中也架着明晃晃一柄钢刀。

陈圆圆道:“小宝,你……你总得救救我孩儿一命。”

韦小宝心道:“这倒奇了,你不求老公,不求姘头,却来求我。难道阿珂是我跟你生的?”但他一见了阿珂楚楚可怜的神情,早已打定了主意,就算自己性命不要,也要救她;再加上陈圆圆楚楚可怜的神情,更加不必多想,说道:“你们两个,”说着向李自成一指,道:“如果亲口答允,将阿珂许了给我做老婆,我自己的老婆,岂有不救之理?”

九难向他怒目瞪视,喝道:“这当儿还说这等轻薄言语!”

陈圆圆和韦小宝相处虽暂,但对他脾气心意,所知已远比九难为多,心想这小滑头若不在此时乘火打劫,混水摸鱼,他也不会小小年纪就做上了这样的大官,便道:“好,我答应了你就是。”韦小宝转头问李自成道:“你呢?”李自成脸有怒色,便欲喝骂,但见陈圆圆脸上显出求恳的神色,当下强忍怒气,哼了一声,道:“她说怎样,就怎样便了。”

韦小宝嘻嘻一笑,向吴三桂道:“王爷,我跟你本来河水不犯井水,何不两全其美?你做你的平西王,我做我的韦爵爷?”吴三桂道:“好啊,我跟韦爵爷又有甚么过不去了?”韦小宝道:“那么你下令把我的朋友一起都放了,我也求师父放了你,这好比推牌九,前一道别十,后一道至尊,不输不赢,不杀不赔。你别想大杀三方,我也不铲你的庄。有赌未为输,好过大伙儿一齐人头落地。”

吴三桂道:“就是这么一句话。”说着慢慢站起。

韦小宝道:“请你把世子叫来,再去接了公主。劳驾你王爷亲自送我们出昆明城,再请世子陪着公主,回北京去拜堂成亲。王爷,咱们话说在前头,我是放心不下,要把世子作个当头抵押。如果你忽然反悔,派兵来追,我们只好拿世子来开刀。吴应熊、韦小宝,还有建宁公主,大家唏哩呼噜,一块儿见阎王便了,阴世路上，倒也热闹好玩。”

吴三桂心想这小子甚是精明，单凭我一句话，自不能随便放我，眼前身处危地，早一刻脱身好一刻，他当机立断，说道：“大家爽爽快快，就是这么办。”提高声音，叫道：“夏总兵，快派人去接了公主和世子来这里。”夏国相道：“得令。世子已得到讯息，正带了兵过来。”韦小宝赞道：“好孝顺儿子，乖乖弄的东，韭菜炒大葱！”

不多时吴应熊率兵来到，他重伤未愈，坐在一顶软轿之中，八名亲随抬了，来到房外。

吴三桂道：“世子来了，大家走罢。”又下令：“把众位朋友都松了绑。”对韦小宝道：“你跟师太两位，紧紧跟在我身后，让我送你们出门。倘若老夫言而无信，你们自然会在我背心戳上几刀。师太武功高强，谅我也逃不出她如来佛的手掌心。”

韦小宝笑道：“妙极，王爷做事爽快，输就输，赢就赢，反明就反明，降清就降清，当真是半点也不含糊的。”

吴三桂铁青着脸，手指李自成道：“这个反贼，可不会是韦爵爷的朋友罢？”

韦小宝向九难瞧了一眼，还未回答，李自成大声道：“我不是这鞑子小狗官的朋友。”

九难赞道：“好，你这反贼，骨头倒硬！吴三桂，你让他跟我们在一起走。”

陈圆圆向九难瞧了一眼，目光中露出感激和恳求之情，说道：“师太……”

九难转过了头，不和她目光相触。

吴三桂只求自己活命，杀不杀李自成，全不放在心上，走到窗口，大声道：“世子护送公主，进京朝见圣上。恭送公主殿下启驾。”

平西王麾下军士吹起号角，列队相送。

韦小宝和吴三桂并肩出房，九难紧跟身后。韦小宝走到暖轿之前，说道：“货色真假，查个明白。”掀起轿帘，向内一望，只见吴应熊脸上全无血色，斜倚在内，笑道：“世子，你好。”吴应熊叫道：“爹，你……你没事罢？”这话是向着吴三桂而说，韦小宝却应道：“我很好，没事。”

到得三圣庵外，一眼望将出去，东南西北全是密密层层的兵马，不计其数。韦小宝赞道：“王爷，你兵马可真不少啊，就是打到北京，我瞧也挺够了。”吴三桂沉着脸道：“韦爵爷，你见了皇上，倘若胡说八道，我当然也会奏告你跟反贼云南沐家一伙、反贼李自成勾结之事。”韦小宝笑道：“咦，这可奇了。李自成只爱勾结天下第一大美人，怎会勾结我这天下第一小滑头？”吴三桂大怒，握紧了拳头，便欲一拳往他鼻梁上打去。

韦小宝道：“王爷不可生气。你老人家望安。千里为官只为财，我倘若去向皇上胡说八道，皇上就有甚么赏赐，总也不及你老人家年年送礼打赏，岁岁发饷出粮。咱哥儿俩做笔生意，我回京之后，只把你赞得忠心耿耿，天下无双。我又一心一意，保护世子周全。逢年过节，你就送点甚么金子银子来赐给小将。你说如何？”说着和吴三桂并肩而行。

吴三桂道：“钱财是身外之物，韦爵爷要使，有何不可？不过你如真要跟我为难，老夫身在云南，手握重兵，也不来怕你。”

韦小宝道：“这个自然，王爷手提一杖长矛，勇不可当，杀得天下反贼屁滚尿流。小将今日要告辞了，王爷以前答应我的花差花差，这就赏赐了罢。”

九难听他唠唠叨叨的，不断的在索取贿赂，越听越心烦，喝道：“小宝，你说话恁地无耻！”韦小宝笑道：“师父，你不知道，我手下人员不少，回京之后，朝中文武百官，宫里嫔妃太监，到处都得送礼。倘若礼数不周，人家都会怪在王爷头上。”九难哼了一声，便不再说。

其实韦小宝索贿为宾，逃生为主，他不住跟顺三桂谈论贿赂，旨在令吴三桂脑子没空，不致改变主意，又起杀人之念；再者，纳贿之后，就不会再跟人为难，乃是官场中的通例，韦小宝这番话，是要让吴三桂安心，九难自然不明白这中间的关窍。

果然吴三桂心想：“他要银子，事情便容易办。”转头对夏国相道：“夏总兵，快去提五十万两银子，犒赏韦爵爷带来的侍卫官兵，再给韦爵爷预备一份厚礼，请他带回京城，代咱们分送。”夏国相应了，转头吩咐亲信去办。

吴三桂和韦小宝都上了马，并骑而行，见九难也上了马，紧贴在后，知道这尼姑武功出神入化，休想逃得出她手下，又想：“如果善罢，倒也是美事，否则我就算能杀了这尼姑和小滑头，杀了李自成和一众反贼，戕害钦差，罪名极大，非立即起兵不可。此时外援尚未商妥，手忙脚乱，事非万全。哼，日后打到北京，还怕这小滑头飞上了天去？”当下也不想反悔，和九难、韦小宝一同去安阜园迎接了公主，一直送出昆明城外。

众兵将虽均怀疑，但见王爷安然无恙，也就遵令行事，更无异动。

韦小宝检点手下兵马人众，阿珂固然随在身侧，其余天地会和沐王府人众，以及侍卫官兵，全无缺失，向吴三桂笑道：“王爷远送出城，客气得紧。此番蒙王爷厚待，下次王爷来到北京，由小将还请罢。”吴三桂哈哈大笑，说道：“那定是要来叨扰韦爵爷的。”两人拱手作别。

吴三桂走到公主轿前，请安告辞，然后探头到吴应熊的暖轿之中，密密嘱咐了一阵，这才带兵回城。

韦小宝见吴三桂部属虽无突击之意，终不放心，说道："这家伙说话不算数，咱们得快走，离开昆明越远越好。"当即拔队起行。行出十余里，见后无追兵，这才驻队稍歇。

李自成向九难道："公主，蒙你相救，使我不死于大汉奸手下，实是感激不尽。你这就请下手罢。"说着拔出剑刀，倒转刀柄，递了过去。

九难嘿的一声，脸有难色，心想："他是我杀父的大仇人，此仇岂可不报？但他束手待宰，我倒下不了手。"转头向阿珂望了一眼，沉吟道："原来她……她是你的女儿……"阿珂大声道："他不是我爹爹。"九难怒道："胡说，你妈妈亲口认了，难道还有假的？"

韦小宝忙道："他自然是你爹爹，他和你妈妈已将你许配给我做老婆啦，这叫做父母之命……"

阿珂满腔怨愤，一直无处发泄，突然纵起身来，劈脸便是一拳。韦小宝猝不及防，这一拳正中鼻梁，登时鲜血长流。韦小宝"啊哟"一声，叫道："谋杀亲夫啦。"

九难怒道："两个都不成话！乱七八糟！"

阿珂退开数步，小脸胀得通红，指着李自成怒道："你不是我爹爹！那女人也不是我妈妈。"指着九难道："你……你不是我师父。你们……你们都是坏人，都欺侮我。我……我恨你们……"突然掩面大哭。

九难叹了口气，道："不错，我不是你师父，我将你从吴三桂身边盗来，原来不是安好心。你……你这就自己去罢。你亲生父母，却是不可不认。"阿珂顿足道："我不认，我不认。我没爹没娘，也没师父。"韦小宝道："你有我做老公！"

阿珂怒极，拾起一块石头，向他猛掷过去。韦小宝闪身避开。阿珂转过身来，沿着小路往西奔去。韦小宝道："喂，喂，你到哪里去？"阿珂停步转身，怒道："总有一天，教你死在我手里。"韦小宝不敢再追，眼睁睁的由她去了。

九难心情郁郁，向李自成一摆手，一言不发，纵马便行。

韦小宝道："岳父大人，我师父不杀你了，你这就快快去罢。"李自成心中也是说不出的不痛快，向着韦小宝怒目而视。韦小宝给他瞧得周身发毛，心中害怕，退了两步。

李自成"呸"的一声，在地下吐了口唾沫，转身上了小路，大踏步而去。

韦小宝摇摇头，心想："阿珂连父母都不认，我这老公自然更加不认了。"一回头，见徐天川和高彦超手执兵刃，站在身后。他二人怕李自成突然行凶，伤害了韦香主。

徐天川道："这人当年翻天覆地，断送了大明的江山，到老来仍是这般英雄气概。"韦小宝伸伸舌头，道："厉害得很。"问道："那罕帖摩带着么？"徐天川道："这是要紧人物，不敢有失。"韦小宝道："很好，两位务须小心在意，别让他中途逃了。"

一行人首途向北。韦小宝过去和沐剑声、柳大洪等寒暄。沐剑声等心情也是十分不快，都想："我们这一伙人的性命，都是给他救的，从今而后，沐王府怎么还能跟天地会争甚么雄长？"柳大洪说道："韦香主，扳倒吴三桂甚么的，这事我们也不能再跟天地会比赛了。请你禀告陈总舵主，便说沐王府从此对天地会甘拜下风。韦香主的相救之德，只怕这一生一世，我们也报答不了啦。"

韦小宝道："柳老爷子说哪里话来？大家死里逃生，这条性命，人人都是捡回来的。"柳大洪恨恨的道："刘一舟这小贼，总有一日，将他千刀万剐。"韦小宝问道："是他告的密？"柳大洪道："不是他还有谁？这家伙……这家伙……"说到这里，只气得白须飞扬。韦小宝道："他留在吴三桂那里了吗？"沐剑声道："多半是这样。那天柳师父派他去打探消息，给吴三桂的手下捉了去。当天晚上，大队兵马就围住了我们住所。我们住得十分隐秘，若不是这人说的，吴三桂决不能知道。”说到这里，长长叹了口气，道：“只可惜敖大哥为国殉难。”向韦小宝抱拳道：“韦香主，天地会今后如有差遣，姓沐的自当效命。青山不改，绿水长流，咱们这就别过了。”

韦小宝道：“这里还是大汉奸的地界，大伙儿在一起，人手多些。待得出了云南，咱们再各走各的罢。”沐剑声摇摇头，说道：“多谢韦香主好意，倘若再栽在大汉奸手里，我们也没脸再做人了。”心想：“沐王府已栽得到了家，再靠鞑子官兵保护，还成甚么话？”带领沐王府众人，告别而去。

沐剑屏走在最后，走出几步，回身说道：“我去了，你……你好好保重。”韦小宝道：“是。你自己也保重。”低声道：“你跟着哥哥，别回神龙岛去了。我天天想着你。”沐剑屏点点头，小声道：“我也是……”韦小宝牵过自己坐骑，将缰绳交在她手里，说道：“我这匹马给你。”沐剑屏眼圈一红，接过了缰绳，跨上马背，追上沐剑声等人去了。

大木一断，冯锡范翻身入水。胡逸之钢刀脱手，刀尖对准了他脑门射去，势道劲急。冯锡范在水中难以闪避，急挥长剑掷出。刀剑空中相撞，铮的一声，激出数星火花。

第三十三回　谁无痼疾难相笑　各有风流两不如

行了几日，离昆明已远，始终不见吴三桂派兵马追来，众人渐觉放心。

这天将到曲靖，傍晚时分，四骑马迎面奔来，一人翻身下马，对骁骑营的前锋说道，有紧急军情要禀报钦差大臣。韦小宝得报，当即接见，只见当先一人身材瘦小，面目黝黑，正要问他有何军情，站在他身后的钱老本忽道："你不是邝兄吗？"那人躬身道："兄弟邝天雄，钱大哥你好。"韦小宝向钱老本瞧去。钱老本点了点头，低声道："是自己人。"韦小宝道："很好，邝老兄辛苦了，咱们到后边坐。"

来到后堂，身后随侍的都是天地会兄弟。钱老本道："邝兄弟，这位就是我们青木堂韦香主。"邝天雄抱拳躬身，说道："天父地母，反清复明。赤火堂古香主属下邝天雄，参见韦香主和青木堂众位大哥。"韦小宝道："原来是赤火堂邝大哥，幸会，幸会。"

钱老本跟这邝天雄当年在湖南曾见过数次，当下替他给李力世、祁清彪、风际中、徐天川、玄贞道人、高彦超等人引见了。邝天雄所带三人，也都是赤火堂的兄弟。众人知道赤火堂该管贵州，再行得数日，便到贵州省境，有本会兄弟前来先通消息，心下甚喜。

韦小宝道："自和古香主在直隶分手，一直没再见面，古香主一切都顺利罢？”邝天雄道：“古香主好。他吩咐属下问候韦香主和青木堂众位大哥。我们得知韦香主和众位大哥近来干了许多大事出来，好生仰慕，今日拜见，实是三生有幸。”韦小宝笑道：“大家自己兄弟，客气话不说了。我们过得几日，就到贵省，盼能和古香主叙叙。”邝天雄道：“古香主吩咐属下禀报韦香主，最好请各位改道向东，别经贵州。”韦小宝和群雄都是一愕。

邝天雄道：“古香主说，他很想跟韦香主和众位大哥相叙，但最好在广西境内会面。”韦小宝问道：“那为甚么？”邝天雄道：“我们得到消息，吴三桂派了兵马，散在宣威、虹桥镇、新天堡一带，想对韦香主和众位大哥不利。”

青木堂群雄都是“啊”的一声。韦小宝又惊又怒，骂道：“他奶奶的，这奸贼果然不肯就这样认输。他连儿子的性命也不要了。”

邝天雄道：“吴三桂十分阴毒，他派遣了不少好手，说要缠住韦香主身边一位武功极高的师太，然后将他儿子、憇子公主、韦香主三人掳去，其余各人一概杀死灭口。眼下曲靖和霑益之间的松韶关已经封关，谁也不得通行。我们四人是从山间小路绕道来的，生怕韦香主得讯迟了，中了这大汉奸的算计，因此连日连夜的赶路。”

韦小宝见这四人眼睛通红，面颊凹入，显是疲劳已极，说道：“四位大哥辛苦了，实在感激得很。”邝天雄道：“总算及时把讯带到，没误了大事。”言下甚是喜慰。

韦小宝问属下诸人：“各位大哥以为怎样？”钱老本道：“邝大哥可知吴三桂埋伏的兵马，共有多少？”邝天雄道：“吴三桂来不及从昆明派兵，听说是飞鸽传书，调齐了滇北和黔南的兵马，共有三万多人。”众人齐声咒骂。韦小宝所带部属不过二千来人，还不到对方的一成，自是寡不敌众。

钱老本又问：“古香主要我们去广西何处相会？”邝天雄道：

“古香主已派人知会广西家后堂马香主，韦香主倘若允准，三位香主便在广西潞城相会。从这里东去潞城，道路不大好走，路也远了，不过没吴三桂的兵马把守，家后堂兄弟沿途接应，该当不出乱子。”

韦小宝听得吴三桂派了三万多人拦截，心中早就寒了，待听得古香主已布置妥贴，马香主派人接应，登时精神大振，说道：“好，咱们就去潞城。吴三桂这老小子，他妈的，总有一天要他的好看。”当即下令改向东南。命邝天雄等四人坐在大车中休憩。

众军听说吴三桂派了兵在前截杀，无不惊恐，均知身在险地，当下加紧赶路，一路上不敢惊动官府，每晚均在荒郊扎营。

不一日来到潞城。天地会家后堂香主马超兴、赤火堂香主古至中，以及两堂属下的为首兄弟都已在潞城相候。三堂众兄弟相会，自有一番亲热。当晚马超兴大张筵席，和韦小宝及青木堂群雄接风。

席上群雄说起沐王府从此对天地会甘拜下风，都是兴高采烈。

筵席散后，赤火堂哨探来报，吴三桂部属得知韦小宝改道入桂，提兵急追，到了广西边境，不敢再过来，已急报昆明请示，是否改扮盗贼，潜入广西境内行事。马超兴笑道：“广西不归吴三桂管辖。这奸贼倘若带兵越境，那是公然造反了。他如派兵改扮盗贼，想把这笔帐推在广西孔四贞头上，匆匆忙忙的，那也来不及了。”

众人在潞城歇了一日。韦小宝终觉离云南太近，心中害怕，催着东行。第三天早晨和古至中及赤火堂众兄弟别过了，率队而东。马超兴和家后堂众兄弟一路随伴。眼见离云南越来越远，韦小宝也渐放心。

在途非止一日，到得桂中，一众侍卫官兵惊魂大定，故态复萌，才重新起始勒索州县，骚扰地方。这一日来到柳州，当地知府听得公主到来，竭力巴结供应，不在话下。一众御前侍卫和骁骑营官兵也是如鱼得水，在城中到处大吃大玩。

第三日傍晚，韦小宝在厢房与马超兴及天地会众兄弟闲谈，御前侍卫班领张康年匆匆进来，叫了声："韦副总管。"便不再说下去，神色甚是尴尬。韦小宝见他左脸上肿了一块，右眼乌黑，显是跟人打架吃了亏，心想："御前侍卫不去打人，人家已经偷笑了，有谁这样大胆，竟敢打了他？"他不愿御前侍卫在天地会兄弟前失了面子，向马超兴道："马大哥请宽坐，兄弟暂且失陪。"马超兴道："好说。韦爵爷请便。"

韦小宝走出厢房。张康年跟了出来，一到房外，便道："禀告副总管：赵二哥给人家扣住了。"他说的赵二哥，便是御前侍卫的另一个领班赵齐贤。韦小宝骂道："他妈的，谁有这般大胆，是柳州守备？还是知府衙门？犯了甚么事？杀了人么？"心想若不是犯了人命案子，当地官府决不敢扣押御前侍卫。

张康年神色忸怩，说道："不是官府扣的，是……是在赌场里。"韦小宝哈哈大笑，"他奶奶的，柳州城的赌场胆敢扣押御前侍卫，当真是天大的新闻了。你们输了钱，是不是？"张康年点点头，苦笑道："我们七个兄弟去赌钱，赌的是大小。他妈的，这赌场有鬼，一连开了十三记大，我们七个已输了千多两银子。第十四记上，赵二哥和我都说，这一次非开小不可……"韦小宝摇头道："错了，错了，多半还是开大。"张康年道："可惜我们没请副总管带领去赌，否则也不会上这个当。我们七人把身边的银子银票都掏了出来，押了个小。唉！"韦小宝笑道："开了出来，又是个大。"

张康年双手一摊，作个无可奈何之状，说道："宝官要收银子，我们就不许，说道天下赌场，那有连开十四个大之理，定是作弊。赌场主人出来打圆场，说道这次不算，不吃也不赔。赵二哥说不行，这次本来是小，宝官做了手脚，我们已输了这么多钱，这次明明大赢，怎能不算？”

韦小宝笑骂：“他妈的，你们这批家伙不要脸，明明输了，却去撒赖。别说连开十四记大，就是连开廿四记，我也见过。”

张康年道：“那赌场主人也这么说。赵二哥说道，我们北京城里天子脚下，就没这个规矩。他一发脾气，我就拔了刀子出来。赌场主人吓得脸都白了，说道承蒙众位侍卫大人瞧得起，前来耍几手，我们怎敢赢众位大人的钱，众位大人输了多少钱，小人尽数奉还就是。赵二哥就说，好啦，我们没输，只是给你骗了三千一百五十三两银子，零头也不要了，算我们倒霉，你还我们三千两就是。”

韦小宝哈哈大笑，一路走入花园，问道：“那不是发财了吗？他赔不赔？”

张康年道：“这开赌场的倒也爽气，说道交朋友义气为先，捧了三千两银子，就交给赵二哥。赵二哥接了，也不多谢，说道你招子亮，总算你运气，下次如再作弊骗人，可放你不过。”韦小宝皱眉道：“这就是赵齐贤的不是了。人家给了你面子，再让你双手捧了白花花的银子走路，又有面子，又有夹里，还说这些话作甚？”张康年道：“是啊，赵二哥倘若说几句漂亮话，谢他一声，也就没事了。可是，他拿了银子还说话损人……”韦小宝道：“对啦！咱们在江湖上混饭吃，偷抢拐骗，甚么都不妨，可不能得罪了朋友。有道是：‘光棍劈竹不伤笋。’”张康年应道：“是，是。”心中却想：“咱们明明在宫里当差，你官封钦差大臣，一等子爵，怎么叫作在江湖上混饭吃？”

韦小宝又问：“怎么又打起来啦？那赌场主人武功很高吗？”

张康年道："那倒不是。我们七人拿了银子，正要走出赌场，赌客中忽然有个人骂道：'他妈的，发财这么容易，我们还赌个屁？不如大伙儿都到皇宫里去伺候皇帝……皇帝……好啦。'副总管，这反贼说到皇上之时，口出大不敬的言语，我可不敢学着说。"

韦小宝点头道："我明白，这家伙胆子不小哇。"

张康年道："可不是吗？我们一听，自然心头火起。赵二哥将银子往桌上一丢，拔出刀来，左手便去揪那人胸口。那人砰的一拳，就将赵二哥打得晕了过去。我们余下六人一齐动手。这反贼的武功可也真不低，我瞧也没瞧清，脸上已吃了一拳，直摔出赌场门外，登时昏天黑地，也不知道后来怎样了。等到醒来，只见赵二哥和五个兄弟都躺在地下。那人一只脚踹住了赵二哥的脑袋，说道：'这里六只畜生，一千两银子一只。你快去拿银子来赎。老子只等你两个时辰，过得两个时辰不见银子，老子要宰来零卖了。十两银子一斤，要是生意不差，一头畜生也卖得千多两银子。'"

韦小宝又是好笑，又是吃惊，问道："这家伙是甚么路道，你瞧出来没有？"张康年道："这人个子很高大，拳头比饭碗还大，一脸花白络腮胡子，穿得破破烂烂的，就像是个老叫化。"韦小宝问道："他有多少同伴？"张康年道："这个……这个……属下倒不大清楚。赌场里的赌客，那时候有十七八个，也不知是不是他一伙。"

韦小宝知他给打得昏天黑地，当时只求脱身，也不敢多瞧，寻思："这老叫化定是江湖上的英雄好汉，见到侍卫们赌得赖皮，忍不住出手，真要宰了他们来零卖，倒也不见得。我看也没甚么人肯出十两银子，去买赵齐贤的一斤肉。我如调动大队人马去打他一人，那不是好汉行径。"又想："这老叫化武功很好，倘若求师父去对付，自然手到擒来，可是师父怎肯去为宫里侍卫出力？这件事如让马香主他们知道了，定会笑我属下这些侍卫脓包得紧。”觉得就是派风际中、徐天川他们去也不妥当。

突然间想起两个人来，说道：“不用着急，我这就亲自去瞧瞧。”张康年脸有喜色，道：“是，是。我去叫人，带一百人去总也够了。”韦小宝摇头道：“不用带这许多。”张康年道：“副总管还是小心些为是。这老叫化手脚可着实了得。”

韦小宝笑道：“不怕，都有我呢。”回入自己房中，取了一大叠银票，十几锭黄金，放在袋里，走到东边偏房外，敲了敲门，说道：“两位在这里么？”

房门打开，陆高轩迎了出来，说道：“请进。”韦小宝道：“两位跟我来，咱们去办一件事。”陆高轩和胖头陀二人穿着骁骑营军士的服色，一直随伴着韦小宝，在昆明和一路来回，始终没出手办甚么事，生怕给人瞧破了形迹，整日价躲在屋里，早闷得慌了，听韦小宝有所差遣，兴兴头头的跟了出来。

张康年见韦小宝只带了两名骁骑营军士，心中大不以为然，说道：“副总管，属下去叫些侍卫兄弟来侍候副总管。”韦小宝道：“不用，人多反而麻烦。你叫一百个人，要是都给他拿住了，一千两银子一个，就得十万两，我可有点儿肉痛了。咱们这里四个人，只不过四千两，那是小事，不放在心上。”张康年知他是说笑，但见他随便带了两名军士，就孤身犯险，实在太也托大，说道：“是，是。不过那反贼武功当真是很高的。”韦小宝道：“好，我就跟他比比，倘若输了，只要他不是切了我来零卖，也没甚么大不了。”

张康年皱起眉头，不敢再说。他可不知这两个骁骑营军士是武林中的第一流人物，赌场中一个无赖汉，不论武功高到怎样，神龙教的两大高手总不会拾夺不下。

当下张康年引着韦小宝来到赌场，刚到门口，听得场里有人大声吆喝："我这里七点一对，够大了罢？"另一人哈哈大笑，说道："对不起之至，兄弟手里，刚好有一对八点。"跟着拍的一声，似是先一人将牌拍在桌上，大声咒骂。

韦小宝和张康年互瞧了一眼，心想："怎么里面又赌起来了？"韦小宝迈步进去，张康年畏畏缩缩的跟在后面。陆高轩和胖头陀二人走到厅口，便站住了，以待韦小宝指示。

只见厅中一张大台，四个人分坐四角，正在赌钱。赵齐贤和五名侍卫仍是躺在地上。东边坐的是个络腮胡子，衣衫破烂，破洞中露出毛茸茸的黑肉来，自是那老叫化了。南边坐着个相貌英俊的青年书生。韦小宝一怔，认得这人是李西华，当日在北京城里曾经会过，他武功颇为了得，曾中过陈近南的一下"凝血神抓"，此后一直没再见面，不料竟会在柳州的赌场中重逢。西首坐的是个乡农般人物，五十岁左右年纪，神色愁苦，垂眉低目，显然已输得抬不起头来。北首那人形相极是奇特，又矮又胖，全身宛如个肉球，衣饰偏又十分华贵，长袍马褂都是锦缎，脸上五官挤在一起，倒似给人硬生生的搓成了一团模样。这矮胖子手里拿着两张骨牌，一双大眼眯成一线，全神贯注的在看牌。

韦小宝心想："这李西华不知还认不认得我？隔了这许多时候，我今日穿了官服，多半不认得了，却不忙跟他招呼。"笑道："四位朋友好兴致，兄弟也来赌一手，成不成啊？"说着走近身去，只见台上堆着五六千两银子，倒是那乡下人面前最多。他是大赢家，却满脸大输家的凄凉神气，可有点儿奇怪。

那矮胖子伸着三根胖手指慢慢摸牌，突然间"啊哈"一声大叫，把韦小宝吓了一跳。

只听他哈哈大笑，说道："妙极，妙极！这一次还不输到你跳？"拍的一声，将一张牌拍在桌上，是张十点"梅花"。韦小宝心想:“他手里的另一张牌,多半也是梅花,梅花一对,赢面极高。”那矮胖子笑容满面,拍的一声,又将一张牌拍在桌上。余人一看之下,都是一愣,随即纵声大笑,原来是张“四六”,也是十点,十点加十点,乃是个别十,牌九中小到无可再小。他又是闲家,就算庄家也是别十,别十吃别十,还是庄家赢。那乡农却仍是愁眉苦脸,半丝笑容也无。韦小宝一看他面前的牌,是一对九,他正在做庄,跟矮胖子的牌相差十万八千里,心想:“这人不动声色,是个最厉害的赌客。”

矮胖子问道:“有甚么好笑?”对那乡农说:“我一对十点,刚好赢你一对九点。一百两银子,快赔来。”那乡农摇摇头道:“你输了!”矮胖子大怒,叫道:“你讲不讲理?你数,这张牌一二三四五六七八九十,十点,那张牌也是一二三四五六七八九十,十点。还不是十点一对?”

韦小宝向张康年瞧了一眼,心道:“这矮胖子来当御前侍卫,倒也挺合适,赢了拿钱,输了便胡赖。”

那乡农仍旧摇摇头,道:“这是别十,你输了。”矮胖子怒不可遏,跳起身来,不料他这一跳起,反而矮了个头,原来他坐在凳上,双脚悬空,反比站在地下为高。他伸着胖手,指着乡农鼻子,喝道:“我是别十,你是别九,别十自然大过你的别九。”那乡农道:“我是一对九,你是别十,别十就是没点儿。”矮胖子道:“这不明明欺侮人吗?”

韦小宝再也忍耐不住,插口道:“老兄,你这个不是一对儿。”说着从乱牌中捡出一张梅花,一张四六,跟另外两张梅花、四六分别凑成了对子,说道:“这才是一对,你两张十点花样不同,梅花全黑,四六有红,不是对子。”矮胖子兀自不服,指着那一对九点,道:“你这两张九点难道花样同了?一张全黑,一张有红。大家都不同,还是十点大过九点。”韦小宝觉得这人强辞夺理,一时倒也说不明白，只得道："这是牌九的规矩，向来就是这样的。"矮胖子道："就算向来如此，那也不通。不通就不行，咱们讲不讲理？"

李西华和老叫化只是笑吟吟的坐着，并不插嘴。韦不宝笑道："赌钱就得讲规矩，倘若没规矩，又怎样赌法？"那矮胖子道："好，我问你这小娃娃：为甚么我这一对十点，就赢不了他一对九点？"说着拿起两张梅花，在前面一拍。韦小宝道："哟，你刚才不是这两张牌。"矮胖子怒极，两边腮帮子高高胀起，喝道："混帐小子，谁说我不是这两张牌？"拿起一对梅花，随手翻过，在身前桌上一拍，又翻了过来，说道："刚才我就拍过一拍，留下了印子，你倒瞧瞧！"

只见桌面牌痕清晰，一对梅花的点子凸了起来，手劲实是了得。韦上宝张口结舌，说不出话来。那乡农道："对，对，是老兄赢。这里是一百两银子。"拿过一只银元宝，送到矮胖子身前，跟着便将三十二张牌翻转，搓洗了一阵，排了起来，八张一排，共分四排，摆得整整齐齐，轻轻将一叠牌推到桌子正中，跟着将身前的一大堆银子向前一推。

韦小宝眼尖，已见到桌上整整齐齐竟有三十二张牌的印子，虽然牌印远不及那对梅花之深，只淡淡的若有若无，但如此举重若轻的手法，看来武功不在那矮胖子之下。他将牌子一推，已将牌印大部分遮没。韦小宝一瞥之际，已看到一对对天牌、地牌、人牌全排在一起，知道那乡农在暗中弄鬼。

那矮胖子将二百两银子往天门上一押，叫道："掷骰子，掷骰子！"又向李西华和老叫化道："快押，这么慢吞吞的。"李西华笑道："老兄这么性急，还是你两个对赌罢。"矮胖子道："很好。"转头问老叫化："你押不押？"老叫化摇头道："不押，别十赢别九，这样的牌九我可不会。"矮胖子怒道："你说我不对？"老叫化道："我说自己不会，可没说你不对。"矮胖子气忿忿的骂道："他妈的，都不是好东西。喂，你这小娃娃在这里叽哩咕噜，却又不赌？”这句是对着韦小宝而说。

韦小宝笑道：“我帮庄。这位大哥，我跟你合伙做庄行不行？”说着从怀里抓了八九个小金锭出来，放在桌上，金光灿烂的，少说也值得上千两银子。那乡农道：“好，你小兄弟福大命大，包赢。”矮胖子怒道：“你说我包输？”韦小宝笑道：“你如怕输，少押一些也成。”矮胖子大怒，说道：“再加二百两。”又拿两只元宝押在天门。

那乡农道：“小兄弟手气好，你来掷骰子罢。”韦小宝道：“好！”拿起骰子在手中一掂，便知是灌了铅的，不由得大喜，心想：“这里赌场的骰子，果然也有这调调儿。”他本来还怕久未练习，手法有些生疏了，但一拿到灌铅的骰子，登时放心，口中念念有词：“天灵灵，地灵灵，赌神菩萨第一灵，骰子小鬼抬元宝，一只一只抬进门！通杀！”口中一喝，手指转了一转，将骰子掷了出去，果然是个七点。天门拿第一副，庄家拿第三副。

韦小宝看了桌上牌印，早知矮胖子拿的是一张四六，一张虎头，只有一点，己方却是个地牌对，对那乡农道：“老兄，我掷骰子，你看牌，是输是赢，各安天命。”那乡农拿起牌来摸了摸，便合在桌上。

矮胖子“哈”的一声，翻出一张四六，说道：“十点，好极！”又是“哈”的一声，翻出一张虎头，说道：“一二三四五，六七八九十，十一。十一点，好极。”伸手翻开庄家的牌，说道：“一二三四，一共四点，我是廿一点，吃你四点，赢了！”韦小宝跟那乡农面面相觑。矮胖子道：“快赔来！”

韦小宝道：“点子多就赢，点子少就输，不管天杠、地杠，有对没对，是不是？”矮胖子道：“怎么不是？难道点子多的还输给少的？你这四点想赢我廿一点么？”韦上宝道：“很好，就是这个赌法。”赔了他四小锭金子，说：“每锭黄金，抵银一百两，你再押。”

矮胖子大乐，笑道：“仍是押四百两，押得多了，只怕人们输得发急。”

韦小宝看了桌上牌印，掷了个五点，庄家先拿牌，那是一对天牌。矮胖子一张长三，一张板凳，两张牌加起来也不及一张天牌点子多，口中喃喃咒骂，只好认输，当下又押了四百两银子，三副牌赌下来，矮胖子输得干干净净，面前一两银子也不剩了。

他满脸胀得通红，便如是个血球，两只短短的胖手在身边东摸西摸，再也摸不到甚么东西好押，忽然提起躺在地下的赵齐贤，说道：“这家伙总也值得几百两罢？我押他。”说着将赵齐贤横在桌上一放。赵齐贤给人点了穴道，早已丝毫动弹不得。

那老叫化忽道：“且慢，这几名御前侍卫，是在下拿住的，老兄怎么拿去跟人赌博？”矮胖子道：“借来使使，成不成？”老叫化道：“倘若输了，如何归还？”矮胖子一怔，道：“不会输的。”老叫化道：“倘若老兄手气不好，又输了呢？”矮胖子道：“那也容易。这当儿柳州城里，御前侍卫着实不少，我去抓几名来赔还你。”老叫化点点头，说道：“这倒可以。”矮胖子催韦小宝：“快掷骰子。”

这一方牌已经赌完，韦小宝向那乡农道：“请老兄洗牌叠牌，还是老样子。”那乡农一言不发，将三十二张骨牌在桌上搓来搓去，洗了一会，叠成四方。韦小宝吃了一惊，桌上非但不见有新的牌印，连原来的牌印，也给他潜运内力一阵推搓，都已抹得干干净净，唯有纵横数十道印痕，再也分不清点子了。倘若矮胖子押的仍是金银，韦小宝大可不理，让这乡农跟他对赌，谁输谁赢，都不相干。但这时天门上押的是赵齐贤，这一庄却非推不可，既不知大牌叠在何处，骰子上作弊便无用处，说道：“两人对赌，何必赌牌九？不如来掷骰子，谁的点子大，谁就赢了。”

矮胖子将一个圆头摇得博浪鼓般，说道：“老子就是爱赌牌九。”韦小宝道：“你不懂牌九，又赌甚么？”矮胖子大怒，一把捉住他胸口，提了起来，一阵摇晃，说道：“你奶奶的，你说我不懂牌九？”

韦小宝给他这么一阵乱摇，全身骨骼格格作响。忽听得身后有人叫道：“快放手，使不得！”正是胖头陀的声音。

那矮胖子右手将韦小宝高高举在空中，奇道：“咦，你怎么来了？为甚么使不得？”只听陆高轩的声音道：“这一位韦……韦大人，大有来头，千万得罪不得，快快放下。”矮胖子喜道：“他……他是韦……韦……他妈的韦小宝？哈哈，妙极，妙极了！我正要找他，哈哈，这一下可找到了。”说着转身便向门外走去，右手仍是举着韦小宝。

胖头陀和陆高轩双双拦住。陆高轩道：“瘦尊者，你既已知道这位韦大人来历，怎么仍如此无礼？快快放下。”矮胖子道：“就是教主亲来，我也不放。除非拿解药来。”胖头陀道：“快别胡闹，你又没服豹……那个丸药，要解药干甚么？”矮胖子道：“哼，你懂得甚么？快让开，别怪我跟你不客气。”

韦小宝身在半空，听着三人对答，心道：“原来这矮胖子就是胖头陀的师兄瘦头陀，难怪胖得这等希奇，矮得如此滑稽。”那日在慈宁宫中，有个大肉球般的怪物躲在似太后被窝里，光着身子抱了她逃出宫去。韦小宝后来询问胖头陀和陆高轩，知道是胖头陀的师兄瘦头陀。只因那天他逃得太快，没看清楚相貌，以致跟他赌了半天还认他不出。

转念又想：“胖头陀曾说，当年他跟师兄瘦头陀二人，奉教主之命赴海外办事，未能依期赶回，以致所服豹胎易筋丸的毒性发作，胖头陀变得又高又瘦，瘦头陀却成了个矮胖子。现下他二人早已服了解药，原来的身形也已变不回了，这矮胖子又要解药来干甚么？啊，是了，假太后老婊子身上的豹胎易筋丸毒性未解，这瘦头陀跟她睡在一个被窝里，自然是老相好了。"大声道："你要豹胎易筋丸解药，还不快快将我放下？"

瘦头陀一听到"豹胎易筋丸"五字，全身肥肉登时一阵发颤，右臂一曲，放下韦小宝，伸出左手，叫道："快拿来。"韦小宝道："你对我如此无礼，哼！哼！你刚才说甚么话？"瘦头陀突然一纵而前，左手按住了韦小宝后心，喝道："快取出解药来。"他这肥手所按之处，正是"大椎穴"，只须掌力一吐，韦小宝心脉立时震断。

胖头陀和陆高轩同时叫道："使不得！"叫声未歇，瘦头陀身上已同时多了三只手掌。老叫化的手掌按住了他头顶"百会穴"，李西华的手掌按在他后脑的"玉枕穴"，那乡农的手掌却按在他脸上，食中二指分别按在他眼皮之上。百会、玉枕二穴都是人身要穴，而那乡农的两根手指更是稍一用力便挖出了他眼珠。那瘦头陀实在生得太矮，比韦小宝还矮了半个头，以致三人同时出手，都招呼在他那圆圆的脑袋之上，连胸背要穴都按不到。

胖头陀和陆高轩见三人这一伸手，便知均是武学高手，三人倘若同时发劲，只怕立时便将瘦头陀一个肥头挤得稀烂，齐声又叫："使不得！"

老叫化道："矮胖子，快放开了手。"瘦头陀道："他给解药，我便放。"老叫化道："你不放开，我要发力了！"瘦头陀道："反正是死，那就同归于尽……"突然之间，胖头陀的右掌已搭在老叫化胁下，陆高轩一掌按住李西华后颈。胖陆二人站得甚近，身上穿的是骁骑营军士服色，老叫化和李西华虽从他二人语气之中知和瘦头陀相识，没料到这二人竟是武功高强之至，一招之间，便已受制。胖陆二人同时说道："大家都放手罢。"

那乡农突然从瘦头陀脸上撤开手掌，双手分别按在胖陆二人后心，说道："还是你们二位先放手。"李西华笑道："哈哈，真是好笑，有趣，有趣！"一撤手掌，快如闪电般一缩一吐，已按上了那乡农的头顶。

这一来，韦小宝、瘦头陀、李西华、陆高轩、胖头陀、乡农、老叫化七人连环受制，每人身上的要害都处于旁人掌底。霎时之间七人便如泥塑木雕一般，谁都不敢稍动，其中只有韦小宝是制于人而不能制人，至于制住自己要害之人到底是甚么来头，也只有韦小宝知道，其余六人却均莫名其妙。

韦小宝叫道："张康年！"这时赌场之中，除了缩在屋角的几名伙计，只张康年一人闲着，他应道："喳！"刷的一声，拔了腰刀。瘦头陀叫道："狗侍卫，你有种就过来。"张康年举起腰刀，生怕这矮胖子伤了韦小宝，竟不敢走近一步。

韦小宝身在垓心，只觉生平遭遇之奇，少有逾此，大叫："有趣，有趣！矮胖子，你一掌杀了我不打紧，你自己死了也不打紧，可是这豹胎易筋丸的解药，你就一辈子拿不到了。你那老姘头，全身一块块肉都要烂得掉下来，先烂成个秃头，然后……"瘦头陀喝道："不许再说！"韦小宝笑道："她脸上再烂出一个个窟窿……"

正说到这里，厅口有人说道："在这里！"又有一人说道："都拿下了！"众人一齐转头，向厅口看去，突见白光闪动，有人手提长剑，绕着众人转了个圈子。众人背心、胁下、腰间、肩头各处要穴微微一麻，已被点中了穴道，顷刻之间，一个个都软倒在地。

但见厅口站着三人，韦小宝大喜叫道："阿珂，你也来……"说到这个"来"字，心头一沉，便即住口，但见她身旁站着两人，左侧是李自成，右侧却是那个他生平最讨厌的郑克塽。东首一人已将长剑还入剑鞘，双手叉腰，微微冷笑，却是那"一剑无血"冯锡范。瘦头陀、老叫化、李西华、胖头陀、陆高轩、乡农等六名好手互相牵制，此亦不敢动，彼亦不敢动，突然又来了个高手，毫不费力的便将众人尽数点倒，连张康年也中了一剑。

瘦头陀坐倒在地，跟他站着之时相比，却也矮不了多少，怒喝："你是甚么东西，胆敢点了老子的阳关穴、神堂穴？"冯锡范冷笑道："你武功很不错啊，居然知道自己给点了甚么穴道。"瘦头陀怒道："快解开老子穴道，跟你斗上一斗。这般偷袭暗算，他妈的不是英雄好汉。"冯锡范笑道："你是英雄好汉！他妈的躺在地下，动也不能动的英雄好汉。"瘦头陀怒道："老子坐在地上，不是躺在地下，他妈的你不生眼睛么？"

冯锡范左足一抬，在他肩头轻轻一拨，瘦头陀仰天跌倒。可是他臀上肌肉特多，是全身重量集中之处，摔倒之后，虽然身上使不出劲，却自然而然的又坐了起来。

郑克塽哈哈大笑，说道："珂妹，你瞧，这不倒翁好不好玩？"阿珂微笑道："古怪得很。"郑克塽道："你要找这小鬼报仇，终于心愿得偿，咱们捉了去慢慢治他呢，还是就此一剑杀了？"

韦小宝大吃一惊，心想："'小鬼'二字，只有用在我身上才合适，难道阿珂要找我报仇，我可没得罪她啊。"

阿珂咬牙说道："这人我多看一眼也是生气，一剑杀了干净。"说着刷的一声，拔剑出鞘，走到韦小宝面前。

瘦头陀、胖头陀、陆高轩、老叫化、李西华、张康年六人齐叫："杀不得！"

韦小宝道："师姊，我可没……"阿珂怒道："我已不是你师姊了！小鬼，你总是想法儿来害我，羞辱我！"提起剑来，向他胸口刺落。众人齐声惊呼，却见长剑反弹而来，原来韦小宝身上穿着护身宝衣，这一剑刺不进去。

阿珂一怔之间，郑克塽道："刺他眼睛！"阿珂道："对！"提剑又即刺去。

屋角中突然窜出一人，扑在韦小宝身上，这一剑刺中那人肩头。那人抱住了韦小宝一个打滚，缩在屋角，随手抽出韦小宝身边匕首，拿在手中。这人穿的也是骁骑营军士的服色，身手敏捷，身材矮小，脸上都是泥污，瞧不清面貌。

众人见他甘愿替韦小宝挡了一剑，均想："这人倒忠心。"

冯锡范抽出长剑，慢慢走过去，突然长剑一抖，散成数十朵剑花。忽听得叮的一声响，冯锡范手中长剑断成两截，那骁骑营军士的肩头血流如注。原来他以韦小宝的匕首削断了对方手中长剑，若不是匕首锋利无论，只怕此时已送了性命。再加上先前郑克塽那一剑，他肩头连受两处剑伤。冯锡范脸色铁青，哼了一声，将断剑掷在地上，一时拿不定主意，是否要另行取剑，再施攻击。

韦小宝叫道："哈哈，一剑无血冯锡范，你把我手下一个小兵刺出了这许多血，你的外号可得改一改啦，该叫作'半剑有血'冯锡范。"

那骁骑营军士左手按住肩头伤口，右手在韦小宝胸口和后心穴道上一阵推拿，解开了他被封的穴道。

胖瘦二头陀、陆高轩、李西华等于互相牵制之际骤然受袭，以致中了暗算，人人心中都十分不忿，听得韦小宝这么说，都哈哈大笑。那老叫化大声道："半剑有血冯锡范，好极，好极！天下无耻之徒，阁下算是第二。"李西华道："他为甚么算是第二。倒要请教。"老叫化道："比之吴三桂，这位半剑有血的道行似乎还差着一点儿。"众人齐声大笑。李西华道："依我看来，相差也是有限之至。"

冯锡范于自己武功向来十分自负，听众人如此耻笑，不禁气得全身发抖，此时若再换剑又攻那骁骑营军士，要伤他自是易如反掌，但于自己身份可太也不称，向那军士瞪眼说道："你叫甚么名字？今日暂且不取你性命，下次撞在我手里，叫你死得惨不堪言。”

那军士道：“我……我……”声音甚是娇嫩。

韦小宝又惊又喜，叫道：“啊，你是双儿。我的宝贝好双儿！”伸手除下她头上帽子，长发散开，披了下来。韦小宝左手搂住她腰，说道：“她是我的小丫头。半剑有血，你连我一个小丫头也打不过，还胡吹甚么大气？”

冯锡范怒极，左足一抬，砰嘭声响，将厅中赌台踢得飞了起来，连着台上的大批银两元宝，还有一个横卧在上的赵齐贤，激飞而上，撞向屋顶。银子、骨牌四散落下，摔向瘦头陀等人头上身上。各人纷纷大骂，冯锡范更不答话，转身走出。

只见大门中并肩走进两个人来，冯锡范喝道：“让开！”双手一推。那二人各出一掌，和他手掌一抵，三人同时闷哼。那二人倒退数步，背心都在墙上重重一撞。冯锡范身子晃了晃，深深吸一口气，大踏步走了出去。那二人哇的一声，同时喷出一大口鲜血，原来是风际中和玄贞道人。

韦小宝快步过去，扶住了风际中，问玄贞道人：“道长，不要紧么？”玄贞咳了两声，说道：“不要紧，韦……韦大人，你没事？”韦小宝道：“还好。”转头向风际中瞧去。风际中点点头，勉强笑了笑。他武功远比玄贞为高，但适才对掌，接的是冯锡范的右掌，所受掌力强劲得多，因此受伤也比玄贞为重。

李西华道：“韦兄弟，你骁骑营中的能人可真不少哪！”原来风际中和玄贞二人，穿的也是骁骑营军士的服色。韦小宝道：“惭愧，惭愧！”

只听得脚步声响，钱老本、徐天川、马彦超三人又走了进来。

阿珂眼见韦小宝的部属越来越多，向李自成和郑克塽使个眼色，便欲退走。

李自成走到韦小宝身前，手中禅杖在地下重重一顿，厉声道:“大丈夫恩怨分明,那日你师父没杀我,今日我也饶你一命。自今而后,你再向我女儿看上一眼,说一句话,我把你全身砸成了肉酱。”

韦小宝道:“大丈夫一言既出,那就怎样.那日在三圣庵里,你和你的姘头陈圆圆,已将阿珂许配我为妻,难道又想赖么?你不许我向自己老婆看上一眼,说一句话,天下哪有这样的岳父大人?”

阿珂气得满脸通红,道:“爹,咱们走,别理这小子胡说八道!他……他狗嘴里长不出象牙,有甚么好话说了?”

韦小宝道:“好啊,你终于认了他啦。这父母之命,你听是不听?”

李自成大怒,举起禅杖,厉声喝道:“小杂种,你还不住口?”

钱老本和徐天川同时纵上,双刀齐向李自成后心砍去。李自成回过禅杖,当的一声,架开了两柄风刀。马彦超已拔刀横胸,挡在韦小宝身前,喝道:“李自成,在昆明城里,你父女的性命是谁救的?忘恩负义,好不要脸!”

李自成当年横行天下,开国称帝,举世无人不知。马彦超一喝出他姓名,厅中老叫化、瘦头陀等人都出声惊呼。

李西华大声道:“你……你便是李自成?你居然还没死?好,好,好!”语音之中充满愤激之情。李自成向他瞪了一眼,道:“怎样?你是谁?”李西华怒道:“我恨不得食你之肉,寝你之皮。我只道你早已死了,老天爷有眼,好极。”

李自成哼了一声,冷笑道:“老子一生杀人如麻。天下不知有几十万、几百万人要杀我报仇,老子还不是好端端的活着?你想报仇,未必有这么容易。”

阿珂拉了他衣袖,低声道:“爹,咱们走罢。”

李自成将禅杖在地下一顿,转身出门。阿珂和郑克塽跟了出去。

李西华叫道:“李自成,明日此刻,我在这里相候,你如是英雄好汉,就来跟我单打独斗,拚个死活。你有没胆子?”

李自成回头望了他一眼,脸上尽是鄙夷之色,说道:“老子纵横天下之时,你这小子未出娘胎。李某是不是英雄好汉,用不着阁下定论。”禅杖一顿,走了出去。

众人相顾默然,均觉了这几句大是有理。李自成杀人如麻,世人毁多誉少,但他是个敢作敢为的英雄好汉,纵是对他恨之切骨的人,也难否认。此时他年纪已老,然顾盼之际仍是神威凛凛,舂人众人大都武功不弱,久历江湖,给他眼光一扫,仍不自禁的暗生惧意。

韦小宝骂道:“他妈的,你明明已把女儿许配了给我做老婆,这时又来抵赖,我偏偏说你是狗熊,英个屁雄。”见双儿撕下了衣襟,正在裹扎肩头伤口,便助她包扎,问道:“好双儿,你怎么来了?幸亏你凑巧来救了我,否则的话,我这老婆谋杀亲夫,已刺瞎了我的眼睛。”双儿低声道:“不是凑巧,我一直跟在相公身边,只不过你不知道罢了。”韦小宝大奇,连问:“你一直在我身边?那怎么会?”

瘦头陀叫道:“喂,快把我穴道解开,快拿解药出来,否则的话,哼哼,老子立刻就把你脑袋砸个稀巴烂!”

突然之间,大厅中爆出一声哈哈、呵呵、嘿嘿、嘻嘻的笑声。韦小宝的部属不断到来,而这极矮奇胖的家伙穴道被封,动弹不得,居然还口出恐吓之言,人人都觉好笑。

瘦头陀怒道:“你们笑甚么?有甚么好笑?待会等我穴道解了,他如仍是不给解药,瞧我不砸他个稀巴烂。”

钱老本提起单刀,笑嘻嘻的走过去,说道:“此刻我如在你头上砍他妈的三刀，老兄的脑袋开不开花？”瘦头陀怒道：“那还用多问？自然开花！”钱老本笑道：“乘着你穴道还没解开，我先把你砸个稀巴烂，免得你待会穴道解开了，把我主人砸了个稀巴烂。”

众人一听，又都哄笑。

瘦头陀怒道：“我的穴道又不是你点的。你把我砸个稀巴烂，不算英雄。”

钱老本笑道：“不算就不算，我本来就不是英雄。”说着提起刀来。

胖头陀叫道：“韦……韦大人，我师哥无礼冒犯，请你原谅，属下代为陪罪。师哥，你快陪罪，韦大人也是你上司，难道你不知么？”他头颈不能转动，分别对韦小宝和瘦头陀说话，无法正视其人。瘦头陀道：“他如给我解药，别说陪罪，磕头也可以，给他做牛做马也可以。不给解药，就把他脑袋瓜儿砸个稀巴烂。”

韦小宝心想：“那老婊子有甚么好，你竟对她这般有恩有义？”正要说话，忽见那乡农双手一抖，从人丛中走了出来，说道：“各位，兄弟失陪了。”

众人都吃了一惊，八人被冯锡范点中要穴，除了韦小宝已由双儿推拿解开，余下七人始终动弹不得。那冯锡范内力透过剑尖入穴，甚是厉害，武功再高之人，也至少有一两个时辰不能行动。这乡农模样之人宛如个乡下土老儿，虽然他适才推牌九之时，按牌入桌，印出牌痕，已显了一手高深内功，但在这短短一段时候之间竟能自解穴道，实是罕见罕闻。只见他拖着鞋皮，踢跎踢跎的走了出去。

韦小宝对钱老本道：“解了自己兄弟的穴道，这位李……李先生，也是自己人。”说着向李西华一指。钱老本应道：“是。”还刀入鞘，正要替李西华解穴。那老叫化忽道：“明复清反，母地父天。”钱老本“啊”了一声。

徐天川抢上前去，在那老叫化后心穴道上推拿了几下，转到他面前，双手两根拇指对着他面前一弯。天地会兄弟人数众多，难以遍识，初会之人，常以"天父地母，反清复明"八字作为同会记认。但若有外人在旁，不愿泄漏了机密，往往便将这八字倒转来说，外人骤听之下，自是莫名其妙。徐天川向那老叫化屈指行礼，也是一项不让外人得知的礼节。钱徐二人跟着给李西华、胖头陀、陆高轩三人解开了穴道。

只余下瘦头陀一人坐在地下，满脸胀得通红，喝道："师弟，还不给我解穴？他妈的，还等甚么？"胖头陀道："解穴不难，你可不得再对韦大人无礼。"瘦头陀怒道："谁教他不给解药？是他得罪我，又不是我得罪他！他给了解药，就算是向我赔罪，老子不咎既往，也就是了。"胖头陀踌躇道："这个就为难得很了。"

老叫化喝道："你这矮胖子罗唆个没完没了，别说韦兄弟不给解药，就算他要给，我也要劝他不给。"右手一指，嗤的一声，一股劲风向瘦头陀射去，跟着又是两指，嗤嗤连声，瘦头陀身上穴道登时解开。

突见一个大肉球从地下弹了起来，疾扑韦小宝。老叫化呼的一掌，击了出去，瘦头陀身在半空，还了一掌，身子弹起，他武功也当真了得，凌空下扑，双掌向老叫化头顶击落。老叫化左足飞出，踢向他后腰。瘦头陀双即挥掌拍落，掌力与对方腿力相激，一个肥大的身子又飞了起来。他身在空中，宛似个大皮球，老叫化掌拍足踢，始终打不中他一招。别瞧这矮胖子模样笨拙可笑，出手竟灵活之极，足不着地，更加圆转如意。

李西华和天地会群雄都算见多识广，但瘦头陀这般古怪打法，却也是生平未见。胖头陀和陆高轩全神贯注，瞧着老叫化出手，眼见他每一招都是劲力凌厉，瘦头陀一个二百多斤的身躯，全凭借着老叫化的力道，才得在空中飞舞不落。

两人越斗越紧，拳风掌力逼得旁观众人都背靠墙壁。忽听得瘦头陀怪声大喝，一招“五丁开山”，左掌先发，右拳随下，向着老叫化头顶击落。老叫化喝道：“来得好！”蹲下身子，使一招“天王托塔”，迎击而上。两股巨力相撞，瘦头陀腾身而起，背脊冲上横梁，只听喀喇喇一阵响，屋顶上瓦片和泥尘乱落，大厅中灰沙飞扬，瘦头陀又已扑击而下，老叫化缩身避开。瘦头陀一扑落空，砰的一声，重重落在地下。

老叫化哈哈大笑，笑声未绝，瘦头陀又已弹起，迅捷无伦的将一个大脑袋当胸撞来。眼见他这一撞势道甚是威猛，老叫化侧身避过，右掌已落在他屁股上，内劲吐出，大喝一声。瘦头陀的撞力本已十分厉害，再加上老叫化的内劲，两股力道并在一起，眼见瘦头陀急飞而出，脑袋撞向墙壁，势非脑浆迸裂不可。

众人惊叫声中，胖头陀抓起一名缩在一旁的赌场伙计，掷了出去，及时挡在墙上，波的一声，瘦头陀的头颅撞入他胸腹之间，一颗大脑袋钻人了那伙计的肚皮，嵌入墙壁，撞出了一个大洞。

他摇摇晃晃的站起身来，一颗肥脑袋上一塌胡涂，沾满了那伙计的血肉。他双手在脸上一阵乱抹，怒骂：“他妈的，这是甚么玩意？”众人无不骇然。

老叫化喝道：“还打不打？”瘦头陀道：“当年我身材高大之时，你打我不赢。”老叫化道：“现今呢？”瘦头陀摇头道：“现今我打你不赢，罢了，罢了！”忽地跃起，向墙壁猛撞过去，轰隆一声，响，墙上穿了个大洞，连着那伙计的尸身一齐穿了出去。

胖头陀叫道：“师哥，师哥！”飞跃出洞。陆高轩道：“韦大人，我去瞧瞧。”脚前头后，身子平飞，从洞中跃出，双手兀自抱拳向韦小宝行礼，姿式美妙。众人齐声喝采。

徐天川、钱老本等均想：“韦香主从哪里收了这两位部属来，武功竟如此了得？比之我们高出十倍。”

李西华拱手道："少陪了。"从大门中快步走出。

韦小宝向老叫化拱手道："这位兄台，让他们走了罢？"说着向赵齐贤等一指。

老叫化呵呵笑道："多有得罪。"随手拉起赵齐贤等人，也不见他推宫解穴，只一抓之间，已解了几名侍卫的穴道。

韦小宝道："多谢。"吩咐赵齐贤、张康年先行回去。

徐天川向双儿瞧了一眼，问道："这姑娘是韦香主的心腹之人？"韦小宝道："是，咱们甚么事都不必瞒她。"老叫化道："这位姑娘年纪虽小，一副忠肝义胆，人所难及。刚才若不是她奋不顾身，忠心护主，韦兄弟的一双眼珠已不保了。"韦小宝拉着双儿的手，道："对，对，幸亏是她救了我。"

双儿听两人当众称赞自己，羞得满脸通红，低下了头，不敢和众人目光相接。

徐天川走上一步，对老叫化朗声说道："五人分开一首诗，身上洪英无人知。"

老叫化道："自此传得众兄弟，后来相认团圆时。"

韦小宝初入天地会时，会中兄弟相认的各种仪节切口，已有人传授了他，念熟记住。这些句子甚是俚俗，文义似通非通，天地会兄弟多是江湖汉子，倒有一大半人和他一般目不识丁，切口句子若是深奥了，会众兄弟如何记得？这时听那老叫化念了相认的诗句，便接着念道："初进洪门结义兄，当天明誓表真心。"

老叫化念道："松柏二枝分左右，中节洪花结义亭。"韦小宝道："忠义堂前兄弟在，城中点将百万兵。"老叫化道："福德祠前来誓愿，反清复明我洪英。"韦小宝道："兄弟韦小宝，现任青木堂香主，请问兄长高姓大名，身属何堂，担任何职。"

老叫化道："兄弟吴六奇，现任洪顺堂红旗香主。今日和韦香主及众家兄弟相会，十分欢喜。”

众人听得这人竟然便是天下闻名的“铁丐”吴六奇，都是又惊又喜，一齐恭敬行礼。徐天川等各通姓名，说了许多仰慕的话。

吴六奇官居广东提督，手握一省重兵，当年受了查伊璜的劝导，心存反清复明之志，暗中入了天地会，任职洪顺堂红旗香主。天地会对这“洪”字甚是注重。一来明太祖的年号是“洪武”，二来这“洪”字是“汉”字少了个“土”字，意思说我汉人失了土地，为胡虏所占，会中兄弟自称“洪英”，意谓不忘前本、决心光复旧土。红旗香主并非正职香主，也不统率本堂兄弟，但位在正职香主之上，是会中十分尊崇的职份，仅次于总舵主而已。吴六奇是天地会中红旗香主一事，甚是隐秘，连徐天川、钱老本等人也均不知。

吴六奇拉着韦小宝的手，笑道：“韦香主，你去云南干事，对付大汉奸吴三桂。总舵主传下号令，命我广东、广西、云南、贵州四省兄弟相机接应。我一接到号令，便派出了十名得力兄弟，到云南暗中相助。不韦香主处置得当，青木堂众位兄弟才干了得，诸事化险为夷，我们洪顺堂帮不上甚么忙。前几天听说韦香主和众位兄弟来到广西，兄弟便化装前来，跟各位聚会。”

韦小宝喜道：“原来如此。我恩师他老人家如此照应，吴香主一番好意，做兄弟的实在感激不尽。吴香主大名，四海无不知闻，原来是会中兄弟，那真是刮刮叫，别别跳，乖乖不得了。”其实吴六奇的名字，他今日还是第一次听见，见徐天川等人肃然志敬，喜形于色，便顺口加上几句。

吴六奇笑道：“韦兄弟手刃大奸臣鳌拜，那才叫四海无不知闻呢。大伙儿是自己兄弟，客气话也不用说了。我得罪了韦兄弟属下的侍卫，才请得你到来，还请勿怪。”

韦小宝笑道：“他奶奶的，这些家伙狗皮倒灶，输了钱就混赖。吴大哥给他们吃点儿苦头，教训教训，教他们以后赌起钱来规规矩矩。兄弟还得多谢你呢。”

吴六奇哈哈大笑。众人坐了下来，吴六奇问起云南之事，韦小宝简略说了。吴六奇听说已拿到吴三桂要造反的真凭实据，心中大喜，没口子的称赞，说道：“这奸贼起兵造反，定要打到广东，这一次要跟他大干一场。待得打垮了这奸贼，咱们再回师北上，打上北京。”

说话之间，家后堂香主马超兴也已得讯赶到，和吴六奇相见，自有一番亲热。谈到刚才赌场中的种种情事，吴六奇破口大骂冯锡范，说他暗施偷袭，阴险卑鄙，定要跟他好好的打上一架。韦小宝产到冯锡范在北京要杀陈近南之事。吴六奇伸手在赌台上重重一拍，说道：“如此说来，咱们便在这里干了他，一来给关夫子扫仇，二来给总舵主除去一个心腹大患，三来也可一雪今日给他暗算的耻辱。”他一生罕遇敌手，这次竟给冯锡范制住了动弹不得，实是气愤无比。

马超兴道：“李自成是害死崇祯天子的大反贼，既是到了柳州，咱们可也不能轻易放过了。”天地会忠于明室，崇祯为李自成所逼，吊死煤山，天地会自也以李自成为敌。

韦小宝道：“台湾郑家打的是大明旗号，郑克塽这小子却去跟李自成做一路，那么他也成了反贼，咱们一不做，二不休，连他一起干了。更给总舵主除去了一个心腹大患。”

众人面面相觑，均不接口。天地会是台湾郑氏的部属，不妨杀了冯锡范，却不能杀郑二公子。何况众人心下雪亮，韦小宝要杀郑克塽，九成九是假公济私。吴六奇岔开话头，问起胖瘦二头陀等人的来历，韦小宝含糊以应，只说胖头陀和陆高轩二人是江湖上的朋友，自己于二人有恩，因此二人对自己甚是忠心。吴六奇对那自行解穴的乡下老头甚是佩服，说道：“兄弟生平极少服人，这位仁兄的武功高明之极，兄弟自愧不如。武林中有如此功夫的人寥寥可数，怎以想来想去，想不出是谁。”

众人认识论了一会。马超兴派出本堂啊弟，去查访李自成、冯锡范等人落脚的所在，一面给风际中、玄贞、双儿三人治伤。

韦小宝问起双儿如何一路跟随着自己。原来她在五台山上和韦小宝失散后，到处寻找，后来向清凉寺的和尚打听到已回了北京，于是跟着来到北京，韦小宝派去向她传讯的人，自然便没遇上。那时韦小宝却又已南下，当即随后追来，未出河北省境便已追上。她小孩儿家心中另有念头，担心韦小宝做了鞑子的大官，不再要自己服侍了，不敢出来相认，偷了一套骁骑营军士的衣服穿了，混在骁骑营之中，一直随到云南、广西。直到赌场中遇险，阿珂要刺伤韦小宝眼睛，这才挺身相救。

韦小宝心中感激，搂住了他，往她脸颊上轻轻一吻，笑道："傻丫头，我怎会不要你服侍？我一辈子都要你服侍，除非你自己不愿意服侍我了，想去嫁人了。”

双儿又是欢喜，又是害羞，满脸通红，道："不，不，我……我不会去嫁人的。”

当晚马超兴在柳州一家妓院内排设筵席，替吴六奇接风。饮酒之际，会中兄弟来报，说道已查到李自成一行人的踪迹，是在柳江中一所木排小屋之中。柳州盛产木材，柳州棺材，天下驰名。是以有“住在苏州，着在杭州，吃在广州，死在柳州”之谚。木材扎成木排，由柳江东下。柳江中木排不计其数，在排屋之中隐身，确是人所难知，若非天地会在当地人多势众，只怕也无法查到。

吴六奇拍案而起，说道："咱们快去，酒也不用喝了。”马超兴道："此刻天色尚早，两位且慢慢喝酒。待兄弟先布置一下，可莫让他们走了。”出去吩咐部属行事。

待到二更天时，马超兴领带众人来到柳江江畔，上了两艘小船。三位香主同坐一船。小船船夫不用吩咐，自行划出，随后有七八艘小船远远跟来，在江上划出约莫七八里地，小船便即停了。一名船夫钻进舱来，低声道："禀告三位香主：点子就在对面木排上。"

韦小宝从船篷中望出去，只见木排上一间小屋，透出一星黄光，江面上东一艘、西一艘尽是小船，不下三四十艘。马超兴低声道："这些小船，都是我们的。"韦小宝大喜，心想一艘船中若有十人，便有三四百人，李自成和冯锡范再厉害，还能逃上了天去？

便在此时，忽听得有人沿着江岸，一边飞奔，一边呼叫："李自成……李自成……你缩头缩脑，躲在哪里……李自成，有没有胆子出来……李自成……"却是李西华的声音。

木排上小屋中有人大声喝道："谁在这里大呼小叫？"

江岸上一条黑影纵身飞跃，上了木排，手中长剑在冷月下发出闪闪光芒。

排上小屋中钻出一个人来，手持禅杖，正是李自成，冷冷的道："你活得不耐烦了，要老子送你小命，是不是？"

李西华道："今日取你性命，就怕你死了，也还是个胡涂鬼。你可知我是谁？"李自成道："李某杀人过百万，哪能一一问姓名。上来罢。"这"上来罢"三字，宛如半空中打个霹雳，在江上远远传了出去，呼喝一声，挥杖便向李西华打去。李西华侧身避开，长剑贴住杖身，跃起身来，剑尖凌空下刺。李自成挺杖向空戳去。李西华身在半空，无从闪避，左足在杖头一点，借力一个筋斗翻出，落下时单足踏在木排边上。

吴六奇道："划近去瞧个清楚。"船夫扳桨划前。马超兴道："有人来纠缠他一下，咱们正好行事。"向船头一名船夫道："发下号令。"那船夫道："是。"从舱中取一盏红色灯笼，挂在桅杆上，便见四处小船中都有人溜入江中。

韦小宝大喜，连叫："妙极，妙极！"他武功不成，于单打独斗无甚兴趣，这时以数百之众围攻对方两人，稳操胜券，正是投其所好，何况眼见己方会众精通水性，只须钻到木排底下，割断排上竹索，木排散开，对方还不手到擒来？一想到木排散开，忙道："马大哥，那边小屋中有个姑娘，是兄弟未过门的老婆，可不能让她在江里淹死了。"

马超兴笑道："韦兄弟放心，我已早有安排。下水的兄弟之中，有十个专管救你这位夫人。这十个兄弟一等一水性，便是一条活鱼也捉上来了，包管没岔子。"韦小宝喜道："那好极了。"心想："最好是淹死了那郑克塽"但要马超兴下令不救郑克塽，这句话终究说不出口。

小船慢慢划近，只见木排上一团黑气、一道白光，盘旋飞舞，斗得甚紧。吴六奇摇头道："李自成没练过上乘武功，全仗膂力支持，不出三十招，便会死在这李西华剑下。想不到他一代枭雄，竟会毕命于柳江之上。"韦小宝看不清两人相斗的情形，只是见到李自成退了一步，又是一步。

忽听得小屋中阿珂说道："郑公子，快请冯师父帮我爹爹。"郑克塽道："好。师父，请你把这小子打发了罢！"小屋板门开处，冯锡范仗剑而出。

这时李自成已被逼得退到排边，只须再退一步，便踏入了江中。冯锡范喝道："喂，小子，我刺你背心'灵台穴'了。"长剑缓缓刺出，果然是刺向李西华的"灵台穴"。李西华正要回剑挡架，突然间小屋顶上有人喝道："喂，小子，我刺你背心'灵台穴'了！"白光一闪，一人如飞鸟般扑将下来，手中兵刃疾刺冯锡范后心。

这一下人人都是大出意料之外，没想到在这小屋顶上另行伏得有人。冯锡范不及攻击李西华，侧身回剑，架开敌刃，当的一声，嗡嗡声不绝，来人手中持的是柄单刀。双刃相交，两人都退了一步，冯锡范喝问："甚么人？"那人笑道："我认得你是半剑有血冯锡范，你不认得我么？"韦小宝等这时都已看得清楚，那人身穿粗布衣裤，头缠白布，腰间围一条青布阔带，足登草鞋，正是日间在赌场中自解穴道的那个乡农。想是他遭了冯锡范的暗算，心中不忿，来报那一剑之辱。

冯锡范森然道："以阁下如此身手，谅非无名之辈，何以如此藏头露尾，躲躲闪闪？"那乡农道："就算是无名之辈，也胜于半剑有血。"冯锡范大怒，挺剑刺去。那乡农既不闪避，也不挡架，举刀向冯锡范当头砍落，骤看似是两败俱伤的拚命打法，其实这一刀后发先至，快得异乎寻常。冯锡范长剑剑尖离对方尚有尺许，敌刃已及脑门，大骇之下，急忙向左窜出。那乡农挥刀横削，攻他腰胁。冯锡范立剑相挡，那乡农手中单刀突然轻飘飘的转了方向，劈向他左臂。冯锡范侧身避开，还了一剑，那乡农仍不挡架，挥刀攻他手腕。

两人拆了三招，那乡农竟是攻了三招，他容貌忠厚木讷，带着三分呆气，但刀法之凌厉狠辣，武林中实所罕见。吴六奇和马超兴都暗暗称奇。

冯锡范突然叫道："且住！"跳开两步，说道："原来尊驾是百胜……"那乡农喝道："打便打，多说甚么？"纵身而前，呼呼呼三刀。冯锡范便无余暇说话，只得打起精神，见招拆招。冯锡范剑法上也真有高深造诣，这一凝神拒敌，那乡农便占不到上风。二人刀剑忽快忽慢，有时密如连珠般碰撞数十下，有时回旋转身，更不相交一招。

那边厢李自成和李西华仍是恶斗不休。郑克塽和阿珂各执兵刃，站在李自成之侧，俟机相助。李自成一条禅杖舞将开来，势道刚猛，李西华剑法虽精，一时却也欺不近身。斗到酣处，李西华忽地手足缩拢，一个打滚，直滚到敌人脚边，剑尖上斜，已指住李自成小腹，喝道："你今日还活得成么？"这一招"卧云翻"，相传是宋代梁山泊好汉浪子燕青所传下的绝招，小巧之技，迅捷无比，敌人防不胜防。

阿珂和郑克塽都吃了一惊，待得发觉，李自成已然受制，不及相救。

李自成突然瞋目大喝，人人都给震得耳中嗡嗡作响，这一喝之威，直如雷震。李西华一惊，长剑竟然脱手。李自成飞起左腿，踢了他一个筋斗，禅杖杖头已顶在他胸口，登时将他压在木排之下，再也动弹不得。这一下胜败易势，只顷刻之间，眼邮李自成只须禅杖舂落，李西华胸口肋骨齐断，心肺碎裂，再也活不成了。

李自成喝道："你如服了，便饶你一命。"李西华道："快将我杀了，我不能报杀父大仇，有何面目活在人世之间？"李自成一声长笑，说道："很好！"双臂正要运劲将禅杖插下，一片清冷的月光从他身后射来，照在李西华脸上，但见他脸色平和，微露笑容，竟是全无惧意。李自成心中一凛，喝道："你是河南人姓李吗？"

李西华道："可惜咱们姓李的，出了你这样一个心胸狭窄、成不得大事的懦夫。"李自成颤声问道："李岩李公子是你甚么人？"李西华道："你既知道了，那就很好。"说着微微一笑。

李自成提起禅杖，问道："你是李兄弟……兄弟的儿子？"李西华道："亏你还有脸称我爹爹为兄弟。"李自成身子晃了几下，左手按住自己胸膛，喃喃的道："李兄弟留下了后人？你……你是红娘子生的罢？"李西华见他禅杖提起数尺，厉声道："快下手罢！尽说这些干么？"

李自成退开两步，将禅杖拄在木排之上，缓缓的道："我生平第一件大错事，便是害了你爹爹。你骂我心胸狭窄，是个成不得大事的懦夫，不错，一点不错！你要为你爹爹报仇，原是理所当然。李自成生平杀人，难以计数，从来不放在心上，可是杀你爹爹，我……我好生有愧。”突然间哇的一声，喷出了一大口鲜血。

李西华万料不到有此变故，跃起身来，拾回长剑，眼见他白须上尽是斑斑点点的鲜血，长剑便刺不进去，说道：“你既内心有愧，胜于一剑将你杀了。”飞身而起，左足在系排上的巨索上连点数下，已跃到岸上，几个起落，隐入了黑暗之中。

阿珂叫了声：“爹！”走到李自成身边，伸手欲扶。李自成摇摇手，走到木排之侧左脚跨出，身子便沉入江中。阿珂惊叫：“爹！你……你别……”

众人见江面更无动静，只道他溺水自尽，无不骇异。过了一会，却见李自成的头顶从江面上探了出来，原来他竟是凝气在江底步行，铁禅杖十分沉重，身子便不浮起。

但见他脑袋和肩头渐渐从江面升起，踏着江边浅水，一步步走上了岸，拖着铁禅杖，脚步蹒跚，慢慢远去。

阿珂回过身来，说道：“郑公子，我爹爹……他……他去了。”哇的一声，哭了出来，奔过去扑在郑克塽怀中。郑克塽左手搂住了她，右手轻拍她背脊，安慰道：“你爹爹走了，有我呢！”一言未毕，突然间足下木材滚动。两人大叫：“啊哟！”摔入江中。

天地会家后堂精通水性的好手潜入江中，将缚住木排的竹索割官，木材登时散开。

冯锡范急跃而起，看准了一根大木材，轻轻落下。那乡农跟着追到，呼的一刀，迎头劈下。冯锡范挥剑格开。两人便在大木材上继续厮拚。这番相斗，比之适才在木材上过招，又难了几倍。木材不住在水中滚动，立足固然难稳，又无从借力。冯锡范和那乡农却都站得稳稳地，刀来剑往，丝毫不缓。圆木顺着江水流下，渐渐飘到江心。

吴六奇突然叫道：“啊哟！我想起来了。这位兄弟是百姓刀王胡逸之。他……他……他怎么变成了这个样子？快追，划船过去！”

马超兴奇道：“胡逸之？那不是又有个外号叫作‘美刀王’的吗？此人风流英俊，当年说是武林中第一美男子，居然扮作了个傻里傻气的乡巴佬！”

韦小宝连问：“我的老婆救起来了没有？”

吴六奇脸有不悦之色，向他瞪了一眼，显然是说：“百胜刀王胡逸之遭逢强敌，水面凶险，我们怎不立即上前相助？你老是记挂着女子，重色轻友，非英雄所为。”

马超兴叫道：“快传下令去，多派人手，务须相救那个小姑娘。”

后梢船夫大声叫了出去。

忽见江中两人从水底下钻了上来，托起湿淋淋的阿珂，叫道：“女的拿住了。”跟着左首一人抓住郑克塽的衣领，提将起来，叫道：“男的也拿了。”众人哈哈大笑。

韦小宝登时放心，笑逐颜开，说道：“咱们快去瞧那百姓刀王，瞧他跟半剑有血打得怎样了。”坐船于吴六奇催促之下，早就在四桨齐划，迅速向胡冯二人相斗的那根大木驶去，越划越近。溶溶月色之下，见江面上白光闪烁，二人兀自斗得甚紧。

二人武功原也不分上下，但冯锡范日间和风际中、玄贞道人拚了两掌，风际中内力着实了得，当时已觉胸口气血不畅，此刻久斗之下，更觉右胸隐隐作痛。在这滚动不休的大木之上，除了前进后退一步半步之外，绝无回旋余地，百胜刀王胡逸之的刀法招招险、刀刀狠，只攻不守，每一刀似乎都是要拚个同归于尽。这等打法若在武艺平庸之人使来，本是使泼耍赖，但胡逸之刀法自成一家，虽险实安。他武功本已精奇，加上这一般凌厉无前的狠劲，冯锡范不由得心生怯意，又见一艘小船划将过来，船头站着数人，一瞥之下，赫然有日间在赌场中相遇的老化子在内。

胡逸之大喝一声，左一刀，右两刀，上一刀，下两刀，连攻六刀。冯锡范奋力抵住，百忙中仍还了两剑，门户守得严密异常。吴六奇赞道："好刀法！好剑法！"胡逸之又是挥刀迎面直劈。冯锡范退了半步，身子后仰，避开了这刀，长剑晃动，挡住身前。这时他左足已踏在大木末端，脚后跟浸在水中，便半寸也退不得了。胡逸之再砍三刀，冯锡范还了三剑，竟分毫不退。胡逸之大喝一声，举刀直砍下来。冯锡范侧身让开，不料胡逸之这一刀竟不收手，向下直砍而落，嚓的一声，将大木砍为两段。

冯锡范立足之处是大木的末端，大木一断，他"啊"的一声，翻身入水。胡逸之钢刀脱手，向他身上掷出。冯锡范身在水中，闪避不灵，眼见钢刀掷到，急挥长剑掷出，刀剑铮的一声，空中相交，激出数星火光，远远荡了开去，落入江中。冯锡范潜入水中，就此不见。胡逸之暗暗心惊："这人水性如此了得，刚才我如跟他一齐落水，非遭他毒手不可。"

吴六奇朗声说道："百胜刀王，名不虚传！今日得见神技，令人大开眼界。请上船来共饮一杯如何？"

胡逸之道："叨扰了！"一跃上船。船头只微微一沉，船身竟无丝毫晃动。韦小宝不明这一跃之难，吴六奇、马超兴等却均大为佩服。吴六奇拱手说道："在下吴六奇。这位马超兴兄弟，这位韦小宝兄弟。我们都是天地会的香主。"

胡逸之大拇指一翘，说道："吴兄，你身在天地会，此事何等隐秘，倘若泄漏了风声，全家性命不保。今日初会，你居然对兄弟毫不隐瞒，如此豪气，好生令人佩服。"

吴六奇笑道："倘若信不过百胜刀王，兄弟岂不是成了卑鄙小人么？"

胡逸之大喜，紧紧握住他手，说道："这些年来兄弟隐居种莱，再也不问江湖之事，不料今日还能结交到铁丐吴六奇这样一位好朋友。”说着携手入舱。他对马超兴、韦小宝等只微一点头，并不如何理会。

韦小宝见他打败了郑克塽的师父，又是佩服，又是感谢，说道：“胡大侠将冯锡范打入江中，江里的王八甲鱼定然咬得他全身是血。半剑有血变成了无剑有血，哈哈！”

胡逸之微微一笑，说道：“韦香主，你掷骰子的本事，可不错啊。”

这句话本来略有讥嘲之意，笑他武功不行，只会掷骰子作弊骗羊牯。韦小宝却也不以为忤，反觉得意，笑道：“胡大侠砌牌的本事，更是第一流高手。咱哥儿俩联手推庄，赢了那矮胖子不少银子，胡大侠要占一半，回头便分给你。”胡逸之笑道：“韦香主下次推庄，兄弟还是帮庄。跟你对赌，非输不可。”韦小宝笑道：“妙极，妙极！”

马超兴命人整治杯盘，在小船中饮酒。

胡逸之喝了几杯酒，说道：“咱们今日既一见如故，兄弟的事，自也不敢相瞒。说来惭愧，兄弟二十余年来退出江湖，隐居昆明城郊，只不过为了一个女子。”

韦小宝道：“那个陈圆圆唱歌，就有一句叫做英雄甚么是多情。既是英雄，自然是要多情的。”吴六奇眉头一皱，心想：“小孩子便爱胡说八道，你懂得甚么？”

不料胡逸之脸色微微一变，叹了口气，缓缓道：“英雄无奈是多情。吴梅村这一句诗，做得甚好，可是那吴三桂并不是甚么英雄，他也不是多情，只不过是个好色之徒罢了。”轻轻哼着《圆圆曲》中的两句：“妻子岂应关大计，英雄无奈是多情。”对韦小宝道：“韦香主，那日你在三圣庵中，听陈姑娘唱这首曲子，真是耳福不浅。我在她身边住了二十三年，断断续续的，这首曲子也只听过三遍，最后这一遍，还是托了你的福。”

韦小宝奇道：“你在她身边住了二十三年？你……你也是陈圆圆的姘……么？”

胡逸之苦笑道：“她……她……嘿嘿，她从来正眼也不瞧我一下。我在三圣庵中种菜扫地、打柴挑水，她只道我是个乡下田夫。”

吴六奇和马超兴对望一眼，都感骇异，料想这位“美刀王”必是迷恋陈圆圆的美色，以致甘为佣仆。此人武功之高，声望之隆，当年在武林中都算得是第一流人物，居然心甘情愿的去做此低三下四之人，实令人大惑不解。看胡逸之时，见他白发苍苍，胡子稀稀落落，也是白多黑少，满脸皱纹，皮肤黝黑，又哪里说得上一个“美”字？

韦小宝奇道：“胡大侠，你武功这样了得，怎么不把陈圆圆一把抱了便走？”

胡逸之一听这话，脸上闪过一丝怒色，眼中精光暴盛。韦小宝吓了一跳，手一松，酒杯摔将下来，溅得满身都是酒水。胡逸之低下头来，叹了口气，说道：“那日我在四川成都，无意中见了陈姑娘一眼，唉，那也是前生冤孽，从此神魂颠倒，不能自拔。韦香主，胡某是个没出息，没志气的汉子。当年陈姑娘在平西王府中之时，我在王府里做园丁，给她种花拔草。她去了三圣庵，我便跟着去做火伕。我别无他求，只盼早上晚间偷偷见到她一眼，便已心满意足，怎……怎会有丝毫唐突佳人的举动？”

韦小宝道：“那么你心中爱煞了她，这二十几年来，她竟始终不知道？”

胡逸之苦笑摇头，说道：“我怕泄漏了身份，平日一天之中，难得说三句话，在她面前更是哑口无言。这二十三年之中，跟她也只说过三十九句话。她倒向我说过五十五句。”

韦小宝笑道："你倒记是真清楚。"

吴六奇和马超兴均感恻然，心想他连两人说过几句话，都数得这般清清楚楚，真是情痴已极。吴六奇生怕韦小宝胡言乱语，说话伤了他心，说道："胡大哥，咱们性情中人，有的学武成痴，有的爱喝酒，有的爱赌钱。陈圆圆是天下第一美人，你爱鉴赏美色，可是对她清清白白，实在难得之极。兄弟斗胆，有一句话相劝，不知能否采纳么？"

胡逸之道："吴兄请说。"吴六奇道："想那陈圆圆，当年自然美貌无比，但到了这时候，年纪大了，想来……"胡逸之连连摇头，不愿再听下去，说道："吴兄，人各有志。兄弟是个大傻瓜，你如瞧不起我，咱们就此别过。"说着站起身来。

韦小宝道："且慢！胡兄，陈圆圆的美貌，非人世间所有，真如天上仙女一般。幸好吴香主、马香主没见过，否则一见之后，多半也是甘心要给她种菜挑水，我天地会中就少了两位香主啦……"吴六奇心中暗骂："他妈的，小鬼头信口开河。"韦小宝续道："……我这可是亲眼见过的。她的女儿阿珂，只有她一半美丽，不瞒你说，我是打定了主意，就是千刀万剐，粉身碎骨，也非娶她做老婆不可。昨天在赌场之中，她要挖我眼睛，心狠手辣，老子也不在乎，这个，你老兄是亲眼所见，并无虚假。"

胡逸之一听，登时大兴同病相怜之感，叹道："我瞧那阿珂对韦兄弟，似乎有点流水无情。"韦小宝道："甚么流水无情？简直恨我入骨。他妈的……胡大哥，你别误会，我这是随口骂人，可不是骂她的妈陈圆圆……那阿珂不是在我胸口狠狠刺了一剑么？后来又刺我眼珠，若不是我运气好，她早已谋杀了亲夫。她……她……哼，瞧上了台湾那个郑公子，一心一意想跟他做夫妻，偏偏那姓郑的在江中又没淹死。"

胡逸之坐了下来，握住他手，说道："小兄弟，人世间情这个东西，不能强求，你能遇到阿珂，跟她又有师姊师弟的名份，那已是缘份，并不是非做夫妻不可的。你一生之中，已经看过她许多眼，跟她说过许多话。她骂过你，打过人，用刀子刺过你，那便是说她心中有了你这个人，这已经是天大的福份了。”

韦小宝点头道：“你这话很对。她如对我不理不睬，只当世上没我这个人，这滋味就挺不好受。我宁可她打我骂我，用刀子杀我。只要我没给她杀死，也就是了。”

胡逸之叹道：“就给她杀了，也很好啊。她杀了你，心里不免有点抱歉，夜晚做梦，说不定会梦见你；日间闲着无事，偶然也会想到你。这岂不是胜于心里从来没你这个人吗？”

吴六奇和马超兴相顾骇然，均想这人直是痴到了极处，若不是刚才亲眼见到他和冯锡范相斗，武功出神入化，真不信他便是当年名闻四海、风流倜傥的“美刀王”。

韦小宝却听得连连点头，说道：“胡大哥，你这番话，真是说得再明白也没有，我以前就没想到。不过我喜欢了一个女子，却一定要她做老婆，我可没你这么耐心。阿珂当真要我种菜挑水，要我陪她一辈子，我自然也干。但那个郑公子倘若在她身边，老子却非给他来个白刀子进、红刀子出不可。”

胡逸之道：“小兄弟，这话可不大对了。你喜欢一个女子，那是要让她心里高兴，为的是她，不是为你自己。倘若她想嫁给郑公子，你就该千方百计的助她完成心愿。倘若有人要害郑公子，你为了心上人，就该全力保护郑公子，纵然送了自己性命，那也无伤大雅啊。”

韦小宝摇头道：“这个可有伤大雅之至。赔本生意，兄弟是不干的。胡大哥，兄弟对你十分佩服，很想拜你为师。不是学你的刀法，而是学你对陈圆圆的一片痴情。这门功夫，兄弟可跟你差得远了。”

胡逸之大是高兴，说道："拜师是不必，咱哥儿俩切磋互勉，倒也不妨。"

吴六奇和马超兴对任何女子都不瞧在眼里，心想美貌女子，窑子里有的是，只要白花花的银子搬出去，要多少就有多少，看来这两个家伙都是失心疯了。

胡韦二人一老一少，却越谈越觉情投意合，真有相见恨晚之感。其实韦小宝是要娶阿珂为妻，那是下定决心，排除万难，苦缠到底，和胡逸之的一片痴心完全不同，不过一个对陈圆圆一往情深，一个对陈圆圆之女志在必得，立心虽有高下之别，其中却也有共通之处。何况胡逸之将这番深情在心中藏了二十三年，从未向人一吐，此刻得能尽情倾诉，居然还有人在旁大为赞叹，击节不已，心中的痛快无可言喻。

马超兴见胡韦二人谈得投机，不便打断二人的兴致，初时还听上几句，后来越听越不入耳，和吴六奇二人暗皱眉头，均想："韦香主是小孩子，不明事理，那也罢了。你胡逸之却为老不尊，教坏了少年人。"不由得起了几分鄙视之意。

胡逸之忽道："小兄弟，你我一见如故，世上最难得的是知心人。常言道得好，得一知己，死而无憾。胡某人当年相识遍天下，知心无一人，今日有缘跟你相见，咱俩结为兄弟如何？"韦小宝大喜，说道："那好极了。"忽然踌躇道："只怕有一件事不妥。"胡逸之问道："甚么事？"韦小宝道："如果将来你我各如所愿，你娶了陈圆圆，我娶了阿珂，你变成我的丈人老头儿子。兄弟相称，可不大对头。"

吴六奇和马超兴一听，忍不住哈哈大笑。

胡逸之怫然变色，愠道："唉，你总是不明白我对陈姑娘的情意。我这一生一世，决计不会伸一根手指头儿碰到她一片衣角，若有虚言，便如此桌。"说着左手一伸，喀的一声，抓下舟中小几的一角，双手一搓，便成木屑，纷纷而落。吴六奇赞道："好功夫！"胡逸之向他白了一眼，心道："武功算得甚么.我这番深情，那才难得。可见你不是我的知己。"

韦小宝没本事学他这般抓木成粉，拔出匕首，轻轻切下小几的另一角，放在几上，提起匕首，随手几剁，将那几角剁成数块，说道："韦小宝倘若娶不到阿珂做老婆，有如这块茶几角儿，给人切个大八块，还不了手。"

旁人见匕首如此锋利，都感惊奇，但听他这般立誓，又觉好笑。

韦小宝道："胡大哥，这么说来，我一辈子也不会做你女婿啦，咱们就此结为兄弟。"

胡逸之哈哈大笑，拉着他手，来到船头，对着月亮一齐跪倒，说道："胡逸之今日和韦小宝结为兄弟，此后有福共享，有难同当，若违此誓，都我淹死江中。"

韦小宝也依着说了，最后这句话却说成"教我淹死在这柳江之中"，心想："我决不会对不起胡大哥，不过万一有甚么错失，我从此不到广西来，总不能在这柳江之中淹死了。别的江河，那就不算。"

两人哈哈大笑，携手回入舱中，极是亲热。

吴六奇和马超兴向二人道喜，四人举杯共饮。吴六奇怕这对痴情金兰兄弟又说陈圆圆和阿珂之事，听来着实厌烦，说道："咱们回去罢。"胡逸之点头道："好。马兄，韦兄弟，我有一事相求，这位阿珂姑娘，我要带去昆明。"

马超兴并不在意。韦小宝却大吃一惊，忙问："带去昆明干甚么？"

胡逸之叹道："那日陈姑娘在三圣庵中和她女儿相认，当日晚上就病倒了，只是叫着：'阿珂，阿珂，你怎么不来瞧瞧你娘？'

又说：'阿珂，娘只有你这心肝宝贝，娘想得你好苦。'我听得不忍，这才一路跟随前来。在路上我曾苦劝阿珂姑娘回去，陪伴她母亲，她说甚么也不肯。这等事情又不能用强，我束手无策，只有暗中跟随，只盼劝得她回心转意。现下她给你们拿住了，倘若马香主要她答应回去昆明见母，方能释放，只怕她不得不从。"

马超兴道："此事在下并无意见，全凭韦香主怎么说就是。"

胡逸之道："兄弟，你要娶她为妻，来日方长，便如陈姑娘一病不起，从此再也见不到她女儿，这……这可是终身之恨了。"说着语音已有些哽咽。

吴六奇暗暗摇头，心想："这人英雄豪气，尽已消磨，如此婆婆妈妈，为了吴三桂的一个爱妾，竟然这般神魂颠倒，岂是好汉子的气概？陈圆圆是断送大明江山的祸首之一，下次老子提兵打进昆明，先将她一刀杀了。"

韦小宝说道："大哥要带她去昆明，那也可以，不过……不过不瞒大哥你说，我跟她明媒正娶，早已拜过天地，做媒人的是沐王府的摇头狮子吴立身。偏偏我老婆不肯跟我成亲，要去改嫁给那郑公子。倘若她答应和我做夫妻，自然就可放她。"

吴六奇听到这里，勃然大怒，再也忍耐不住，举掌在几上重重一拍，酒壶酒杯登时尽皆翻倒，大声道："胡大哥，韦兄弟，这小姑娘不肯去见娘，大大的不孝。她跟韦兄弟拜过了堂，已有夫妻名份，却又要去跟那郑公子，大大的不贞。这等不孝不贞的女子，留在世上何用？她相貌越美，人品越坏，我这就去把她的脖子喀喇一下扭断，他妈的，省得教人听着心烦，见了惹气。"厉声催促艄公："快划，快划。"

胡逸之、韦小宝、马超兴三人相顾失色，眼见他如此威风凛凛，杀气腾腾，额头青筋涨了起来，气恼已极，哪敢相劝？

坐船渐渐划向岸边，吴六奇叫道："那一男一女在哪里？"一艘小船上有人答道："在这里绑着。"吴六奇向艄公一挥手，坐船转头偏东，向那艘小船划去。吴六奇对韦小宝道："韦兄弟，你我会中兄弟，情如骨肉。做哥哥的不忍见你误于美色，葬送了一生，今日为你作个了断。"韦小宝颤声道："这件事……还得……还得仔细商量。"吴六奇厉声道："还商量甚么？"

眼见两船渐近，韦小宝忧心如焚，只得向马超兴求助："马大哥，你劝吴大哥一劝。"吴六奇道："天下好女子甚多，包在做哥哥的身上，给你找一房称心满意的好媳妇就是。又何必留恋这等下贱女子？"韦小宝愁眉苦脸，道："唉，这个……这个……"

突然间呼的一声，一人跃起身来，扑到了对面船头，正是胡逸之。

只见他一钻入船舱，跟着便从后艄钻出，手中已抱了一人，身法迅捷已极，随即跃到岸上，几个起落，已在数十丈外，声音远远传来："吴大哥、马大哥、韦兄弟，实在对不住之至，日后上门请罪，听凭责罚。"话声渐远，但中气充沛，仍是听得清清楚楚。

吴六奇又惊又怒，待要跃起追赶，眼见胡逸之已去得远了，转念一想，不禁捧腹大笑。

韦小宝鼓掌叫好，料想胡逸之抱了阿珂去，自然是将她送去和陈圆圆相会。

桌上一块大白布上钉满了绣花针，几千块羊皮碎片已拼成一幅完整无缺的大地图，难得是几千块碎皮拼在一起，既没多出一片，也没少了一片。

第三十四回　一纸兴亡看复鹿
千年灰劫付冥鸿

片刻间两船靠拢，天地会中兄弟将郑克塽推了过来。韦小宝骂道："奶奶的，你杀害天地会中兄弟，又想害死天地会总舵主，非把你开膛剖肚不可。辣块妈妈，你明知阿珂是我老婆，又跟她勾勾搭搭。"说着走上前去，左右开弓，拍拍拍拍，打了他四个耳光。

郑克塽喝饱了江水，早已萎顿不堪，见到韦小宝凶神恶煞的模样，求道："韦大人，求你瞧在我爹爹的份上，饶我一命。从今而后，我……再也不敢跟阿珂姑娘说一句话。"韦小宝道："倘若她跟你说话呢？"郑克塽道："我也不答，否则………否则……"否则怎样，一时说不上来。韦小宝道："你这人说话如同放屁。我先把你舌头割了，好教你便想跟阿珂说话，也说不上。"说着拔出匕首，喝道："伸舌头出来！"郑克塽大惊，忙道："我决不跟她说话便是，只要说一句话，便是混帐王八蛋。"

韦小宝生怕陈近南责罚，倒也不敢真的杀他，说道："以后你再敢对天地会总舵主和兄弟们无礼，再敢跟我老婆不三不四，想弄顶绿帽给老子戴，老子一剑插在你这奸夫心里。"

提起匕首轻轻一掷，那匕首直入船头。郑克塽忙道："不敢，不敢，再也不敢了。"

韦小宝转头对马超兴道："马大哥，他是你家后堂拿住的，请你发落罢。”马超兴叹道：“国姓爷何等英雄，生的孙子却这么不成器。”吴六奇道：“这人回到台湾，必跟总舵主为难，不如一刀两段，永无后患。”郑克塽大惊，忙道：“不，不会的。我回去台湾，求爹爹封陈永华陈先生的官，封个大大的官。”马超兴道：“哼，总舵主希罕么？”低声对吴六奇道：“这人是郑王爷的公子，咱们倘若杀了，只怕陷得总舵主有‘弑主’之名。”

天地会是陈就华奉郑成功之命而创，陈永华是天地会首领，但仍是台湾延平郡王府的属官，会中兄弟若杀了延平王的儿子，陈永华虽不在场，却也脱不了干系。吴六奇一想不错，双手一扯，拉断了绑着郑克塽的绳索，将他提起，喝道：“滚你的罢！”一把掷向岸上。

郑克塽登时便如腾云驾雾般飞出，在空中哇哇大叫，料想这一摔难免筋折骨断，那知屁股着地，在一片草地上滑出，虽然震得全身疼痛，却未受伤，爬起身来，急急走了。

吴六奇和韦小宝哈哈大笑。马超兴道：“这家伙丢了国姓爷的脸。”吴六奇问道：“这家伙如何杀伤本会兄弟，陷害总舵主？”韦小宝道：“这事说来话长，咱们上得岸去，待兄弟跟大哥详说。”向天边瞧了一眼，说道：“那边尽是黑云，只怕大雨就来了，咱们快上岸罢。”一阵疾风刮来，只吹得各人衣衫飒飒作声，口鼻中都是风。

吴六奇道：“这场风雨只怕不小，咱们把船驶到江心，大风大雨中饮酒说话，倒有趣得紧。”韦小宝吃了一惊，忙道：“这艘小船吃不起风，要是翻了，岂不糟糕？”马超兴微笑道：“那倒不用担心。”转头向艄公吩咐了几句。艄公答应了，掉过船头，挂起了风帆。

此时风势已颇不小，布帆吃饱了风，小船箭也似的向江心驶去。江中浪头大起，小船忽高忽低，江水直溅入舱来。韦小宝枉自外号叫作“小白龙”，却不识水性，他年纪是小的，这时脸色也已吓得雪白，不过跟这个“龙”字，却似乎拉扯不上甚么干系了。

吴六奇笑道：“韦兄弟，我也不识水性。”韦小宝大奇道：“你不会游水？”吴六奇摇头道：“从来不会，我一见到水便头晕脑胀。”韦小宝道：“那……那你怎么叫船驶到江心来？”吴六奇笑道：“天下的事情，越是可怕，我越是要去碰它一碰。最多是大浪打翻船，大家都做柳江中的水鬼，那也没甚么大不了。何况马大哥外号叫作‘西江神蛟’，水上功夫何等了得？马大哥，咱们话说在前，待会若是翻船，你得先救韦兄弟，第二个再来救我。”马超兴笑道：“好，一言为定。”韦小宝稍觉放心。

这时风浪益发大了，小船随着浪头，蓦地里升高丈余，突然之间，便似从半空中掉将下来，要钻入江底一般。韦小宝被抛了上来，腾的一声，重重摔上舱板，尖声大叫：“乖乖不得了！”船篷上刹喇喇一片响亮，大雨洒将下来，跟着一阵狂风刮到，将船头、船尾的灯笼都卷了出去，船舱中的灯火也即熄灭。韦小宝又是大叫：“啊哟，不好了！”

从舱中望出去，但见江面白浪汹涌，风大雨大，气势惊人。马超兴道：“兄弟莫怕，这场风雨果然厉害，待我去把舵。”走到后梢，叱喝船夫入舱。风势奇大，两名船夫刚到桅杆边，便险些给吹下江去，紧紧抱住了桅杆，不敢离手。大风浪中，那小船忽然倾侧。韦小宝向左边摔去，尖声大叫，心中痛骂：“这老叫化出他妈的这古怪主意，你自己又不会游水，甚么地方不好玩，却到这大风大雨的江中来开玩笑？风大雨大，你妈妈的肚皮大。”

狂风挟着暴雨，一阵阵打进舱来，韦小宝早已全身湿透。猛听得豁喇喇一声响，风帆落了下来，船身一侧，韦小宝向右撞去，砰的一声，脑袋撞在小几之上，忽想：“我又没对不起胡大哥，为甚么今日要淹死在这柳江之中？啊哟，是了，我起这誓，就是存心不良，打了有朝一日要欺骗他的主意。玉皇大帝，十殿阎王，救苦救难观世音菩萨，韦小宝诚心诚意，决计跟胡大哥有福共享，有难同当。同享甚么福？他如娶了陈圆圆……难道我也……”

风雨声中，忽听得吴六奇放开喉咙唱起曲来：

“走江边，满腔愤恨向谁言？老泪风吹，孤城一片，望救目穿，使尽残兵血战。跳出重围，故国悲恋，谁知歌罢剩空筵。长江一线，吴头楚尾路三千，尽归别姓，雨翻云变。寒涛东卷，万事付空烟。精魂显大招，声逐海天远。”

曲声从江上远送出去，风雨之声虽响，却也压他不倒。马超兴在后梢喝采不迭，叫道：“好一个‘声逐海天远’！”韦小宝但听他唱得慷慨激昂，也不知曲文是甚么意思，心中骂道：“你有这副好嗓子，却不去戏台上做大花面？老叫化，放开了喉咙大叫：‘老爷太太，施舍些残羹冷饭’，倒也饿不死你。”

忽听得远处江中有人朗声叫道：“千古南朝作话传，伤心血泪洒山川。”那叫声相隔甚远，但在大风雨中清清楚楚的传来，足见那人内力深湛。

韦小宝一怔之际，只听得马超兴叫道：“是总舵主吗？兄弟马超兴在此。”那边答道：“正是，小宝在么？”果是陈近南的声音。韦小宝又惊又喜，叫道：“师父，我在这里。”但狂风之下，他的声音又怎传得出去？马超兴叫道：“韦香主在这里。还有洪顺堂红旗吴香主。”陈近南道：“好极了！难怪江上唱曲，高亢入云。”声音中流露出十分喜悦之情。吴六奇道：“属下吴六奇，参见总舵主。”陈近南道：“自己兄弟，不必客气。”声音渐近，他的坐船向着这边驶来。

风雨兀自未歇，韦小宝从舱中望出去，江上一片漆黑，一点火光缓缓在江面上移来，陈近南船上点得有灯。过了好一会，火光移到近处，船头微微一沉，陈近南已跳下船来。韦小宝心想："师父到来，这次小命有救了。"忙迎到舱口，黑暗中看不见陈近南面貌，大声叫了声"师父"再说。

陈近南拉着他手，走入船舱，笑道："这场大风雨，可当真了得。你吓着了么？"韦小宝道："还好。"吴六奇和马超兴都走进舱来参见。

陈近南道："我到了城里，知道你们在江上，便来寻找，想不到遇上这场大风雨。若不是吴大哥一曲高歌，也真还找不到。"吴六奇道："属下一时兴起，倒教总舵主见笑了。"陈近南道："大家兄弟相称罢。吴大哥唱的是《桃花扇》中《沉江》那一出戏吗？"吴六奇道："正是。这首曲子写史阁部精忠抗敌，沉江殉难，兄弟平日最是爱听。此刻江上风雨大作，不禁唱了起来。"陈近南赞道："唱得好，果然是好。"韦小宝心道："原来这出戏叫作《沉江》。甚么戏不好唱，却唱这倒霉戏？你要沉江，小弟恕不奉陪。"

陈近南道："那日在浙江嘉兴舟中，曾听黄宗羲先生、吕留良先生、查伊璜先生三位江南名士，说到吴兄的事迹，兄弟甚是佩服。你我虽是同会弟兄，只是兄弟事繁，一直未能到广东相见。吴兄身份不同，亦不能北来。不意今日在此聚会，大慰平生。"吴六奇道："兄弟入了天地会后，无日不想参见总舵主。江湖上有言道：'平生不见陈近南，就称英雄也枉然。'从今天起，我才可称为英雄了，哈哈，哈哈。"陈近南道："多承江湖上朋友抬举，好生惭愧。"两人惺惺相惜，意气相投，放言纵谈平生抱负，登时忘了舟外的风雨。

谈了一会，风雨渐渐小了。陈近南问起吴三桂之事，韦小宝一一说了，遇到惊险之处，自不免加油添酱一番，种种经过，连马超兴也是首次得闻。陈近南听说已拿到了蒙古使者罕帖摩，真凭实据，吴三桂非倒大霉不可，十分欢喜；又听说罗刹国要在北方响应吴三桂，夺取关外大片土地，不由得皱起了眉头，半晌不语。

韦小宝道："师父，罗刹国人红毛绿眼睛，倒也不怕，最多不向他们脸上多瞧就是了。他们的火器可真厉害，一枪轰来，任你英雄好汉，也抵挡不住。"陈近南道："我也正为此担心，吴三桂和鞑子拚个两败俱伤，正是天赐恢复我汉家山河的良机，可是前门驱虎，后门进狼，赶走了鞑子，来个比鞑子还要凶恶的罗刹国，又来占我锦绣江山，那便如何是好？"吴六奇道："罗刹国的火器，当真没法子对付吗？"

陈近南道："有一个人，两位可以见见。"走到舱口，叫道："兴珠，你过来。"那边小船中有人应道："是。"跳上船来，走入舱中，向陈近南微微躬身，这人四十来岁年纪，身材瘦小，满脸英悍之色。陈近南道："见过了吴大哥、马大哥。这是我的徒弟，姓韦。"那人抱拳行礼，吴六奇等都起身还礼。陈近南道："这位林兴珠林兄弟，一直在台湾跟着我办事，很是得力。当年国姓爷打败红毛鬼，攻克台湾，林兄弟也是有功之人。"

韦小宝笑道："林大哥跟红毛鬼交过手，那好极了。罗刹鬼有枪炮火器，红毛鬼也有枪炮火器，林大哥定有法子。"

吴六奇和马超兴同时鼓掌，齐道："韦兄弟的脑筋真灵。"吴六奇本来对韦小宝并不如何重视，料想他不过是总舵主的弟子，才做到青木堂香主那样高的职司，青木堂近年来虽建功不少，也不见得是因这小家伙之故，见他迷恋阿珂，更有几分鄙夷，这时却不由得有些佩服："这小娃儿见事好快，倒也有些本事。"

陈近南微笑道："当年国姓爷攻打台湾，红毛鬼炮火厉害，果然极难抵敌。我们当时便构筑土堤，把几千名红毛兵围在城里，断了城中水源，叫他们没水喝。红毛兵熬不住了，冲出来攻击，我们白天不战，只晚上跟他们近斗。兴珠，当时怎生打法，跟大家说说。"

林兴珠道："那是军师的神机妙算……"陈近南为郑成功献策攻台，克成大功，军中都称他为"军师"。韦小宝道："军师？"见林兴珠眼望陈近南，师父脸露微笑，已然明白，说道："啊，原来师父你是诸葛亮。诸葛军师大破藤甲兵，陈军师大破红毛兵。"

林兴珠道："国姓爷于永历十五年二月初一日祭江，督率文武百官、亲军武卫，乘坐战舰，自科罗湾放洋，二十四日到澎湖。四月初一日到达台湾鹿耳门。门外有浅滩数十里，红毛兵又凿沉了船，阻塞港口。咱们的战舰开不进去。正在无法可施的当儿，忽然潮水大涨，众兵将欢声震天，诸舰涌进，在水寨港登岸。红毛兵就带了枪炮来打。国姓爷对大伙儿说，咱们倘若后退一步，给赶入大海，那就死无葬身之地。红毛鬼枪炮虽然厉害，大伙儿都须奋勇上前。众兵将齐奉号令，军师亲自领了我们冲锋。突然之间，我耳边好像打了几千百个霹雳，眼前烟雾弥漫，前面的兄弟倒了一排。大家一慌乱，就逃了回来。"

韦小宝道："我第一次听见开红毛枪，也吓得一塌胡涂。"

林兴珠道："我正如没头苍蝇般乱了手脚，只听军师大声叫道：'红毛鬼放了一枪，要上火药装铅子，大伙儿冲啊！'我忙领着众兄弟冲了上去，果然红毛鬼一时来不及放枪。可是刚冲到跟前，红毛鬼又放枪了，我立即滚在地下躲避，不少兄弟却给打死了，没有法子，只得退了下来。红毛鬼却也不敢追赶。这一仗阵亡了好几百兄弟，大家垂头丧气，一想到红毛鬼的枪炮就心惊肉跳。"

韦小宝道："后来终于是军师想出了妙计？"

林兴珠叫道："是啊。那天晚上，军师把我叫了去，问我：'林兄弟，你是武夷山地堂门的弟子，是不是？'我说是的。军师道：'日里红毛鬼一放枪，你立即滚倒在地，身法很敏捷啊。'我十分惭愧，说道：'回军师的话：小将不敢贪生怕死，明日上阵，决计不敢再滚倒躲避，折了我大明官兵的威风。否则的话，你杀我头好了。'"

韦小宝道："林大哥，我猜军师不是怪你贪生怕死，是赞你滚地躲避的法子很好，要你传授给众兄弟。"

陈近南向他瞧了一眼，脸露微笑，颇有赞许之意。

林兴珠一拍大腿，大声道："是啊，你是军师的徒弟，果然是明师出高徒……"

韦小宝笑道："你是我师父的部下，果然是强将手下无弱兵。"众人都笑了起来。

林兴珠道："那天晚上军师当真是这般吩咐。他说'你不可会错了意。我见你的燕青十八翻、松鼠草上飞的身法挺合用，可以滚到敌人身前，用单刀斫他们的腿。有一套地堂刀法，你练得怎样？'我听军师不是责骂我胆小怕死，这才放心，说道：'回军师的话：地堂刀法小将是练过的，当年师父说道，倘若上阵打仗，可以滚过去斫敌人的马脚，不过红毛鬼不骑马，只怕无用。'军师道：'红毛鬼虽没骑马，咱们斫他人脚，有何不可？'我一听之下，恍然大悟，连说：'是，是，小将脑筋不灵，想不到这一点。'"

韦小宝微微一笑，心想："你师父教你这刀法可斫马脚，你就以为不能斫人脚，老兄的脑筋，果然不大灵光。"

林兴珠道："当时军师就命我演了一遍这刀法。他赞我练得还可以，说道：'你的地堂门刀法身法，若没十多年的寒暑之功，练不到这地步，但咱们明天就要打仗，大伙儿要练，是来不及了。'我说：'是。这地堂门刀法小将练得不好，不过的确已练了十几年。'军师说道：'咱们赶筑土堤，用弓箭守住，你马上去教众兵将滚地上前、挥刀砍足的法子。只须教三四下招式，大伙儿熟练就可以了，地堂门中的深奥武功，一概不用教。'我接了军师将令，当晚先去教了本队士兵。第二天一早，红毛鬼冲来，给我们一阵弓箭射了回去。本队士兵把地堂刀法的基本五招练会了，转去传授别队的官兵。军师又吩咐大伙儿砍下树枝，扎成一面面盾牌，好挡红毛兵的铅弹。第四日早上，红毛兵又大举冲来，我们上去迎战，滚地前进，只杀得红毛鬼落花流水，战场上留下了几百条毛腿。赤嵌城守将红毛头的左腿也给砍了下来。这红毛头就此投降。后来再攻卫城，用的也是这法子。”

马超兴喜道：“日后跟罗刹鬼子交锋打仗，便可用地堂功夫对付。”

陈近南道：“然而情形有些不同。当年在台湾的红毛兵，不过三四千人，死一个，少一个。罗刹兵如来进犯，少说也有几万人，源源而来，杀不胜杀，再说，地堂刀法只能用于近战。罗刹兵如用大炮轰击，那也难以抵挡。”

吴六奇点头称是，道：“依军师之见，该当如何？”他听陈近南对林兴珠引见之时不称自己为“香主”，料想林兴珠不是天地会中人，便也不以“总舵主”相称。

陈近南道：“我中国地大人多，若无汉奸内应，外国人是极难打进来的。”众人都道：“正是。鞑子占我江山，全仗汉奸吴三桂带路。”陈近南道：“现今吴三桂又去跟罗刹国勾结，他起兵造反之时，咱们先一鼓作气的把他打垮，罗刹国没了内应，就不能贸然入侵。”马超兴道：“只是吴三桂倘若垮得太快，就不能跟鞑子打个两败俱伤。”陈近南道：“这也不错。但利害相权，比较起来，罗刹人比鞑子更加可怕。”

韦小宝道：“是啊。鞑子也是黄皮肤，黑眼睛，扁鼻头，跟我们没甚么两样，说的话也是一般。外国鬼子红毛绿眼睛，说起话来叽哩咕噜，有谁懂得？”

众人谈了一会国家大事，天色渐明，风雨也已止歇。马超兴道：“大家衣衫都湿了，便请上岸去同饮一杯，以驱寒气。”陈近南道:“甚好。”

这一场大风将小船吹出了三十余里,待得回到柳州,已近中午。众人在原来码头上岸。

只见一人飞奔过来,叫道:“相公,你……你回来了。”正是双儿。她全身湿淋淋的,脸上满是喜色。韦小宝问:“你怎么在这里?”双儿道:“昨晚大风大雨,你坐了船出去,我好生放心不下,只盼相公早些平安回来。”韦小宝奇道:“你一直等在这里?”

双儿道:“是。我……我……只担心……”韦小宝笑道:“担心我坐的船沉了?”双儿低声道:“我知道你福气大,船是一定不会沉的,不过……不过……”码头旁一个船夫笑道:“这位小总爷,昨晚半夜三更里风雨最大的时候,要雇我们的船出江,说是要寻人,先说给五十两银子,没人肯去,他又加到一百两。张老三贪钱,答应了,可是刚要开船,豁喇一声,大风吹断了桅杆。这么一来,可谁也不敢去了。他急得只是大哭。”韦小宝心下感动,握住双儿的手,说道:“双儿,你对我真好。”双儿胀红了脸,低下头去。

一行来到马超兴的下处,换过衣衫。陈近南吩咐马超兴派人去打听郑公子和冯锡范的下落。马超兴答应了,派人出去访查,跟着禀报家后堂的事务。

马超兴摆下筵席,请陈近南坐了首席,吴六奇坐了次席。要请韦小宝坐第三席时,韦小宝道:“林大哥攻破台湾,地堂刀大砍红毛火腿,立下如此大功,兄弟就是站着陪他喝酒,也是心甘情愿。这样的英雄好汉,兄弟怎敢坐他上首?”拉着林兴珠坐了第三席。林兴珠大喜,心想军师这个徒弟年纪虽小,可着实够朋友。

筵席散后,天地会四人又在厢房议事。陈近南吩咐道:“小宝,你有大事在身,你我师徒这次仍不能多聚,明天你就北上罢。”韦小宝道:“是。只可惜这一次又不能多听师父教诲。我本来还想听吴大哥说说他的英雄事迹，也只好等打平吴三桂之后，再听他说了。”

吴六奇笑道：“你吴大哥没甚么英雄事迹，平生坏事倒是做了不少。若不是查伊璜先生一场教训，直到今日，我还是在为虎作伥、给鞑子卖命呢。”

韦小宝取出吴三桂所赠的那支洋枪，对吴六奇道：“吴大哥，你这么远路来看兄弟，实在感激不尽，这把罗刹国洋枪，请你留念。”吴三桂本来送他两支，另一支韦小宝在领出沐剑屏时，交了给夏国相作凭证，此后匆匆离滇，不及要回。

吴六奇谢了接过，依法装上火药铁弹，点火向着庭中施放一枪，火光一闪，砰的一声大响，庭中的青石板石屑纷飞，众人都吓了一跳。陈近南皱起眉头，心想：“罗刹国的火器竟然这等犀利，若是兴兵进犯，可真难以抵挡。”

韦小宝取出四张五千两银票，交给马超兴，笑道：“马大哥，烦你代为请贵堂众位兄弟喝一杯酒。”马超兴笑道：“二万两银子？可太多了，喝三年酒也喝不完。”谢过收了。

韦小宝跪下向陈近南磕头辞别。陈近南伸手扶起，拍拍他肩膀，笑道：“你很好，不枉了是我陈近南之徒。”

韦小宝和他站得近了，看得分明，见他两鬓斑白，神色甚是憔悴，想是这些年来奔走江湖，大受风霜之苦，不由得心下难过，要想送些甚么东西给他，寻思：“师父是不要银子的，珠宝玩物，他也不爱。师父武功了得，也不希罕我的匕首和宝衣。”突然间一阵冲动，说道：“师父，有一件事要禀告你老人家。”

吴六奇和马超兴知他师徒俩有话说，便即退出。

韦小宝伸手到贴肉衣袋内，摸出一包物事，解开缚在包外的细绳，揭开一层油布，再揭开两层油纸，露出从八部《四十二章经》封皮中取出来的那些碎羊皮，说道："师父，弟子没甚么东西孝敬你老人家，这包碎皮，请你收了。"

陈近南甚感奇怪，问道："那是甚么？"

韦小宝于是说了碎皮的来历。陈近南越听脸色越郑重，听得太后、皇帝、鳌拜、西藏大喇嘛、独臂尼九难、神龙教主等等大有来头的人物，无不处心积虑的想得到这些碎皮，而其中竟隐藏着满清鞑子龙脉和大宝藏的秘密，当真是做梦也想不到之事。他细问经过情形，韦小宝一一说了，有些细节如神龙教教主教招、拜九难为师等情，自然略过不提。

陈近南沉吟半晌，说道："这包东西实是非同小可。我师徒俩带领会中兄弟，去掘了鞑子的龙脉，取出宝藏，兴兵起义，自是不世奇功。不过我即将回台，谒见王爷，这包东西带在身边，海道来回，或恐有失。此刻还是你收着。我回台之后，便来北京跟你相会，那时再共图大事。"韦小宝道："好！那么请师父尽快到北京来。"陈近南道："你放心，我片刻也不停留。小宝，你师父毕生奔波，为的就是图谋兴复明室，眼见日子一天天的过去，百姓对前朝渐渐淡忘，鞑子小皇帝施政又很妥善，兴复大业越来越渺茫。想不到吴三桂终于要起兵造反，而你又得了这份藏宝图，那真是天大的转机。"说到这里，不由得喜溢眉梢。

他本来神情郁郁，显得满怀心事，这时精神大振，韦小宝瞧着十分欢喜。陈近南又问："你身上中的毒怎样了？减轻些了么？"韦小宝道："弟子服了神龙教洪教主给的解药，毒性是完全解去了。"陈近南喜道："那好极了。你这一双肩头，挑着反清复明的万斤重担，务须自己保重。"说着双手按住他肩头。

韦小宝道："是。弟子乱七八糟，甚么也不懂的。得到这些碎皮片，也不过碰上运气罢了。每一次都好比我做庄，吃了闲家的夹棍，天杠吃天杠，别十吃别十，吃得舒舒服服。"

陈近南微微一笑，道："你回到北京之后，半夜里闩住了门窗，慢慢把这些皮片拼将起来，凑成一图，然后将图形牢牢记在心里，记得烂熟，再无错误之后，又将碎皮拆乱，包成七八包，藏在不同的所在。小宝，一个人运气有好有坏，不能老是一帆风顺。如此大事，咱们不能专靠好运道。"

韦小宝道："师父说得不错。好比我赌牌九做庄，现今已赢了八铺，如果一记通赔，这包碎皮片给人抢去了，岂不是全军覆没，铲了我的庄？因此连赢八铺之后，就要下庄。"

陈近南心想，这孩子赌性真重，微笑道："你懂得这道理就好。赌钱输赢，没甚么大不了。咱们图谋大事，就算把性命送了，那也是等闲之事。但这包东西，天下千千万万人的身家性命都在上面，那可万万输不得。"韦小宝道："是啊，我赢定之后，把银子捧回家去，埋在床底下，斩手指不赌了，那就永远输不出去。"

陈近南走到窗边，抬头望天，轻轻说道："小宝，我听到这消息之后，就算立即死了，心里也欢喜得紧。"

韦小宝心想："往日见到师父，他总是精神十足，为甚么这一次老是想到要死？"问道："师父，你在延平郡王府办事，心里不大痛快，是不是？"陈近南转过身来，脸有诧异之色，问道："你怎知道？"韦小宝道："我见师父似乎不大开心。但想世上再为难的事情，你也不放在心上。江湖上英雄好汉，又个个对你十分敬重。我想你连皇帝也不怕，普天之下只郑王爷一人，能给你气受。"

陈近南叹了口气，隔了半晌，说道："王爷对我一向礼敬有加，十分倚重。"韦小宝道："嗯，定是郑二公子这家伙向你摆他妈的臭架子。"陈近南道："当年国姓爷待我恩重如山，我早誓死相报，对他郑家的事，那是鞠躬尽瘁，死而后已。郑二公子年纪轻，就有甚么言语不当，我也不放在心上。王爷的世子，英明爱众，不过乃是庶出。"韦小宝不懂，问道："甚么庶出？"陈近南道："庶出就是并非王妃所生。”韦小宝道:“啊,我明白了,是王爷的小老婆生的。”

陈近南觉他出言粗俗,但想他没读过书,也就不加理会,说道:“是了。当年国姓爷逝世,跟这件事也很有关连,因此王太妃很不喜欢世子,一再吩咐王爷,要废了世子,立二公子做世子。”韦小宝大摇其头,说道:“二公子胡涂没用,又怕死,不成的!这家伙是个混蛋,脓包,他妈的混帐王八蛋。那天他还想害死师父您老人家呢。”

陈近南脸色微微一沉,斥道:“小宝,嘴里放干净些!你这不是在骂王爷么?”

韦小宝“啊”的一声,按住了嘴,说道:“该死!王八蛋这三字可不能随便乱骂。”

陈近南道:“两位公子比较起来,二公子确是处处及不上他哥哥,只是相貌端正,嘴头又甜,很得祖母的欢心……”韦小宝一拍大腿,说道:“是啊!妇道人家甚么也不懂,见了个会拍马屁的小白脸,就当是宝贝了。”陈近南不知他意指阿珂,摇了摇头,又道:“改立世子,王爷是不答应的,文武百官也都劝王爷不可改立。因此两位公子固然兄弟失和,太妃和王爷母子之间,也常常为此争执。太妃有时心中气恼,还叫了我们去训斥一顿。”

韦小宝道:“这老……”他“老婊子”三字险些出口,总算及时缩住,忙改口道:“老太太们年纪一大,这就胡涂了。师父,郑王爷的家事你既然理不了,又不能得罪他们,索性给他来个各人自扫门前雪,别管他家瓦上霜。”

陈近南叹道:“我这条命不是自己的了,早已卖给了国姓爷。人生于世,受恩当报。当年国姓爷以国土待我,我须当以国土相报。眼前王爷身边,人材日渐凋落,我决不能独善其身,舍他而去。唉!大业艰难,也不过做到如何便如何罢了。”说到这里,又有些意兴萧索起来。

韦小宝想说些话来宽慰，却一时无从说起，过了一会，说道："昨天我们本来想把郑克塽这么……"说着举起手来，一掌斩落，"……一刀两断，倒也干净爽快。但马大哥说，这样一来，可教师父难以做人，负了个甚么'撕主'的罪名。"

陈近南道："是'弑主'。马兄弟这话说得很对，倘若你们杀了郑公子，我怎有面目去见王爷？他日九泉之下，也见不了国姓爷。"

韦小宝道："师父，你几时带我去瞧瞧郑家这王太妃，对付这种老太太，弟子倒有几下散手。"心想自己把假太后这老婊子收拾得服服贴贴，宫皇太后也对付得了，区区一个王太妃又何足道哉。陈近南微微一笑，说道："胡闹！"拉着他手，走出房去。

注：台湾延平郡王郑经长子克壓是陈永华之婿，刚毅果断，郑经立为太子，出征时命其监国。克壓执法一秉至公，诸叔及诸弟多怨之，扬言其母假娠，克壓为屠夫李某之子。郑经及陈永华死后，克壓为董太妃及诸弟杀害。

当下韦小宝向师父、吴六奇、马超兴告辞。吴马二人送出门去。

吴六奇道："韦兄弟，你这个小丫头双儿，我已跟她拜了把子，结成了兄妹。"韦小宝和马超兴都吃了一惊，转头看双儿时，只见她低下了头，红晕双颊，神色甚是忸怩。韦小宝笑道："吴大哥好会说笑话。"吴六奇正色道："不是说笑。我这个义妹忠肝义胆，胜于须眉，正是我辈中人。做哥哥的对她好生相敬。我见你跟'百胜刀王'胡逸之拜把子，拜得挺有劲，我见样字样，于是要跟双儿拜把子。她可说甚么也不肯，说是高攀不上。我一个老叫化，有甚么高攀、低攀了？我非拜不可，她只好答应。"马超兴道："刚才你两位在那边房中说话，原来是商量拜把子的事。”吴六奇道：“正是。双儿妹子叫我不可说出来，哈哈，结拜兄妹，光明正大，有甚么不能说的？”

韦小宝听他如此说，才知是真，看着吴六奇，又看看双儿，很是奇怪。

吴六奇道：“韦兄弟，从今而后，你对我这义妹可得另眼相看，倘若得罪了她，我可要跟你过不去。”双儿忙道：“不……不会的，相公他……他待我很好。”韦小宝笑道：“有你这样一位大哥撑腰，玉皇大帝、阎罗老子也不敢得罪她了。”三人哈哈大笑，拱手而别。

韦小宝回到下处，问起拜把子的事，双儿很是害羞，说道：“这位吴……吴爷……”韦小宝道：“甚么吴爷？大哥就是大哥，拜了把子，难道能不算数么？”双儿道：“是。他说觉得我不错，定要跟我结成兄妹。”从怀里取出那把洋枪，说道：“他说身上没带甚么好东西，这把洋枪是相公送给他的，他转送给我，相公，还是你带着防身罢。”

韦小宝连连摇头，道：“是你大哥给你的，又怎可还我？”想起吴六奇行事出人意表，不由得啧啧称奇，又想：“他名字都叫‘六奇’，难怪，难怪！不知另外五奇是甚么？”

一行人一路缓缓回京。路上九难传了韦小宝一路拳法，叫他练习。但韦小宝浮动跳脱，说甚么也不肯专心学武。九难吩咐他试演，但见他徒具架式，却是半分真实功夫也没学到，叹道：“你我虽有师徒之名，但瞧你性子，实不是学武的材料。这样罢，我铁剑门中有一项‘神行百变’功夫，是我恩师木桑道人所创，秘是天下轻功之首。这项轻功须以高深内功为根基，谅你也不能领会。你没一门傍身之技，日后遇到危难，如何得了？我只好教你一些逃跑的法门。”

韦小宝大喜，说道：“脚底能抹油，打架不用愁。师父教了我逃跑的法门，那定是谁也追不上的了。”九难微微摇头，说道：“‘神行百变’，世间无双，当年威震武林，今日却让你用来脚底抹油，恩师地下有知，定是不肯认你这个没出息的徒孙。不过除此之外，我也没甚么你学得会的本事传给你。”

韦小宝笑道：“师父收了我这个没出息的徒儿，也算倒足了大霉。不过赌钱有输有赢，师父这次运气不好，收了我这徒儿，算是大输一场。老天爷有眼，保佑师父以后连赢八场，再收八个威震天下的好徒儿。”

九难嘿嘿一笑，拍拍他肩头，说道：“也不一定武功好就是人好。你性子不喜学武，这是天性使然，无可勉强。你除了油腔骨调之外，总也算是我的好徒儿。”

韦小宝大喜，心中一阵激动，便想将那些碎羊皮取出来交给九难，随即心想：“这些皮片我既已给了男师父，便不能再给女师父了。好在两位师父都是在想赶走鞑子，光复汉人江山，不论给谁都是一样。”

当下九难将“神行百变”中不需内功根基的一些身法步法，说给韦小宝听。说也奇怪，一般拳法掌法，他学时浅尝辄止，不肯用心钻研，这些逃跑的法门，他却大感兴趣，一路上学得津津有味，一空下来便即练习。有时还要轻功卓绝的徐天川在后追赶，自己东跑西窜的逃避。徐天川见他身法奇妙，好生佩服。初时几下子就追上了，但九难不断传授新的诀窍，到得直隶省境，徐天川说甚么也已追他不上了。

九难见他与“神行百变”这项轻功颇有缘份，倒也大出意料之外，说道：“看来你天生是个逃之夭夭的胚子。”

韦小宝笑道：“弟子练不成‘神行百变’，练成‘神行抹油’，总算不是一事无成。”

他冲了一碗新茶，捧到九难面前，问道：“师父，师祖木桑道长既已逝世，当今天下，自以你老人家武功第一了？”九难摇头道：“不是。‘天下武功第一’六字，何敢妄称？”眼望窗外，幽幽的道：“有一个人，称得上‘天下武功第一’。”韦小宝忙问：“那是谁？弟子定要拜见拜见。”九难道：“他……他……”突然间眼圈一红，默然不语。韦小宝道：“这位前辈是谁？弟子日后倘若有缘见到，好恭恭敬敬的向他磕几个头。”

九难挥挥手，叫他出去。韦小宝甚是奇怪，慢慢踱了出去，心想：“师父的神色好生古怪，难道这个天下武功第一之人，是她的老姘头么？”

九难这时心中所想的，正是那个远在万里海外的袁承志。她对袁承志落花有意，袁承志却情有别钟。二十多年来这番情意深藏心底，这时却又给韦小宝撩拨了起来。

次日韦小宝去九难房中请安，却见她已不别而去，留下了一张字条。韦小宝拿去请徐天川一念，原来纸条上写着“好自为之”四个字。韦小宝心中一阵怅惘，又想：“昨天我问师父谁是天下武功第一，莫非这句话得罪了她？”

不一日，一行人来到北京。建宁公主和韦小宝同去谒见皇帝。

康熙早已接到奏章，已复旨准许吴应熊来京完婚，这时见到妹子和韦小宝，心下甚喜。

建宁公主扑上前去，抱住了康熙，放声大哭，说道：“吴应熊那小子欺侮我。”康熙笑道：“这小子如此大胆，待我打他的屁股。他怎么欺侮你了？”公主哭道：“你问小桂子好了。他欺侮我，他欺侮我！皇帝哥哥，你非给我作主不可。”一面哭，一面连连顿足。康熙笑道："好，你且回自己屋里去歇歇，我来问小桂子。"

建宁公主早就和韦小宝商议定当，见了康熙之后，如何奏报吴应熊无礼之事。一等公主退出，韦小宝便详细说来。

康熙皱了眉头，一言不发的听完，沉思半晌，说道："小桂子，你好大胆！"韦小宝吓了一跳，忙道："奴才不敢。"康熙道："你跟公主串通了，胆敢骗我。"韦小宝道："没有啊，奴才怎敢瞒骗皇上？"康熙道："吴应熊对公主无礼，你自然并未亲见，怎能凭了公主一面之辞，就如此向我奏报？"

韦小宝心道："乖乖不得了，小皇帝好厉害，瞧出了其中破绽。"忙跪下磕头，说道："皇上明见万里。吴应熊对公主如何无礼，奴才果然没有亲见，不过当时许多人站在公主窗外，大家都是亲耳听见的。"康熙道："那更加胡闹了。吴应熊这人我见过两次，他精明能干，是个人才。他又不很年轻了，房里还少得了美貌的姬妾？怎会大胆狂妄，对公主无礼。哼，公主的脾气我还不知道？定是她跟吴应熊争吵起来，割了……割了他妈的卵蛋。"说到这里，忍不住哈哈大笑。

韦小宝也笑了起来，站起身来，说道："这种事情，公主是不便细说的，奴才自然也不敢多问。公主怎么说，奴才就怎么禀告。"康熙点点头，道："那也说得是。吴应熊这小子受了委屈，你传下旨去，叫他们在京里择日完婚罢，满了月之后，再回云南。"韦小宝道："皇上，完婚不打紧，吴三桂这老小子要造反，可不能让公主回云南去。"

康熙不动声色，点点头道："吴三桂果然要反，你见到甚么？"韦小宝于是将吴三桂如何跟西藏、蒙古、罗刹国、神龙教诸方勾结的情形一一说了。康熙神色郑重，沉吟不语，过了好一会，才道："这奸贼！竟勾结了这许多外援！"韦小宝也早知这事十分棘手，不敢作声。再过一会，康熙又问："后来怎样？"

韦小宝说道已将蒙古王子的使者擒来，述说自己如何假装吴三桂的小儿子而骗出真相，吴应熊如何想夺回罕帖摩，在公主住处放火，反而惨遭阉割，自己又如何派遣部属化装为王府家将，在妓院中争风吃醋、假装杀死罕帖摩。

康熙听得悠然神往，说道："这倒好玩得紧。"又道："吴三桂这人，我没见过。那日宫中传出父王宾天的讯息，吴三桂带了重兵，来京祭拜。我原想见他一见，可是几名顾命大臣防他拥兵入京，忽然生变，要他在北京城外搭了孝棚拜祭，不许他进北京城。"

说到这里，站起身来，来回踱步，说道："鳌拜这厮见事极不明白。如果担心吴三桂入京生变，只须下旨要他父子入京拜祭，大军驻扎在城外，他还能有甚么作为？他倘若不敢进城，那是他自己礼数缺了。不许他进城，那明明是跟他说：'我们怕了你的大军，怕你进京造反，你还是别进来罢！嘿嘿，示弱之至！吴三桂知道朝廷对他疑忌，又怕了他，岂有不反之理？他的反谋，只怕就种因于此。"

韦小宝听康熙这么一剖析，打从心坎儿里佩服出来，说道："当时倘若他见了皇上，皇上好好开导他一番，说不定他便不敢造反了。"康熙摇头道："那时我年纪幼小，不懂军事大事，一见之后，没甚么厉害的话跟他说，他瞧我不起，只有反得更快。"当下详细询问吴三桂的形貌举止，又问："他书房那张白老虎皮到底是怎样的？"

韦小宝大是奇怪，描述了那张白老虎皮的模样，说道："皇上连这等小事也知道。"

康熙微笑不语，又问起吴三桂的兵马部署，左右用事之人及十大总兵的性情才干；问话之中，显得对吴三桂的情状所知甚详，手下大将哪一个贪钱，哪一个好色，哪一个勇敢，哪一个胡涂，无不了然。

韦小宝既惊且佩，说道："皇上，你没去过云南，可是平西王府内府外的事情，知道得比奴才还多。"突然恍然大悟，道："啊，是了，皇上在昆胆派得有不少探子。"

康熙笑道："这叫做知己知彼，百战百胜啊。他一心想要造反，难道咱们就毫不理会？小桂子，你这趟功劳很大，探明了吴三桂跟西藏、蒙古、罗刹国勾结。这桩大秘密，我那些探子就查不到。他们只能查小事，查不到大事。"

韦小宝全身骨头大轻，说道："那全仗皇上洪福齐天。"康熙道："把那罕帖摩带进宫来，让我亲自审问。"韦小宝答应了，率领十名御前侍卫，将罕帖摩送到上书房来。

康熙一见到，便以蒙古话相询。罕帖摩听到蒙古话，既感惊奇，又觉亲切，眼见到宫中的派势，再也不敢隐瞒，一五一十，都将实情说了。康熙一连问了两个多时辰，除蒙古和吴三桂勾结的详情外，又细问蒙古的兵力部署、钱粮物产、山川地势、风土人情、以及蒙古各旗王公谁精明，谁平庸，相互间谁跟谁有仇，谁跟谁有亲。

韦小宝在一旁侍候，听得二人叽哩咕噜的说个不休，罕帖摩一时显得十分佩服，一时又显得害怕，到最后却跪下来不住磕头，似是感恩之极。康熙命御前侍卫带下去监禁。

一名小太监送上一碗参汤。康熙接过来喝了，对小太监道："你给韦副总管也斟一碗来。"韦小宝磕头谢恩，喝了参汤。

只听得书房外脚步响声，一名小太监道："启禀皇上：南怀仁、汤若望侍候皇上。"康熙点点头。小太监传呼出去，进来了两个身材高大的外国人，跪下向康熙磕头。

韦小宝大是奇怪，心想："怎么有外国鬼子来到宫里，真是奇哉怪也。”

两个外国人叩拜后，从怀中各取出一本书卷，放在康熙桌上。那个年纪较轻、名叫南怀仁的外国人道：“皇上，今儿咱们再说大炮发射的道理。”韦小宝听他一口京片子，清脆流利，不由得“咦”的一声，惊奇之极，心道：“希奇希奇真希奇，鬼子不会放洋屁。”

康熙向他一笑，低头瞧桌上书卷。南怀仁站在康熙之侧，手指卷册，解释了起来。康熙听到不懂的所在，便即发问。南怀仁讲了半个时辰，另一个老年白胡子外国人汤若望接着讲天文历法，也讲了半个时辰，两人磕头退出。

康熙笑道：“外国人说咱们中国话，你听着很希奇，是不是？”

韦小宝道：“奴才本来很奇怪，后来仔细想想，也不奇怪了。圣天子百神呵护。罗刹国图谋不轨，上天便降下两个会说中国话的洋鬼子来辅佐圣朝，制造枪炮火器，扫平罗刹。”

康熙道：“你心思倒也机灵。不过洋鬼子会说中国话，却不是天生的。那个老头儿，在前明天启年间就来到中国了，他是日耳曼人。那年轻的是比利时人，是顺治年间来的。他们都是耶稣会教士，来中国传教的。要传教，就得学说中国话。”

韦小宝道：“原来如此。奴才一直在担心罗刹的火器厉害。今天一听这外国人甚么大炮短铳，说得头头是道，这可就放心啦。”

康熙在书房中缓缓踱步，说道：“罗刹人是人，我们也是人，他们能造枪炮，我们一样也能造，只不过我们一直不懂这法子罢了。当年我们跟明朝在辽东打仗，明兵有大炮，我们很吃了些苦头。太祖皇帝就为炮火所伤，龙驭宾天。可是明朝的天下，还不是给我们拿下来了？可见枪炮是要人来用的，用的人不争气，枪炮再厉害也是无用。”

韦小宝道：“原来明朝有大炮。不知这些大炮现下在哪里？咱们拿了去轰吴三桂那老小子，轰他个一佛出世，二佛升天！”

康熙微微一笑，说道：“明朝的大炮就只那么几尊，都是向澳门红毛人买的。单是买鬼子的枪炮，那可不管用。倘若跟鬼子打仗，他们不肯卖了，岂不糟糕？咱们得自己造，那才不怕别人制咱们死命。”

韦小宝道：“对极，对极。皇上还怕这些耶稣会教士造西贝货骗你，因此自己来弄明白这个道理。从今而后，任他鬼子说得天花乱坠，七荤八素，都骗不了你。”康熙道：“你明白我的心思。这些造枪炮的道理，也真繁难得紧，单是炼那上等精铁，就大大不易。”

韦小宝自告奋勇，说道：“皇上，我去给你把北京城里城外的铁匠，一古脑儿的都叫了来，大伙儿拉起风箱，呼扯，呼扯，炼他几百万斤上好精铁。”

康熙笑道：“你在云南之时，我们已炼成十几万斤精铁啦。汤若望和南怀仁正在监造大炮，几时你跟我去瞧瞧。”韦小宝喜道：“那可太好了。”忽然想起一事，说道：“皇上，外国鬼子居心不良，咱们可得提防一二。那造炮的地方，又有火药，又有铁器，皇上自己别去，奴才给你去监督。”康熙道：“那倒不用担心。这件事情关涉到国家气运，我如不是亲眼瞧着，终不放心。南怀仁忠诚耿直。汤若望的老命是我救的，他感激得不得了。这二人决不会起甚么异心。”韦小宝道：“皇上居然救了外国老鬼子的老命，这可奇了。”

康熙微笑道：“康熙三年，汤若望说钦天监推算日食有误，和钦天监的汉官双方激辩。钦天监的汉官杨光先辩不过，就找他的岔子，上了一道奏章，说道汤若望制定的那部《大清时宪历》，一共只推算了二百年，可是我大清得上天眷祐，圣祚无疆，万万年的江山。汤若望止进二百年历，那不是咒我大清只有二百年天下吗？”

韦小宝伸了伸舌头，说道：“厉害，厉害。这外国老鬼会算天文地理，却不会算做官之人的手段。”康熙道：“可不是么？那时候鳌拜当政，这家伙胡里胡涂，就说汤若望咒诅朝廷，该当凌迟处死。这道旨意送给我瞧，可给我看出了一个破绽。”韦小宝道：“康熙三年，那时你还只十岁啊，已经瞧出了其中有诈，当真是圣天子聪明智慧，自古少有。”

康熙笑道：“你马屁少拍。其实这道理说来也浅，我问鳌拜，这部大清时宪历是几时做好的。他说不知道，下去查了一查，回奏说道，是顺治十年做好的，当时先帝下旨嘉奖，赐了他一个‘通玄教师’的封号。我说：‘是啊，我六七岁时，就已在书房里见过这部《大清时宪历》了。这部历书已做成了十年，为甚么当时大家不说他不对？这时候争他不过，便来翻他的老帐？那可不公道啊。’鳌拜想想倒也不错，便没杀他，将他关在牢里。这件事我后来也忘了，最近南怀仁说起，我才下旨放了他出来。”

韦小宝道：“奴才去叫他花些心思，做一部大清万年历出来。”

康熙笑了几声，随即正色道：“我读前朝史书，凡是爱惜百姓的，必定享国长久，否则尽说些吉祥话儿，又有何用？知古以来，人人都叫皇帝作万岁，其实别说万岁，享寿一百岁的皇帝也没有啊。甚么‘万寿无疆’，都是骗人的鬼话。父皇谆谆叮嘱，要我遵行‘永不加赋’的训谕，我细细想来，只要遵守这四个字，我们的江山就是铁打的。甚么洋人的大炮，吴三桂的兵马，全都不用担心。”

韦小宝不明白这些治国的大道理，只是喏喏连声，取出从吴三桂那里盗来的那部正蓝旗《四十二章经》，双手献上，说道：“皇上，这部经书，果然让吴三桂这老小子给吞没了，奴才在他书房中见到，便给他来个顺手牵羊，物归原主。”

康熙大喜，说道：“很好，很好。太后老是挂念着这件事。我去献给她老人家，拿去太庙焚化了，不管其中有甚么秘密，从此再也没人知道。”

韦小宝心道：“你烧了最好！这叫做毁尸灭迹。我盗了经中碎皮片儿的事，就永远不会发觉了。”

他回到了自己子爵府，天黑之后，闩上了门，取出那包碎皮片，叫了双儿过来，说道：“有一桩水磨功夫，你给我做做。”吩咐她将几千片碎皮片拼凑还原。双儿伏在案上，慢慢对着剪痕，一片片的拼凑。但数千片碎皮片乱成一团，要凑成原状，当真谈何容易？韦小宝初时还坐在桌边，出些主意，东拿一片，西拿一片，帮着拼凑，但搞了半天，连两块相连的皮片也找不出来，意兴索然，径自去睡了。

次日醒来，只见外边房中兀自点着蜡烛，双儿手里拿着一片碎皮，正怔怔的凝思。韦小宝走到她身后，“哇”的一声大叫。双儿吃了一惊，跳起身来，笑道：“你醒了？”韦小宝道：“这些碎皮片儿可磨人得紧，我又没赶着要，你怎地一晚不睡？快去睡罢！”双儿道：“好，我先收拾起来。”

韦小宝见桌上一张大白纸上已用绣花针钉了十一二块皮片，拼在一起，全然吻合，喜道：“你已找到了好几片啦。”双儿道：“就是开头最难，现下我已明白了一些道理，以后就会拼得快些。”将碎皮片细心包在油布包裹里，连同那张大白纸，锁在一只金漆箱中。

韦小宝道：“这些皮片很是有用，可千万不能让人偷了去。”双儿道：“我整日守在这里，不离开半步便是。就是怕睡着出了事。”韦小宝道：“不妨，我去调一小队骁骑营军士来守在屋外，给你保驾。”双儿微笑道：“那就放心得多了。”

韦小宝见她一双妙目中微有红丝，足见昨晚甚是劳瘁，心生怜惜，说道：“快睡罢，我抱你上床去。”双儿羞得满脸通红，连连摇手，道：“不，不，不好。”韦小宝笑道：“有甚么好不好的？你帮我做事，辛苦了一晚，我抱你上床，有甚么打紧？”说着伸手便抱。双儿咭的一声笑，从他手臂下钻了过去。

韦小宝连抱了几次，都抱了个空，自知轻身功夫远不及她，心头微感沮丧，叹了口气，坐倒在椅上。双儿笑吟吟的走近，说道：“先服侍你盥洗，吃了早点，我再去睡。”韦小宝摇头不语。双儿见他不快，心感不安，低声道：“相公，你……你生气了吗？”

韦小宝道：“不是生气，我的轻功太差，师父教了许多好法门，我总是学不会。连你这样一个小姑娘也捉不到，有甚么屁用？”双儿微笑道：“你要抱我，我自然要拚命的逃。”韦小宝突然一纵而起，叫道：“我非捉到你不可。”张开双手，向她扑去。双儿格格一笑，侧身避开。韦小宝假意向左方一扑，待她逃向右方，一伸手扭住了她衫角。双儿“啊”的一声呼叫，生怕给他扯烂了衫子，不敢用力挣脱。

韦小宝双臂拦腰将她抱住。双儿只是嘻笑。韦小宝右手抄到她腿弯里，将她横着抱起，放到自己床上。双儿满脸通红，叫道：“相公，你……你……”

韦小宝笑道：“我甚么？”拉过被子盖在她身上，俯身在她脸上轻轻一吻，笑道：“快合上眼，睡罢。”转身出房，带上了门，心道：“这丫头怕我着恼，故意让我抱住的。”来到厅上，吩咐亲兵传下令去，调一队骁骑营军士来自己房外守卫。

这几天之中，他将云南带来的金银礼物分送宫中妃嫔、王公大臣、侍卫、太监；心中盘算：“若说是吴三桂送的，倒让人领了这老小子的情，不如让老子自己来做好人。”于是吴三桂几十万两金银，都成了钦差大臣、骁骑营都统韦小宝的礼物。收礼之人自是好评潮涌。宫中朝中，都说皇上当真圣明，所提拔的这个少年都统精明干练，居官得体。

这些日子中，双儿每日都在拼凑破碎羊皮，一找到吻合无误的皮片，便用绣花针钉住。韦小宝每晚观看，见拼成的图形越来越大，图中所绘果然都是山川地形，图上注着弯弯曲曲的文字。双儿道："这些都是外国字，我可一个也不识。"韦小宝在宫中住得久了，却知写的是满洲字，反正连汉字他也不识，图中所写不论是甚么文字，也都不放在心上。

到得第十八天晚上，韦小宝回到屋里，只见双儿满脸喜容。他伸手摸了摸她下巴，问道："甚么事这样开心？"双儿微笑道："相公，你便猜猜看。"

昨晚临睡之时，韦小宝见只余下二三百片碎皮尚未拼起。这门拼凑功夫，每拼起一片，余下来的少了一片，就容易了一分。最初一两天最是艰难，一个时辰之中，未必能找到两片相吻合的碎皮，到得后来便进展迅速了。他料想双儿已将全图拼起，是以喜溢眉梢，笑道："让我猜猜看。嘿，你定是裹了几只湖州粽子给我吃。"双儿摇头道："不是。"

韦小宝道："你在地下捡到了一件宝贝？"双儿道："不是。"韦小宝道："你义兄从广东带了好东西来送给你？"双儿道："不是，路这么远，怎会送东西来啊。"韦小宝道："庄家三少奶捎了信来？"双儿摇摇头，眉头微蹙，轻声道："没有。庄家三少奶她们不知好不好，我常常想着。"韦小宝叫道："我知道了，今天是你生日。"双儿微笑道："不是的，我生日不是今天。"韦小宝道："是哪一天？"双儿道："是九月十……"忽然脸上一红，道："我忘记了。"韦小宝道："你骗人，自己生日怎会忘记了？对了，对了。一定是这个，你在少林寺的那个老和尚朋友瞧你来啦。"双儿噗哧一笑，连连摇头，说道："相公说话真是好笑，我有甚么少林寺的老和尚朋友？你才有啦。"

韦小宝搔搔头皮，沉吟道："这也不是，那也不是，这可难猜了。我本来想猜，是不是你已拼好了图样呢？不过昨晚见以还有二三百片没拼起，最快也总得再有五六天时光。"双儿双眼中闪耀着喜悦的光芒，微笑道："倘若偏偏是今天拼起了呢？"韦小宝摇头道："你骗人，我才不信。"双儿道："相公，你来瞧瞧，这是甚么？"

韦小宝跟着她走到桌边，只见桌上大白布上钉满了几千枚绣花针，几千块碎片已拼成一幅完整无缺的大地图，难得的是几千片碎皮拼在一起，既没多出一片，也没少了一片。

韦小宝大叫一声，反手将双儿一把抱住，叫道："大功告成，亲个嘴儿。"说着向她嘴上吻去。双儿羞得满脸通红，头一侧，韦小宝的嘴吻到了她耳垂上。双儿只觉全身酸软，惊叫："不，不要！"

韦小宝笑着放开了她，拉着她手，和她并肩看那图形，不住口的啧啧称赞，说道："双儿，若不是你帮我办这件事，要是我自己来干哪，就算拼上三年零六个月，也不知拼不拼得成。"双儿道："你有多少大事要办，那有时光做这种笨功夫？"韦小宝道："啊哟，这是笨功夫么？这是天下最聪明的功夫了。"双儿听他称赞，甚是开心。

韦小宝指着图形，说道："这是高山，这是大河。"指着一条大河转弯处聚在一起的八个颜色小圈，说道："全幅地图都是墨笔画的，这八个小圈却有红、有白、有黄、有蓝，还有黄圈镶红边儿的。啊，是了，这是满洲人的八旗。这八个小圈的所在，定是大有古怪。只不知山是甚么山，河是甚么河。"

双儿取出一叠薄棉纸来，一共三十几张，每一张上都写了弯弯曲曲的满洲文字，交给韦小宝。韦小宝道："这是甚么？是谁写的？"双儿道："是我写的。"韦小宝又惊又喜，道："原来你识得满洲字，前几天还骗我呢。"说着张开双臂，作势要抱。双儿急忙逃开，笑道："没骗你，我不识满洲字，这是将薄纸印在图上，一笔一划印着写的。"

韦小宝喜道："妙计，妙计。我拿去叫满洲师爷认了出来，注上咱们的中国字，就知道图中写的是甚么了。好双儿，宝贝双儿，你真细心，知道这图关系重大，把满洲字分成几十张纸来写。我去分别问人，就不会泄漏了机密。"

双儿微笑道："好相公，聪明相公，你一见就猜到我的用意。"

韦小宝笑道："大功告成，亲个嘴儿。"双儿一听，反身一跃，逃出了房外。

韦小宝来到厅上，吩咐亲兵去叫了骁骑营中的一名满洲笔帖式来，取出一张棉纸，问他那几个满洲字是甚么意思。

那笔帖式道："回都统大人：这'额尔古纳河'、'精奇里江'、'呼玛尔窝集山'，都是咱们关外满洲的地名。"韦小宝道："甚么叽哩咕噜江，呼你妈的山，这样难听。"那笔帖式道："回都统大人：额尔古纳河、精奇里江、呼玛尔窝集山，都是咱们满洲的大山大江。"韦小宝问："那在甚么地方？"那笔帖式道："回都统大人：是在关外极北之地。"

韦小宝心下暗喜："是了，这果然是满洲人藏宝的所在。他们把金银珠宝搬到关外，定然要藏得越远越好。"说道："你把这些唏哩呼噜江、呼你妈的山的名字，都用汉字写了出来。"那笔帖式依言写了。

韦小宝又取出一张棉纸，问道："这又是甚么江、甚么山了？"那笔帖式道："回都统大人：这是西里木的河，阿穆尔山、阿穆尔河。”韦小宝道：“他妈的，越来越奇啦！你这不是胡说八道吗？好好的名字不取，甚么希你妈的河，甚么阿妈儿、阿爸儿的。”

那笔帖式满脸惶恐，请了个安，说道：“卑职不敢胡说八道，在满洲话里，那是另有意思的。”韦小宝道：“好，你把阿妈儿、阿爸儿，还有希你妈的河，都用汉字注在这纸上。回头我还得去问问旁人，瞧你是不是瞎说。”那笔帖式道：“是，是。卑职便有天大胆子，也不敢跟都统大人胡说。”韦小宝道：“哈，你有天大胆子么？”那笔帖式道：“不，不，卑职胆小如鼠。”

韦小宝哈哈大笑，说道：“来人哪，拿五十两银子，赏给这个胆小如鼠的朋友。喂，这些希你妈的河，希你爸的山，你要是出去跟人说了，给我一知道，立即追还你五十两银子，连本带利，一共是一百五十两银子。”

那笔帖式大喜过望，他一个月饷银，也不过十二两银子，都统大人这一赏就是五十两，忙请安道谢，连称：“卑职决不敢乱说。”心想：“本钱五十两，利息却要一百两。我的妈啊，好重的利息，杀了头我也还不起。”

数日之间，韦小宝已问明了七八十个地名，拿去复在图上一看，原来那八个四色小圈，是在黑龙江之北，正当阿穆尔河和黑龙江合流之处，在呼玛尔窝集山正北，阿穆尔山西北。八个小圈之间写着两个黄色满洲字，译成汉字，乃是“鹿鼎山”三字。

韦小宝把图形和地名牢记在心，要双儿也帮着记住，心想这些碎皮片要是给人抢了去，不免泄露秘密，于是投入火炉，一把烧了。见到火光熊熊升起，心头说不出的愉悦。寻思：“师父要我分成数包，分别埋在不同的地方，说不定仍会给人盗了去。现下藏在我心里，就算把我的心挖了去，也找不到这幅地图啦。不过这颗心，自然是挖不得的。”

一转头，见火光照在双儿脸上，红扑扑的甚是娇艳，心下大赞："我的小双儿可美得紧哪。"双儿给他瞧得有些害羞，低下了头。韦小宝道："好双儿，咱们图儿也拼起呼，地名也查到啦，甚么希你妈的河，希你爸的山，也都记在心中了，那算不算是大功告成了呢？"双儿忙跳起身来，笑道："不，不，没……没有。"韦小宝道："怎么还没有？"双儿笑着夺门而出，说道："我不知道。"

韦小宝追出去，笑道："你不知道，我可知道。"忽见一名亲兵匆匆进来，说道："启禀都统：皇上传召，要你快去。"韦小宝向双儿做个鬼脸，出门来到宫中。

只见宫门口已排了卤簿，康熙的车驾正从宫中出来。韦小宝绕到仪仗之后，跪在道旁磕头。康熙见到了他，微笑道："小桂子，跟我看外国人试炮去。"韦小宝喜道："好极了，这大炮可造得挺快哪。"

一行人来到左安门内的龙潭炮厂，南怀仁和汤若望已远远跪在道旁迎驾。康熙道："起来，起来，大炮在哪里？"南怀仁道："回圣上：大炮便在城外。恭请圣上移驾御览。"康熙道："好！"从车中出来，侍卫前后拥护，出了左安门，只见三尊大炮并排而列。

康熙走近前去，见三门大炮闪闪发出青光，炮身粗大，炮轮、承轴等等无不造得极是结实，心下甚喜，说道："很好，咱们就试放几炮。"南怀仁亲自在炮筒里倒入火药，用铁条桩实，拿起一枚炮弹，装入炮筒，转身道："回皇上：这一炮可以射到一里半，靶子已安在那边。"康熙顺着他手指望去，见远处约莫一里半以外，有十个土墩并列，点头道："好，你放罢。"南怀仁道："恭请皇上移驾十丈以外，以策万全。"康熙微微一笑，退了开去。

韦小宝自告奋勇，道："这第一炮，让奴才来放罢。"康熙点点头。韦小宝走到大炮之旁，向南怀仁道："外国老兄，你来瞄准，我来点火。”南怀仁已校准了炮口高低，这时再核校一次。韦小宝接过火把，点燃炮上药线，急忙跳开，丢开火把，双手紧紧塞住耳朵。

只见火光一闪，轰的一声大响，黑烟弥漫，跟着远处一个土墩炸了开来，一个火柱升天而起。原来那土墩中藏了大量硫磺，炮弹落下，立时燃烧，更显得威势惊人。

众军士齐声欢呼，向着康熙大呼：“万岁，万岁，万万岁！”

三尊大炮轮流施放，一共开了十炮，打中了七个土墩，只三个土墩偏了少些没打中。

康熙十分喜欢，对南怀仁和汤若望大加奖勉，当即升南怀仁为钦天监监正。汤若望原为太常寺卿加通政使，号“通玄教师”，在鳌拜手中被革，康熙下旨恢复原官，改号“通微教师”。康熙名叫玄烨，“玄”字为了避讳不能再用。三门大炮赐名为“神武大炮。”

回到宫中，康熙把韦小宝叫进书房，笑吟吟的道：“小桂子，咱们日夜开工，造他几百门神武大炮，一字排开，对准了吴三桂这老小子轰他妈的，你说他还造不造得成反？”

韦小宝笑道：“皇上神机妙算，本来就算没神武大炮，吴三桂这老小子也是手到擒来。只不过有了神武大炮，那是更加如……如……如龙添翼了。”他本要说“如虎添翼”，但转念一想，以皇帝比作老虎，可不大恭敬。康熙笑道：“你这句话太没学问。飞龙在天，又用得着甚么翼？”韦小宝笑道：“是，是。可见就算没有大炮，皇上也不怕吴三桂。”

康熙笑道：“你总有得说的。”眉头一皱，道：“说到这里，我可想到一件事来。吴三桂跟蒙古、西藏、罗刹国勾结，还有一个神龙教。那个大逆不道的老婊子假太后，就是神龙教派来秽乱宫禁的，是不是？”韦小宝道：“正是。”康熙道：“这叛逆若不擒来千刀万剐，如何得报母后被害之恨、太后被囚之辱？”说到这里，咬牙切齿，甚是气愤。

韦小宝心想：“皇帝这话，是要我去捉拿老婊子了。那老婊子跟那又矮又胖的瘦头陀在一起，这时候不知是在哪里，要捉此人，可大大的不容易。”心下踌躇，不敢接口。

康熙果然说道：“小桂子，这件事万分机密，除了派你去办之外，可不能派别人。”

韦小宝道：“是。就不知老婊子逃到了哪里？她那个奸夫一团肉球，看来会使妖法。”

康熙道：“老婊子如果躲到了荒山野岭之中，要找她果然不易。不过也有线索可寻。你带领人马，先去将神龙邪教剿灭了，把那些邪教的党羽抓来，一一拷问，多半便会查得出老婊子的下落。”见韦小宝有为难之色，说道：“我也知道这件事犹如大海捞针，很不易办。不过你一来能干，二来是员大大的福将，别人办来十分棘手之事，到了你手里，往往便马到成功。我也不限你时日，先派你到关外去办几件事。你到了关外，在奉天调动人马，俟机去破神龙岛。”

韦小宝心想：“皇帝在拍我马屁了。这件事不答应也不成了。”说道：“奴才的福气，都是皇上赐的。皇上对我特别多加恩典，我的福份自然大了。只盼这次又托赖皇上洪福，把老婊子擒来。”

康熙听他肯去，心中甚喜，拍拍他肩头，说道：“报仇雪恨虽是大事，但比之国家社稷的安危，又是小了。能捉到老婊子固然最好，第一要务，还是攻破神龙岛。小桂子，关外是我大清龙兴发祥之地，神龙教在旁虎视眈眈，倘若跟罗刹人联手，占了关外，大清便没了根本。你破得神龙岛，好比是斩断了罗刹国人伸出来的五根手指。”

韦小宝笑道："正是。"突然提高声音叫道："啊罗呜！古噜呼！"提起右手，不住乱甩。康熙笑问："干甚么？"韦小宝道："罗刹国断了五根手指，自然痛得大叫罗刹话。"

康熙哈哈大笑，说道："我升你为一等子爵，再赏你个'巴图鲁'的称号，调动奉天驻防兵马，扑灭神龙岛反叛。"

韦小宝跪下谢恩，说道："奴才的官儿做得越大，福份越大。"

康熙道："这件事不可大张旗鼓，以防吴三桂，尚可喜他们得知讯息，心不自安，提早造反。须得神不知、鬼不觉，突然之间将神龙教灭了。这样罢，我明儿派你为钦差大臣，去长白山祭天。长白山是我爱新觉罗家远祖降生的圣地，我派你去祭祀，谁也不会疑心。"

韦小宝道："皇上神机妙算，神龙教教主寿与虫齐。"康熙问道："甚么寿与虫齐？"韦小宝道："那教主的寿命不过跟小虫儿一般，再也活不多久了。"

他在康熙跟前，硬着头皮应承了这件事，可是想到神龙教洪教主武功卓绝，教中高手如云，自己带一批只会抡刀射箭的兵马去攻打神龙岛，韦小宝多半是"寿与虫齐"。

出得宫来，闷闷不乐，忽然转念："神龙岛老子是决计不去的，小玄子待我再好，也犯不着为他去枉送性命。我这官儿做到尽头啦，不如到了关外之后，乘机到黑龙江山的鹿鼎山去，掘了宝藏，发他一笔大财，再悄悄到云南去，把阿珂娶到了手，从此躲将起来，每天赌钱听戏，岂不逍遥快乐？"言念及此，烦恼稍减，心想："临阵脱逃，虽然说来脸上无光，有负小玄子重托，可是性命交关之事，岂是开得玩笑的？掘了宝藏之后，不再挖断满洲人的龙脉也就很对得住小玄子了。"

次日上朝，康熙颁下旨意，升了韦小宝的官，又派他去长白山祭天。

散朝之后，王公大臣纷纷道贺。索额图与他交情与众不同，特到子爵府叙话，见他有些意兴阑珊，说道："兄弟，去长白山祭天，当然不是怎么的肥缺，比之到云南去敲平西王府的竹杠，那是天差地远了，也难怪你没甚么兴致。"

韦小宝道："不瞒大哥说，兄弟是南方人，一向就最怕冷，一想到关外冰天雪地，这会儿已经冷得发抖，今儿晚非烧旺了火炉，好好来烤一下不可。"

索额图哈哈大笑，安慰道："好倒不用担心，我回头送一件火貂大氅来，给兄弟御寒。暖轿之中加几只炭盆，就不怎么冷了。兄弟，派差到关外，生发还是有的。"

韦小宝道："原来这辽东冻脱了人鼻子的地方，也能发财，倒要向大哥请教。"索额图道："我们辽东地方，有三件宝贝……"韦小宝道："好啊，有三件宝贝，取得一件来，也就花差花差了。"索额图笑道："我们辽东有一句话，兄弟听见过没有？那叫做'关东有三宝，人参貂皮乌拉草'。"韦小宝道："这倒没听见过。人参和貂皮，都是贵重的物事。那乌拉草，又是甚么宝贝了？"索额图道："那乌拉草是苦哈哈的宝贝。关东一到冬季，天寒地冻，穷人穿不起貂皮，坐不起暖轿，倘若冻掉了一双脚，有谁给韦兄弟来抬轿子啊？乌拉草关东遍地都是，只要拉得一把来晒干了，捣得稀烂，塞在鞋子里，那就暖和得紧。"

韦小宝道："原来如此。乌拉草这一宝，咱们是用不着的。人参却不妨挑他几十担，貂皮也提他几千张回来，至爱亲朋，也可分分。"索额图哈哈大笑。

正说话间，亲兵来报，说是福建水师提督施琅来拜。韦小宝登时想起那日郑克塽说过的话来，说他是武夷派的高手，曾教过郑克塽的武功，后来投降了大清的，不禁脸上变色，心想这姓施的莫非受郑克塽之托，来跟自己为难，冯锡范如此凶悍厉害，这姓施的也决非甚么好相与，对亲兵道："他来干甚么？我不要见。"那亲兵答应了，出去辞客。韦小宝兀自不放心，向另一名亲兵道："快传阿三、阿六两人来。"阿三、阿六是胖头陀和陆高轩的假名。

索额图笑道："施靖海跟韦兄弟的交情怎样？"韦小宝心神不定，问道："施……施靖甚么？"索额图道："施提督爵封靖海将军，韦兄弟跟他不熟吗？"韦小宝摇头道："从来没见过。"

说话间胖头陀和陆高轩二人到来，站在身后。韦小宝有这两大高手相护，略觉放心。

亲兵回进内厅，捧着一只盘子，说道："施将军送给子爵大人的礼物。"韦小宝见盘中放着一只开了盖的锦盒，盒里是一只白玉碗，碗中刻着几行字。玉碗纯净温润，玉质极佳，刻工也甚精致，心想："他送礼给我，那么不是来对付我了，但也不可不防。"

索额图笑道："这份礼可不轻哪，老施花的心血也真不小。"韦小宝问道："怎么？"索额图道："玉碗中刻了你老弟的名讳，还有'加官晋爵'四字，下面刻着'眷晚生施琅敬赠'。"韦小宝沉吟道："这人跟我素不相识，如此客气，定是不怀好意。"

索额图笑道："老施的用意，那是再明白不过的。他一心一意要打台湾，为父母妻儿报仇。这些年来，老是缠着我们，要我们向皇上进言，为了这件事，花的银子没二十万，也有十五万了。他知道兄弟是皇上驾前的第一位大红人，自然要来钻这门路。"

韦小宝心中一宽，说道："原来如此。他为甚么非打台湾不可？"索额图道："老施本来是郑成功部下大将，后来郑成功疑心他要反，要拿他，却给他逃走了，郑成功气不过，将他的父母妻儿都……"说着右掌向左挥动，作个杀头的姿势，又道："这人打水战是有一手的，降了大清之后，曾跟郑成功打过一仗，居然将郑成功打败了。"

韦小宝伸伸舌头，说道："连郑成功这样的英雄豪杰，也在他手下吃过败仗，这人倒不可不见。”对亲兵道：“施将军倘若没走，跟他说，我这就出去。”向索额图道：“大哥，咱们一起去见他罢。”他虽有胖陆二人保护，对这施琅总是心存畏惧。索额图是朝中一品大臣，有他在旁，谅来施琅不敢贸然动粗。索额图笑着点头，两人携手走进大厅。

施琅坐在最下首一张椅上，听到靴声，便即站起，见两人从内堂出来，当即抢上几步，请下安去，朗声道：“索大人，韦大人，卑职施琅参见。”韦小宝拱手还礼，笑道：“不敢当。你是将军，我只是个小小都统，怎地行起这个礼来？请坐，请坐，大家别客气。”

施琅恭恭敬敬的道：“韦大人如此谦下，令人好生佩服。韦大人是一等子爵，爵位比卑职高得多，何况韦大人少年早发，封公封侯，那是指日之间的事，不出十年，韦大人必定封王。”韦小宝哈哈大笑，说道：“倘若真有这一日，那要多谢你的金口了。”

索额图笑道：“老施，在北京这几年，可学会了油嘴滑舌啦，再不像初来北京之时，动不动就得罪人。”施琅道：“卑职是粗鲁武夫，不懂规矩，全仗各位大人大量包涵，现下卑职已痛改前非。”索额图道：“你甚么都学乖了，居然知道韦大人是皇上驾前第一位红官儿，走他的门路，可胜于去求恳十位百位王公大臣。”

施琅恭恭敬敬的向两人请了个安，说道：“全仗二位大人栽培，卑职永感恩德。”

韦小宝打量施琅，见他五十左右年纪，筋骨结实，目光炯炯，甚是英悍，但容颜憔悴，颇有风尘之色，说道：“施将军给我那只玉碗，可名贵得很了，就只一桩不好。”施琅颇为惶恐，站起身来，说道：“卑职胡涂，不知那只玉碗中有甚么岔子，请大人指点。”韦小宝笑道：“岔子是没有，就是太过名贵，吃饭的时候捧在手里，有些战战兢兢，生怕一个不小心，打碎了饭碗，哈哈，哈哈。”索额图哈哈大笑。施琅陪着干笑了几声。

韦小宝问道："施将军几时来北京的？"施琅道："卑职到北京来，已整整三年了。"韦小宝奇道："施将军是福建水师提督，不去福建带兵，却在北京玩儿，那为甚么？啊，我知道啦，施将军定是在北京堂子里有了相好的姐儿，不舍得回去了。"

施琅道："韦大人取笑了。皇上召卑职来京，垂询平台湾的方略，卑职说话胡涂，应对失旨，皇上一直没吩咐下来。卑职在京，是恭候皇上旨意。"

韦小宝心想："小皇帝十分精明，他心中所想的大事，除了削平三藩，就是如何攻取台湾。你说话就算不中听，只要当真有办法，皇上必可原谅，此中一定另有原因。"想到索额图先前的说话，又想："这人立过不少功劳，想是十分骄傲，皇上召他来京，他就甚么都不卖帐，一定得罪了不少权要，以致许多人故意跟他为难。"笑道："皇上英明之极，要施将军在京候旨，定有深意。你也不用心急，时辰未到，着急也是无用。"

施琅站起身来，说道："今日得蒙韦大人指点，茅塞顿开。卑职这三年来，一直心中惶恐，只怕是忤犯了皇上，原来皇上另有深意，卑职这就安心得多了。韦大人这番开导，真是恩德无量。卑职今日回去，饭也吃得下了，觉也睡得着了。"

韦小宝善于拍马，对别人的谄谀也不会当真，但听人奉承，毕竟开心，说道："皇上曾说，一个人太骄傲了，就不中用，须得挫折一下他的骄气。别说皇上没降你的官，就算充你的军，将你打入天牢，那也是栽培你的一番美意啊。"施琅连声称是，不禁掌心出汗。

索额图捋了捋胡子，说道："是啊，韦爵爷说得再对也没有了。玉不琢，不成器，你这只玉碗若不是又车又磨，只是一块粗糙石头，有甚么用？"施琅应道："是，是。"

韦小宝道："施将军，请坐。听说你从前在郑成功部下，为了甚么事跟他闹翻的啊？"施琅道："回大人的话：卑职本来是郑成功之父郑芝龙的部下，后来拨归郑成功统属。郑成功称兵造反，卑职见事不明，胡里胡涂的，也就跟着统帅办事。"韦小宝道："嗯，你反清复……"他本想说"你反清复明，原也是应当的"，他平时跟天地会的弟兄们在一起，说顺了口，险些儿漏了出来，幸好及时缩住，忙道："后来怎样？"

施琅道："那一年郑成功在福建打仗，他的根本之地是在厦门，大清兵忽施奇袭，攻克厦门。郑成功进退无路，十分狼狈。卑职罪该万死，不明白该当效忠王师，竟带兵又将厦门从大清兵手中夺了过去。"韦小宝道："你这可给郑成功立了一件大功啊。"施琅道："当时郑成功也升了卑职的官，赏赐了不少东西，可是后来为了一件小事，却闹翻了。"韦小宝问道："那是甚么事？"

施琅道："卑职属下有一名小校，卑职派他去打探军情。不料这人又怕死又偷懒，出去在荒山里睡了几天，就回来胡说八道一番。我听他说得不大对头，仔细一问，查明了真相，就吩咐关了起来，第二天斩首。不料这小校狡猾得紧，半夜里逃了出去，逃到郑成功府中，向郑成功的夫人董夫人哭诉，说我冤枉了他。董夫人心肠软，派人向我说情，要我饶了这小校，说甚么用人之际，不可擅杀部属，以免士卒寒心。"

韦小宝听他说到董夫人，想起陈近南的话来，这董夫人喜欢次郑克塽，几次三番要改立他为世子，不由得怒气勃发，骂道："这老婊子，军中之事，她妇道人家懂得甚么？他奶奶的，天下大事，就败在这种老婊子手里。部将犯了军法倘若不斩，人人都犯军法了，那还能带兵打仗么？这老婊子胡涂透顶，就知道喜欢小白脸。"

施琅万料不到他听到这件事会如此愤慨，登时大起知己之感，一拍大腿，说道："韦大人说得再对也没有了。您也是带惯兵的，知道军法如山，克敌制胜，全仗着号令严明。"韦小宝道："老婊子的话，你不用理，那个甚么小校老校，抓过来喀嚓一刀就是。"施琅道："卑职当时的想法，跟韦大人一模一样。我对董夫人派来的人说，姓施的是国姓爷的部将，只奉国姓爷的将令。我意思是说，我不是董夫人的部将，可不奉夫人的将令。"韦小宝气忿忿的道："是极，谁做了老婊子的部将，那可倒足大霉了。"

索额图和施琅听他大骂董夫人为"老婊子"，都觉好笑，又怎想得到他另有一番私心。

施琅道："那老……那董夫人恼了卑职的话，竟派了那小校做府中亲兵，还叫人传话来说，有本事就把那小校抓来杀了。也是卑职一时忍不下这口气，亲自去把那小校一把抓住，一刀砍了他的脑袋。"

韦小宝鼓掌大赞："杀得好，杀得妙！杀得干净利落，大快人心。"

施琅道："卑职杀了这小校，自知闯了祸，便去向郑成功谢罪。我想我立过大功，部属犯了军法，杀他并没有错。可是郑成功听了妇人之言，说我犯上不敬，当即将我扣押起来。我想国姓他英雄慷慨，一时之气，关了我几天，也就算了。哪知过了多时，我爹爹和弟弟，以及我的妻子，都给拿了，送到牢里来。这一来我才知大事不妙，郑成功要杀我的头，乘着监守之人疏忽，逃了出来。过不多时，就得到讯息，郑成功将我全家杀得一个不留。"

韦小宝摇头叹息，连称："都是董夫人那老婊子不好。"

施琅咬牙切齿的道："郑家和我仇深似海，只可惜郑成功死得早了，此仇难以得报。卑职立下重誓，总有一天，也要把郑家全家一个个杀得干干净净。"

韦小宝早知郑成功海外为王，是个大大的英雄，但听得施琅要杀郑氏全家，那自然包括他的大对头郑克塽在内，益觉志同道合，连连点头，说道："该杀，该杀！你不报此仇，不是英雄好汉。"

施琅自从给康熙召来北京之后，只见到皇帝一次，从此便在北京投闲置散，做的官仍是福建水师提督，爵位仍是靖海将军，但在北京领一份干饷，无职无权，比之顺天府衙门中一个小小公差的威势尚不如，以他如此雄心勃勃的汉子，自然是坐困愁城，犹似热锅上蚂蚁一般。这三年之中，他过不了几天便到兵部去打个转。送礼运动，钱是花得不少，历年来宦囊所积，都已填在北京官场这无底洞里，但皇帝既不再召见，回任福建的上谕也不知何年何月才拿得到手。到得后来，兵部衙门一听到施琅的名字就头痛，他手头已紧，没钱送礼，谁也不再理他。此刻听得韦小宝言语和他十分投机，登觉回任福建有望，脸上满是兴奋之色。

索额图道："施将军，郑成功杀你全家，确是不该。不过你也由此而因祸得福，弃暗投明。若不是如此，只怕你此刻还在台湾抗拒王师，做那叛逆造反之事了。"

施琅道："索大人说得是。"

韦小宝问道："郑成功杀了你全家，你一怒之下，就向大清投诚了？"

施琅道："是。先帝恩重如山，卑职起义投诚，先帝派我在福建办事。卑职感恩图报，奋不顾身，立了些微功，升为福建同安副将。恰好郑成功率兵来攻，卑职跟他拚命，仗着先帝洪福，大获全胜。先帝大恩，升我为同安总兵。后来攻克了厦门、金门和梧屿，又联合一批红毛兵，坐了夹板船，用了洋枪洋炮，把郑成功打得落海而逃，先帝升卑职为福建水师提督，又加了靖海将军的头衔。其实卑职功劳是半分也没有的，一来是我大清皇上福份大，二来是朝中诸位大人指示得宜。"

韦小宝微笑道："你从前在郑成功军中，又在福建跟他打了几场硬仗，台湾的情形自然是很明白的。皇上召你来问攻台的方略，你怎么说了？”

施琅道：“卑职启奏皇上：台湾孤悬海外，易守难攻。台湾将士，又都是当年跟随郑成功的百战精兵。如要攻台，统兵官须得事权统一，内无掣肘，便宜行事，方得成功。”韦小宝道：“你说要独当一面，让你一个人来发号施令？”施琅道：“卑职不敢如此狂妄。不过攻打台湾，须得出其不意，攻其无备。京师与福建相去数千里，遇有攻台良机，上奏请示，待得朝中批示下来，说不定时机已失。台湾诸将别人也就罢了，有一个陈永华足智多谋，又有一个刘国轩骁勇善战，实是大大的劲敌，倘若贸然出兵，难有必胜把握。”

韦小宝点头道：“那也说得是。皇上英明之极，不会怪你这些话说得不对。你又说了些甚么？”施琅道：“皇上又锤询攻台方略。卑职回奏说：台湾虽然兵精，毕竟为数不多。大清攻台，该当双管齐下。第一步是用间，使得他们内部不和。最好是散布谣言，说道陈永华有废主自立之心，要和刘国轩两人阴谋篡位。郑经疑心一起，说不定就此杀了陈刘二人；就算不杀，也必不肯重用，削了二人的权柄。陈刘二人，一相一将，那是台湾的两根柱子，能够二人齐去，当然最好，就算只去一人，余下一个也是独木难支大厦了。”

韦小宝暗暗心惊：“他妈的，你想害我师父。”问道：“还有个‘一剑无血’冯锡范呢？”

施琅大为惊奇，说道：“韦大人居然连冯锡范也知道。”韦小宝道：“我是听皇上闲谈时说起过的。皇上于台湾的内情可清楚啦！皇上说，董夫人喜欢小白脸孙子郑克塽，不喜欢世子郑克壁，要儿子改立世子，可是郑经不肯。可有这件事？”施琅又惊又佩，说道：“圣天子聪明智慧，旷古少有，居于深宫之中，明见万里之外。皇上这话，半点不错。”

韦小宝道：“你说攻打台湾，有两条法子，一条是用计害死陈永华和刘国轩，另一条是甚么啊？”施琅道：“另一条就是水师进攻了。单攻一路，不易成功，须得三路齐攻。北攻鸡笼港，中攻台湾府，南攻打狗港，只要有一路成功，上陆而立定了脚根，台湾人心一乱，那就势如破竹了。”

韦小宝道：“统带水师，海上打仗，你倒内行得很。”施琅道：“卑职一生都在水师，熟识海战。”韦小宝心念一动，寻思：“这人要去杀姓郑的一家，干掉了郑克爽这小子，倒也不错。不过郑成功是个大大的英雄好汉，杀了他全家，可说不过去。何况他攻台湾，就是要害我师父，那可不行。此人善打海战，派他去干这件事，倒是一举两得。”转头问索额图：“大哥，你以为这件事该当怎么办？”

索额图道：“皇上英明，高瞻远瞩，算无遗策，咱们做奴才的，一切听皇上吩咐办事就是了。”韦小宝心想：“你倒滑头得很，不肯担干系。”端起茶碗。侍候的长随高声叫道：“送客！”施琅起身行礼，辞了出去。索额图说了会闲话，也即辞去。

韦小宝进宫去见皇帝，禀告施琅欲攻台湾之事。康熙道：“先除三藩，再平台湾，这是根本的先后次序。施琅这人才具是有的，我怕放他回福建之后，这人急于立功报仇，轻举妄动，反而让台湾有了戒备，因此一直留着他在北京。”

韦小宝登时恍然大悟，说道：“对，对！施琅一到福建，定要打造战船，操演兵马，搞了个打草惊蛇。咱们攻台湾，定要神不知，鬼不觉，人人以为不打，却忽然打了，打那姓郑的小子一个手忙脚乱。”

康熙微笑道：“用兵虚实之道，正该如此。再说，遣将不如激将，我留施琅在京，让他全身力气没处使，闷他个半死，等到一派出去，那就奋力效命，不敢偷懒了。”

韦小宝道：“皇上这条计策，诸葛亮也不过如此。奴才看过一出《定军山》的戏，诸葛亮激得老黄忠拚命狠打，就此一刀斩了那个春夏秋冬甚么的大花面。”康熙微笑道：“夏侯渊。”韦小宝道：“是，是。皇上记性真好，看过了戏，连大花面的名字也记得。”康熙笑道：“这大花面的名字，书上写得有的。施琅送了甚么礼物给你？”

韦小宝奇道：“皇上甚么都知道。那施琅送了我一只玉碗，我可不大喜欢。”康熙问道：“玉碗有甚么不好？”韦小宝道：“玉碗虽然珍贵，可是一打就烂。奴才跟着皇上办事，双手捧的是一只千年打不烂、万年不生锈的金饭碗，那是大大的不同。”康熙哈哈大笑。

韦小宝道：“皇上，奴才忽然想到一个主意，请皇上瞧着，能不能办？”康熙道：“甚么主意？”韦小宝道：“那施琅说道他统带水师，很会打海战……”康熙左手在桌上一拍，道：“好主意，好主意。小桂子，你聪明得很，你就带他去辽东，派他去打神龙岛。”

韦小宝心下骇然，瞪视着康熙，过了半晌，说道：“皇上定是神仙下凡，怎么奴才心中想的主意还没说出口，皇上就知道了。”

康熙微笑道：“马屁拍得够了。小桂子，这法子大妙。我本在担心，你去攻打神龙岛，不知能不能成功。这施琅是个打海战的人才，叫他先去神龙岛操练操练，不过事先可不能泄漏了风声。”韦小宝忙道：“是，是。”

康熙当即派人去传了施琅来，对他说道：“朕派韦小宝去长白山祭天，他一力举荐，说你办事能干，要带你同去。朕将就听着，也不怎么相信。”

韦小宝暗暗好笑：“诸葛亮在激老黄忠了。”

施琅连连磕头，说道："臣跟着韦都统去办事，一定尽忠效命，奋不顾身，以报皇上天恩。"康熙道："这一次是先试你一试，倘若果然可用，将来再派你去办别的事。"施琅大喜，磕头道："皇上天恩浩荡。"康熙道："此事机密，除了韦小宝一人之外，朝中无人得知，你一切遵从韦小宝的差遣便是，这就下去罢。"

施琅磕了头，正要退出，康熙微笑道："韦都统待你不错，你打一只大大的金饭碗送他罢。"施琅答应了，心中大惑不解，不明皇上用意，眼见天颜甚喜，料想决计不是坏事。

韦小宝回到子爵府时，见施琅已等在门口，说了不少感恩提拔的话。韦小宝笑道："施将军，这一次只好委屈你一下，请你在我营中，做一个小小参领，以防外人知觉。"施琅大喜，说道："一切遵从都统大人吩咐。"他知韦小宝派他的职司越小，越加当他是自己人，将来飞黄腾达的机会越多，如果派他当个亲兵，那是更加妙了；又道："皇上吩咐卑职打造一只金饭碗奉呈都统。不知都统大人喜欢甚么款式，卑职好监督高手匠人连夜赶着打造。"韦小宝笑道："那是皇上的恩典，不论甚么款式，咱们做奴才的双手捧着金饭碗吃饭，心中都感激皇恩浩荡。"施琅连声称是。

韦小宝心想："老子本想逃之夭夭，辞官不干了。现下找到了你这替死鬼，最好你去跟洪教主拚个同归于尽，哥儿俩寿与虫齐。"

施琅去后，韦小宝去把李力士、风际中、徐天川、玄贞道人等天地会兄弟叫来，半经过情形详细说了。李力士道："这姓施的贼子反叛国姓爷，又要攻打台湾，陷害总舵主，天幸教他撞在韦香主手里，咱们怎生摆布他才好？"韦小宝道："神龙教勾结吴三桂和罗刹国，现下皇帝派我领施琅去剿神龙教，让这姓施的跟神龙教打个昏天黑地，两败俱伤，咱们再来个渔翁得利。"众人齐声赞好。

韦小宝道："这姓施的精明能干，我要靠他打神龙岛，可不能先将他杀了。众位哥哥须得小心，别让他瞧出破绽来。"高彦超道："我们都扮作骁骑营的鞑子，平日少跟他见面，就算见到，谅他也不敢得罪鞑子。"

次日下午，施琅捧着一只锦盒，到子爵府来求见。韦小宝打开锦盒，果然是一只大大的金饭碗，怕不有六七两重。施琅道："卑职本该再打造得大些，就怕……就怕都统大人用起来不方便。"韦小宝左手将金饭碗在手里掂了掂，笑道："已够重了。施将军，这许多字写的是甚么哪？"施琅道："中间四个大字，是'公忠体国'。上面这行小字是：'钦赐领内侍卫副大臣、兼骁骑营正黄旗都统、赐穿黄马褂、巴鲁图勇号、一等子爵韦小宝。'下面更小的字是：'臣靖海将军施琅奉旨监造'。"韦小宝甚喜，笑道："这可当真多谢了。"心道："是啊，我的金饭碗是皇上赐的，你能给我甚么金饭碗了？这老施倒也不是笨蛋。"

过得两日，康熙颁下上谕，命韦小宝带同十门神武大炮，自大沽出海，渡辽东湾北上，先祭辽海，再登陆辽东，到长白山放炮祭天。

韦小宝接了上谕，心想这次是去攻打神龙教，胖头陀和陆高轩可不能带，命他二人留在北京，带了双儿和天地会兄弟，率领骁骑营人马，来到天津。

文武百官迎接钦差大臣，或恭谨逾恒，马屁十足；或奉承得体，恰到好处，惟有一个大胡子武官却神色傲慢，行礼之时显是敷衍了事，浑不将韦小宝瞧在眼里。韦小宝大怒，立时便要发作，转念一想："皇上吩咐了的，这次一切要办得十分隐秘，不可多生事端，惹人谈论。你瞧不起我，难道老子就瞧得起你这大胡子了？咱哥儿俩来比比，谁做的官大些？"跟着有个官儿大赞他手刃鳌拜的英雄事迹，韦小宝洋洋自得，便不去理那大胡子了。

当晚韦小宝将天津水师营总兵请来，取出康熙密旨。那水师营总兵叫黄甫，见密旨中吩咐他带领水师营官兵船只，听由钦差大臣指挥，干办军情要务，接旨后躬身听训。韦小宝问了水师营的官兵人数，船只多少，便传施琅到来，要他和黄甫计议出海之事，自到后营，去和众兵将推牌九赌钱去了。

在天津停留三日，水师营办了粮食、清水、弹药、弓箭等物上船。韦小宝率领水师营及骁骑营官兵，大战船十艘，二号战船三十八艘，出海扬帆而去。

离了大沽，来到海上，韦小宝才宣示圣旨，此行是去剿灭神龙岛，上下官兵务须用命，成功之后，各有升赏。众官兵眼见己方人多势众，钦差大臣又带有十门西洋大炮，那神龙岛不过是一群海盗盘踞之地，大炮轰得几炮，海盗还不打个精光，这次立功升官是一定的了。当下人人欢呼，精神百倍。

韦小宝坐在主舰之中，想起上次去神龙岛是给方怡骗去的，这姑娘虽然狡猾，但那几日在海上共处的温柔滋味，此时追忆，大是神往，寻思："一到岛边，倘若大炮乱轰，将神龙教的教众先轰死大半，几千官兵一涌而上，洪教主武功再高，那也抵敌不住。只不过这样一来，说不定把我那方怡小娘皮一炮轰死了，这可大大的不妙。就算不死，轰掉了一条手臂甚么的，也可惜得很。"他本来害怕洪教主，只想脚底抹油，溜之大吉，但此刻有施琅主持，几十艘大战船在海上扬帆而前，又有新造的十门神武大炮，这一仗有胜无败，但想怎生既能保得方怡无恙，又须灭了神龙教，那才两全其美。于是把施琅叫来，问他攻岛之计。

施琅打开手中带着的卷宗，取出一张大地图来，摊在桌上，指着海中的一个小岛，说道："这是神龙岛。"

韦小宝见神龙岛上已画了个红圈，三个红色的箭头分从北、东、南三方指向红圈，大为佩服，说道："原来你早已想好了攻打神龙岛的计策。我是离了大沽之后，才颁示皇上的密旨，你怎地早就预备好了海图？"施琅道："卑职听说大人是要从大沽经海道前赴辽东，是以预备了这一带的海图。卑职一向喜欢海上生涯，海图是看惯了的。"韦小宝道："原来如此，看来咱们这一战定是旗开得胜，船到成功。"

施琅道："那是托赖皇上的圣德，韦大人的威望。依卑职的浅见，咱们分兵三路，从岛北、岛东、岛南三路进攻，留下了岛西一路不攻，轰了一阵大炮之后，岛上匪徒抵挡不住，多半会从岛西落海而逃，咱们在岛西三十里外这个小岛背后，埋伏了二十艘船。一等匪徒逃来，这二十艘战船拥出来拦住去路，大炮一响，北、东、南三路战船围将上来，将海盗的船只围在垓心。那时一网打尽，没一个海盗能逃得性命。"

韦小宝鼓掌叫好，连称妙计。

施琅道："请大人率领中军，在这无名小岛上坐镇督战，务请不要上船出战。中军之地必须稳若泰山。统帅的旗舰若有稍微损伤，给大风吹坏了桅杆甚么的，不免动摇军心。卑职统率战船，三路进攻。黄总兵统率伏兵拦截。十艘小艇来往报告军情，如何行动，请大人随时发号施令，以便卑职和黄总兵遵行。"

韦小宝大喜，心想："你这人倒乖觉得很，明知我怕死，便让我在这三十里外的小岛上坐镇，当真万无一失。就算你们全军覆没，老子也还来得及赶上快船，溜之乎也，妙计，妙计。"当下大赞了他一番。

施琅道："卑职久仰韦大人的威名，得知韦大人当年手刃满洲第一勇士鳌拜，把满汉第一勇士的名号抢了过来，因此钦赐'巴鲁图'勇号，武勇天下扬名。卑职只担心一件事，就怕大人要报上天恩，打仗之时奋不顾身，倘若给炮火损伤了大人一个小指头儿，皇上必定大大怪罪。卑职这一生的前程就此毁了，倒不打紧，却辜负了大人提拔重用的知遇大恩，卑职万死莫赎。因此务请大人体谅，保重万金之体。”韦小宝叹了口气，说道：“坐船打仗，那是挺有趣的玩意儿。我本想亲自冲锋，将那神龙教的教主揪了过来。你既这么说，那只好让你去干了。”施琅道：“是，是。大人体谅下情，卑职感激不尽。”

韦小宝心想：“你在北京熬了三年，已精通做官的法门，老子本想干了你，瞧你如此精乖，倒有些不忍了。‘满汉第一勇士’这个头衔，今日倒是第一次听见，亏你想得出。”说道：“那神龙岛上，有几百名小姑娘，其中有几个是从宫里逃出去的，皇上吩咐了，务须生擒活捉。攻岛之时须可小心在意，大炮不可乱轰，倘若轰死了那几名宫女，皇上必定怪罪，你功劳再大，也是功不抵过。这是第一件大事。”

施琅吃了一惊，说道：“若不是大人关照，卑职险些闯了大祸出来。这次攻岛，只要是女的，就只能活捉，不能杀伤，尽数拿来，由大人发落便是。”韦小宝道：“这就是了。这几名宫女，我是见过的，一见就认得出。不过这种皇宫里的事，嗯，你知道啦。”施琅道：“是。大人望安，卑职守口如瓶。宫里的事情，谁敢随口乱说？”

众战船向东北进发，恰逢逆风，舟行甚慢。这日神龙岛已经不远，施琅指着左舷前方的一座小岛，说道：“那便是都统大人的大营驻扎之地。这座小岛向无名称，请大人赐名。”韦小宝搔了搔头皮，说道：“要我想名字，可要了我的老命啦。嗯，这次我做庄，你是我庆家手下的拆角，咱们推牌九，总得把神龙岛吃个一干二净不可。这小岛，就叫做‘通吃岛’罢。”施琅笑道：“妙极，妙极！韦大人坐镇通吃岛，那是大吉大利，不论敌军多么顽强厉害，总是吃他个精光。大人前关天牌宝一对，那是大人自己，后关至尊宝，那自然是皇上。这两副牌摊出去，怎不通吃？”

韦小宝哈哈大笑，喝道："众将官，兵发通吃岛去者！"这句话是他在看戏时学来的，此时呼喝出来，当真威风凛凛，意气风发之至。

数十艘战船前后拥卫主帅旗舰，缓缓向通吃岛驶去。忽然一艘小船上的兵士呼叫起来，不久小船驶近禀报，说是海中发见一具浮尸。

韦小宝眉头一皱，心想："出师不利，撞见浮尸！莫非这一庄要通赔？"

施琅道："恭喜大人旗开得胜，还没开炮放箭，敌人已先死了一名，真是大大的吉兆。卑职过去瞧瞧。"说着跳下小船。

过了一会，施琅回上旗舰，说道："启禀都统大人：这具浮尸手足反绑，似乎是海盗谋财害命，推人落海。"刚说到这里，小船上又叫喊起来，说道又发见了两具浮尸。

韦小宝脸色甚是难看，这时施琅也说不出吉利话了，又再跳落小船察看，回上主舰时却是喜容满脸，说道："回大人：这三具浮尸，看来是神龙岛上的。"韦小宝问道："你怎知道？"施琅道："第一具尸首还看不出甚么，后面两具显然都是海盗，身子壮健，定是身有武功之人。"韦小宝道："难道是神龙岛起了内哄？"施琅道："风从神龙岛吹来，这三具浮尸，多半是顺风飘来的。倘若敌人起了内哄，韦大人推这一庄就像是吃红烧豆腐，咬都不用咬，一口通吃。"

韦小宝举目向远处望去，但见海上水气蒸腾，白雾迷漫，瞧不见神龙岛，忽觉海面上有个皮球般之物，载浮载沉，渐渐飘近，问道："那是甚么？"

施琅凝视了一会，道："这东西倒有点儿奇怪。"传令下去，吩咐小船驶过去捞来。

一艘小船依令驶去捞起，船上军官大声叫道："又是一具浮尸，是个矮胖子。"

韦小宝心中一动："难道是他？"说道："抬上来让我瞧瞧。"三名水兵将那浮尸抬上旗舰，放在甲板上。这矮胖浮尸手足都给牛皮绑住了，韦小宝一见，果然便是瘦头陀。他本已极肥，这时喝足了水，肚子高高鼓起，宛然便是个大皮球。只见海水从他口中汩汩流出，过了一会，胖肚子一起一伏，呼吸起来。众官兵叫道："浮尸活转了。"施琅提起瘦头陀，将他后腰放在船头的链墩上，头一低，口中海水流得更加快了。过了一会，瘦头陀突然一弹而起，骂道："你奶奶的！"跌下来时坐在船头。众官兵吓了一跳，随即哈哈大笑。

瘦头陀双手一挣，牛皮索浸湿了水，更加坚韧，却哪里挣得断？他摇了摇头，双目中尽是迷茫之色，说道："他妈的，这是龙宫，还是阴世？"

韦小宝笑道："这里是龙宫，我是海龙王。"众官兵又都笑了起来。瘦头陀睁大了一对细眼，凝视着韦小宝，道："你……你……你怎么在这里？"韦小宝生怕他泄漏自己隐私，说道："这汉子奇形怪状，说不定知道神龙岛的底细，快提到我舱中审问。"两名亲兵将瘦头陀提入韦小宝的坐舱。韦小宝吩咐："你们在外侍候，不听呼唤，不必进来。"

待亲兵关上了舱门，韦小宝问道："瘦头陀，你武功高得很哪，怎么会给人绑住了，投入大海？"瘦头陀道："老子又不是武功天下第一，怎么不会给人绑住了投入大海？"韦小宝一怔，笑道："啊，你打不过教主。"瘦头陀道："那又有甚么好笑？又有谁能打得过教主？"韦小宝问道："你怎地得罪教主了？"瘦头陀道："谁敢得罪教主他老人家？夫人说毛东珠在宫里办事不力，瞒骗教主，要将她送入神龙窟喂龙，我……我……我……"说到这里凸睛露齿，一张肥脸上神情甚是愤激。

韦小宝登时恍然，那晚在慈宁宫中，假太后老婊子对他师父九难说，她是明朝大将毛甚么龙的女儿，名叫毛东珠，笑道："你在皇宫里跟毛东珠睡一个被窝，可快活得很哪。"

瘦头陀脸有得色，说道："可不是吗？"

韦小宝道："你这条性命是我救的，是不是？"瘦头陀道："就算是罢。"韦小宝道："怎么算不算的？你如说我没救你性命，好也容易得很。"瘦头陀顺："怎么容易得很？"韦小宝道："我再将你推入海中，就算没救过你性命，也就是了。"瘦头陀大叫："不行，不行！你淹死我不打紧，我那东珠妹子可也活不成了。"韦小宝道："她活不成就活不成，反正你也死了。"瘦头陀大叫："不行，不行！"

韦小宝问："如果我放了你，你怎样？"瘦头陀道："那我多谢你啦，我还得再上神龙岛去救我那东珠妹子。"韦小宝大拇指一翘，赞道："你有情有义！"寻思："皇上要捉老子，我正发愁没地方找她，现下从这矮胖子身上着落，老婊子是一定可以找得到了。但这人武功高强，一放了他，那是放老虎容易捉老虎难。说不定啊嗬一下，反咬我一口。"

瘦头陀道："好在神龙岛上正打得天翻地覆，再去救人，可方便得多了。"

韦小宝一听，精神为之一振，忙问："神龙岛上怎么打得天翻地覆？"瘦头陀道："五龙门你打我，我打你，已打了十多天啦。谁让对方捉到了，便给绑住手脚，投在大海里喂海龙。"韦小宝问："为甚么打起来的？"

瘦头陀侧过了一个胖胖的头颅，斜眼看着韦小宝，说道："东珠妹子说，你是本教白龙使，执掌五龙令，怎么会不知道？"韦小宝道："我奉教主之命，赴中原办事，岛上的事情就不清楚了。"瘦头陀突然大声怪叫。韦小宝吓了一跳，退开两步。

门外四名亲兵听得怪声，生怕这矮胖子伤了都统大人，手执佩刀，一齐冲进，见矮胖子手足被绑，好端端的坐在地上，这才放心。韦小宝挥手道："你们出去好了，没事。"众亲兵退了出去。

韦小宝道："你怪叫些甚么？"瘦头陀道："糟糕！你是教主和夫人的心腹，我却把甚么事都对你说了。"韦小宝笑道："那也没甚么糟糕。你就当作我没救你起来，你还在大海里飘啊飘的，骨嘟骨嘟的喝海水好啦。"瘦头陀道："他奶奶的，这咸水真不好喝。"韦小宝道："你不想喝咸水，就老老实实跟我说，五龙门为甚么自己打了起来？"

瘦头陀道："我和东珠妹子回到神龙岛时，他们已经打了好几天啦。我一问人，原来青龙使许雪亭一天晚上忽然给人杀死了，房里地下有一柄血刀。后来查到，这把血刀，是赤龙使无根道人的大弟子何盛的。"

韦小宝听到许雪亭为人所杀，微微一惊，立即便想："多半是洪教主派人杀的。"只听瘦头陀又道："教主大为震怒，问何盛为甚么暗算青龙使，何盛抵死不招，说没杀青龙使。后来青龙门的门下为掌门使报仇，把何盛杀了。赤龙门和青龙门就打了起来。"韦小宝道："那只是赤龙跟青龙两门的事啊，怎么你说五龙门打得一塌胡涂？"瘦头陀道："也不知怎的，黑龙门去帮青龙门，黄龙门又帮赤龙门，你杀我，我杀你，打得不亦乐乎。"韦小宝道："那我的白龙门呢？"瘦头陀瞪眼道："你是白龙使，怎么自己门中的事也不知道？"韦小宝道："我对你说过，我不在岛上，自然不知。"瘦头陀道："你门下分成了两派，老兄弟是一派，帮青龙门；少年弟子又是一派，帮赤龙门。"韦小宝皱眉道："五龙门打大架，教主难道不理么？"瘦头陀道："大伙儿打发了兴，教主也镇压不了。"

正说到这里，忽觉船已停驶，船上水手吆喝，铁链声响，抛锚入海，已到了通吃岛。

韦小宝走上船头，只见岛上树木茂盛，山丘起伏，倒是好个所在，对施琅道："神龙岛上到处都是毒蛇，你派人先上去探探，通吃岛上有没有蛇。"施琅应令下去，便有十艘小艇向岛上划去。

众水兵上陆后入林搜索，不久举火传讯，岛上平静无事，并无敌踪，也无毒蛇。

当下先锋队上陆，搭起中军营帐。一面绣着斗大"韦"字的帅字旗在营前升起。韦小宝这才下艇，施琅和黄总兵左右护卫，登陆通吃岛。号角和鞭炮齐响，众军躬身行礼。

韦小宝昂然进中军营坐定，吩咐亲兵将瘦头陀囚在帐后，拿些酒肉给他吃，却不可解了他手脚上的皮索，还得再加上几条铁链绑住，以策万全。随即传下将令，命施琅率领三十艘战船，分从神龙岛东、北、南三面进攻；又命黄总兵率领其余战船，藏在通吃岛西侧，一听施琅发出号炮，就驶出截拦。哪一艘战船居前，哪一艘战船接应，何队冲锋，何队侧击，尽皆分派得井井有条，指示周详。

黄总兵及水师营中的副将、参将、守备、骁骑营的参领、佐领等大小军官，见都统大人小小年纪，居然深谙水战策略，计谋精妙，指挥合宜，无不深为叹服，却不知尽是出于施琅的策划，这位都统大人只不过在台前依样葫芦，唱一出双簧而已。

当晚众军饱餐战饭。傍晚时分，一艘艘战船驶了出去，约定次晨卯时，三面进攻。

到第二日清晨，韦小宝登上军士赶搭的辽望台，向东辽望，隐隐听得远处炮响，火花闪动，海面卷起一团团浓烟，知道施琅已在发炮进攻，不由得担心方怡的安危，但想施琅行事谨慎，自己一再嘱咐，不可伤了岛上女子，料想他必定加意小心。

他在辽望台上站了一会，脚酸起来，回进中军帐，取得六粒骰子，心道："这一次倘若大获全胜，就掷个满堂红。"一把掷将出去，不料尽是黑色，连一粒红也没有。

他出口骂道："他妈的，你跟我捣蛋！"使起作弊手法，将六料骰子都是三点朝上，运手劲轻轻一转，这次果然有五粒骰子是红色的四点，却仍有一粒黑色的五点。他明知自己作弊，算不得是好口采，却也高兴了些。

双儿端上一碗茶来，说道："相公，你放心好啦，这一次一定打个大胜仗。"韦小宝问道："你怎知道？"双儿道："咱们这许多大炮开了起来，人家怎抵敌得住？"韦小宝道："来，双儿，我跟你掷骰子，你赢了，我给你打手心。我赢了，就算是大功告成。"双儿脸上一红，忙道："我不来，我不来。"韦小宝笑道："那么咱们来赌钱。我赢了，你输一钱银子，你赢了，我输一两银子给你。这样你总占便宜了罢？"双儿笑道："我没银子输给你。"韦小宝道："你要银子，那还不容易。"掏出一把银票来塞给她。双儿笑道："我要银子没用。"

韦小宝道："唉，你没赌性，不如去放了那矮胖子出来，我跟他赌钱。"正说到这里，忽听得号炮连响。韦小宝跳起身来，一把搂住了双儿，说道："大功告成，亲个嘴儿。"双儿忙笑着低头。韦小宝在她后颈中吻了两下，笑道："你的头颈真白！"

只听得号角呜嘟嘟吹起，他奔出中军帐，上了辽望台，但见远处神龙岛上升起三个大火柱，直冲云霄，全岛已裹在黑烟之中，料想神龙岛已轰成一片焦土；又见一艘艘战船向东驶去，心想："施琅这家伙算得是一个半臭皮匠，料事如神是说不上，料事如鬼，也就马马虎虎了。"

海上战船来往，甚是缓慢，他在辽望台上站了半天，也没见神龙岛上有船只逃出来，更见不到施琅和黄总兵如何东西夹击，于是又回进中军帐休息。

等了两个多时辰，亲兵来报，适才见到烟花讯号，两路战船都向都统大人报捷。

韦小宝大喜，心想；“老子稳坐中军帐，眼见捷报至，耳听好消息。这一场大战，胜来不费吹灰之力。但盼方怡这小娘皮，头发也没给炮火烧焦了一根。”

韦小宝一跃而起，骑上鹿背，双手紧紧搂住鹿颈。双儿轻轻巧巧的跃上一头梅花鹿之背。群鹿受惊，撒蹄狂奔。梅花鹿身高腿长，奔驰之速，不亚于马匹。

第三十五回　曾随东西南北路
独结冰霜雨雪缘

又过了一个多时辰，天色向晚，亲兵来报，有数艘小船押了俘虏，正向通吃岛而来。韦小宝大喜，跳起身来，奔到海边，果见五艘小船驶近岛来。韦小宝命亲兵喝问："拿到了些甚么人？"

小船上喊话过来："这一批都是娘们，男的在后面。"

韦小宝大喜："施琅果然办事稳当。"凝目眺望，只盼见到方怡的倩影。当然最好还能活捉到老婊子，如再将那千娇百媚的洪夫人拿到，在船上每天瞧她几眼，更是妙不可言。

等了良久，五艘船才靠岸，戏骑营官兵大声吆喝，押上来二百多名女子。韦小宝一个个瞧去，只见都是赤龙门下的少女，人人垂头丧气，有的衣服破烂，有的身上带伤，直瞧到最后，始终不见方怡，韦小宝好生失望，问道："还有女的没有？"一名佐领道："禀报都统大人：后面还有，正有三队人在岛上搜索，就是毒蛇太多，搜起来就慢了些。"韦小宝道："那苏菲亚的教主捉到了没有？这场仗是怎样打的？"

那佐领道："启禀都统大人：今儿一清早，三十艘战船就逼近岸边，一齐发炮。大家遵从大人的吩咐，发三炮，停一停，打的只是岛上空地。等到岛上有人出来抵敌，那就排炮轰了出去。都统大人料事如神，用这法子只轰得三次，就轰死了教匪四五百余人。后来有一大队少年不怕死的冲锋，口中大叫甚么'洪教主百战百胜，寿比南山’……”韦小宝摇头道：“错了。洪教主仙福永享，寿与天齐。”那佐领道：“是，是。都统大人原来对教匪早就了如指掌，无怪大军一出，势如破竹。教匪所叫的，的确是‘拜与天齐’，卑职说错了。”

韦小宝微笑道：“后来怎样？”那佐领道：“这些少年好像疯子一样，冲到海边，上了小船，想上我们大船夺炮。我们也不理会，等几十艘小船一齐驶到了海中，这才发炮，砰嘭砰嘭，三十几艘小船一只只沉在海中，三千多名孩儿教匪个个葬身大海之中。这些小匪临死之时，还在大叫洪教主寿与天齐。”

韦小宝心想：“你也来谎报军情了”神龙的少年教徒，最多也不过八九百人，那有三千多名之理？好在杀敌越多，功劳越大。就算报他四千、五千，又有何妨？”

那佐领道：“孩儿教匪打光之后，就有一大群人奔到岛西，上船逃走。咱们各战船遵照都统大人的方策，随后追去。卑职率队上捣搜索，男的女的，一共已捉了三四百人。施大人吩咐，先将这批女教匪送到通吃岛来，好让都统大人盘查。”

韦小宝点了点头，这一仗虽然打胜了，但见不到方怡，总是极不放心，不知轰炮之时会不会轰死了她，转过身来，再去看那批女子。

突然之间，见到一个圆圆脸蛋的少女，登时想起，那日教主集众聚会，这少女曾说自己是胖头陀的私生儿子，又曾在自己脸颊上捏了一把，屁股上踢了一脚，一想到这事，恶作剧之心登起，走到她身边，伸手在她脸上重重捏了一把。那姑娘尖声大叫起来，骂道：“狗鞑子，你……你……”韦小宝笑嘻嘻的道：“妈，你不记得儿子了吗？”那姑娘大奇，瞪眼瞧他，依稀觉得有些面善，但说甚么也想不起这清兵大官，就是本教的白龙使。韦小宝问道：“你叫甚么名字？”那姑娘道：“快杀了我。你要问甚么，我一句也不答。”

韦小宝道：“好，你不答，来人哪！”数十名亲兵一齐答应：“喳！”韦小宝道：“把这小妞儿带下去，全身衣裳裤子剥得干干净净，打她一百板屁股。”众亲兵又是齐声应道：“喳！”上来便要拖拉。

那少女吓得脸无人色，忙道：“不，不要！我说。”韦小宝挥手止住众亲兵，微笑道：“那你叫甚么名字？”那少女惊惶已极，这时才流下泪来，说道：“我……我叫云素梅。”韦小宝道：“你是赤龙门门下的，是不是？”云素梅点点头，低声道：“是。”韦小宝道：“你赤龙门中，有个方怡方姑娘，后来调去了白龙门，你认不认得？”云素梅道：“认得。她到了白龙门后，已升作了小队长。”韦小宝道：“好啊，升了官啦。她在哪里？”云素梅道：“今天上午，你们……你们开炮的时候，我还见到过方姊姊的，后来……后来一乱，就没再见到了。”

韦小宝听说方怡今日还在岛上，稍觉放心，心想那日你在我屁股上踢过一脚，这一脚，今日你的私生子可要踢还了，走到她身后，提起脚来，正要往她臀部踢去，帐外亲兵报道：“启禀都统大人：又捉了一批俘虏来啦。”

韦小宝心中一喜，这一脚就不踢了，奔到海边，果见有艘小战船扬帆而来。命亲兵喊话过去：“俘虏是女的，还是男的？”

初时相距尚远，对方听不到。过了一会，战船驶近。船头一名军官叫道：“有男的，也有女的。”

又过一会，韦小宝看清楚船头站着三四名女子，其中一人依稀便是方怡。他大喜之下，直奔下海滩，海水直浸至膝弯，凝目望去，那战船又驶近了数丈，果然这女子便是方怡。他这一下欢喜，当真非同小可，叫道：“快，快，快驶过来。”

忽然之间，那艘战船晃了几晃，竟打了个圈子，船上几名水手大叫起来:“啊哟,撞到了浅滩,搁浅啦。”

忽听得方怡的声音叫道:“小宝,小宝,是你吗?”

韦小宝这时哪里还顾得甚么都统大人的身份,叫道:“好姊姊,是我,小宝在这里。”方怡叫道:“小宝,你快来救我。他们绑住了我,小宝,小宝,你快来!”韦小宝道:“不用担心,我来救你。”纵身跳上一艘传递军情的小艇,吩咐水手:“快划,快划过去。”

小艇上的四名水手提起桨来,便即划动。

忽然岸上一人纵身一跃,上了小艇,正是双儿,说道:“相公,我跟你过去瞧瞧。”韦小宝心花怒放,说道:“双儿,你道那人是谁?”双儿微笑道:“我知道。你说是你的少奶奶,那日我‘少奶奶’也叫过啦。不过……不过这闰少奶奶不肯答应。”韦小宝笑道:“她那时怕羞。这次你再叫,非要她答应不可。”

那战船仍在缓缓的转,小艇迅速划近。方怡叫道:“小宝,果真是你。”声音中充满了喜悦之情。韦小宝叫道:“是我。”向她身旁的军官喝道:“快松了这位姑娘的绑。”那军官道:“是。”俯身解开了方怡手上的绳索。方怡张开手臂,等候韦小宝过去。两船靠近,战船上的军官说道:“都统大人小心。”韦小宝跃起身来,那军官伸手扯了他一把。

韦小宝一上船头,便扑在方怡的怀里,说道:“好姊姊,可想死我啦。”两人紧紧的搂在一起。

韦小宝抱着方怡柔软的身子,闻到她身上的芬芳的气息,已浑不知身在何处。上次他随方怡来神龙岛,其时情窦初开,还不大明白男女之事,其后在前赴云南道上,和建宁公主胡天胡帝,这次再将方怡抱在怀里,不禁面红耳赤。

突然之间,忽然船身晃动,韦小宝也不暇细想,只是抱住了方怡,便想去吻她嘴唇,忽觉后颈一紧,被人一把揪住。一个娇媚异常的声音说道:“白龙使,你好啊,这次你带人攻破神龙岛,功劳当真不小啊。”

韦小宝一听是洪夫人的声音，不由得魂飞天外，知道大事不妙，用力挣扎，却被方怡抱住了动弹不得，跟着腰间一痛，已给人点住了穴道。

这变故猝然而来，韦小宝一时之间如在梦中，心中只有一个念头：“糟糕，糟糕，方怡这小婊子又骗了我。”张嘴大叫：“来人哪，来人哪，快来救我！”方怡轻轻放开了他，退在一旁。韦小宝穴道被点，站立不定，颓然坐倒。但见坐船扯起了风帆，正向北疾驶，自己坐来的那艘小艇已在十余丈之外，隐隐听得岸上官兵在大声呼叫喝问。

他暗暗祷祝：“谢天谢地，施琅和黄总兵快快派船截拦，不过千万不可开炮。”但听得通吃岛上众官兵的呼叫声渐渐远去，终于再也听不到了。放眼四望，大海茫茫，竟无一艘船只。他所统带的战船虽多，但都派了出去攻打神龙岛，有的则在通吃岛和神龙岛之间截拦，别说这时不知主帅已经被俘，就算得知，海上相隔数十里之遥，又怎追得赶上？

他坐在舱板，缓缓抬起头来，只见几名骁骑营军官向着他冷笑。他头脑中一阵晕眩，定了定神，这才一个个的看清楚，一张丑陋的胖圆脸是瘦头陀，一张清癯的瘦脸是陆高轩，一张拉得极长的马脸是胖头陀。他心中一团迷惘：“矮东瓜给绑在中军帐后，定是给陆高轩和胖头陀救了出来，可是这两人明明是在北京，怎地到了这里？”再转过头去，一张秀丽娇美的脸蛋，那便是洪夫人了。

她笑吟吟瞧着韦小宝，伸手在他脸颊上捏了一把，笑道：“都统大人，你小小年纪，可厉害得很哪。”

韦小宝道：“教主与夫人仙福永享，寿与天齐。属下这次办事不妥，没甚么功劳。”

洪夫人笑道："妥当得很啊，没甚么不妥。教主他老人家大大的称赞你哪，说你带领清兵，炮轰神龙岛，轰得岛上树木房屋尽成灰烬。他老人家向来料事如神，这一次却料错了，他佩服你得很呢。"

韦小宝到此地步，料知命悬人手，哀求也是无用，眼前只有胡诌，再随机应变，笑道："教主他老人家福体安康，我真想念他得紧。属下这些日子来，时时想起夫人，日日祷祝你越来越年轻美貌，好让教主他老人家伴着你时，仙福永享！"

洪夫人格格而笑，说道："你这小猴子，到这时候还是不知死活，仍在跟我油嘴滑舌。你说我是不是越来越年轻美丽呢？"韦小宝叹了口气，说道："夫人，你骗得我好苦。"洪夫人笑问："我甚么事骗你了？"韦小宝道："刚才清兵捉来了一批岛上的姊妹，都是赤龙门的年轻姑娘，后来说又有一船姊妹到来。我站在海边张望，见到了夫人，一时认不出来，心中只说：'啊哟，赤龙门中几时新来了一个这样年轻貌美的小姑娘哪？是教主夫人的小妹子罢？这样的美人儿，可得快些过去瞧瞧。'夫人，我心慌意乱，抢上船来瞧瞧这美貌小妞儿，哪知道竟便是夫人你自己。"

洪夫人听得直笑，身子乱颤。她虽穿着骁骑营军官的服色，仍掩不住身段的风流婀娜。

瘦头陀不耐烦了，喝道："你这好色的小鬼，在夫人之前也胆敢这么胡说八道，瞧我不抽你的筋，剥你的皮！"

韦小宝道："你这人胡涂透顶，我也不想跟你多说废话。"

瘦头陀怒道："我怎地胡涂了？你自己才胡涂透顶。我浮在海里假装浮尸，你也瞧不出来，居然把我救了上来，打听神龙岛的事情。我遵照教主吩咐，跟你胡说八道一番，你却句句信以为真。"

韦小宝肚里暗骂："胡涂，胡涂！韦小宝你这家伙，当真该死，怎不想到瘦头陀内功深湛，要假装浮尸，那是容易得紧，我居然对他的话深信不疑，以为神龙岛上当真起了内哄，一切再也不防。”说道：“我中了教主和夫人的计，那不是我胡涂。”

瘦头陀道：“哼，你不胡涂，难道你还聪明了？”

韦小宝道：“我自然十分聪明。不过我跟你说，就算是天下最聪明的人，只要在教主和夫人手下，也就谁都讨不了好去。这是教主和夫人神机妙算，算无遗策，势如破竹，大功告成……”他一说到“大功告成”四字，不禁向洪夫人红如樱桃、微微颤动的小嘴望了一眼。

洪夫人又是一笑，露出一排洁白的细齿，说道：“白龙使，你毕竟比瘦头陀高明得多，他是说不过你的。你怎么说他胡涂了？”

韦小宝道：“夫人，这瘦头陀已见过了夫人这样仙女一般的小姑娘，本来嘛，不论是谁只要见上了夫人一眼，那里还会再去看第二个女人？我说他胡涂，因为我知道他心中念念不忘，还记挂着第二个女子。瘦头陀，这女人是谁，要不要我说出来？”

瘦头陀一声大吼，喝道：“不能说！”韦小宝笑道：“不说就不说。你师弟就比你高明得多。他自从见了夫人之后，就说从今而后，再也没兴致瞧第二个女子了。”

胖头陀一张马脸一红，低声道：“胡说，哪有此事？”韦小宝奇道：“没有？难道你见了夫人之后，还想再看第二个女人？”胖头陀低下头，说道：“老衲是出嫁人，六根清净，四大皆空，心中早已无男女之事。”韦小宝道：“啧啧啧！老和尚念经，有口无心。你师哥跟你一般，也是头陀，又怎么天天想着他的相好？”心中不住思索：“我明明吩咐他跟陆先生留在北京等我，怎地他二人会跟夫人在一起，当真奇哉怪也。”

胖头陀道：“师哥是师哥，我是我，二人不能一概而论。”

韦小宝道：“我瞧你二人也差不多。你师哥为人虽然胡涂，可比你还老实些。不过你师兄弟二人，都坏了教主和夫人的大事，实在罪大恶极。”

胖瘦二头陀齐声道：“胡说！我们怎地坏了教主和夫人的大事？”

韦小宝冷笑不答。他在一时之间，也说不出一番话来诬赖二人，不过先伏下一个因头，待得明白胖陆二人如何从北京来到神龙岛，再来捏造些言语，好让洪夫人起疑。他回头向海上望去，大海茫茫，竟无一艘船追来，偶尔隐隐听到远处几下炮声，想是施琅和黄总兵兀自率领战船，在围歼神龙教的逃船。

陆高轩见他目光闪烁，说道：“夫人，这人是本教大罪人，咱们禀告教主，就将他投入海中，喂了海龙罢。”韦小宝大吃一惊，心想：“我这小白龙是西贝货，假白龙入海，那可没命了。”洪夫人道：“教主还有话问他。”陆高轩应道：“是。”在韦小宝背上一推，道：“参见教主去！”

韦小宝暗暗叫苦：“在夫人面前还可花言巧语，哄得她喜欢。原来教主也在船中，今日小白龙倘若不入龙宫，真正伤天害理之至了。”侧头向方怡瞧了她一眼，只见她神色木然，全无喜怒之色，心中大骂：“臭婊子，小娘皮！”说道：“方姑娘，恭喜你啊。”方怡道：“恭喜我甚么？”韦小宝笑道：“你为本教立了大功，教主还不升你的职么？”方怡哼了一声，并不答话。

洪夫人道：“大家都进来。”陆高轩抓住韦小宝后领，将他提入船舱。

只见洪教主赫然坐在舱中。韦小宝身在半空，便抢着道：“教主和夫人仙福永享，寿与天齐。属下白龙使参见教主和夫人。”

陆高轩将他放下，方怡等一齐躬身，说道：“教主仙福永享，寿与天齐。”他们虽然也想讨好洪夫人，但这一句话向来说惯了的，毕竟老不起脸皮，加上“和夫人”三字。

韦小宝见洪教主双眼望着舱外大海，恍若不闻，又见他身旁站着四人，却是赤龙使无根道人、黄龙使殷锦、青龙使许雪亭、黑龙使张淡月。

韦小宝心念一动，转头对瘦头陀喝道：“你这家伙瞎造谣言，说甚么教主和夫人身遭危难。我不顾一切，赶来救驾，那知教主和夫人一点没事，几位掌门使又那里造反了？”

洪教主冷冷的道：“你说甚么？”韦小宝道：“属下奉教主和夫人之命，混进皇宫，得了两部经书，后来到云南吴三桂平西王府，又得了三部经书。”洪教主双眉微微一扬，问道：“你得了五部？经书呢？”韦小宝道：“皇宫中所得那两部，属下已派陆高轩呈上教主和夫人了，教主和夫人说属下办事稳当，叫陆高轩赐了仙药。”洪教主点了点头。韦小宝道：“云南所得的那三部，属下放在北京一个十分稳妥的所在，命胖头陀和陆高轩看守……”

胖头陀和陆高轩登时脸色大变，忙道：“没……没有，哪有此事？教主你老人家别听这小子胡说八道。”

韦小宝道：“经书一共有八部，属下得到了线索，另外三部多半也能拿得到手，预备取到之后，一并呈上神龙岛来。已经得到了那三部经书，属下惟恐给人偷去，因此砌在墙里。我吩咐陆高轩和胖头陀寸步不离。陆高轩、胖头陀，我叫你们在屋里看守，不可外出，怎么你二人到这里来了？要是失了宝经，误了教主和夫人的大事，这干系谁来担当？”

胖陆二人面面相觑，无言可对。过了一会，陆高轩才道：“你又没说墙里砌有宝经，我们怎么知道？”

韦小宝道：“教主和夫人吩咐下来的事，越是机密越好，多一个人知道，就多一分泄漏的危险。我对你们两个，老实说也不怎么信任。我每天早晨起身，一定要大声念诵：‘教主和夫人仙福永享，寿与天齐。’每次吃饭，每天睡觉，又必念上一遍。可是你二人离了神龙岛之后，没称赞过教主一句神通广大，鸟生鱼汤。”他不知“尧舜禹汤”只有对皇帝歌公园颂德才用得着，这时说了出来，众人也不知“鸟生鱼汤”是甚么意思。

陆高轩和胖头陀两人脸上青一阵、白一阵，暗暗吃惊，离了神龙岛之后，他二人的确没念过“教主仙福永享，寿与天齐”的话，没料想给这小子抓住了把柄，可是这小子几时又念过了？陆高轩道：“你自己犯了滔天大罪，这时花言巧语，想讨好教主和夫人，饶你一命。哼，咱们岛上老少兄弟这次伤亡惨重，教主几十年辛苦经营的基业，尽数毁在你手里，你想活命，真是休想。”

韦小宝道：“你这话大大错了。我们投在教主和夫人属下，这条性命，早就不是自己的了。教主和夫人差我们去办甚么事，人人应该忠字当头，万死不辞。教主和夫人要我们死，大家就死；要我们活，大家就活。你想自己作主，那就是对教主和夫人不够死心塌地，不够尽忠报国。”

洪教主听他这么说，伸手捋捋胡子，缓缓点头，对胖陆二人道：“你们说白龙使统率水师，要对本教不利，到底是怎么一回事？”

陆高轩听教主言语中略有不悦之意，忙道：“启禀教主：我二人奉命监视白龙使，对他的一举一动，时时留神，不敢有一刻疏忽。这天皇帝升了他官职，水师提督施琅前来拜访，属下二人将他们的说话听得仔细，已启禀了教主。过不多天，白龙使便带了施琅出差，却要他扮成骁骑营的一名小官儿，又不许属下和胖头陀随行，属下心中就极为犯疑。”

韦小宝心道：“好啊，原来教主派了你二人来监视我的。”又听陆高轩禀报：“早得几日，属下搜查白龙使房里字纸篓中倒出来的物事，发现了许多碎纸片，一经拼凑，原来是用满汉文字写的辽东地名。白龙使又不识字，更加不识满，这些地名，自然是皇帝写给他的了。后来又打听到，他这次出行，还带了许多门大炮。属下二人商议，都想白龙使奉了皇帝之命，前来辽东一带，既有水师将领，又有大炮，自然是意欲不利于本教。因此一等白龙使离京，属下二人便骑了快马，日夜不休的赶回神龙岛来禀报。夫人还说白龙使耿耿忠心，决不会这样的。哪知道知人知面不知心，这白龙使狼心狗肺，辜负了教主的信任。”

韦小宝叹了口气，摇了摇头，说道：“陆先生，你自以为聪明能干，却哪里及得了教主和夫人的万一？我跟你说，你错了，只有教主和夫人才永远是对的。”

陆高轩怒道：“你胡……”这两字一出口，登时知道不妙，虽然立即把下面的话熬住，但人人都知，“你胡”二字之下，定然跟的是个“说”字。

韦小宝道：“你说我胡说？我说你错了，只有教主和夫人才永远是对的，你不服气？难道教主和夫人永远不对，只有你陆先生才永远是对的？”

陆高轩涨红了脸道：“我不是这个意思。那是你说的，我可没说过。”

韦小宝道：“教主和夫人说我白龙使忠心耿耿，决不会叛变。他二位老人家料事如神，怎会有错？我跟你说，皇帝派我带了水师大炮，前赴辽东，说的是去长白山祭天，其实……其实是……哼，你又知道甚么？”心中乱转念头：“该说皇帝派我去干甚么？”

洪教主道：“你且说来，皇帝派你去干甚么。”

韦小宝道：“这件事本来万分机密，无论是如何不能说的，一有泄漏，皇帝定要杀我的头。不过教主既然问起，在属下心中，教主和夫人比之皇帝高出百倍，他是万岁，你是百万岁。他是万万岁，你是百万万岁。教主要我说，自然不能隐瞒。”寻思：“怎样说法，才骗得教主和夫人相信？”

洪教主听韦小宝谀词潮涌，丝毫不以为嫌，捻须微笑，怡然自得，缓缓点头。

韦小宝道：“启禀教主和夫人得知：皇帝身边，有两个红毛外国人，这两人一个叫汤若望，一个叫南怀仁，封了钦天监正的官。”洪教主道：“汤若望此人的名字，我倒也听见过，听说他懂得天文地理、阴阳历数之学。”韦小宝赞道：“啧，啧，啧！教主不出门，能知天下事。这汤若望算来算去，算到北方有个罗刹国，要对大清不利。”

洪教主双眉一轩，问道：“那便如何？”

韦小宝曾听那大胡子蒙古人罕帖摩说过，吴三桂与罗刹国、神龙教勾结。吴三桂远在云南，拉扯不到他身上，罗刹国却便在辽东之侧，果然一提“罗刹国”三字，洪教主当即神情有异。韦小宝知道这话题对上了榫头，心中大喜，说道：“小皇帝一听之下，便小心眼儿发愁，就问汤若望计将安出，快快献来。汤右望奏道：‘待臣回去夜观天文，日算阴阳，仔细推算。’过得几天，他向皇帝奏道，罗刹国的龙脉，是在辽东，有座叫做甚么呼他妈的山，有条叫做甚么阿妈儿的河。”

洪安通久在辽东，于当地山川甚是熟悉，听韦小宝这么说，向洪夫人笑道：“夫人，你听这孩子说得岂不可笑？将呼玛尔窝集山说成了呼他妈的山，把阿穆尔河又说成阿妈儿的河，哈哈，哈哈！”洪夫人也是格格娇笑。

韦小宝道：“是，是，教主无所不知，无所不晓，属下真是佩服得紧。那外国红毛鬼说了好几遍，属下总是记不住，小皇帝便用满汉文字写了下来，交了给我。可是属下不识字，这呼他妈的甚么山，阿妈儿的甚么河，总是记不住。”

洪教主呵呵大笑，转过头来，向陆高轩横了一眼，目光极是严厉。

陆高轩和胖头陀心中不住叫苦。

韦小宝道："那汤若望说道，须得赶造十门红毛大炮，从海道运往辽东，对准了这些甚么山、甚么河连轰两百炮，打坏了罗刹国的龙脉，今后二百年大清国就太平无事，叫做一炮保一年平安。小皇帝说道：那么连轰一千炮，岂不是保得千年平安？汤若望道：轰得太多，反而不灵，又说甚么天机不可泄漏，黄道黑道，叽哩咕噜的说了半天，属下半句也不懂，听得好生气闷。"

洪教主点头道："这汤若望编得有部《大清时宪历》，确是只有二百年。看来满清的气运，最多也不过二百年而已。"

韦小宝说谎有个诀窍，一切细节不厌求详，而且全部真实无误。只有在重要关头却胡说一番，这是他从妓院里学来的法门。恰好洪安通甚是渊博，知道汤若望这部《大清时宪历》的内容，韦小宝这番谎话，竟是全然合缝合榫。

洪夫人道："这样说来，是小皇帝派你去辽东开大炮么？"韦小宝假作惊异道："咦，夫人你怎么又知道了？"洪夫人笑道："我瞧你这番话还是不尽不实。小皇帝派你去辽东，你怎么又上神龙岛来了？"韦小宝道："那外国人说道：罗刹人的龙脉，是条海龙，因此这十门大炮要从海上运去，对准了那条龙的笼口，算好了时辰，等它正要向海中取水之时，立即轰炮，这条龙身受重伤，那就动不了啦。若是从陆地上炮轰，这条龙吃得一炮，立刻就飞天腾走了。一炮只保得一年平安，明年又要来轰过，实是麻烦之极。他说，我们的大炮从海上运去，还得远兜圈子，免得惊动了龙脉。"

自来风水堪舆之说，"龙脉"是十分注重的，但只说地形似龙，并非真的有一条龙，甚么龙脉会惊动了逃走云云，全是韦小宝的胡说八道。洪安通听在耳里，不由得有些将信将疑。

韦小宝鉴貌辨色，知他不大相信，忙道："那外国鬼子是会说中国话的，他画了好几张图画给小皇帝看，用了几把尺量来量去，这里画一个圈，那里画一条线，说明白为甚么这条龙脉会逃。属下太笨，半点儿也不懂，小皇帝倒听得津津有味。”

洪安通点了点头，心想外国人看风水，必定另有一套本事，自比中国风水更加厉害。

韦小宝见他认可了此节，心中一宽，寻思：“这关一过，以后的法螺便是呜嘟嘟，不会破了！”说道：“那一天小皇帝叫钦天监选了个黄道吉日，下圣旨派我去长白山祭天。有一个福建水师提督施琅，是从台湾投降过来的，说郑成功也曾在他手下吃过败仗，这人善于在船上开炮，小皇帝派他跟我同去。千万叮嘱，务须严守机密，如果泄漏了，这件大事可就坏了，说不定罗刹国会派海船阻拦。我们去到天津出海，远兜圈子，要悄悄上辽东去。哪知昨天下午，在海里见到了许多浮尸，其中有真有假，假的一具，就是这瘦头陀了。我好心把他救了起来。他说乖乖不得了，神龙岛上打得天翻地覆，洪教主派人杀了青龙使许雪亭。”

瘦头陀大叫：“假的！我没有说教主杀了青龙使！”洪夫人妙目向他瞪了一眼，说道：“瘦头陀，在教主跟前，不得大呼小叫。”瘦头陀道：“是。”

韦小宝道：“你说青龙使给人杀了，是不是？”瘦头陀说：“是，是教主吩咐要我这般骗你的。”韦小宝道：“教主叫你跟我开个玩笑，也是有的。可是你说教主为了报仇，杀了青龙使和赤龙使。教主大公无私，大仁大义，决不会对属下记恨！”他说一句，瘦头陀便叫一句“假的！”韦小宝道：“你说教主为了报仇，杀了青龙使和赤龙使！”瘦头陀道：“假的，我没说。”韦小宝道：“教主大公无私。”瘦头陀道：“假的！”韦小宝道：“大仁大义！”瘦头陀叫道：“假的！”韦小宝道：“决不会对属下记恨报仇。”瘦头陀道：“假的！”

陆高轩知道瘦头陀暴躁老实，早已踏进了韦小宝的圈套，他不住大叫“假的”，每多叫一句，教主的脸色便难看了一分。陆高轩只怕瘦头陀再叫下去，教主一发脾气，那就不可收拾，于是扯了扯瘦头陀的衣袖，说道：“听他启禀教主，别打断他话头。”瘦头陀道：“这小子满口胡柴，难道也由得他说个不休？”陆高轩道：“教主聪明智慧，无所不知，无所不晓。不用你着急，教主自然明白。”瘦头陀道：“哼！只怕未必……”这一出口，突然张大了嘴，更无声息，满脸惶恐之色。

韦小宝双目瞪视着他，突然扮个鬼脸。两人身材都矮，瘦头陀更矮，韦小宝低下头扮鬼脸，旁人瞧不到，瘦头陀却看得清清楚楚，当是便欲发作，却生怕激怒了教主，只有强自忍住，神色尴尬。一时之间，船舱中寂静无声，只听得瘦头陀呼呼喘气。

过了好一会，洪教主问韦小宝道：“他又说了些甚么？”

韦小宝道：“启禀教主：他又说教主播弄是非，挑拨赤龙门去打青龙门……”

瘦头陀叫道：“我没说。”

洪教主向他怒目而视，喝道：“给我闭上了鸟嘴，你再怪叫一声，我把你这矮冬瓜劈成了他妈的两段。”

瘦头陀满脸紫胀，陆高轩和胖头陀也是骇然失色。众人均知洪教主城府甚深，平日喜怒不形于色，极少如此出言粗鲁，大发脾气，这般喝骂瘦头陀，定是愤怒已极。

韦小宝大喜，心想瘦头陀既不能开口说话，自己不管如何瞎说，他总是难以反驳，便道：“请教主息怒。这瘦头陀倒也没说甚么侮辱教主的言语，只是说教主为人小气。上次大家谋反不成，给属下一个小孩子坏了大事，人人心中气愤，教主却要乘机报仇。他说教主派了一个名叫何盛的去干事，这人是无根道人的大弟子，弟子却不知本教有没有这个人。”

洪夫人道：“何盛是有的，那又怎样？”

韦小宝心念一动:“这何盛是无根道人的弟子,必是个年轻小伙子。”说道:“瘦头陀说,这何盛见到夫人美貌,这几年来跟夫人一直如何如何,怎样怎样,说了很多不中听的话。弟子大怒,恼他背后对夫人不敬,命人打他的嘴巴。那时他还给牛皮索绑住了,反抗不得,打了十几下,他才不敢说了。”

洪夫人气得脸色铁青,恨恨的道:“怎地将我拉扯上了?”瘦头陀道:“我……我没有说。”韦小宝道:“教主不许你开口,你就不要说话。我问你,你说过有个叫做何盛的人没有?是不点头,不是就摇头。”瘦头陀点了点头。

韦小宝道:“是啊,你说何盛跟许雪亭争风喝醋,争着要讨好夫人,于是这何盛就把许雪亭杀了,夫人很是喜欢,又说教主给蒙在鼓里,甚么也不知道。你说青龙使给何盛杀了,房里地下有一把刀,那把刀是何盛的,是不是?你说过没有?”瘦头陀点了点头,道:“不过前面……”韦小宝道:“你既已说过,也就是了。”其实瘦头陀说过的,只是后半截,前半截却是韦小宝加上去的。瘦头陀这一点头,倒似整篇话都是他说的了。

韦小宝道:“你说青龙门、赤龙门、黄龙门、黑龙门,还有我的白龙门,大家打得一塌胡涂,教主已然失了权柄,毫无办法镇压,是不是?”瘦头陀点点头。

韦小宝道:“你说神龙岛上众人造反,教主和夫人给捉了起来,夫人全身衣服给脱得精光,在岛上游行示众。教主的胡子给人拔光了,给倒吊着挂在树上,已有三天三夜没喝水,没吃饭。这些说话,你现今当然不肯认了,是不是?”

对这句问话,点头也不是,摇头也不是,瘦头陀满脸通红,皮肤中如要渗出血来。韦小宝道:“现下你当然要赖,不肯承认说过这些话,是不是?”瘦头陀怒道:“我没说过。”韦小宝道:“你说你跟教主动上了手,你踢了教主两脚,打了教主三下耳光,不过教主武功比你高，你打不过，于是给教主绑起来投入大海，是不是？你说本教已闹得天翻地覆，一塌胡涂。一大半人都已给教主绑了投入大海。余下的你杀我，我杀你。教主和夫人已经糟糕之极，就算眼下还没死，那也活不长久了，是不是？”

瘦头陀道：“我……我……我……”他给韦小宝弄得头晕脑胀，不知如何回答才是。他确是说过他打不过教主，给教主绑起来投入大海，也说过神龙岛上五龙门自相残杀，一塌胡涂，但跟韦小宝的话却又颇不相同。

韦小宝道：“启禀教主：属下本要率领水师船只，前赴辽东，去轰罗刹国的龙脉，不过船只驶到这里，属下记挂着教主和夫人，还有那个方姑娘，属下本想……本想娶她为妻的，也想瞧瞧她，最好能求得教主和夫人准我将她带了去。于是吩咐海船缓缓驶近，就算远远向岛上望上几眼，也是好的。要是能见到教主和夫人一眼……”洪夫人微笑道：“还有那个方姑娘。”韦小宝道：“是，这是属下存了自私之心，没有一心一意对教主和夫人尽忠，实在该死。”洪夫人点了点头，道：“你再说下去。”

韦小宝道：“哪知道在海中救起了瘦头陀，不知他存了甚么心眼，竟满口咒诅教主和夫人。属下也是胡涂得紧，一听之下，登时慌了手脚，恨不得挺翅飞上神龙岛来，站在教主和夫人身畔，和众叛徒一决死战。属下当时破口大骂，说道当日教主郑重吩咐过的，过去的事不能再算倒帐，连提也不能再提，怎可怀恨在心，又来反叛教主？属下只记挂着教主和夫人的危险，心想教主给叛徒倒吊了起来，夫人给他们脱光了衣衫，那是一刻也挨不得的。我真胡涂该死，全没想教主神通广大，若是有人犯上作乱，教主伸出几根手指，就把他们像蚂蚁一般捏死了，哪有会给送行欺辱之理？不过属下心中焦急，立即命所有战船一起出海，攻打神龙岛。我吩咐他们说：岛上的好人都已给坏人拿住了，如果有人出来抵抗，你们开炮轰击便是。一上了岸，快快查看，有没有一位威风凛凛、相貌堂堂、又像玉皇大帝、又像神仙菩萨的一位老人家，那就是神龙教洪教主，大家要听他指挥。属下又说，岛上所有女子，一概不可得罪，尤其那位如花似玉、相貌美丽、好像天仙下凡的年轻姑娘，那是洪夫人，大家更须恭恭敬敬。”

洪夫人格格一笑，说道：“照你说来，你派兵攻打神龙岛，倒全是对教主的一番忠心？你不但无过，反而有功？”

韦小宝道：“属下功劳是一点也没有的，只不过见到教主和夫人平平安安的，几个掌门使仍是忠心耿耿，好好的服侍教主和夫人，心中就高兴得很。属下第一盼望的，是教主和夫人仙福永享，寿与天齐。第二件事是要本教人人尽忠报国，教主说甚么，大家就去干甚么。第三件……第三件……”洪夫人笑道：“第三件是要方姑娘给你做老婆。”

韦小宝道：“这是一件小事，属一心中早就打定了主意，只要尽力办事，讨得教主和夫人的欢心，教主和夫人自然也不会亏待部下。”

洪安通点点头，说道：“你这张嘴确是能说会道，可是你说挂念我和夫人，为甚么自己却不带兵上神龙岛来？为甚么只派人开炮乱轰，自己却远远的躲在后面？”

这一句话却问中了要害，韦小宝张口结舌，一时无话回答，知道这句话只要答得不尽不实，洪教主一起疑心，称前的大篇谎话固然全部拆穿，连小命也必不保，情急之下，只得说道：“属下罪该万死，实在是对教主和夫人不够忠心。我听瘦头陀说起岛上众人如何凶狠，连教主和夫人也捉了，属下害怕得很。上次……上次他们背叛教主，都是属下坏了他们的大事，倘若给他们再拿到，非抽我的筋，剥我的皮不可。属下怕死，因此远远躲在后面，只是差了手下的兵将来救教主和夫人，这个……这个……实在是该死之至。”

洪教主和夫人对望了一眼，缓缓点头，均想这孩子自承怕死，可见说话非虚。洪教主道：“你这番话是真是假，我要慢慢查问。倘若得知你是说谎，哼哼，你自己明白。”

韦小宝道：“是！教主和夫人要如何处罚，属下心甘情愿，可是千万不能将属下交在胖头陀、瘦头陀、陆高轩他们手里。这一次……这一次他们安排巧计，骗得清兵炮轰神龙岛，害死了不少兄弟姊妹，定有重大阴谋。属下看来，这陆高轩定是想做陆教主。他在云南时说：我也不要甚么仙福永享，寿与天齐，只要享他五十年福，也就够得很了……”

陆高轩怒叫：“你，你……”挥掌便向韦小宝后心拍来。

无根道人抢上一步，伸掌拍出，砰的一声，陆高轩被震得退后两步。无根道人却只身子一晃，喝道：“陆高轩，你在教主座前，怎敢行凶伤人？”陆高轩脸色惨白，躬身道：“教主恕罪，属下听这小子捏造谎言，按捺不住，多有失礼。”

洪教主哼了一声，对韦小宝道：“你且下去。”对无根道人道：“你亲自看管他，不许旁人伤害，可也不能让他到处乱走。你别跟他说话。这小孩儿鬼计多端，须得加意留神。”无根道人躬身答应。

此后数日，韦小宝日夜都和无根道人住在一间舱房，眼见每天早晨太阳从右舷伸起，晚间在左舷落下，坐船迳向北行。起初一两天，他还盼望施琅和黄甫的水师能赶了上来，搭救自己，到得后来，也不存这指望了，心想：“我一番胡说八道，教主和夫人已信了九成，只不过我带兵把神龙岛轰得一塌胡涂，就算出于好心，总也不免有罪。幸亏那矮冬瓜扮了浮尸来骗我，是教主自己想出来的计策，否则他一怒之下，多半会将矮冬瓜和我两个一起杀了，煮他一锅小宝冬瓜汤。”又想：“这船向北驶去，难道是往辽东么？”

向无根道人问了几次，无根道人总是答道：“不知道。”韦小宝逗他说话，无根道人道：“教主吩咐，不可跟你说话。”又不许他走出舱房一步。

韦小宝好生无聊，又想：“方怡这死妞明明在这船里，却又不来陪伴老子散心解闷。”想起这次被神龙教擒获，又是为方怡所诱，心道：“老子这次若能脱险，以后再向方怡这小娘皮瞧上一眼，老子就不姓韦。上过两次当，怎么再上第三次当？”但想到方怡容颜娇艳，神态柔媚，心头不禁怦然而动，转念便想：“不姓韦就不姓韦，老子的爹爹是谁也不知道，又知道我姓甚么？”

战船不停北驶，天气越来越冷。无根道人内力深厚，倒不觉得怎样，韦小宝却冷得不住发抖，牙齿相击，格格作响。又行几日，北风怒号，天空阴沉沉地，忽然下起大雪来。

韦小宝叫道：“这一下可冻死我也。”心想：“索额图大哥送了我一件貂皮袍子，可惜留在大营，没带出来。唉，早知方怡这小娘皮要骗我上当，我就该着了貂皮袍子去抱她，也免得冻死在船中。冰冻白龙使，乖乖不得了。”

船行到半夜，忽听得叮咚声不绝，韦小宝仔细听去，才知是海中碎冰相撞，大吃一惊，叫道：“啊哟，不好！这只船要是冻在大海之中，岂不糟糕？”无根道人道：“大海里海水不会结冰，咱们这就要靠岸了。”韦小宝道：“到了辽东么？”无根道人哼了一声，不再答话。

次日清晨，推开船舱窗子向外张望，只见白茫茫地，满海都是浮冰，冰上积了白雪，远远已可望到陆地。这天晚上，战船驶到了岸边抛锚，看来第二日一早便要乘小艇登陆。

这一晚韦小宝思潮起伏，洪教主到底要如何处置自己，实在不易猜想，他似乎信了自己的说话，似乎又是不信，来到这冰天雪地，又不知甚么用意。想了一会，也就睡着了。

睡梦中忽见方怡坐在自己身边，他伸出手去，一把搂住，迷迷糊糊间只听得她说："别胡闹！"韦小宝道："死老婆，我偏要胡闹。"只觉方怡在怀中扭了几扭，他似睡似醒，听得怀中那人低声道："相公，咱们快走！"似乎是双儿的声音。

韦小宝吃了一惊，登时清醒，觉得怀中确是抱着一个柔软的身子，黑暗之中，却瞧不见是谁，心想："是方怡？是洪夫人？"这战船之上，便只两个女子，心想："管他是方怡还是洪夫人，亲个嘴再说，先落得便宜！"将怀中人儿扳过身来，往她嘴上吻去。

那人轻轻一笑，转头避开。这一下笑声虽轻，却听得明明白白，正是双儿。

韦小宝又惊又喜，在她耳边低声问道："双儿，你怎么来了？"双儿道："咱们快走，慢慢再跟你说。"韦小宝笑道："我冻得要死，你快钻进我被窝来，热呼热呼。"双儿道："唉，好相公，你就是爱闹，也不想想这是甚么时候。"

韦小宝紧紧搂住了她，问道："逃到哪里去？"双儿道："咱们溜到船尾，划了小艇上岸，他们就算发觉了，也追不上。"韦小宝大喜，低声叫道："妙计，妙计！啊哟，那个道士呢？"双儿道："我偷偷摸进船舱，已点了他穴道。"

两人悄悄溜出船舱。一阵冷风扑面，韦小宝全身几要冻僵，忙转身入舱，剥下无根道人身上道袍，裹在自己身上。其时铅云满天，星月无光，在雪仍下个不止。两人溜到后梢，耳听得四下无声，船已下锚，连掌舵的舵手也都入舱睡了。

双儿拉着韦小宝的手，一步步走到船尾，低声道："我先跳下去，你再下来！"提一口气，轻轻跃入系在船尾的小艇。韦小宝向下一望，黑沉沉地有些害怕，当即闭住眼睛，涌身跳下。双儿提起双掌，托住他背心后臀，在艇中转了个圈子，卸去了落下的力道，这才将他放下。

忽听得船舱中有人喝问："甚么人？"正是洪教主的声音。韦小宝和双儿都大吃一惊，伏在艇底，不敢作声。忽听得嗒的一声，舱房窗子中透出了火光，双儿知道洪教主已听见声息，点火来查，忙提起艇中木桨，人水扳动。只扳得两下，洪教主已在大声呼喝："是谁，不许动？"跟着小艇一晃，却不前进，原来心慌意乱之下，竟忘了解开系艇的绳索。

韦小宝急忙伸手去解，触手冰冷，却是一条铁链系着小艇，只听大船中好几人都叫了起来："白龙使不见了！""这小子逃走了！""逃到哪里去了？快追，快追！"韦小宝从靴筒中拔出匕首，用力挥去，刷的一声，斩断铁链，小艇登时冲了出去。

这一声响过，洪教主、洪夫人、胖瘦二头陀、陆高轩等先后奔向船尾。冰雪光芒反映之下，见到小艇离大船已有数丈。

洪教主一伸手，在船边上抓下一块木头，使劲向小艇掷去。他内力虽强，但木头终究太轻，飞到离小艇两尺之处，拍的一声，掉入了海中。初时陆高轩、胖头陀等不知教主用意，不敢擅发暗器，只怕伤了白龙使，反而受责，待见教主随手抓下船舷上的木块掷击，才明白他心思，身边带有暗器的便即取出发射。只是这么缓得片刻，小艇又向前划了两丈，寻常细小暗器都难以及远，遍生弓箭、钢镖、飞蝗石等物又不就手，众人发出的袖箭、毒针等物，纷纷都跌入了海中。

瘦头陀说道："这小子狡猾得紧，我早知他不是好人，早就该一刀杀了。留着他自找麻烦。"洪教主本已怒极，瘦头陀这几句风凉话，显是讥刺自己见事不明，左手伸出，抓住他后颈，叫道："快去给我捉他回来。"左手一举，将瘦头陀提在空中，右手抓住了他后臀，喝道："快去！"双臂一缩，全身内力都运到了臂上，往前送出。

瘦头陀一个肉球般的身子飞了出去，直向小艇冲来。

双儿拚力划桨。韦小宝大叫："啊哟，不好！人肉炮弹打来了！"叫声未毕，扑通一声，瘦头陀已掉入海中。

他落海之处与小艇只相差数尺，瘦头陀一涌身，左手已抓住了艇边。双儿举起木桨，用力击下，正中他脑袋。瘦头陀忍痛，哼了一声，右手又已抓住艇边。双儿大急，用力再击了下去，拍的一声大响，木桨断为两截，小艇登时在海中打横。瘦头陀头脑一阵昏晕，摇了摇头。韦小宝匕首划出，瘦头陀右手四根手指齐断，剧痛之下，再也支持不住，右手松开，身子在海中一探一沉，大叫大骂。

双儿拿起剩下的一柄桨，用力扳动，小艇又向岸边驶去。驶得一会，离大船已远，眼见是追不上了。大船上只有一艘小艇，洪教主等人武功再高，在这寒冷彻骨的天时，却也不敢跳入水中游水追来，何况人在水中游泳，再快也追不上船艇。

韦小宝拿起艇底一块木板帮着划水，隐隐听得大船上众人怒声叫骂，又过一会，北风终于掩没了众人的声息。韦小宝吁了一口气，说道："谢天谢地，终于逃出来了。"

两人划了小半个时辰，这才靠岸。

双儿跳入水中，海水只浸到膝盖，拉住艇头的半截铁链，将小艇扯到岸旁，说道："行了！"韦小宝涌身一跳，便上了岸，叫道："大功告成！"双儿嘻嘻一笑，退开几步，笑道："相公，你别胡闹。咱们可得快走，别让洪教主他们追了上来。"

韦小宝吃了一惊，皱起眉头，问："这是甚么鬼地方？"四下张望，但见白雪皑皑的平原无边无际，黑夜之中，也瞧不见别的东西。

双儿道："真不知这是甚么地方，相公。你说咱们逃去哪里才好？"韦小宝冷得只索索发抖，脑子似乎也冻僵了，竟想不出半条计策，骂道："他奶奶的，都是方怡这死小娘皮不好，害得我们冻死在这雪地里。"双儿道："咱们走罢，走动一会，身子便暖和些。"

两人携着手，便向雪地中走去。雪已积了一尺来厚，一步踏下去，整条小腿都淹没了，拔脚跨步，甚是艰难。

韦小宝走得虽然辛苦，但想洪教主神通广大，定有法子追上岸来。这雪地中脚印如此之深，又逃得到哪里去？就算逃出了几天，多半还是会给追到，因此上片刻也不敢停留，不住赶路，随即问起双儿怎么会在船里。

原来那日韦小宝一见到方怡，便失魂落魄的赶过去叙话，双儿跟随在艇中。待得他失手遭擒，人人都注目于他，双儿十分机警，立即在后梢躲了起来。这艘战船是洪教主等从清兵手里夺过来的，舵师水手都是清兵，她穿的本是骁骑营官兵服色，混在官兵之中，谁也没发觉。直到战船驶到岸边，她才半夜里出来相救。

韦小宝大赞她聪明机灵，说道："方怡这死妞老是骗我、害我，双儿这乖宝贝总是救我的命。我不要她做老婆了，要你做老婆。"双儿忙放开了手，躲开几步，说道："我是你的小丫头，自然一心一意服侍你。"韦小宝道："我有了你这个小丫头，定是前世敲穿了四七二十八个大木鱼，翻烂了三七二十一部四十二章经，今生才有这样好福气。"双儿格格娇笑，说道："相公总是有话说的。"

走到天明，离海边已远，回头一望，雪地里两排清清楚楚的脚印，远远伸展出去。再向前望，平原似乎无穷无尽。洪教主等人虽没追来，看来也不过是迟早之间而已。

韦小宝心中发愁，说道："咱们就算再走十天十晚，还是会给他们追上了。"双儿指着右侧，说道："那边好像有些树林，咱们走进了林中，洪教主他们就不易找了。”韦小宝道：“如果是树林就好了，不过看起来不大像。”

两人对准了那一团高起的雪丘，奋力快步走去，走了一个时辰，已经看得清楚，只不过是大平原上高起的一座小丘，并非树林。韦小宝道：“到了小丘之后瞧瞧，或许有地方可以躲藏。”他走到这时，已气喘吁吁，十分吃力。

又走了半个时辰，来到小丘之后，只见仍是白茫茫的一片，就如是白雪铺成的大海，更无可以躲藏之处。韦小宝又疲又饿，在雪地上躺倒，说道：“好双儿，你如不给我抱抱，亲个嘴儿，我再也没力气走路了。”双儿红了脸，欲待答应，又觉此事十分不妥，正迟疑间，忽听得身后忽喇一响。

两人回过头来，见七八只大鹿从小丘后面转将出来。韦小宝喜道：“肚子饿死啦！你有没法子捉只鹿来，杀了烤鹿肉吃？”双儿道：“我试试看。”突然飞身扑出，向几头大鹿冲去。那知梅花鹿四腿极长，奔跃如飞，一转身便奔出了数十丈，再也追赶不上。双儿摇了摇头，说道：“追不上的。”

这些梅花鹿却并不畏人，见双儿止步，又回过头来。韦小宝道：“咱们躺在地下装死，瞧鹿儿过不过来。”双儿笑道：“好，我就试试看。”说着便横身躺在雪地里。韦小宝道：“我已经死了，我的老婆好双儿也已经死了。我们两个都已经埋在坟里，再也动不了啦。我跟好双儿生了八个儿子，九个女儿。他们都在坟前大哭，大叫我的爹啊，我的妈啊……”双儿噗哧一笑，一张小脸羞得飞红，说道：“谁跟你生这么多儿子女儿？”韦小宝道：“好！八个儿子、九个女儿太多，那么各生三个罢！”双儿笑道：“不……”

几头梅花鹿慢慢走到两人身边，似乎十分好奇。动物之中，鹿的智慧甚低，远不及犬马狐狸，因此成语中有“蠢如鹿豕”的话。几头梅花鹿低下头来，到韦小宝和双儿的脸上擦擦嗅嗅，叫了几声。韦小宝叫道:“翻身上马,狄青降龙!”弹身跃起,坐上了鹿背,举手紧紧抓住鹿角。双儿轻轻巧巧的也跃上了一头梅花鹿之背。

群鹿受惊,撒蹄奔跃。双儿叫道:“你用匕首杀鹿啊。韦小宝道:“不杀忙,骑鹿逃命,洪教主便追不上了。”双儿道:“是,对极。不过可别失散了。”她担心两头鹿一往东窜,一向西奔,那可糟糕。

幸好梅花鹿性喜合群,八头大鹿聚在一起奔跑,奔得一会,又有七八头大鹿过来合在一起。梅花鹿身高腿长,奔跑起来不输于骏马,只是骑在鹿背,颠簸极烈。

群鹿向着西北一口气冲出数里,这才缓了下来,背上骑了人的两头鹿用力跳跃,想将二人抛下,但韦小宝和双儿紧紧抓住了鹿角,说甚么也抛不下来。韦小宝叫道:“一下鹿背,再上去可就难了,咱们逃得越远越好。这叫做大丈夫一言既出,活鹿难追。”

这一日两人虽然饿得头晕眼花,仍是紧紧抱住鹿颈,抓住鹿角,任由鹿群在茫茫无际的雪原中奔驰。两人知道鹿群多奔得一刻,便离洪教主等远了一些,同时雪地中也没了二人的足印。傍晚时分,鹿群奔进了一座森林。

韦小宝道:“好啦,下来罢!”拔出匕首,割断了胯下雄鹿的喉头。那头鹿奔得几步,摔倒在地。双儿道:“一头鹿够吃的了。饶了我杀鹿罢。”从鹿背上跃了下来。

韦小宝筋疲力尽,全身骨骼便如要尽数散开,躺在地下只是喘气,过了一会,爬在雄鹿颈边,嘴巴对住了创口,骨嘟骨嘟的喝了十几口热血,叫道:“双儿,你来喝。”大量鹿血入肚,精神为之一振,身上也慢慢感到了暖意。

双儿喝过鹿血,用匕首割了一条鹿腿,拾了些枯枝,生火烧烤,说道:“鹿啊鹿,你救了我们性命,我们反而将你杀来吃了,实在对不住得很。”

两人吃过烤鹿腿，更是兴高采烈。韦小宝道：“好双儿，我跟你在这树林中做一对猎人公、猎人婆，再也不回北京去啦。”双儿低下了头，说道：“相公到哪里，我总是跟着服侍你。你回到北京做大官也好，在这里做猎人也好，我总是你的小丫头。”韦小宝眼见火光照射在她脸上，红扑扑地娇艳可爱，笑道：“那么咱们是不是大功告成了呢？”双儿“啊”的一声，一跃上了头顶松树，笑道：“没有，没有。”

两人蜷缩在火堆之旁，睡了一夜。次日醒来，双儿又烧烤鹿肉，两人饱餐一顿。韦小宝的帽子昨日骑在鹿背上奔驰之时掉了，双儿剥下鹿皮，给他做了一顶。

韦小宝道：“昨日奔了一天，洪教主他们不容易寻到我们了，不过还是有些危险。最好骑了梅花鹿再向北奔得三四天，那么我韦教主跟你双儿夫人就仙福永享、寿与天齐了。”双儿笑道：“甚么双儿夫人的，可多难听？再要骑鹿，那也不难，这不是鹿群过来了吗？”

果然见到二十余头大鹿小鹿自东边踏雪而来，伸高头颈，嚼吃树上的嫩叶。这森林中人迹罕至，群鹿见了二人竟毫不害怕。双儿道：“鹿儿和善得很，最好别多伤他们性命。昨天这头大鹿，已够我们吃得十几天了。”在死鹿身上斩下几大块鹿肉，用鹿皮索儿绑了起来，与韦小宝分别负在背上，慢慢向群鹿走去。韦小宝伸手抚摸一头大鹿，那鹿转过头来，舐舐他脸，毫无惊惶之意。韦小宝叫：“啊哟，这鹿儿跟我大功告成。”双儿格的一笑，说道：“你先骑上去罢。”两人纵身上了鹿背，两头鹿才吃惊纵跳，向前疾奔。

群鹿始终在森林之中奔跑。两人抓住鹿角，控制方向，只须向北而行，便和洪教主越离越远。韦小宝这时已知骑鹿不难，骑了两个多时辰，便和双儿跳下地来，任由群鹿自去。

如此接连十余日在密林中骑鹿而行。有时遇不上鹿群，便缓缓步行，饿了便吃烤鹿肉。两人身上原来的衣衫，早在林中给荆棘勾得破烂不堪，都已换上了双儿新做的鹿皮衣裤，连鞋子也是鹿皮做的。

这一日出了大树林，忽听得水声轰隆，走了一会，便到了一条大江之畔，只见江中水势汹涌，流得甚急。两人在密林中耽了十几日，陡然见到这条大江，胸襟为之大爽。

沿江向北走了几个时辰，忽然见到三名身穿兽皮的汉子，手持锄头铁叉，看模样似是猎人。韦小宝好久没见生人，心中大喜，忙迎上去，问道："三位大哥，你们上哪里去？"

一名四十来岁的汉子道："我们去牡丹江赶集，你们又去哪里？"口音甚是怪异。韦小宝道："啊哟，牡丹江是向那边去吗？我们走错了，跟着三位大哥去，那再好不过了。"当下和三人并排而行，有一搭没一搭的撩他们说话。原来三人是通古斯人，以打猎挖参为生，常于牡丹江赶集，跟汉人做生意，因此会说一些汉话。

到得牡丹江，却是好大一个市集。韦小宝身边那大叠银票一直带着不失，邀那三个通古斯人去酒铺喝酒。正饮之间，忽听得邻桌有人说道："你这条棒槌儿，当然也是好得很了，上个月有人从呼玛尔窝集山那边下来……"韦小宝和双儿听到"呼玛尔窝集山"，心中都是一凛，对望了一眼，齐向说话之人瞧去，见是两个老汉，正在把玩一条带叶的新挖人参。

韦小宝取出一锭银子，交给酒保，吩咐多取酒肉，再切一大盘熟牛肉，打两斤白酒，送去邻桌。两名老参客大为奇怪，不知这小猎人何以如此好客，当下连声道谢。韦小宝过去敬了几杯酒，以他口才，三言两语之间，便打听到了呼玛尔窝集山的所在，原来此去向北，尚有两三千里，那两个参客也从来没去过。韦小宝把双儿叫过去，要她说了些地图上其余山川的名字。两名老参客一一指点，方位远近，果与地图上所载丝毫无错。

酒醉饭饱之后，与通古斯人及参客别过，韦小宝寻思：“那鹿居山原来离此地还有好几千里，反正闲着也是闲着，不妨就去将宝贝掘了来。”其实掘不掘宝，他倒并不怎么在乎，内心深处，实在是害怕跟洪教主、瘦头陀一伙人遇上。洪教主等人在南，倘若再往北两三千里，洪教主是无论如何找不到自己了，又想：“我跟双儿在荒山野岭里等他十年八年，洪教主非死不可，难道他真的还能他妈的寿与天齐？”

当下去皮铺买了两件上好的貂以袄，和双儿分别穿了，生怕给洪教主追上，貂皮袄外仍是罩上粗陋鹿皮衣，用煤灰涂赤了脸，就算追上了，也盼望他认不出来。雇了一辆大车，一路向北。在大车之中，跟双儿谈谈说说，偶尔“大功告成”，其乐融融。

坐了二十余日大车，越是向北，越加寒冷，道上冰封雪积，大车已不能通行。两人改乘马匹，到得后来，连马也不能走了，便在密林雪原中徒步而行。好在韦小宝寻宝为名，避难是实，眼见穷山恶水，四野无人，心中越觉平安。双儿记心甚好，依循地图上所绘方位，慢慢向北寻去，遇到猎人参客，便打听地名，与图上所载印证。

地图上有八个四色小圈，便是鹿鼎山的所在，地当两条大江合流之处，这一日算来相距该已不远。两人在一座大松林中正携手而行，突然间东北角上砰的一声大响，却是火器射击之声。韦小宝惊道：“啊哟，不好，洪教主追来了。”忙拉着双儿，躲人对后长草丛中，接着听得十余人的呼喝号叫，奔将过来，跟着又有马蹄声音。

韦小宝所怕的只是洪教主追来，将他擒住，抽筋剥皮，这时听声音似与洪教主无关，稍觉放心，从草丛中向外望去，只见十余名通古斯猎人狂呼急奔。忽听得砰砰砰之声不绝，数名猎人摔倒在地，滚了几滚，便即死去，身上渗出鲜血。韦小宝握住双儿的手，心想："这是外国鬼子的火枪。"马蹄声响，七八骑马冲将过来，马上所乘果然都是黄须碧眼的外国官兵，一个个身材魁梧，神情凶恶，有的拿着火枪，有的提了弯刀乱砍，片刻之间，便将余下的通古斯猎人尽数砍死。外国官兵哈哈大笑，跳下马来，搜检猎人身上的物事，取去了几张貂皮、六七只银狐，叽哩咕噜的说了一阵，上马而去。

韦小宝和双儿耳听得马蹄声远去，才慢慢从草丛中出来，看众猎人时，已没一个活口。两人面面相觑，从对方眼睛之中，都看到了恐惧之极的神色。韦小宝低声道："这些外国鬼子是强盗。"双儿道："比强盗还凶狠，抢了东西，还杀人。"

韦小宝突然想起一事，说道："怎么会有外国强盗？难道吴三桂已经造反了吗？"他知吴三桂和罗刹国有约，云南一发兵，罗刹国就从北进攻，此刻突然见到许多外国兵，莫非数十日来不闻外事，吴三桂已经动手了？想到吴三桂手下兵马众多，不禁为小玄子担忧，望着地下一具具尸体，只是发愁。

双儿叹道："这些猎人真可怜，他们家里的父母妻子，这时候正在等他们回去呢。"韦小宝唔了一声，突然道："我要见小皇帝去。"双儿大为奇怪，问道："见小皇帝？"韦小宝道："不错。吴三桂起兵造反，小皇帝定有许多话要跟我商量，就算我想不出甚么主意，跟他说话解解闷也是好的。咱们这就回北京去。"双儿道："鹿鼎山不去了？"

韦小宝道："这次不去了，下次再去。"他虽贪财，但积下的金银财宝说甚么也已花不完，想到鹿鼎山与小玄子的龙脉有关，实在不想去真的发掘，只怕一掘之下，就此害了小玄子的性命。他找出八部四十二章经的碎羊皮，将之拼凑成图，查知图上山川的名字，一直很是热心，但真的来到鹿鼎山，忽然害怕起来，只盼找个甚么借口，离得越远越好。若说全是为了顾全对康熙的义气，却也未必，只是“鹿鼎山掘宝”这件事实在太大，他身边只双儿一人，事到临头，不免胆怯，倘若带着数千名骁骑营官兵，说不定已经大叫：“他奶奶的，兵发鹿鼎山去也！”

双儿没甚么主意，自然唯命是从。韦小宝道：“咱们回北京，可别跟外国强盗撞上了，还是沿着江边走，瞧有没有船。”当下穿出树林，折向东行。

走到下午，到了一条大江之畔，远远望见有座城寨。韦小宝大喜，心想：“到了城中，雇船也好，乘马也好，有钱就行。”当下快步走去。

行出数里，又见到一条大江，自西北蜿蜒而来，与这条波涛汹涌的大江会合。双儿忽道：“相公，这便是阿穆尔河跟黑龙江了，那……那……那里便是鹿鼎山啊。”说着伸手指着那座城寨。

韦小宝道：“你没记错么？这可巧得很了。”双儿道：“地图上的的确确是这样画的，不过图上只是八个颜色圈儿，却没说有座城寨。”韦小宝道：“鹿鼎山上有座城寨，真是古怪得紧。我看这座城子不大靠得住，咱们还是别去。”双儿道：“甚么不大靠得住？”韦小宝道：“你瞧，城头上有朵妖云，看来城中有个大大的妖怪。”双儿吓了一跳，忙道：“啊哟！我是最怕妖怪的了，相公，咱们快走。”

便在此时，只听得马蹄声响，数十骑马沿着大江，自南而来。四周都是平原，无处可以躲藏，韦小宝一拉双儿，两人从江岸滚了下去，缩在江边的大石之后，过不多时，便见一队马队疾驰而过，骑在马上的都是外国官兵。

韦小宝伸了伸舌头，眼望着这队外国兵走进城寨去了，说道："可不是吗？我说这座城子不大靠得住，果然不错。原来这不是妖云，是外国番云。"

双儿道："咱们好容易找到了鹿鼎山，哪知道这座山却教外国强盗占了。"

韦小宝"啊哟"一声，跳起身来，叫道："糟糕，糟糕！"双儿见他脸色大变，忙问："怎么？"韦小宝道："外国强盗一定知道了地图中的秘密，否则怎么会找到这里？这批宝藏和龙脉可都不保了。"

双儿从没听他说过宝藏和龙脉之事，但那幅地图砌得如此艰难，也早想到鹿鼎山必定事关重大，眼见他眉头深皱，劝道："相公，既然给外国兵先找到了，那也没法子啦。外国强盗有火器，凶恶得紧，咱两个斗他们不过的。"

韦小宝叹了口气，说道："这可奇怪了，咱们的地图拼成之后，过不了几天就烧了，怎会泄漏了机密？这些外国强盗是不是已掘了宝藏，破了小皇帝的龙脉，非得查个明明白白不可。"

想到适才外国兵在树林中杀人的凶狠残忍模样，不由得打个寒噤，沉吟道："我想去鹿鼎山探查清楚，就是太过危险，得想个法儿才好。好双儿，咱们等到天黑才去，那就不容易给鬼子发觉。"

韦小宝一个倒翻筋斗，已骑上那队长的头颈，双手食指压上他两眼，骑着他去回公主房中。苏菲亚又惊又喜，又队长身边抽出短枪，抵住他背心。

第三十六回　犵鸟蛮花天万里　朔云边雪路千盘

两人吃了些鹿肉干，便躺在江岸边休息，等到二更时分，悄悄走向城寨。四下里寂静无声，这一晚月色甚好，望见那城寨是用大木材和大石块建成，方圆着实不小，决非一朝一夕之功。韦小宝心想："这城寨早就建在这里了，并非有人偷看了我地图，告知了罗刹人，再到这里来建城。"眼见自己和双儿的影子映在地下，不禁栗栗危惧，暗想城头若有罗刹兵守着，几枪打来，韦小宝变成韦死宝了。当下扯了扯双儿，伏低身子，察看动静。只见城寨东南角上有座小木屋，窗子中透出火光，看来是守兵所住。韦小宝在双儿耳边低声道："咱们到那边瞧瞧。"两人慢慢向那木屋爬去。

刚到窗外，忽听得屋内传出几下女子的笑声，笑得甚为淫荡。韦小宝和双儿对望一眼，均感奇怪："怎么有女人？"韦小宝伸眼到窗缝上张望。当地天寒风大，窗缝塞得密密的，甚么都瞧不见，屋内却不断传出人声，一男一女，又说又笑，叽哩咕噜的一句也不懂。

韦小宝知道这罗刹男女在不干好事，心中一动，伸臂将双儿搂在怀里，双儿听到屋内的声音，似懂非懂，隐隐知道不妥，给韦小宝搂住后，生怕给屋内之人发觉，不敢稍动。韦小宝得其所哉，左臂更搂得紧了些，右手轻轻抚摸她脸蛋。双儿身子一软，靠在他怀里。不料地下结满了冰，韦小宝得趣忘形，足下一滑，站立不定，砰的一响，脑袋重重撞在木窗之上，忍不住“啊哟”一声，叫了出来。

屋内声音顿歇，过了一会，一个男子声音喝问起来。韦小宝和双儿伏在地下，一时不知如何是好，只听得门闩拔下，木门推开，一人手提灯笼，向门外照看。韦小宝轻跃而起，挺匕首戳入了他胸膛。那人哼也没哼，便即软软的瘫了下去。

双儿抢先入屋，只见房中空空荡荡地不见有人，奇道：“咦，那女人呢？”韦小宝跟着进来，见房中有一张炕，一张木桌，一只木箱，桌上点了一枝熊腊蜡烛，那女人却已不知去向，说道：“快找，别让她去报讯。”眼见房中除了大门之外，别出无路。他将死人拉了进来，关上大门。见那死人是个外国兵士，下身赤裸，没穿裤子。

韦小宝抬头向梁上一望，不见有何异状，说道：“一定是在这里。”抢到箱边，揭开箱盖，跟着身子向旁一闪，以防那罗刹女人在箱里开枪。过了一会，不见动静。双儿道：“箱子里也没有，这可真奇了。”

韦小宝走近看时，见箱中放满了皮毛，伸手一掏，下面也都是皮毛。忽然间闻到一阵浓香，显是女子的脂粉香气，说道：“这里有点儿靠不住。”将皮毛抓出来抛在地下，箱子底下赫然是个大洞，喜道：“在这里了！”

双儿道：“原来这里有地道。”韦小宝道：“赶快得截住那罗刹女子。她一去报信，大队外国强盗涌来，可乖乖不得了。”迅速脱下身上臃肿的皮衣，手持匕首，便从洞口钻了进去。他对外国兵是很怕的，外国女人却不放在心上。

那地道斜而向下，只能爬行，他瘦小灵活，在地道中爬行特别迅捷，爬出十余丈，便听得前面有声。他手足加劲，爬得更加快了，前面声音已隔得甚近，左手前探，用力去抓，碰到一条光溜溜的小腿。那女子一声低叫，忙向前逃。

韦小宝大喜，心想："我如一剑刺死了你，不算英雄好汉。好男不与女斗，中国好男不与罗刹鬼婆斗。外国男鬼见得多了，外国女鬼是甚么模样，倒要好好瞧上一瞧。"将匕首插回剑鞘，冲前丈余，两手抓住了那女子小腿。

那女子在地道中不能转身，拚命向前爬行。这女子力气着实不小，韦小宝竟拉她不住，反而给她拖得向前移了丈许。韦小宝双足撑开，抵住了地道两边土壁，才不再给她拉前。突然之间，那女子用力一挣，韦小宝手上一滑，竟然给她挣脱。那女子迅即向前，韦小宝扑了上去，一把抱住她腰，突然头顶空了，却是到了一处较这宽敞的所在。那女子两声低笑，转过头来，向他吻去，黑暗之中，却吻在他鼻子上。

韦小宝只觉满鼻子都是浓香，怀中抱着的那女子全身光溜溜地，竟然一丝不挂，又觉那女子反手过来，抱住了自己，心中一阵迷迷糊糊，听得双儿低声问道："相公，怎么了？"韦小宝唔唔几声，待要答话，怀中那女子伸嘴吻住了他嘴巴，登时说不出话来。

忽听得头顶有人说道："我们得知总督来到雅克萨，因此赶来相会。"

这句话钻入耳中，宛似一桶冰水当头淋将下来，说话之人，竟然便是神龙教洪教主。

怎么洪教主会在头顶？自己怀中抱着的这个罗刹女子，怎么又如此风骚亲热？他生平所逢奇事着实不少，但今晚在这地道中的遭遇，却是从所未有，匪夷所思。怀中抱的是温香软玉，心中想的是洪教主要抽筋剥皮。他胆战心惊之下，急忙放开怀中女子，便欲转身逃走，那知这女子竟紧紧搂住了他，不肯松手。韦小宝大急，在她耳边说道："叽哩咕噜，唏哩花拉，胡里胡涂。"这几句杜撰罗刹话，只盼她听得懂。

那女子轻笑两声，在他耳边低声说了几句话，料想必是正宗罗刹话，跟着伸手过来，在他腮帮子上重重扭了一把。

便在这时，听得头顶一个男子叽哩咕噜的说了一连串外国话。他声音一停，另一人道："总督大人说：神龙教教主大驾光临，他欢迎得很，没有过来迎接，很是失礼，请洪教主原谅。总督大人祝贺洪教主长命百岁，多福多寿，事事如意，盼望跟洪教主做好朋友，同心协力，共图大事。"

韦小宝心道："这传话的人没学问，把'仙福永享，寿与天齐'传成了长命百岁，多福多寿。"

只听洪教主道："敝人祝贺罗刹国皇上万寿无疆，祝贺总督大人福寿康宁，指日高升。敝人竭诚竭力，和罗刹国心协力，共图大事。从此有福共享，有难共当，双方永远不会背盟。"那传话的人说了，罗刹国总督跟着又叽哩咕噜的说之不休。

韦小宝在那女子身边低声问道："你是谁？为甚么不穿衣服？"那女子低声笑道："你是谁？为甚么，衣服穿？"说着便来解韦小宝的内衣。韦小宝在这当口，哪有心情干这风流快活勾当？他听过汤若望、南怀仁说中国话，这时听这罗刹女子会说中国话，倒也不奇，忙道："这里危险得很，咱们快出去。"那女子低声道："不动，不动！动了，就听见了。"她说的虽是中国话，但语气生硬，听来十分别扭。

韦小宝当下不敢稍动，耳听得洪教主和罗刹国总督商议，如何吴三桂在云南一起兵，双方就夹攻满清，所定方略，果然和那蒙古人大胡子罕帖摩所说全然一样。说到后来，洪教主又献一计，说道罗刹国若从辽东进攻，路程既远，沿途清兵防守又严，不如从海道在天津登陆，以火器大炮直攻北京，当可比吴三桂先取北京。那总督大喜，连称妙计，说洪教主如此忠心，将来一定划出中国几省，立他为王。洪教主没口子的称谢。韦小宝又惊又怒，心想："洪教主这家伙也是大汉奸，跟吴三桂没半点分别。他这计策倒毒辣得很，我得去禀告小皇帝，在天津海口多装大炮，罗刹国兵船来攻，就砰嘭，砰嘭，轰他妈的。

只听洪教主说道："总督大人远道来到中国，我们没甚么好东西孝敬，这里是大东珠一百颗，貂皮一百张，人参一百斤，送给总督大人，另外还有贡品，呈给罗刹皇上。"

韦小宝听到这里，心道："这老狗居然备了这许多礼物，倒也神通广大。"突然觉得脸上一热，那女子将脸颊贴了过来，跟着又觉她伸手来自己身上摸索。韦小宝低声道："你摸我，我也不客气了。"伸手向她胸口摸去。那女子突然格的一声，笑了出来。

这一下笑声颇为不轻，洪教主登时听见了，但想总督大人房中藏了个女子，事属寻常，当下诈作没有听见了，说了几句客套话，说道明天再行详谈，便告辞了出去。

韦小宝突然听得头顶拍的一声，眼前耀眼生光，原来自己和那女子搂抱着缩在一只大木箱中，箱盖刚给人掀开。

那女子嘻嘻娇笑，跳出木箱，取一件衣衫披在身上，对韦小宝笑道："出来，出来！"

韦小宝慢慢从木箱中跨了出来。只见一个身材魁梧的外国军官手按佩剑，站在箱旁。那女子笑道："还有一个！"

双儿本想躲在箱中，韦小宝倘若遇险，便可设法相救，听她这么说，也只得跃出。

韦小宝见那女子一头黄金也似的头发，直披到肩头，一双眼珠碧绿，骨溜溜地转动，皮色雪白，容貌甚是美丽，只是鼻子却未免太高了一点，身材也比他高了半个头。韦小宝从来没见过外国女子，瞧不出她有多大年纪，料想不过二十来岁。她笑吟吟的瞧着韦小宝，说道："你，小孩子，摸我，坏蛋，嘻嘻！"

那总督沉着脸，叽哩咕噜的说了一会。那女子也是叽哩咕噜的一套。那总督神态恭敬，鞠了几个躬。那女子又说起话来，跟着手指韦小宝。那总督打开门，又将那中国人传译叫了进来，一男一女不住口的说话。

韦小宝见屋中陈设了不少毛皮，榻上放了好几件金光闪闪的女子衣服，看那女子露出雪白的一半酥胸，两条小腿，肤光晶莹，心想："刚才把这女人抱在怀里，怎地只这么马马虎虎的摸得几下，就此算了？抓到一副好牌，却忘了吃注。我可给洪教主吓胡涂了。"

忽听那传译说道："公主跟总督问你，你是甚么人？"韦小宝奇道："她是公主吗？"那传译者道："这位是罗刹国皇帝的御姊，苏菲亚公主殿下，这位是高里津总督阁下，快快跪下行礼。"

韦小宝心想："公主殿下，那有这般乱七八糟的？"但随即想到，康熙御妹建宁公主的乱七八糟，实不在这位罗刹公主之下，凡皇帝御姊御妹，必定美丽而乱七八糟，那么这公主必是真货了，于是笑嘻嘻的请了个安，说道："公主殿下，你好，你真美貌之极，好像是天上仙女下凡。我们中国，从来没有你这样的美女。"

苏菲亚会说一些最粗浅的中国话，听了韦小宝的说话，知是称赞自己美丽，登时心花怒放，说道："小孩子，很好，有赏。"走到桌边，拉着抽屉，取了十几枚金币，放在韦小宝手里。韦小宝道："多谢。"伸手过来，烛光之下，见到公主五根手指真如玉葱一般，忍不住伸手抓住，放在嘴边吻了一吻。那传译大惊，喝道："不得无礼！"那知道吻手之礼，在西洋外国甚是通行，原是对高贵妇女十分尊敬的表示，韦小宝误打误撞，竟然行得对了。只不过吻手礼吻的是女子手背，他却捉住了苏菲亚的手掌，乱吮手指，显得颇为急色。苏菲亚格格娇笑，竟不把手抽回。

苏菲亚笑问："小孩子，干甚么的？"韦小宝道："小孩子，打猎的。”

突然门外一人朗声说道:“这小孩子是中国皇帝手下的大臣,不可给他瞒过了。”正是洪教主的声音。

韦小宝只吓得魂飞天外,一扯双儿的衣袖,便即向门外冲出。一推开门,只见洪教主双手张开,拦在门口。双儿跳起身来,迎面一拳。洪教主左手格开,右手一指已点在她腰里,双儿嗯的一声,摔在地下。

韦小宝笑道:“洪教主,你老人家仙福永享,寿与天齐。夫人呢,她也来了吗?”

洪教主不答,左手抓住了他后领,提进房来,说道:“启禀公主殿下,总督大人:这人叫做韦小宝,是中国皇帝最亲信的大臣,是皇帝的侍卫副总管、亲兵都统、钦差大臣、封的是一等子爵。”那传译将这几句话译了。

苏菲亚公主和总督脸上都现出不信的神色。苏菲亚笑道:“小孩子,不是大臣。大臣,假的。”

洪教主道:“敝人有证据。”回头吩咐:“把这小子的衣服取来。”

只见陆高轩提了一个包袱进来,一打开,赫然是韦小宝原来的衣帽服饰。

韦小宝大为惊奇:“这些衣服怎地都到了他手里?洪教主当真神通广大。”

洪教主吩咐陆高轩:“给他穿上了。”陆高轩答应了,抖开衣服,便给韦小宝穿上。这些衣衫连同黄马褂,都在树林中给荆棘扯破了,但穿在身上,显然十分合身,戴上帽子和花翎,果然是个清廷大官。这些衣帽若不是韦小宝自己的,世上难有这等小号的大官服色。

韦小宝笑嘻嘻的道:“洪教主,你本事不小,我沿路丢掉衣衫，你就沿路的拾。”

洪教主吩咐陆高轩：“搜他身上，看有甚么东西。”

韦小宝道：“不用你搜，我拿出来便是。”从怀里掏出一大叠银票，数额甚巨。

那总督在辽东已久，识得银票，随手翻了几下，大为惊奇，对公主叽哩咕噜，似乎是说：“这小孩果然很有些来历，身边带了这许多银子。”

洪教主道：“这小鬼狡狯得很，搜他的身。”陆高轩将韦小宝身边所有物事尽数搜了出来，其中有一道康熙亲笔所写的密谕，着令：“钦差大臣、领内侍卫副大臣、兼骁骑营正黄旗满洲都统、钦赐巴图鲁勇号、赐穿黄马褂、一等子爵韦小宝前赴辽东一带公干，沿途文武百官，听候调遣。”这首谕旨上盖了御宝。

那传译用罗刹话读了出来，苏菲亚公主和高里津听了，都啧啧称奇。

洪教主道：“启禀公主：中国皇帝，是个小孩子，喜欢用小孩做大官。这个小孩，跟中国小皇帝游戏玩耍，会拍马屁，会吹牛皮，小皇帝喜欢他。”

苏菲亚不懂“拍马屁、吹牛皮”是甚么意思，问了传译之后，嘻嘻笑道：“我也喜欢人家拍马屁，吹牛皮，”韦小宝登时大喜。洪教主的脸色却十分难看。

苏菲亚又问：“中国小皇帝，几岁？”韦小宝道：“中国大皇帝，十七岁。”苏菲亚笑道：“罗刹大沙皇，是我弟弟，也是小孩，二十岁，不是头老子。”韦小宝一怔：“甚么头老子？啊，她说错了，把老头子说成头老子。”便指指她，说道：“罗刹美丽公主，不是头老子，很好。”指指自己，道：“中国大官，不是头老子，很好！”指指洪教主，道：“中国坏蛋，是头老子，不好！不好！”

苏菲亚笑得弯下腰来。那罗刹国总督是个三十岁左右的年轻人，也大声笑了起来。洪教主却铁青了脸，恨不得举掌便将韦小宝杀了。

苏菲亚问道："中国小孩子大官，到这里来，甚么做？"韦小宝道："中国皇帝听说罗刹国的大人来到辽东，派我来瞧瞧。皇上知道罗刹国皇帝也不是头老子，知道罗刹公主是仙女下凡，派小人前来送礼，送给公主和总督大人东珠两百颗，人参两百斤。不料路上遇到这个大强盗，把礼物抢了去……"

韦小宝话没说完，洪教主已怒不可遏，提起右掌，便向韦小宝头顶劈落。韦小宝先前在箱子中听到洪教主送了不少珍贵礼物给总督，于是拿来加上一倍，说成是皇帝送的。他口中述说之时，全神贯注瞧着洪教主，一见他提起手掌，当即使开九难所授"神行百变"轻功，溜到了公主苏菲亚身后。只听得豁喇一声大响，一张木椅给洪教主掌力击得倒塌下来。

高里津吃了一惊，拔出短铳，将铳口指住洪教主，喝令不得乱动。

刚才韦小宝那番话说得太长，公主听不懂，命传译传话，听完后向洪教主笑道："你的礼物，抢他的，自己要一半，不好！"

洪教主急道："不是。这小子最会胡说，公主千万不可信他的。"他见罗刹总督以短铳指着自己，虽然西洋火器厉害，但以他武功，也自不惧，只是正当图谋大事之际，要倚仗罗刹国大力支撑，不能因一时之忿而得罪了总督，当下慢慢退到门边，并不反抗。

高里津收起了短铳，说了几句。传译道："总督大人请洪教主不必气恼，他知道这小孩子胡说。苏菲亚公主秘密来到东方，中国皇帝决不会知道。中国皇帝也不会送礼给罗刹国总督。"洪教主怒气顿息，微笑道："总督大人英明，见事明白，果然不会受这小子蒙骗。"

高里津问起韦小宝的来历。洪教主将他如何杀了大臣鳌拜、如何送御妹到云南去完婚、如何吹牛拍马、作恶多端、以致深得康熙宠幸等情加油添酱的说了，最后说道："这小子是小皇帝的左右手，咱们杀了这小子，小皇帝一定大大不快活。咱们起兵干事，成功起来也快得多。"他一面说，传译不停的译成罗刹语。

苏菲亚公主笑吟吟的瞧着韦小宝，大感兴味，似乎洪教主说得韦小宝越是十恶不赦，她听来越开心。

高里津沉吟半晌，问道："中国皇帝很喜欢这小孩?"洪教主道："不错。否则他小小年纪，怎会做这样的大官?"高里津道："这小孩不能杀，送信给中国皇帝，叫他拿大批金银珠宝，来换他回去。"苏菲亚大喜，在高里津左颊上轻轻一吻，说了几句话。这几句话那传译不译出来，想来是赞他聪明。韦小宝心下暗喜："只要不杀我就好，要小皇帝拿些金银珠宝来赎，那容易得很。"洪教主神色不愉，却也无可奈何。

韦小宝将那叠银票分成了三叠，一叠送给苏菲亚公主，另一叠送给高里津，从第三垒中抽了两张一百两的出来，送给那传译，其余的揣入了自己怀中。

苏菲亚、高里津、和那传译都很喜欢。苏菲亚要那传译数过，一共是多少银两，命他设法派人去关内兑换银子。一数之下竟是十万两有余，无意之间发了一笔大财，不由得心花怒放，抱住韦小宝，在他两边面颊上连连亲吻，说道："银子够多啦，放了这孩子回去罢!"

韦小宝心想此刻放了自己，非给洪教主抽筋剥皮不可，忙道："这样美丽的公主，我从来没见过，想多看几天。"苏菲亚格格娇笑，说道："我们，明天，回莫斯科去了。"韦小宝哪知莫斯科在甚么地方，说道："美丽公主，去莫斯科，小孩子大官，也去莫斯科。美丽公主，去天上月亮，小孩子大官，也去天上月亮。"

苏菲亚见他说话伶俐，讨人欢喜，点头道："好，我带你去莫斯科。"

高里津眉头微皱，待要阻止，随即微笑点头，说道："很好，我们带你去莫斯科。"向洪教主挥了挥手。

洪教主只得告辞，出门时向韦小宝怒目而视。韦小宝向他伸伸舌头，扮个鬼脸，说道："洪教主仙福永享，寿与天齐。"洪教主怒极，带了陆高轩等人，迳自去了。

罗刹国皇帝称为沙皇，今年二十岁，名叫西奥图三世，苏菲亚是他姊姊。这位西奥图三世生有残疾，行动不便，国家大事，经常在卧塌之上处理裁决。

罗刹风俗与中华礼义之邦大异，男女之防，向来随便。苏菲亚生性放纵，又生得美貌，朝中王公将军颇多是她情人。高里津总督英俊倜傥，很得公主欢心。他奉派来到东方，在尼布楚、雅克萨两地筑城，企图进窥中国的蒙古、辽东等地。雅克萨城所在之处，便是满洲八旗的藏宝地。此处地当两条大江合流的要冲，满洲人和罗刹人竟不约而同的都选中了。公主天性好动贪玩，听说东方神秘古怪，加之思念情人，竟万里迢迢的从莫斯科追了来。

苏菲亚虽然喜欢高里津，却做梦也没想过甚么坚贞专一。这日在高里津卧房中发现了一个地道，好奇心起，下去探察。这地道通到雅克萨城外，与哨岗联络，本是总督生怕城中有变，以备逃脱之用。苏菲亚见到那守兵，出言挑逗，便跟他胡天胡地起来。这时她听韦小宝说要跟去莫斯科，觉得倒也有趣，便带了他和双儿同行。

苏菲亚有一队二百名哥萨克兵护卫，有时乘马，有时坐雪橇，在无边无际的大雪原中日日向西。

如此行得二十余日，离雅克萨城已然极远，洪教主再也不会追来，韦小宝一问去莫斯科竟然尚有四个多月，不由得大吃一惊，说道："那不是到了天边吗？再走四个多月，中国小孩变成外国头老子了。"苏菲亚道："那你想回北京去吗？你看厌我了？"韦小宝道："美丽公主就是看一千年、一万年，也看不厌。不过去得这样远，我害怕起来了。"

苏菲亚这二十几日中跟他说话解闷，多学了许多中国话。韦小宝聪明伶俐，也学了不少罗刹话。两人旅途寂寥，一个本非贞女，一个也不是君子；一个既不会守身如玉，另一个也不肯坐怀不乱，自不免结下些雾水姻缘。这时苏菲亚听说他要回北京去，不由得有些恋恋不舍，说道："我不许你走。你送我到莫斯科，陪我一年，然后让你回去。"

韦小宝暗暗叫苦，这些日子相处下来，已知公主性格刚毅，倘若不听她话，硬是要走，她多半会命哥萨克兵杀了自己，当下满脸笑容，连称十分欢喜。

到得傍晚，悄悄去和双儿商量，是否有脱身的机会。双儿道："相公要怎么办，我听你吩咐便是。"韦小宝眼望茫茫雪原，长叹一声，摇了摇头，知道两人倘若逃走，如不带足粮食，就算苏菲亚不派人来追，在这大雪原中也非冻死饿死不可。以前在辽东森林雪原之中，虽然荒僻寒冷，还可打猎寻食，这时却连雀鸟也极少，有时整整行走一日，雪地中见不到一只野兽的足迹，更不用说梅花鹿了。无可奈何之下，只得伴随苏菲亚西去。

韦小宝初时还记挂小皇帝怎样了，吴三桂有没有造反，阿珂那美貌小妞不知是不是在昆明，洪教主和方怡又不知在哪里。在大雪原中又行得一个多月，连这些念头也不想了，在这冰天雪地之中，似乎脑子也结成了冰。好在他生性快活，无忧无虑，有时和苏菲亚说些不三不四的罗刹笑话，有时对双儿胡诌些信口开河的故事，却也颇不寂寞。

这一日终于到了莫斯科城外。那时已是四月天时，气候渐暖，冰雪也消融了。

但见那莫斯科城城墙虽坚厚巨大，却建造得十分粗糙，远望城中房屋，也是污秽简陋，别说不能跟北京、扬州这些大城相比，较之中土的中小城市，也远为不及。只几座圆顶尖塔的大教堂倒还宏伟。韦小宝一见之下，登时瞧不起罗刹国："狗屁罗刹国，甚么了不起？拿到我们中国来，这种地方是养牛养猪的。亏这公主一路上还大吹莫斯科的繁华呢。"

离莫斯科数十里时，公主的卫队便已飞马进城禀报。只听得号角声响，城中一队火枪兵骑马出来。罗刹人性喜侵占兼并，是以国土广大，自东至西，达数万里之遥，人种复杂。国中精锐的军队一是哥萨克骑兵，东征西战，攻城掠地，压服各族人民；另一是火枪营，火器犀利，是拱卫京师的沙皇亲兵。

火枪手驰到近处，苏菲亚吃了一惊，只见众官兵头上都插了黑色羽毛，火枪上悬了一条条黑布，那是国有大丧的标记，忙纵马上前，高声问道："发生了甚么事？"

火枪营队长翻身下马，上前躬身说道："启禀公主：皇上蒙上帝召唤，已离开了国家人民，上天堂去了。"苏菲亚心中悲痛，流下泪来，问道："那是甚么时候的事？"那队长道："公主倘若早到四天，就可跟皇上诀别了。"苏菲亚虽然早知沙皇兄弟身子衰弱，命不长久，但乍闻凶耗，仍是不胜伤感，伏在鞍上大哭起来。

韦小宝见公主忽然大哭，一问传译，才知是罗刹国皇帝死了，心头一喜："罗刹国皇帝仙福不享，国里总要乱一阵子，要派兵去打中国，就没这么容易。"

苏菲亚等一行随着那队长进城，便要进宫。那队长道："皇太后吩咐，请公主到城外猎宫休息。"苏菲亚又惊又怒，喝道："甚么皇太后？那个皇太后管得着我？”那队长左手一挥，火枪手提起火枪，对住了随从公主的卫队，缴下了他们的刀枪，吩咐众卫士下马。

公主怒道：“你们想造反吗？”那队长道：“皇太后怕公主回京之后，不奉新皇谕旨，因此命小将保护公主。”苏菲亚胀红了脸，怒道：“新皇？新皇是谁？”那队长道：“皇新是彼得一世陛下。”苏菲亚仰天大笑，说道：“彼得？彼得是个十岁小孩子，他会做甚么沙皇？你说的甚么皇太后，就是娜达丽亚了？”那队长道：“正是。”

苏菲亚的父亲阿莱克修斯·米海洛维支沙皇娶过两位皇后。第一位皇后子女甚多，前皇西奥图三世和苏菲亚公主都是她所生，另有个小儿子叫做伊凡。第二位皇后娜达丽亚年轻得多，只生了一个儿子，便是彼得。

苏菲亚道：“你领我进宫，我见娜达丽亚评道理去。我弟弟伊凡年纪比彼得大，为甚不立他做沙皇？朝里的大臣怎样了？大家都不讲理么？”

那队长道：“小将只奉皇太后和沙皇的命令，请公主别见怪。”说着拉了苏菲亚坐骑的马缰，折而向东。

苏菲亚怒不可遏，她一生之中，有谁敢对她这样无礼过，提起马鞭，夹头夹脑的向那队长头上抽去。那队长微微一笑，闪身避开，翻身上了马背，带领队伍，拥着公主，连同韦小宝和双儿，一起送入了城外猎宫。火枪队在宫外布防守卫，谁也不许出来。

苏菲亚公主大怒若狂，将寝室中的家具物件砸得稀烂。猎宫的厨子按时送来酒水食物，也都给苏菲亚劈面摔去。

如此过得数日，眼见猎宫外的守御丝毫不见松懈，苏菲亚把队长叫来，问他要把自己关到甚么时候。那队长道：“皇太后吩咐，请公主在这里休息，等到彼得五世陛下庆祝登基五十周年，就放公主出去，参加庆典。”苏菲亚大怒，说道：“你说甚么？彼得庆祝登基五十周年，岂不是要把我在这里关上五十年？”那队长微笑道：“上将今年四十岁了，相信不能再侍候公主五十年。过得十年、十五年，定有更年轻的队长来拉替。”

苏菲亚想到要在这里给关上五十年，登时不寒而栗，强笑道：“你过来，队长，我瞧你可生得挺英俊哪。”想以美色相诱，让这队长拜倒石榴裙下，胡里胡涂的放了自己出去。

那队长深深鞠了一躬，反而退后一步，说道：“公主请原谅。皇太后有旨：火枪营的官兵之中，倘若有人碰到了公主的一根手指，立刻就要斩首。杀了队长，副队长升上；杀了副队长，第一小队的小队长升上。大家想升官，监视得紧紧的。”原来皇太后素知苏菲亚美貌风流，若这无项规定，只怕关她不住。

那队长退出后，苏菲亚无计可篱，只有伏床痛哭，不住口的大骂皇太后。

韦小宝在猎宫中给关了多日，眼见公主每日里只是大发脾气，监守的火枪手也十分粗暴无礼，心想鬼子的地方果然鬼里鬼气，和双儿商量了几次，总觉逃出猎宫当可办到，要回中土去，却是难上加难。倘若无人带领，定会在大草原中迷失。别说要乘车骑马走上四五个月方回得到北京，多半只走得四五天，就已晕头转向、不辨东西南北了。两人无计可施，韦小宝只好满口胡柴，博得双儿一笑，聊以遣怀。

这日正在说唐僧带了孙悟空、沙和尚、猪八戒到西天取经。韦小宝道：“我跟你打赌，唐僧到的西天，一定没莫斯科远。所以哪，我比唐僧还厉害。你如不信，跟你赌甚么？”双儿毫无赌兴，说道：“相公说比唐僧还厉害，就比唐僧厉害好了，我不跟你赌。我可没猪八戒厉害。”说着抿嘴一笑。忽听得那边公主房中，又是一阵摔物、擂床、顿足、哭泣之声。

韦小宝叹了口气，说道："我去劝劝，老是哭闹，有甚么用？"走到公主房中，说道："公主，你别哭，我说个笑话给你听。"苏菲亚俯伏在床，双足反过来乱踢，哭道："我不听，我不听。我要沙里扎进地狱去，要沙里扎娜达丽亚进地狱去。"

韦小宝不懂"沙里扎"是甚么意思，一问原来是"沙皇的妈妈"，登时大为高兴，说道："我道沙里扎是甚么恶人，原来就是皇太后。我跟你说，中国的沙里扎，叫做老婊子，也是个大大的恶人，后来我想了个法子，将她赶出皇宫去了。皇帝十分开心，就封我做中国大官。"苏菲亚大喜，翻身坐起，问道："你用甚么法子？"

韦小宝心想："我赶走老婊子，只因她是假太后。你这罗刹老婊子，却是货真价实的沙里扎，我那法子自然不管用。"说道："我这法子是串通了小皇帝，对付中国沙里扎。"

苏菲亚皱眉道："彼得很爱他妈妈，不会听我的话去反对沙里扎。除非……除非……"摇摇头，从床上起来，赤了一双脚，在地毡走来走去，咬紧了牙思索。

韦小宝道："我们中国有过一个女皇帝，叫做武则天。这女皇帝娶了许许多多男皇后、男老婆，快活得很。公主哪，我瞧你跟她倒差不多，不如自己来做女沙皇。"

苏菲亚心中一动，这件事她可从来没想到过，罗刹国从来没女沙皇，她一直认为女子是不能做沙皇的。中国既有女皇帝，罗刹国为甚么不能有女沙皇？

她自被囚在猎宫中之后，惊惧愤怒，脑中所不停盘旋的，只是如何逃出宫去，就算再到东方雅克萨，去跟高里津总督在一起，也比给皇太后监禁着好得多，这时忽然听到韦小宝说起"女沙皇"，眼前陡然间出现了一个新天地。她转过身来，眼中放出光彩，双手按住韦小宝肩头，在他左颊上轻轻一吻，微笑道："我如做了女沙皇，就封你为皇后。"

韦小宝吓了一跳，心想："这可万万使不得。"忙道："我，中国人，做不得罗刹国男皇后，你封我做大官罢。"

苏菲亚道："你又做皇后，又做大官。"韦小宝心想："眼前不知性命是不是能保，却在穷快活，又封我做皇后，又做大官。"苏菲亚道："你快给我想个法子，怎么让我做女沙皇。"

韦小宝皱起眉头，说到军国大事，他的见识实在平庸得很，和康熙固然天差地远，也远远及不上陈近南、索额图、吴三桂等人，说道："公主，这种事难得很，我可不会想了。我即刻回去北京，请问我们的小皇帝，让他给出个主意，然后我带一批大本事的人回来，捉住那沙里扎罗刹老婊子，又捉住彼得小沙皇，这就大功告成了。"他说到"大功告成"四字，忍不住搂住苏菲亚，吻了她一下。

苏菲亚"唔"了一声，说道："不成，不成！你回去北京，再来莫斯科，一年也不够，我，已经死了，上天堂了。"韦小宝心想这话倒也不错，叹了口气，说道："美丽公主，上天堂，中国小孩子大官，也跟着上天堂了。"苏菲亚轻轻将他一推，说道："中国小孩，就会说话骗人，哄人欢喜，没用，拍……拍牛屁，吹马皮。"

韦小宝听她把"拍马屁、吹牛皮"说成了相反，不由得哈哈大笑，随即见她脸有鄙夷之色，显是瞧不起自己，暗暗恼怒，寻思："有甚么法子让她做女沙皇？武则天那女皇帝不知是怎么做成的？咱们不妨在罗刹国也来个印板，就可惜离北京太远，没法子问小皇帝或是索大哥。"韦小宝的学问，一是来自听说书，二是来自看戏，自从做了大官之后，说书是不大听了，戏却看了不少，但武则天怎生做上了女皇帝，这故事偏偏没听过、看过。

他眼望窗外，怔怔的出神，心中闪过许多说书和戏文中的故事："女皇帝不知道，男皇帝是怎么做成的？朱元璋是打出来的天下，手下有大将徐达、常遇春、胡大海、沐英……"这是评话"大明英烈传”中的故事；又想：“李自成带兵打到北京，我师父的爸爸崇祯皇帝就上吊死了，李自成自己做了皇帝。清兵打走李自成，顺治老皇爷就做上了皇帝。吴三桂想做皇帝，就得起兵造反。看来不论是谁要做皇帝，都得带了兵大战一场，只杀得沙尘滚滚，血流成河，尸骨如山。”一想到打仗，登时便觉害怕。又想：“我们给关在这里，又有甚么兵？打甚么仗了？如果不打仗，做不做得成皇帝呢？”

他对中国历史的知识有限之极，只知道不打仗而做皇帝的，只是康熙小皇帝一人，那是老皇爷出家而让位给他的。这法子当然不能学样。再想：看过的许多戏文之中，有一出《四黄袍》，宋朝皇帝赵匡胤杀了大将郑车，他妻子起兵为夫报仇。赵匡胤打不过，只好苦苦哀求，脱下黄袍来让她一刀斩为两截，算是皇帝的替身，好让郑夫人出气，皇帝大大出丑。有一出《鹿台恨》，纣王无道，姜太公帮周武王起兵，逼得纣王在鹿台上烧死，周武王做了皇帝。（韦小宝自然不知道，那时候还没有皇帝。）曹操这大白脸奸臣是怎么做了皇帝的呢？有一出戏文《逍遥津》，曹操带兵逼死了汉甚么帝，自己就做了皇帝，他手下大将有个张甚么，许甚么，都是很厉害的。（韦小宝记错了，曹操没有做皇帝）。刘备怎么做皇帝的？不知道，一定是关公、张飞、赵云给他打出来的。

总而言之，要做皇帝，非打不行。就算做了皇帝，如果打不过人家，皇帝还是会给人家抢去做，就算不抢去，也会出丑倒霉。说书先生说《水浒传》，“林教头火并王伦”，晁盖要做强盗头子，串通林冲，杀了梁山泊上原来的大头子王伦。可见就算做强盗头子，也是要打。

苏菲亚见他咬牙切齿，捏紧了拳头，虚打作势，笑问：“你干甚么？”韦小宝一怔，从沉思中醒觉过来，说道：“要做皇帝，一定得打。”苏菲亚一呆，问道：“打？跟谁打？”韦小宝道：“自然跟罗刹老婊子打。”

苏菲亚听他说过几次“罗刹老婊子”，不懂“老婊子”三字是甚么意思，正要询问，忽然房门推开，那火枪营队长走进房来，一把抓住韦小宝胸口，叽哩咕噜说了一阵子话，将他抓了出去，又在他屁股上重重踢了一脚。

那队长哈哈大笑，第二脚又向他踢去。韦小宝大怒，忽然纵起，一个筋斗翻了过来，已骑在那队长颈中，正是当日洪教主所授的救命三招之一“狄青降龙”。这一招他并未练熟，倘若用以对付武学高手，差得还远，但这罗刹队长怎会中土武功？韦小宝虽然毛手毛脚的一翻一跃，居然还是得手，双手食指压上他两眼，喝道：“不许动！眼睛，死了！”他不知罗刹话如何说“不许动，否则挖出你的眼珠。”只好说：“眼睛，死了！”

那队长悟性倒还不低，居然懂得，大惊之下，当即不动。韦小宝右手拉扯他右耳，叫道：“走！”便如骑马一样，骑着他走回公主房中，叫道：“关门！火枪，拿。”

苏菲亚又惊又喜，忙关上了门，从队长身边抽出短枪，抵住他背心。韦小宝从他肩头跃下，解下他腰带来绑了双足，再解下他裤带，反绑了他双手。那队长裤带一去，裤子登时跌落，露出光光的下身。苏菲亚和韦小宝哈哈大笑。那队长胀红了脸，咬牙切齿，愤怒之极。

房门轻轻推开，双儿探头进来，问道：“相公，没事吗？”韦小宝招手叫她进来，又关上了房门。双儿见到那队长狼狈的情状，又是好笑，又是奇怪。

苏菲亚问韦小宝：“捉住队长，有甚么用？”

韦小宝捉住这队长，只是出于一时气愤，没想到有甚么用，听苏菲亚问及，灵机一动，说道：“叫他带兵造反。”他不会说罗刹话的“造反”，用中国话说了。又道：“叫他杀沙里扎，杀沙皇，你做女沙皇。”

苏菲亚不懂中国话“造反”是甚么意思，但“杀沙里扎，杀沙皇，你，做女沙皇”的话却是懂的，一怔之下，随即大喜，向那队长叽哩咕噜的说了起来。

韦小宝听着两人大说罗刹话，不知所云，只见那队长不住摇头，料想他不肯答应，叫道：“他不听话，杀了。”从靴筒中拔出匕首，在那队长左颊上一刮，嗤的一声响，登时刮下了一大片胡子。苏菲亚笑道：“好锋利的短剑。”那队长吓得面如土色，心想：“这小蛮子原来有把短剑藏在皮靴里，真是古怪，当时没搜了出来。”

苏菲亚问他：“到底肯不肯投降？拥我为女沙皇？”

那队长道：“不是我不肯拥戴公主，我部下决计不会听令的。莫斯科有二十营火枪队，我们只有一营，就算造反，也打不过其余的十九营。”

苏菲亚一听，这话倒也有理，但要对韦小宝解释，一时却也说不明白，只得大打手势，说到二十营火枪队时，十根手指不够用，只好除下鞋子，连十根脚趾也用上了，这才凑足二十营之数。

韦小宝好容易明白了，心想这件事倒好生为难，坐在椅上，苦苦思索：“这队长不肯造反，杀了他也是无用。”对苏菲亚道：“队长不肯，叫逼队长来造反。”苏菲亚道：“副队长？”韦小宝道：“对，叫副队长来。”

苏菲亚把队长推到门边，用火枪指住他后心，说道：“叫副队长来！你如警告了他，我立刻就开枪。”那队长无奈，只得大声呼喝，叫副队长进来。

过了一会，副队长推门进来。双儿早已躲在门后，副队长一进门，双儿伸指在他背心戳了几下，登时点中了他穴道，动弹不得。双儿喜道：“相公，外国鬼子的穴道倒是一样的，我还怕鬼子的穴道不同。”

韦小宝笑道："外国鬼子一样的有眼睛，有鼻子，有手有脚，自然也有穴道。"从副队长腰间拔出佩刀，对苏菲亚道："你叫他，杀队长造反，他不肯，叫小队长来杀他。"

苏菲亚心想此计甚妙，对副队长道："你杀了队长，带领火枪营，做队长，听我命令。你不肯杀队长，我叫小队长来杀了你和队长，由小队长做队长。你杀不杀？"

韦小宝道："双儿，你解开他身上穴道，腿上的穴道可解不得。"

双儿依言解了他上身穴道，半佩刀交在他手里。

苏菲亚又问了一次。那队长破口大骂，连声恐吓。副队长平时和队长素有嫌隙，要他起兵造反，本是不敢，但听队长骂得恶毒，又想："我若不杀你，那第一小队的小队长想做队长，也必杀你，反而连我也杀了。"当即提起佩刀，擦的一刀，砍下了那队长的脑袋。

这一刀砍下，苏菲亚、韦小宝、双儿三人齐声叫好。不过苏菲亚叫的是罗刹话"赫拉笑！"韦小宝和双儿叫的自然是中国话了。

苏菲亚拉住了副队长的手，连声称赞他英勇忠义，立即升他为火枪营队长，说道："你坐下，咱们仔细商量。"

副队长皱起了眉头，指着韦小宝和双儿道："这两个外国小孩子，使了魔术，我下身动不了。"苏菲亚对韦小宝道："请你，魔法，去了！"

双儿微微一笑，解开了副队长下身穴道。

苏菲亚吩咐副队长："你去传三个小队的小队长和副小队长进来，我要中国小孩子使魔法，每个人手动脚不动。"又跟韦小宝和双儿说了。

副队长应命而去。过不多时，六名正副小队长排队站在门外。副队长一个个叫进房来，双儿逐个点了六人腰间的"志舍穴"

和大腿的“环跳穴”。

苏菲亚道：“副队长决心拥我为女沙皇，我们要出兵去杀了沙里扎，你们服不服从？”

六名正副小队长眼见队长尸横就地，早知大事不妙，听苏菲亚这么说，更是心惊肉跳，面面相觑，谁也不敢开口。

韦小宝心想：“满清来中国抢江山，鞑子兵搞‘扬州十日’，杀人放火，奸淫掳掠，老皇爷就此做成了皇帝。他妈的，我叫他们搞‘莫斯科十日’，搞得天下大乱，越乱越好。和尚打伞，无法无天！若不如此，怎抢得到皇帝做？”对苏菲亚道：“你叫大家进莫斯科城打仗，杀人、放火，答应他们做将军大官，有很多很多金子银子，大家抢美女做老婆！”

苏菲亚一想不错，对副队长道：“你去召集全体火枪手，我来跟他们说话。”

六百多名火枪手集合在猎宫广场。副队长派了十二名火枪手进来，将给点了穴道的六名正副小队长抬到广场。

苏菲亚站在阶石上，大声说道：“火枪手们，你们都是罗刹国的勇士，为国家立过很大功劳。可是你们的饷银太少了，你们没有美丽的女人，没有钱花，酒也喝不够，住的屋子太小，太不舒服。莫斯科城里有很多有钱人，他们有好大的屋子，有很多仆人，有很多美丽的女人，你们没有。这公平不公平啊？”

众火枪手一听，齐声叫道：“不公平！不公平！”

苏菲亚道：“那些有钱人又肥又蠢，吃得好像一头头肥猪，如果跟你们比武，打得过你们么？这些富翁的枪法难道胜过了你们？他们的刀法难道胜过了你们？他们为国家、为沙皇立过功劳么？”她问一句，众火枪手就大声回答：“年特！”

韦小宝只听众人一声“年特”又是一声“年特”，他知道在罗刹话中，这是“不”的意思，他不懂苏菲亚的话，还道公主劝火枪手造反，大家不肯听从，不禁担忧。

苏菲亚又道：“你们都应当做将军，做富翁！你们个个应当升官发财。”众火他手大声欢呼。有的问道：“苏菲亚公主，你有甚么法子让我们升官发财？”苏菲亚道：“你们想不想做将军？”众火枪手叫道：“要做啊。”苏菲亚道：“你们想不想有很多很多钱？”众火枪手道：“当然要啊！”苏菲亚又问：“你们想不想美丽的女人？”火枪手都轰笑起来，叫道：“要！要！要！”

苏菲亚道：“好！你们大家去莫斯科城里，跟其他十九营的火枪手说，是我苏菲亚公主的命令，我是女沙皇，全罗刹国都听我的话。我准许你们，每一个火枪手，可以挑一家有钱人家，跟那个肥猪大富翁比武，谁杀得了他，那个富翁的大房子，他的金子银子，他的美丽女子、马车、骏马、衣服、仆人、婢女、美酒，甚么都是这个勇敢火枪手的。你们有没有勇气？是不是男子汉、大丈夫？敢不敢去杀人、抢钱、抢女人？”

众火枪手齐声大叫：“敢，敢，敢！杀人、抢钱、抢女人，有甚么不敢？”

韦小宝大喜，叫道：“那好得很，我还怕你们是胆小鬼，不敢去干大事！快拿伏特加酒来！喂，你们到地窖里去，把最好的伏特加酒都拿来。”

这沙皇猎宫的地窖之中，藏有数十年的陈酒，名贵之极，原是专供沙皇、皇后、公主、皇子以及王公大臣享用，这些火枪手本来哪能尝上一口？苏菲亚这命令一下，众兵士轰然大乐，登时便有数十人奔去取酒。

片刻间，众兵在广场之上，将一瓶瓶伏特加酒敲去瓶颈，抢了痛饮，欢声大叫：“苏菲亚，女沙皇，乌拉，乌拉，乌拉！苏菲亚，女沙皇，乌拉，乌拉，乌拉！”

罗刹话中，"乌拉"即是"万岁"之意，韦小宝虽然不懂，但见众兵欢呼畅饮，不住大叫"苏菲亚，女沙皇，乌拉"，料想是热诚拥戴。他拉拉苏菲亚的衣袖，说道："叫他们，十二个小队长，杀了，不会退回来。"

苏菲亚连连点头，朗声叫道："罗刹国英俊强壮的勇士们，大家听了：我吩咐你们去杀富翁，抢钱、抢女人，可是沙里扎不许，派了这些坏蛋来，要治你们的罪！"说着向六名正副小队长一指。

当下便有十余名火枪手抽出佩刀，大叫："杀了坏蛋！"十几把长刀砍将下来，立时将六名正副小队长砍死。罗刹人本来暴烈粗野，喝了伏特加酒后，全身发烧，眼见得六名小队长血肉横飞，更是不可抑制，大叫："杀坏蛋去，抢钱、抢女人去！"

苏菲亚道："他们去向莫斯科城中十九营的火枪手说，大家一起干，哪一个队长不许，立刻杀了。哪一个贵族、将军、大臣不许，立刻杀了，把他家里的金子银子、美丽的妻子女儿，通统拿来分了。那些坏蛋的房子，放火烧了。"

众兵大声欢呼，纷纷抽出长刀，背负火枪，牵过坐骑，翻身上马。过了一会，便听得蹄声急促，群向莫斯科城奔去。

苏菲亚对副队长道："你也去抢啊，有甚么客气？最要紧的，不可跟别的火枪营冲突，大家一起抢。你带人冲进克里姆林宫，把沙里扎和彼得捉了起来。宫里的金银珠宝，美丽宫女，叫大家尽量抢好了，都是我赐给你们的。"副队长大喜，应命上马而去。

苏菲亚叹了口气，只觉全身无力，坐倒在阶石上，说道："好累！"韦小宝道："我扶你进去歇歇。"苏菲亚摇摇头，过了一会，说道："咱们上碉楼去瞧瞧。"

这猎宫全以粗麻石砌成，碉楼高逾八九丈，原为了望敌情之用。罗刹国立国之前，本是莫斯科的一个大公国，莫斯科大公爵翦平群雄，自立为沙皇。前朝沙皇生怕在出猎之时仇敌乘机偷袭，因此在莫斯科城外造了这座猎宫，以备仓卒遇敌之时守御待援。

苏菲亚带了韦小宝和双儿登上碉楼，向西望去，隐隐见到莫斯科城中灯火点点，黑夜之中，十分宁静，苏菲亚担忧起来，说道："怎么不打？他们，怕了？"韦小宝不明罗刹兵的性格，不知会不会上阵退缩，只得安慰她道："不怕，不怕。"苏菲亚又问："你怎么知道叫兵士杀人、抢钱、抢女人，就可以，杀沙里扎，杀彼得？"

韦小宝微笑道："中国人，向来这样。"他想到了当年在扬州城中，听得老年人所说满清兵攻城的情形。

清兵入关之后，在江苏等地遇到汉人猛烈抵抗，扬州尤其坚守不下。清军将帅就允许士兵破城之后，可以奸淫掳掠，一共十天。这"扬州十日"，实是惨酷无比。韦小宝自幼生长扬州，清兵如何攻城不克，主帅如何允许部卒抢钱抢女人，清兵如何奋勇进攻，这些故事从小听得多了。后来在北京，又听人说起当年李自成的部下如何在北京城里抢钱抢女人，张献忠又如何总是先答应部下，城破之后，大抢三天。看来要造反成功，便须搞得天下大乱，要天下大乱，便须让兵士抢钱抢女人。因此眼见火枪营士兵不敢造反，他自然然而的将"抢钱抢女人"五字真言说了出来。果然罗刹兵和中国兵一般无异，这五字秘诀，应验如神。

等了良久，黑暗中忽见莫斯科城里升起一团火焰。

苏菲亚大喜，叫道："动手了！"搂住韦小宝又吻又跳。

韦小宝喜道："他们放火了，这就行啦。杀人放火，定要连在一起干的。"

过不多时，但见莫斯科城中火头四起，东边一股黑烟，西边一片火光。苏菲亚拍手大叫："大家在杀人放火了。小宝，你真正聪明，想的计策真妙。"

韦小宝微微一笑，心想："说到杀人放火，造反作乱，我们中国人的本事，比你们罗刹鬼子可大上一百倍了。这些计策有甚么稀奇？我们向来就是这样的。”

苏菲亚道：“你叫大家杀了正队长，杀了小队长，大家只好一直干下去了，再想回头也不行了。小孩子，真聪明，中国大官，了不起。”韦小宝道：“这叫做投名状。”苏菲亚道：“甚么，丢命上？”韦小宝哈哈大笑，说道：“是，丢了性命，拚命上啊。”心中暗骂罗刹人没学问。

中国人绿林为盗，入伙之时，盗魁必命新兄弟去做件案子，杀一个人。这人犯了杀人大罪之后，从此就会去出首告密。《水浒传》中林冲上梁山泊入伙，王伦叫他去杀人做案，缴一个“投名状”。韦小宝听说书听得多了，熟知这门规矩，心想：“我们中国人的法子，罗刹鬼子一窍也不通，看来这些罗刹人虽然凶狠横蛮，倒也不难对付。”

苏菲亚眼见莫斯科城中火头越来越旺，四处蔓延，又担忧起来，不知火枪营官兵乱抢乱杀之后，变成怎生一番光景，问韦小宝：“杀人放火，抢钱抢女人，以后，怎样？”

韦小宝一怔，他只知道要造反就得纵容士兵杀人放火、抢钱抢女人，以后怎么，可不懂了，只得说道：“这个？抢够了，不抢了。杀够了，不杀了。”

苏菲亚皱起眉头，心想这可不是办法，一时之间却也无计可施。

三人瞧了一会，回入寝宫，静候消息。

次日一早，那火枪营副队长带了一小队人马，来到猎宫向苏菲亚报告：二十营火枪队昨晚遵奉女沙皇之命，抢了一夜，金银美女，抢了不计其数，已把沙里扎娜达丽亚杀了。

苏菲亚大喜，跳起身来，叫道：“娜达丽亚杀死了？彼得呢？”

副队长道:“小彼得已抓了起来,关在克里姆林宫的酒窖里。”苏菲亚大叫:“赫拉笑!赫拉笑!”

只听得马蹄声响,又有大队人马疾驰而来。苏菲亚脸上变色,惊问:“甚么人?”副队长道:“莫斯科城里的王公、大臣、将军们,齐来请陛下登位,做罗刹国女沙皇。”

苏菲亚心花怒放,一把搂住韦小宝,在他左右颊上连吻数下,叫道:“中国小孩,好计策!”

耳听得马蹄声在猎宫外停歇,跟着皮靴击地声响,一群人走进宫来。当先一人是大臣波多尼兹亲王。他走到苏菲亚面前,躬身说道:“王公贵族、大臣将军一致议决,请苏菲亚公主回宫主持大局,平服动乱,恢复和平。”

苏菲亚满脸笑容,点头接纳,问道:“叛党首领娜达丽亚,是不是已经杀了?”波多尼兹亲王回禀:“娜达丽亚扰乱国家,杀害忠良,自私擅权,包藏祸心,已经遵奉上帝旨意,正法处决,大快人心。”苏菲亚道:“很好,咱们去克里姆林宫。”

众大臣和火枪营蜂拥着苏菲亚,向莫斯科城而去,顷刻之间,猎宫中冷清清地只剩下韦小宝和双儿两人。

韦小宝心下气愤,骂道:“他妈的,这罗刹公主过桥抽板,新人上了床,媒人丢过墙。她做了女沙皇,可不要我们啦。”双儿微笑道:“你想女沙皇封你做男皇后,是不是?”韦小宝道:“啊,你取笑我?瞧我不捉住你?”说着向双儿扑去。双儿嗤的一笑,闪身避过。

其时方当初夏,天气和暖。猎宫中繁花如锦,百鸟争鸣,只是罗刹国花卉虫鸟和中土大异,花色丽而不香,鸟声怪而不和,韦小宝乃市井鄙夫,于这等分别毫不理会,和双儿在猎宫中到处游荡,无人前来打扰,倒也自得其乐。

如此过得七八日,苏菲亚忽然派了一小队兵来,接二人进宫。

韦小宝走进苏菲亚的寝宫，只见她头发散乱，伸足狠踢家具，只踢得砰嘭大响，正在大发脾气。她见到韦小宝到来，登时脸有喜色，叫道："中国小孩快来，出主意，想法子。"

韦小宝心道："你如不是遇上了难题，原也不会想到我。这一次可得敲笔竹杠，不能这么容易便帮你想计策了。"问道："女沙皇陛下，你有甚么难题？"

苏菲亚不住摇头，说道："我女沙皇，不是，他们，不肯，我，女沙皇，做的。"

说了半天，韦小宝这才明白，原来女沙皇国向来规矩，女子不能做沙皇。皇太后娜达丽亚虽然已死，仍有大批不少将军拥戴小沙皇彼得，坚决不肯废了他。这时乱中乱事已经平定，苏菲亚虽得火枪营拥戴，但众大臣已然有备，调了大队哥萨克骑兵驻在莫斯科城外，随时可应召入城。苏菲亚再要号召火枪营作乱，已大为不易。

连日来克里姆林宫中会议，王公大臣分为两派，一派拥戴苏菲亚，一派拥戴彼得，争持不决。拥戴沙皇彼得的，都是手握实权的将军大臣，生怕女沙皇登位，另行任用新人当权；而拥戴苏菲亚的，则是一批不得意的贵族和商人，只盼新主上台，自己有油水好捞。苏菲亚幸得火枪营拥戴，有兵权在手，保皇派还不敢怎样，但保皇派能指挥哥萨克骑兵，实力殊不可侮。两派如果开火，胜败倒也难说。

韦小宝心想："这种国家大事，我是弄不懂的，有甚么屁计策想得出？不如溜之大吉，滚他妈的咸鸭蛋，免得他们两派混战起来，把韦小宝轰成了罗刹鱼子酱。"眼珠子一转，说道："那容易得很，法子自然有的。不过我有……我要敲竹杠。"他本想说："我有条款"，但罗刹话说不上来，索性说了扬州话"敲竹杠"。

苏菲亚问道："甚么'敲猪缸'？"韦小宝道："敲竹杠就是……这个……我的法子，不能够，送给你。你给我东西，很多，很多，我再给你，法子。"苏菲亚大喜，忙道："很好，很好，敲猪缸，我们大家敲猪缸！你要甚么，我都答应。你是不是想做我的男皇后？"

韦小宝一惊："这可不敢领教。要娶老婆，阿珂可比你好得多了。就是双儿这小丫头，也大大胜过你全身是毛的罗刹女人。"笑道："做你的男皇后，当然很好，不过这样一来，你可做不成女沙皇了。"

苏菲亚忙问原因。韦小宝道："因为……这个那个辣块妈妈不开花！"他一时之间想不出理由充份的说辞，便随口讲些扬州土话，甚么"乖乖的龙的东，猪油炒大葱"，苏菲亚那里懂得？问道："是不是中国人做男皇后，罗刹人要不高兴？"韦小宝忙道："是呀！罗刹男人，自己，说自己美貌，做不成男皇后，恨你，打你。"苏菲亚心想不错，罗刹男人胡要吃醋，说道："你不做我男皇后，别的要甚么，我都答应。"

韦小宝道："第一，我要做罗刹大官。"苏菲亚道："这个容易，我做成了女沙皇后，便封你为伯爵，去管东方的鞑靼人。你黄面孔，低鼻子；鞑靼人，也是黄面孔，低鼻子。他们服你。"韦小宝道："第二件，你和中国皇帝，不可打仗。你写信，我送去北京，罗刹女沙皇和中国皇帝，做好朋友，亲亲嘴，抱抱。中国兵很厉害，个个会魔法，手指一点，罗刹兵不会动了。打仗，罗刹人死了。我爱你，你死了，我哭了！"

苏菲亚一听之下，登时大为感动。双儿出手点穴，火枪营的副队长和六名正副小队长立时不会动弹，苏菲亚是亲眼所见。她不知这是中国的上乘武功，甚是难学，即令韦小宝也是不会，还道中国人当真个个会此魔法，心想若和中国皇帝打仗，自是有输无赢，难得这中国小孩对自己一片真情，当即伸臂将他抱住，在他嘴上深深一吻，说道："中国小孩，我也爱你。很好，罗刹兵打不过中国兵，大家不打，做好朋友。"啧的一声，又吻了他一下，问道："还有甚么敲猪缸？再敲，再敲好啦！"韦小宝想了一想，道："没有了。"

苏菲亚道："好，你快教我，怎样做女沙皇。"韦小宝心想这件事可不容易，只得东拉西扯，询问朝廷中的事情，想不出计策，便假装听不懂她话。苏菲亚渐渐觉察他在使奸，脸色便难看起来，说道："你如骗我，我把你杀了。"

韦小宝大急，忙道："不骗，不骗！"苏菲亚道："那么我要做女沙皇，甚么法子？"韦小宝道："这个……这个……"苏菲亚怒道："甚么这个、这个？朝里一派拥护我，一派反对我，两派要打仗。我这派如果输了，那怎么办？"

韦小宝忽然想起，曾听小皇帝说过，满洲太祖皇帝当年立了四个贝勒。大贝勒代善、二贝勒阿敏、三贝勒莽古尔泰、四贝勒皇太极。（韦小宝当然记不清四个贝勒的名字。）四个贝勒当时都有大权，颇有纷争，后来四贝勒皇太极得大贝勒代善支持，才压倒了对方，接承大位。因此代善一系，颇有权势，康亲王杰书就是代善的后人。

他想到此事，便道："不要打，慢慢来。你和彼得，都做沙皇。将来，反对你的大臣、将军，一个一个，慢慢杀了。你再杀彼得，再做女沙皇。"

苏菲亚觉得此计倒也甚妙，不过众大臣一直说女子不能做沙皇，可真气人，于是将这情形说了。

韦小宝心想清朝开国之初，顺治皇帝还是个小皇帝，大权都在摄政王多尔衮手中，便道："你不能做女沙皇，就先做摄政王。"苏菲亚问："甚么是摄政王？"韦小宝道："摄政王，不是沙皇，但是可以下命令杀人，打人屁股，可以赏钱，升他们的官。沙皇，假的，没有力气。摄政王，真的，有力气，能杀人，打人屁股，能给人升官，能赏钱，人人都怕，都听摄政王的话，不听沙皇的话。”

苏菲亚大喜，大叫：“赫拉笑！赫拉笑！”

拥戴苏菲亚的王公将军人数较少，苏菲亚将其中为首的召进宫来，将韦小宝所献的计策和众人商议。苏菲亚掌握了莫斯科的兵权，但不能登基为女沙皇，主因在于无此无例。众大臣听到设立“摄政王”的计谋，都觉极妙，只须大权在手，做不做沙皇也没多大分别。众人商酌良久，又想了一条法子出来，立苏菲亚的同胞弟弟伊凡为大沙皇，让彼得仍做沙皇，乃是小沙皇。大小沙皇并立，免得拥彼得一派的人反对。苏菲亚公主则是“摄政女王”，处理一切朝政。

众人计议已定，苏菲亚立即聚集火枪营，再召集全体王公大臣，将这新法子宣示出来。她又向众大臣担保，决不任意罢免各人的职司，凡是拥护这办法的，一律升赏。众王公大臣见自己权位利益并无所损，又不坏了前朝的规矩，当下均无异议。

“拥苏派”中有人首先引导，向苏菲亚女摄政王躬身行礼，余人尽皆跟随。

苏菲亚大喜，命人去请弟弟伊凡到来，又将小沙皇彼得从酒窖中放了出来，两人并为大不沙皇。她自己坐在两个弟弟的下首，百官奏事，升赏黜陡，都由女摄政王裁决。其时伊凡十六岁，彼得十岁，年幼识浅，一切全听姊姊的主张。

苏菲亚大权在握，心想此事那中国小孩大官厥功甚伟，若不是他接连想了几个巧妙主意出来，自己此刻还是被关在猎宫之中，再过得几个月，皇太后娜达丽亚多半会逼迫自己落发为尼，在尼姑庵中幽闭一世。想到这悲惨命运，温暖的夏天立时变成严冬，当下把韦小宝传来，大大称赞。

韦小宝心想我那些法子，在中国人看来半点也不希奇，我在中国是个臭皮匠，到了罗刹国却变成了诸葛亮，真正好笑。他正想吹几句牛皮，忽然一想不妙，这个罗刹公主倘若从此要我做"罗刹诸葛亮"，把我留在身边，从此不放我回去，那可乖乖不得了，便道："女摄政王娘娘，你做了摄政王，将来再做女沙皇，那就容易得很了。只须遵守一件事，人人就都服你。"

苏菲亚问道："甚么事？快快说给我听。"

韦小宝道："一言既出，三头马车难追。"原来罗刹人的马车，以三匹马拖拉，不同中国人之四马拖拉，因此中国的"驷马难追"，以罗刹国成了"三头马车难追"。

苏菲亚不懂，问道："甚么三头马车难追？"韦小宝道："说过了的话，一定要算数。我们中国皇帝说的话，叫做皇帝的金口，那是决计反悔不得的。"苏菲亚恍然大悟，笑道："我答应过你的事，你怕我反悔，是不是？亲爱的中国小孩，罗刹女摄政王的说话，是宝石口，比你们中国皇帝的金口还要贵重。"

当下她以大小沙皇之名颁下谕旨，封韦小宝为管领东方鞑靼地方的伯爵，又命大臣写了一通国书，致送中国皇帝，由韦小宝送去，再派一名俄国使臣，带领两队哥萨克骑兵护送，金银财物，赏赐了不少。韦小宝贿赂她的那十几万两银票，也都捡出来还他。此外并有许多送给中国皇帝的礼物，均是貂皮、宝石等罗刹国的贵重特产。

这时苏菲亚已选了好几名罗刹国的俊男相陪，再也不来同韦小宝亲热。但韦小宝辞别那一天，苏菲亚想起这几个月来的恩情，又感激他建策首义的大功，甚是恋恋不舍。

据俄罗斯正史所载，火枪手乱作，是在五月十五至十七的三日之中。五有廿九日，火枪营在苏菲亚指使之下，上书请伊凡和彼得并为沙皇，请苏菲亚公主摄政，裁决军国大事。乱事大定，已在六月中旬。

其时天气和暖，韦小宝跨下骏马，于两队哥萨春骑兵拥卫之下，在西伯利亚大草原上向东疾驰，和风拂面，蹄声盈耳，左顾俏丫头双儿雪肤樱唇，右盼罗刹国使臣碧眼黄须，貂皮财物，满载相随，当真意气风发之至，心想："这次死里逃生，不但保了小命，还帮罗刹公主立了一场大功，全靠老子平日听得书多，看得戏多。"

中国立国数千年，争夺帝皇权位、造反斫杀，经验之丰，举世无与伦比。韦小宝所知者人是民间流传的一些皮毛，却已足以扬威异域，居然助人谋朝篡位，安邦定国。其实此事说来亦不希奇，满清开国将帅粗鄙无学，行军打仗的种种谋略，主要从一部《三国演义》小说中得来。当年清太宗使反间计，骗得崇祯皇帝自毁长城，杀了大将袁崇焕，就是抄袭《三国演义》中周瑜使计、令曹操斩了自己水军都督的故事。实则周瑜骗得曹操杀三军都督，历史上并无其事，乃是出于小说家杜撰，不料小说家言，后来竟尔成为事实，关涉到中国数百年气运，世事之奇，那更胜于小说了。满人入关后开疆拓土，使中国版图几为明朝之三倍，远胜于汉唐全盛之时，余荫直至今日，小说、戏剧、说书之功，亦殊不可没。

（按：俄罗斯火枪手作乱，伊凡、彼得大小沙皇并立，苏菲亚为女摄政王等事，确韦小宝其人参与此事，则俄人以此事不雅，有辱国体，史书中并无记载。其时中国史官以未曾目睹，且蛮方异域之怪事，耳食传闻，不宜录之于中华正史，以致此事湮没。）

他从怀里摸出一只锦缎袋子，提在手中，高高举起，人人见到贷上绣着“平西王府”四个红字。他打开袋口，俯身转袋子，数十件珍宝散在殿上，珠光宝气，耀眼生花。

第三十七回　辕门谁上平蛮策　朝议先颁谕蜀文

韦小宝带回罗刹国使臣，不一日来到北京。康亲王、索额图等王公大臣见他归来，无不又惊又喜。那日他带同水师出海，从此不知所踪，朝廷数次派人去查，都说大海茫茫，不见踪迹，竟无一艘兵船、一名士兵回来。康熙只知他这一队人在大洋中遭遇飓风，已经全军覆没，每当念及，常自郁郁。消息报进宫中，康熙立时传见。

韦小宝见康熙满脸笑容，叩拜之后，略述别来经过。康熙这次派他出海，主旨是剿灭神龙教、擒拿假太后，现下听说神龙岛已经攻破，假太后虽未擒到，却和罗刹国结成了朋友。康熙自从盘问了蒙古派赴昆明的使臣罕帖摩后，得悉吴三桂勾结罗刹国、蒙古、西藏三处强援，深以为忧，至于尚耿二藩及台变郑氏反较次要。他见韦小宝无恙归来，已是喜欢得紧，得悉有罗刹国使臣到来修好，更是大悦，忙细问详情。

韦小宝从头至尾的说了，说到如何教唆苏菲亚怂恿火枪营作乱、如何教她立两个小沙皇而自为摄政王时，康熙哈哈大笑，说道："他妈的，你学了我大清的乖，却去教会了罗刹女鬼。"

次日康熙上朝，传见罗刹使臣。朝中懂得罗刹话的，只有韦小宝一人。其实罗刹话十分难学，他在短短几个月中，所学会的殊属有限，罗刹使臣的一番颂词，十句中倒有九句半不明白，他欺众人不懂，当即编造一番，竟将当日陆高轩所作的碑文背了出来，甚么“千载之下，爰有大清”，甚么“威灵下济，丕赫威能”说了几句。他一面说，一面偷看康熙脸色，但见他笑眯眯的，料知这篇碑文倒也用得上，便朗声念道：“降妖伏魔，如日之升。羽翼辅佐，吐故纳新。万寿百祥，罔不丰登。仙福永享，并世崇敬。寿与天齐，文武仁圣。须臾，天现……”一背到“天现”两字，当即住口，心想再背下去可要露出狐狸尾巴来了，说道：“罗刹国小沙皇，摄政女王，敬问中国大皇帝万岁爷圣躬安康。”

这些句子，本是陆高轩作来颂扬洪教主的，此时韦小宝念将出来，虽然微感不伦不类，但“并世崇敬”、“文武能圣”等语，却也是善祷善颂。众大臣听得都不住点头。

康熙知道韦小宝肚中全无货色，这些文辞古雅的句子，决不能随口译出，必是预先请了枪手做好，然后在殿上背诵出来，却万万想不到竟是称颂邪教教主的文辞，给他移花接木、顺手牵羊的用上了。

那罗刹使臣随即献上礼物。罗刹国比辽东气候更冷，所产玄狐水貂之属，毛皮比之辽东的更为华美丰厚。满洲大臣都是识货之人，一见之下，无不称赏。康熙当即吩咐韦小宝妥为接待使臣，回赐中华礼品。

退朝之后，康熙召了汤若望、南怀仁二人来，命他们去见罗刹使臣。南怀仁是比利时国人，言语和法兰西相同，那罗刹使臣会说法兰西话，两人言语相通。南怀仁称颂康熙英明仁惠，古往今来帝王少有其比，说得那使臣大为折服。

次日，康熙命汤若望、南怀仁二人在在南苑操炮，由韦小宝陪了罗刹使臣观操。那使臣见炮火犀利，射击准确，暗暗钦服，请南怀仁转告皇帝，罗刹国女摄政王决意和中国修好，永为兄弟之邦。

罗刹使臣辞别归国后，康熙想起韦小宝这次出征，一举而翦除了吴三桂两个强援，功劳着实不小，于是降旨封他为一等忠勇伯。王公大臣自有一番庆贺。

韦小宝想起施琅、黄总兵等人，何以竟无一人还报，想必是因主帅在海上失踪，他是皇上跟前的第一大红人，皇上震怒，必定会以“失误军机、监阵退缩、陷主帅于死地”等等罪名相加，大家生怕杀头，就此流落在通吃岛附近海岛，再也不敢回来了。满洲兴兵之初，军法极严，接战时如一队之长阵亡而部众退却奔逃，往往全队处死，至康雍年间，当年遗法犹存，是以旗兵精甚，所向无敌。韦小宝于是派了两名使者，指点了通吃岛和神龙岛的途径，去召施琅等人回京。

这日康熙召韦小宝到上书房，指着桌上三通奏章，说道：“小桂子，这三道奏章，是分从三个地方来的，你倒猜猜，是谁的奏章？”韦小宝伸长了头颈，向三道奏章看了几眼，全无头绪可寻，说道：“皇上得给一点儿因头，奴才这好才好猜。”

康熙微微一笑，提起右掌虚劈，连做了三下杀头的姿势。韦小宝笑道：“啊，是了，是大……大奸臣吴三桂、尚可喜、耿精忠三个家伙的奏章。”康熙笑道：“你聪明得很。你再猜猜，这三道奏章中说的是甚么？”韦小宝搔头道：“这个可难猜得很了。三道奏章是一齐来的么？”康熙道：“有先有后，日子相差也不很远。”韦小宝道：“三个大奸臣都不怀好意，想的是一般心思。奴才猜想他们说的话都差不多。”

康熙伸掌在桌上轻轻一拍，说道：“正是。第一道奏章是尚可喜这老家伙呈上的，他说他年纪大了，想归老辽东，留他儿子尚之信镇守广东。我就批示说，尚可喜要回辽东，也不必留儿子在广东了。吴三桂和耿精忠听到了消息，便先后上了奏章。”拿起一道奏章，说道："这是吴三桂这老小子的，他说：'念臣世受天恩，捐糜难报，惟期尽瘁藩篱，安敢遽请息肩？今闻平南王尚可喜有陈情之疏，已蒙恩览，准撤全藩。仰恃鸿慈，冒干天听，请撤安播。'哼，他是试我来着，瞧我敢不敢撤他的藩？他不是独个儿干，而是联络了尚可喜、耿精忠三个一起来吓唬我！"

康熙又拿起另一道奏章，道："这是耿精忠的，他说：'臣袭爵二载，心恋帝阙，只以海氛叵测，未敢遽议罢兵。近见平南王尚可喜乞归一疏，已奉前旨。伏念臣部下官兵，南征二十余载，仰恳皇仁，撤回安插。'一个在云南，一个在福建，相隔万里，为甚么两道折子上所说的话都差不多？一面说不能罢兵，一面又说恳求撤回。这几个家伙，还把我放在眼里吗？"说着气忿忿的将奏章往桌上一掷。

韦小宝道："是啊，这三道奏章，大逆不道之至，其实就是造反的战书。皇上，咱们这就发兵，把三个反贼都捉到京师里来，满门……哼，全家男的杀了，女的赏给功臣为奴。"他本想说"满门抄斩"，忽然想起阿珂和陈圆圆，于是中途改口。

康熙道："咱们如先发兵，倒给天下百姓说我杀戳功臣，说甚么鸟尽弓藏，兔死狗烹。不如先行撤藩，瞧着三人的动静。若是遵旨撤藩，恭顺天命，那就罢了；否则的话，再发兵讨伐，这就师出有名。"

韦小宝道："皇上料事如神，奴才拜服之至。好比唱戏：皇上问道：'下面跪的是谁啊？'吴三桂道：'臣吴三桂见驾。'皇上喝道：'好大胆的吴三桂，你怎不抬起头来？'吴三桂道：'臣有罪不敢抬头。'皇上喝道：'你犯了何罪？'吴三桂道：'奴才不肯撤藩，想要造反。'皇上喝道：'呔，大胆的东西！韦小宝！'我就一个箭步，上前跪倒，应道：'小将在！'皇上叫道：'令箭在此！派你带领十万大兵，讨伐反贼吴三桂去者！'奴才接过令箭，叫声：

‘得令！’飞起一腿，往吴三桂屁股上踢去，登时将他踢得屁滚尿流，呜呼哀哉！”

康熙哈哈大笑，问道：“你想带兵去打吴三桂？”

韦小宝见他眼光中有嘲弄之色，知道小皇帝是跟自己开玩笑，说道：“奴才年纪这么点儿，又没甚么本事，怎能统带大军？最好皇上亲自做大元帅，我给你做先锋官，逢山开路，遇水搭桥，浩浩荡荡，杀奔云南而去。”

康熙给他说得心中跃跃欲动，觉得御驾亲征吴三桂，这件事倒好玩得紧，说道：“待我仔细想想。”

次日清晨，康熙召集众王公大臣，在太和殿上商议军国大事。韦小宝虽然连升了数级，在朝廷中还是官小职微，本无资格上太和殿参与议政。康熙下了特旨，说他曾奉使云南，知悉吴藩内情，钦命陪驾议政。小皇帝居中坐于龙椅，亲王、郡王、贝勒、贝子、大学士、尚书等大臣分班站立，韦小宝站在诸人之末。

康熙将尚可喜、吴三桂、耿精忠三道奏章，交给中和殿大学士兼礼部尚书巴泰，说道：“三藩上奏，恳求撤藩，该当如何，大家分别奏来。”

诸王公大臣传阅奏章后，康亲王杰书说道：“回皇上：依奴才愚见，三藩恳求撤藩，均非出于本心，似乎是在试探朝廷。”康熙道：“何以见得？你且说来。”杰书道：“三道奏章之中，都说当地军务繁重，不敢擅离。既说军务繁忙，却又求撤藩，显见是自相矛盾。”康熙点了点头。

保和殿大学士卫周祚白发白须，年纪甚老，说道：“以臣愚见，朝廷该当温旨慰勉，说三藩功勋卓著，皇上甚为倚重，须当用心办事，为王室屏藩。撤藩之事，应毋庸议。”康熙道：“照你看，三藩不撤的为是？”卫周祚道：“圣上明鉴：老子言道：‘佳兵不祥’，就算是好兵，也是不祥的。又有人考据，那‘佳’字乃‘惟’字之误，‘惟兵不祥’，那更加说得明白了。老子又有言道：‘兵者不祥之器，非君子之器，不得已而用之。’”

韦小宝暗暗纳罕：“这老家伙好大的胆子，在皇上跟前，居然老子长、老子短的。皇上却也不生气。”他可不知这老子是古时的圣人李耳，却不是市井之徒的自称。

康熙点了点头，说道：“兵凶战危，古有明训。一有征伐之事，不免生灵涂炭。你们说朕如下温旨慰勉，不许撤藩，这事就可了结么？”

文华殿大学士对喀纳道：“皇上明鉴：吴三桂自镇守云南以来，地方安宁，蛮夷不扰，本朝南方迄无边患，倘若将他迁往辽东，云贵一带或有他患。朝廷如不许撤藩，吴三桂感激图报，耿尚二藩以及广西孔军，也必仰戴天恩，从此河清海晏，天下太平。”康熙道：“你深恐撤藩之后，西南少了重镇，说不定会有边患？”对喀纳道：“是。吴三桂兵甲精良，素具威望，蛮夷慑服。一加调动，是福是祸，难以逆料。以臣愚见，多一事不如少一事。”

户部尚书米思翰道：“自古圣王治国，推重黄老之术。西汉天下大治，便因萧规曹随，为政在求清净无为。皇上圣明，德迈三皇，汉唐盛世也是少有其比。皇上冲年接位，秉政以来，与民休息，协和四夷，天下俱感恩德。以臣浅见，三藩的事，只是依老规矩办理，不必另有更张，自必风调雨顺，国泰民安。圣天子垂拱而治，也不必多操甚么心。”

康熙问大学士杜立德：“你以为如何？”杜立德道：“三藩之设，本为酬功。今三藩并无大过，倘若骤然撤去，恐有无知之徒，议论朝廷未能优容先朝功臣，或有碍圣朝政声。”

众王公大臣说来说去，都是主张不可撤藩。

韦小宝听了众人的言语，话中大掉书袋，虽然不大懂，也知均是主张不撤藩，心中焦急起来，忙向索额图使个眼色，微微摇头，要他出言反对众人的主张。

索额图见他摇头，误会其意，以为是叫自己也反对撤藩，心想他明白皇上真正心意，又见康熙对众人的议论不置可否，料想小皇帝必定不敢跟吴三桂打仗，说道："吴、尚、耿三人都善于用兵，倘若朝廷撤藩，三藩竟然抗命，云南、贵州、广东、福建、广西五省同时发兵，说不定还有其他反叛出兵响应，倒也不易应付。照奴才看来，吴三桂和尚可喜年纪都老得很了，已不久人世，不妨等上几年，让二人寿终正寝。三藩身经百战的老兵宿将也死上一大批，到那时候再来撤藩，就有把握得多了。"康熙微微一笑，说道："你这是老成持重的打算。"索额图还道是皇上夸奖，忙磕头谢恩，道："奴才为国家计议大事，不敢不尽忠竭虑，以策万全。"

康熙问大学士图海道："你文武全才，深通三韬六略，善于用兵，以为此事如何。"图海道："奴才才智平庸，全蒙皇上加恩提拔。皇上明见万里，朝廷兵马精良，三藩若有不轨之心，谅来也不成大事。只是若将三藩所部数十万人一齐开赴辽东，却也颇有可虑之处。"康熙问道："甚么事可虑？"图海道："辽东是我大清根本之地，列祖列宗的陵寝所在，三藩倘若真有不臣之意，数十万人在辽东作起乱来，倒也不易防范。"康熙点了点头。图海又道："三藩的军队撤离原地，朝廷须另调兵马，前赴云南、广东、福建驻防。数十万大军北上，又有数十万大军南下，一来一往，耗费不小，也势必滋扰地方。三藩驻军和当地百姓相处颇为融洽，不闻有何冲突。广东和福建的言语十分古怪奇特，调了新军过去，大家言语不通，习俗不同，说不定会激起民变，有伤皇上爱民如子的圣意。"

韦小宝越听越急，他知道小皇帝决意撤藩，王公大臣却个个胆小怕事，自己官小职卑，年纪又小，在朝廷之上又不能胡说八道，这可为难得紧了。

康熙问兵部尚书明珠："明珠，此事是兵部该管，你以为如何？"

明珠道："圣上天纵聪明，高瞻远瞩，见事比臣子们高上百倍。奴才想来想去，撤藩有撤的好处，不撤也有不撤的好处，心中好生委决不下，接连几天睡不着觉。后来忽然想到一件事，登时放心，昨晚就睡得着了。原来奴才心想，皇上思虑周详，算无遗策，满朝奴才们所想到的事情，早已一一都在皇上的料中。奴才们想到的计策，再高也高不过皇上的指点。奴才只须听皇上的吩咐办事，皇上怎么说，奴才们就死心塌地、勇往直前的去办，最后定然大吉大得利，万事如意。"

韦小宝一听，佩服之极，暗想："满朝文武，做官的本事谁也及不上这个家伙。此人马屁功夫十分到家，老子得拜他为师才是。这家伙日后飞黄腾达，功名富贵不可限量。"

康熙微微一笑，说道："我是叫你想主意，可不是来听你说歌功颂德的言语。"

明珠磕头道："圣上明鉴：奴才这不是歌功颂德，的的确确是实情。自从兵部得知三藩有不稳的讯息，奴才日夜担心，思索如何应付，万一要用兵，又如何调兵遣将，方有必胜之道，总是要让主子不操半点心才是。可是想来想去，实在天子太圣明，而奴才们太脓包，我们思苦焦虑而得的方策，万万不及皇上随随便便的出个主意。圣天子是天上紫薇星下凡，自然不是奴才这种凡夫俗子能及得上的。因此奴才心想，只要皇上吩咐下来，就必定是好的。就算奴才们一时不明白，只要用心干去，到后来终于会恍然大悟的。"

众大臣听了，心中都暗暗骂他无耻，当众谄谀，无所不用其极，但也只得随声附和。

康熙道："韦小宝，你到过云南，你倒说说看：这件事该当如何？"

韦小宝道："皇上明鉴：奴才对国家大事是不懂的，只不过吴三桂对奴才说过一句话，他说：'韦都统，以后有甚么变故，你不用发愁，你的都统职位，只有上升，不会下降。'奴才就不懂了，问他：'以后有甚么变故啊？'吴三桂笑道：'时候到了，你自然知道。'皇上，吴三桂是想造反。这件事千真万确，这地儿只怕龙袍也已做好了。他把自己比作是猛虎，却把皇上比作是黄莺。"

康熙眉头微蹙，问道："甚么猛虎、黄莺的？"韦小宝磕了几个头，说道："吴三桂这厮说了些大逆不道的言语，奴才说甚么也不敢转述。"康熙道："你说好了，又不是你自己说的。"韦小宝道："是。吴三桂有三件宝贝，他说这三件宝贝虽好，可惜有点儿美中不足。第一件宝贝，是一块鸽蛋那么大的红宝石，当真鸡血一般红，他镶在帽上，说道：'宝石很大，可惜帽子太小。'"康熙哼了一声。

众大臣你瞧瞧我，我瞧瞧你，均想："宝石很大，可惜帽子太小。"这句话言下之意，显是头上想戴顶皇冠了。

韦小宝道："他第二件宝贝，是一张白底黑纹的白老虎皮。奴才曾在宫里服侍皇上，可也从来没见过这样的白老虎皮。吴三桂说，这种白老虎几百年难得见一次，当年宋太祖赵匡胤打到过，朱元璋得到过，曹操和刘备也都打到过的。他把白老虎皮垫在椅上，说道：'白老虎皮难得，可惜椅子也太寻常。'"康熙又点点头，心中暗暗好笑，知道韦小宝信口开河诬陷吴三桂；又知他毫无学问，以为曹操也做过皇帝。

韦小宝道："这第三件宝贝，是一块大理石屏风，天然生成的风景，图画中有只小黄莺儿站在树上，树底下有一头大老虎。吴三桂言道：‘屏风倒也珍贵，就可惜猛虎是在树下，小黄莺儿却站在高枝之上。’”

康熙道：“他这三句话，都不过是比喻，未必是有心造反。”韦小宝道：“皇上宽洪大量，爱惜奴才。吴三桂倘若有三分良心，知道感恩图报，那就好了。只可惜他就会向朝中的王公大臣送礼，这位黄金一千两，那位白银两万两，出手阔绰得不得了。那三件宝贝，却又不向皇上进贡。”康熙笑道：“我可不贪图他甚么东西。”

韦小宝道：“是啊，吴三桂老是向朝廷要饷银，请犒赏，银子拿到手，倒有一大半留在北京，送给了文武百官。奴才对他说：‘王爷，你送金子银子给当朝那些大官，出手实在太阔气了，我都代你肉痛。’吴三桂笑道：‘小兄弟，这些金子银子，也不过暂且寄在他们家里，让他们个个帮我说好话，过得几年，他们会乖乖的加上利钱，连本带利的还我。’奴才这可不明白了，问道：‘王爷，财物到了人家手里，怎样还会还你？这是你心甘情愿送给他们的，又不是人家向你借的，怎么还会有利钱？’吴三桂哈哈大笑，拍拍我肩膀，拿了一只锦缎袋子给我，说着：‘小兄弟，这是小王送给你的一点小意思，盼你在皇上跟前，多给我说几句好话。皇上若要撤藩，你务必要说，这藩是千万撤不得的。哈哈，你放心好了，这些东西，我将来不会向你讨还。’

韦小宝一面说，一面从怀里摸出一只锦缎袋子，提在手中，高高举起，人人见到袋上绣着“平西王府”四个红字。他俯下身来，打开袋口，倒了转来，只听得玎玎当当一阵响，珍珠、宝石、翡翠、美玉，数十件珍品散在殿上，珠光宝气，耀眼生花。这些珠宝有些固是吴三桂所赠，有些却是韦小宝从别处纳来的贿赂，一时之间，旁人又怎能分辨？

康熙微笑道：“你到云南走这一遭，倒是大有所获了。”韦小宝道："这些珍珠宝贝，奴才是不敢要的，请皇上赏了别人罢。"康熙笑嘻嘻的道："是吴三桂送你的，我怎能拿来赏给别人？"韦小宝道："吴三桂送给奴才，要我在皇上面前撒谎，帮他说好话，说万万不能撤藩，奴才对皇上忠心耿耿，不能贪图一些金银财宝，把反贼说成是忠臣。但这么一来，收了吴三桂的东西，有点儿不起他。反正普天下的金银财宝，都是皇上的物事。皇上赏给谁，是皇上的因德，用不着吴三桂拿来做好人，收买人心。"

康熙哈哈一笑，说道："你倒对朕挺忠心，那么这些珍珠宝贝，算是我重行赏给你的好了。"又从衣袋里摸出一只西洋弹簧金表来，说道："另外赏你一件西洋宝贝。"

韦小宝忙跪下磕头，走上几步，双手将金表接了过来。

他君臣二人这么一番做作，众大臣均是善观气色之人，哪里还不明白康熙的心意？众大臣都收受过吴三桂的贿赂，最近这一批还是韦小宝转交的，心想自己倘若再不识相，韦小宝把"滇敬"多少，当朝抖了出来，皇上一震怒，以"交通外藩，图谋不轨"的罪名论处，不杀头也得充军。韦小宝诬陷吴三桂的言语，甚是幼稚可笑，吴三桂就算真有造反之心，也决计不会在皇上派去的钦差面前透露；又说甚么送了朝中大臣的金银，将来要连本带利收回，暗示日后造反成功，做了皇帝，要向各大臣讨还金银。这明明是没见过世面的小孩子想法，吴三桂这等老谋深算之人，岂会斤斤计较于送了多少金银？但明知韦小宝的言语不堪一驳，他有皇上撑腰，又有谁敢自讨苦吃，出口辩驳？

明珠脑筋最快，立即说道："韦都统少年英才，见世明白，对皇上赤胆忠心，深入吴三桂的虎穴，探到了事实真相，当真令人好生佩服。若不是皇上洞烛机先，派遣韦都统亲去探察，我们在京里办事的，又哪知道吴三桂这老家伙深蒙国恩，竟会心存反侧？"他这几句话既捧了康熙和韦小宝，又为自己和满朝同僚轻轻开脱，跟着再坐实了吴三桂的罪名。太和殿上，人人均觉这几句话甚为中听，诸大臣本来都惴惴不安，这时不由得松了一口气。

康亲王和索额图原跟韦小宝交好，这时自然会意，当即落井下石，大说吴三桂的不是。众大臣你一句、我一句，都说该当撤藩，有的还痛责自己胡涂，幸蒙皇上开导指点，这才如拨开云雾见青天。有的更贡献方略，说得如何撤藩，如何将吴三桂锁拿来京，如何去抄他的家。吴三桂富可敌国，一说到抄他的家，人人均觉是个大大的优差，但转念一想，又觉这件事可不好办，吴三桂一翻脸，你还没抄到他的家，他先砍了你的脑袋。

康熙待众人都说过了，说道："吴三桂虽有不轨之心，但反状未露，今日此间的说话，谁也不许漏了一句出去。须得给他一个改过自新的机会。"众大臣齐颂扬皇恩浩荡，宽仁慈厚。康熙从怀中取出一张黄纸，说道："这一道上谕，你们瞧瞧有甚么不妥的。"

巴泰躬身接过，双手捧定，大声念了起来：

"奉天承运皇帝诏曰：自古帝王平定天下，式赖师武臣力；及海宇宁谧，振旅班师，休息士卒，俾封疆重臣，优游颐养，赏延奕世，宠固河山，甚盛典也！"

他念到这里，顿了一顿。众大臣一齐发出嗡嗡、啧啧之声，赞扬皇上的御制宠文。

巴泰轻轻咳嗽一声，把脑袋转了两个圈子，便如是欣赏韩柳欧苏的绝妙文章一般，然后拉长调子，又念了起来：

"王夙笃忠贞，克摅猷略，宣劳戳力，镇守岩疆，释朕南顾之忧，厥功懋焉！"

他念到这里，顿了一顿，轻轻叹道："真是好文章！"索额图道："皇上天恩，吴三桂只要稍有人性，拜读了这道上谕，只怕登时就惭愧死了。"巴泰又念道：

“但念王年齿已高，师徒暴露，久驻遐荒，眷怀良切。近以地方底定，故允王所请，搬移安插。兹特请某某、某某，前往宣谕朕意。王其率所属官兵，趣装北上，慰朕眷注；庶几旦夕觏止，君臣偕乐，永保无疆之休。至一应安插事宜，已饬所司饬庀周详。王到日，即有宁宇，无以为念。钦此。”

巴泰音调铿锵，将这道上谕念得抑扬顿挫。念毕，众臣无不大赞。明珠道：“‘旦夕觏止，君臣偕乐’这八个字，真叫人感激不能自胜。奴才们听了，心窝儿里也是一阵子暖烘烘的。”图海道：“皇上心虑周到，预先跟他说，一到北京，就有地方住，免得他推三阻四，说要派人来京起楼建屋，推搪耽搁，又拖他三年五年。”

康熙道：“最好吴三桂能奉命归朝，百姓免了一场刀兵之灾，须得派两个能说会道之人去云南宣谕朕意。”

众大臣听皇帝这么说，眼光都向韦小宝瞧去。韦小宝给众人瞧得心慌，心想：“乖乖弄的东，这件事可不是玩的。上次送新媳妇去，还险些送了性命，这次去撤藩，吴三桂岂有不杀钦差大臣之理？”念及到了云南可以见到阿珂，心头不禁一热，但终究还是性命要紧。

明珠见韦小宝面如土色，知他不敢去，便道：“皇上明鉴：以能说会道而言，本来都统韦小宝极是能干。不过韦都统为人嫉恶如仇，得知吴三桂对皇上不敬，恨他入骨，多一半见面就要申斥吴三桂，只怕要坏事。奴才愚见，不如派礼部侍郎折尔肯、翰林院学士达尔礼二人前去云南，宣示上谕。这两人文质彬彬，颇具雅望，或能感化顽恶，亦未可知。”

康熙一听，甚合心意，当即口谕折尔肯、达尔礼二人前往宣旨。

众大臣见皇帝撤藩之意早决，连上谕也都写定了带在身边，都深悔先前给吴三桂说了好话。这时人人口风大改，说了许多吴三桂无中生有的罪状，当真是大奸大恶，罪不可赦。

康熙点点头，说道："吴三桂虽坏，也不至于如此。大家实事求是，小心办事罢。"站起身来，向韦小宝招招手，带着他走到后殿。

韦小宝跟在皇帝身后，来到御花园中。康熙笑道："小桂子，真有你的。若不是你拿了那袋珍珠宝贝出来，抖在地下，他妈的那些老家伙，还在给吴三桂说好话呢。"韦小宝道："其实皇上只须说一声'还是撤藩的好'，大家还不是个个都说'果然是撤藩的好'。只不过要他们自己说出口来，比较有趣些。"

康熙点点头，说道："老家伙们做事力求稳当，所想的也不能说全都错了。不过这样一来，吴三桂想几时动手，就几时干，一切全由他来拿主意，于咱们可大大不利。咱们先撤他的藩，就可打乱了他的脚步。"韦小宝道："是啊，好比赌牌九，那有老是让吴三桂做庄之理？皇上也得掷几把骰子啊。"康熙道："这个比喻对了，不能老是让他做庄。小桂子，咱们这把骰子是掷下去了，可是吴三桂这家伙当真挺不好斗呀。他部下的大将士卒，都是身经百战的厉害脚色。他一起兵造反，倘若普天下的汉人都响应他，那可糟了！"

韦小宝近年在各地行走，听到汉人咒骂鞑子的语言果是不少，汉人人数众多，每有一百个汉人，未必就有一个满洲人，倘若天下汉人都造起反来，满洲人无论如何抵挡不住，然而咒骂鞑子的人虽多，痛恨吴三桂的更多。他想到此节，说道："皇上望安，普天下的汉人，没一个喜欢吴三桂这家伙。他要造反，除了自己的亲信之外，不会有甚么人捧他的场。"

康熙点点头，道："我也想到了此节。前明桂王逃到缅甸，是吴三桂去捉了来杀的。吴三桂要造反，只能说兴汉反满，却不能说反清复明。”说到这里，顿了一顿，问道：“前明崇祯皇帝，是哪一天死的？”韦小宝搔了搔头，嗫嚅道：“这个……奴才那时候还没出世，倒不……不大清楚。”康熙哈哈大笑，说道：“我这可问道于盲了。那时候我也没出世。是了，到他忌辰那天，我派几名亲王贝勒，去崇祯陵上拜祭一番，好教天下百姓都感激我，心中痛恨吴三桂。”韦小宝道：“皇上神机妙算。但如崇祯皇帝的忌辰相隔时候还远，吴三桂却先造反起来呢？”

康熙踱了几步，微笑道：“这些时候来，你奉旨办事，苦头着实吃了不少。五台山、云南、神龙岛、辽东，最后连罗刹国也去了。我这次派你去个好地方，调剂，调剂。”

韦小宝道：“天下最好的地方，就是在皇上身边。只要听到皇上说一句话，见到皇上一眼，我就浑身有劲，心里说不出的舒服。皇上，这话千真万确，可不是拍马屁。”

康熙点头道：“这是实情。我和你君臣投机，那也是缘份。我跟你是从小打架打出来的交情，与众不同。我见到你，心里也总很高兴。小桂子，那半年中得不到你的消息，只道你在大海中淹死了，我一直好生后悔，不该派你去冒险，着实伤心难过。”

韦小宝心下激动，道：“但……但愿我能一辈子服侍你。”说着语音已有些哽咽。

康熙道：“好啊，我做六十年皇帝，你就做六十年大官，咱君臣两个有恩有义，有始有终。”皇帝对臣子说到这样的话，那是难得之极了，一来康熙年少，说话爽直，二来他和韦小宝是总角之交，互相真诚。

韦小宝道：“你做一百年皇帝，我就跟你当一百年差，做不做大官倒不在乎。”

康熙笑道：“做六十年皇帝还不够么？一个人也不可太不知足了。”顿了一顿，说道：“小桂子，这次我派你去扬州，让你衣锦还乡。”

韦小宝听得“去扬州”三字，心中突的一跳，问道：“甚么叫衣锦还乡哪？”康熙道：“你在京里做了大官，回到故乡去见见亲戚朋友，出出风头，让大家羡慕你，那不挺美吗？你叫手下人帮你写一道奏章，你的父亲、母亲，朝廷都可给他们诰命，风光，风光。”韦小宝道：“是，是，多谢皇上的恩典。”康熙见他神色有些尴尬，问道：“咦，你不喜欢？”韦小宝摇头道：“我喜欢得紧，只不过……只不过我不知自己亲生的爹爹是谁。”

康熙一怔，想到自己父亲在五台山出家，跟他倒有些同病相怜，拍拍他肩膀，温言道：“你到了扬州，不妨慢慢寻访，上天或许垂怜，能让你父子团圆。小桂子，你去扬州，这趟差使可易办得紧了。我派你去造一座忠烈祠。”

韦小宝搔了搔头，说道：“种栗子？皇上，你要吃栗子，我这就给你到街上去买，糖炒良乡桂花栗子，又香又糯，不用到扬州去种。”康熙哈哈大笑，道：“他妈的，小桂子就是没学问。我是说忠烈祠，你却缠夹不清，搞成了种栗子。忠烈祠是一座祠堂，供奉忠臣烈士的。”韦小宝笑道：“奴才这可笨得紧了，原来是去起一座关帝庙甚么的。”康熙道：“这就对了。清兵进关之后，在扬州、嘉定杀戳很惨，以致有甚么‘扬州十日’、‘嘉定三屠’的话。想到这些事，我心中总是不安。”

韦小宝道：“当时的确杀得很惨啊。扬州城里到处都是死尸，隔了十多年，井里河里还常见到死人骷髅头。不过那时候我还没出世，您也没出世，可怪不到咱们头上。”康熙道：“话是这么说，不过是我祖宗的事，也就是我的事。当时有个史可法，你听说过吗？”韦小宝道：“史阁部史大人死守扬州，那是一位大大的忠臣。我们扬州的老人家说起他来，都是要流眼泪的。我们院子里供了一个牌位，写的是‘九纹龙史进之灵位’，初一月半，大伙儿都要向这牌位磕头。我听人说，其实就是史阁部，不过瞒着官府就是了。”

康熙点了点头道：“忠臣烈士，遗爱自在人心。原来百姓们供奉了九纹龙史进的灵位，焚香跪拜，其实是纪念史可法。小桂子，你家那个是甚么院子啊？”韦小宝脸上一红，道：“皇上，这件事说起来又不大好听了。我们家里开了一家堂子，叫作丽春堂，在扬州算是数一数二的大妓院。”康熙微微一笑，心道：“你满口市井胡言，早知道你决非出身于书香世家。你这小子对我倒很忠心，连这等丑事也不瞒我。”其实开妓院甚么，韦小宝已是在大吹牛皮了，他母亲只不过是个妓女而已，哪里是甚么妓院老板了。

康熙道：“你奉了我的上谕，到扬州去宣读。我褒扬史可法尽报国、忠君爱民，是个大大的忠臣，大大的好汉。我们大清敬重忠臣义士，瞧不起反叛逆贼。我给史可法好好的起一座祠堂，把扬州当时守城殉难的忠臣将勇，都在祠堂里供奉。再拿三十万两银子去，抚恤救济扬州、嘉定两城的百姓。我再下旨，免这两个地方三年钱粮。”

韦小宝长长吁了口气，说道：“皇上，你这番恩典可真太大了。我得向你真心诚意的磕几个头才行。”说着爬下地来，冬冬冬的磕了三个响头。

康熙笑问：“你以前向我磕头，不是真心诚意的么？”韦小宝微笑道：“有时是真心诚意，有时不过敷衍了事。”康熙哈哈一笑，也不以为忤，心想：“向我磕头的那些人，一百个中，倒有九十九个是敷衍了事的，也只有小桂子才说出口来。”

韦小宝道：“皇上，你这个计策，当真是一箭射下两只鸟儿。”康熙笑道：“甚么一箭射下两只鸟儿？这叫做一箭双雕。你倒说说看，是两只甚么鸟儿？”韦小宝道：“这座忠烈祠一起，天下汉人都知道皇上待百姓很好。以前鞑……以前清兵在扬州、嘉定乱杀汉人，皇上心中过意不去，想法子补报。如果吴三桂造反，又或是尚可喜、耿精忠造反，要恢复明朝甚么的，老百姓就会说，满清有甚么不好？皇帝好得很哪。”

康熙点点头，说道：“你这话是不错，不过稍微有一点以小人之心，度君子之腹。我想到昔年扬州十日、嘉定三屠，确是心中恻然，发银抚恤，减免钱粮，也不是全然为了收买人心。那第二只鸟儿又是甚么？”韦小宝道：“皇上起这祠堂，大家知道做忠臣义士是好的，做反叛贼子是不好的。吴三桂要造反，那是反贼，老百姓就瞧他不起了。”

康熙伸手在他肩头重重一拍，笑道：“对！咱们须得大肆宣扬，忠心报主才是好人。天下的百姓哪一个肯做坏人？吴三桂不起兵便罢，若是起兵，也没人跟从他。”

韦小宝道：“我听说书先生说故事，自来最了不起的忠臣义士，一位是岳飞爷爷，一位是关帝关王爷。皇上，咱们这次去扬州修忠烈祠，不如把岳爷爷、关王爷的庙也都修上一修。”康熙笑道：“你心眼儿挺灵，就可惜不读书，没学问。修关帝庙，那是很好，关羽忠心报主，大有义气，我来赐他一个封号。那岳飞打的是金兵。咱们大清，本来叫做后金，金就是清，金兵就是清兵。这岳王庙，就不用理会了。”韦小宝道：“是，是，原来如此。”心中想：“原来你们鞑子是金兀术、哈迷蚩的后代。你们祖宗可差劲得很。”

康熙道：“河南省王屋山，好像有吴三桂伏下的一支兵马，是不是？”韦小宝一怔，应道：“是啊。”心想：“这件事你若不提，我倒忘了。”康熙道：“当时你查到吴三桂的逆谋，派人前来奉知，我反而将你申斥一顿，你可知是甚么原因？”韦小宝道：“想来咱们对付吴三桂的兵马还没调派好，因此皇上假装不信，免得打草惊蛇。”康熙笑道：“对了！打草惊蛇，这成语用得对了。朝廷之中，吴三桂一定伏有不少心腹，我们一举一动，这老贼无不知道得清清楚楚。王屋山司徒伯雷的事，当时我如一加查究，吴三桂立刻便知道了。他心里一惊，说不定马上就起兵造反。那时朝廷的虚实他甚么都知道，他的兵力部署甚么的，我可一点儿也不知，打起仗来，我们非输不可。一定要知己知彼，方可百战百胜。”

韦小宝道：“皇上当时派人来大骂我一顿，满营军官都知道了。吴三桂若有奸细在我兵营里，必定去报告给老家伙知道。老家伙心里，说不定还在暗笑皇上胡涂呢。”

康熙道：“你这次去扬州，随带五千兵马，去到河南济源，突然出其不意，便将王屋山的匪窟给剿了。吴三桂这一支伏兵离京师太近，是个心腹之患。”

韦小宝喜道：“那妙得紧。皇上，不如你御驾亲征，杀吴三桂一个下马威。”

康熙微笑道：“王屋山上只一二千土匪，其中一大半倒是老弱妇孺，那个姓元的张大其辞，说甚么有三万多人，全是假的。我早已派人上山去查得清清楚楚。一千多名土匪，要我御驾亲征，未免叫人笑话罢！哈哈，哈哈。”韦小宝跟着干笑几声，心想小皇帝精明之极，虚报大数可不成。康熙道：“怎么剿灭王屋山土匪，你下去想想，过一两天来回奏。”

韦小宝答应了退下，寻思：“这行军打仗，老子可不大在行。当日水战靠施琅，陆战靠谁才是？有了，我去调广东提督吴六奇来做副手，一切全听他的。这人打仗是把好手。”转念又想：“皇上叫我想好方略，一两天回奏，到广东去请吴六奇，来回最快也得一个月，那可来不及。北京城里，可有甚么打仗的好手？”

盘算半晌，北京城里出名的武将倒是不少，但大都是满洲大官，不是已经封公封侯的，就是将军提督，自己小小一个都统，指挥他们不动。他爵位已封到伯爵，在满清职官制度，子爵已是一品，伯爵以上，列入超品，比之大学士、尚书的品秩还高。但那是虚衔，虽然尊贵，却无实权。他小小年纪，想要名臣勇将听命于己，可就不易了。

他在房中踱来踱去寻思，瞧着案上施琅所赠的那只玉碗，心想："施琅在北京城里不得意，这才来求我。北京城里，不得意的武官该当还有不少哪。但又要不得意，又要有本事，一时之间，未必凑得齐在一起。没本事而飞黄腾达之人，北京城里倒也不少，像我韦小宝，就是一位了，哈哈！"

走过去将玉碗捧在手里，心想：'加官晋爵'，这四字的口采倒灵，他送我这只玉碗时，我是子爵，现下可升到伯爵啦。我凭了甚么本事加官进爵？最大的本事便是拍马屁，拍得小皇帝舒舒服服，除此之外，老子的本事实在他妈的平常得紧。看来凡事有本事之人，不肯拍马屁，喜欢拍马屁的，便是跟老子差不多。"

仰起了头思索，相识的武官之中，有那个是不肯拍马屁的？天地会的英雄豪杰当然不会随便拍人马屁，只是除了师父陈近南和吴六奇之外，大家只会内功外功，不会带兵打仗。师父的部将林兴珠是会打仗了，可惜回去了台湾。

突然之间，想起了一件事：那日他带同施琅等人前赴天津，转去塘沽出海，水师总兵黄甫对自己奉承周到，天津卫有一个大胡子武官，却对自己皱眉扁嘴，一副瞧不起的模样，一句马屁也不肯拍。这家伙是谁哪？他当时没记住这军官的名字，这时候自然更加想不起来，心中只想："拍马屁的，就没本事。这大胡子不肯拍马屁，一定有本事。"

当下有了主意，即到兵部尚书衙门去找尚书明珠，请他尽快将天津卫将一名大胡子军官调来北京，这大胡子的军阶不高也不低，不是副将，就是参将。

明珠觉得这件事有些奇怪，这大胡子无我无姓，如何调法？但韦小宝眼前是皇帝最得宠之人，莫说只不过去天津调一个武官，就是再难十倍的题目出下来，也和想法子交差，当即含笑答应，亲笔写了一道六百里加急文书给天津卫总兵，命他将麾下所有的大胡子军官，一齐调来北京，赴部进见。

次日中午时分，韦小宝刚吃完中饭，亲兵来报，兵部尚书大人求见。

韦小宝迎出大门，只见明珠身后跟着二十来个大胡子军官，有的黑胡子，有的白胡子，有的花白胡子，个个尘沙被面，大汗淋漓。明珠笑道："韦爵爷，你吩咐调的人，兄弟给你找来了一批，请你挑选，不知哪一个合式。"

韦小宝忽然间见到这么一大群大胡子军官，一怔之下，不由得哈哈大笑，说道："尚书大人，我只请你找一个大胡子，你办事可真周到，一找就找了二十来个，哈哈，哈哈。"

明珠笑道："就怕传错了人，不中韦爵爷的意啊。"

韦小宝又是哈哈大笑，说道："天津卫总兵麾下，原来有这么许多个大胡子……"话未说完，人丛中突然有人暴雷也似的喝道："大胡子便怎样？你没的拿人来开玩笑！"

韦小宝和明珠都吃了一惊，齐向那人瞧去，只见他身材魁梧，站在众军官之中，比旁人都高了半个头，满脸怒色，一丛大胡子似乎一根根都翘了起来。

韦小宝一怔，随即喜道："对了，对了，正是老兄，我便是要找你。"

那大胡子怒道："上次你来到天津，我言语中冲撞了你，早知你定要报复出气。哼，我没犯罪，要硬加我甚么罪名，只怕也不容易。"

明珠斥道："你叫甚么名字？怎地在上官面前如此无礼？"那大胡子适才到兵部衙门，已参见过明珠，他是该管的大上司，可也不敢胡乱顶撞，便躬身道："回大人：卑职天津副将赵良栋。"明珠道："这位韦都统官高爵尊，为人宽仁，是本部的好朋友，你怎地得罪他了？快快上前赔罪。"

赵良栋心头一口气难下，悻悻然斜睨韦小宝，心想："你这乳臭未干的黄口小子，我为甚么向你陪罪？"

韦小宝道："赵大哥莫怪，是兄弟得罪了你，该当兄弟向你陪罪。"转过头来，向着众军官说："兄弟有一件要事，要跟赵副将商议，一时记不起他的尊姓大名，以致兵部大人邀了各位一齐到北京来，累得各位连夜赶路，实在对不起得很。"说着连连拱手。

众军官忙即还礼。赵良栋见他言语谦和，倒是大出意料之外，心头火气，也登时消了，便即向韦小宝说道："小将得罪。"躬身行礼。

韦小宝拱拱手，笑道："不用客气。"转身向明珠道："大人光临，请到里面坐，兄弟敬酒道谢。天津卫的朋友们，也都请进去。"明珠有心要和他结纳，欣然入内。

韦小宝大张筵席，请明珠坐了首席，请赵良栋坐次席，自己在主位相陪，其余的天津武将另行坐了三桌。伯爵府的酒席自是十分丰盛，酒过三巡，做戏的在筵前演唱起来。这次进京的天津众武将，有的只不过是个小小把总，只因天生了一把大胡子，居然在伯爵府中与兵部尚书、伯爵大人一起喝酒听戏，当真是做梦也想不到的意外奇逢。

赵良栋脾气虽然倔强，为人却也精细，见韦小宝在席上不提商议何事，也不出言相询，只是听着韦小宝说些罗刹国的奇风异俗，心想："小孩子胡说八道，那有男人女人在大庭广众之间搂抱了跳啊跳的，天下怎会有如此不识羞耻之事？"

明珠喝了几杯酒，听了一出戏，便起身告辞。韦小宝送出大门，回进大厅，陪着众军官看完了戏，吃饱了酒饭，这才请赵良栋到内书房详谈。

赵良栋见书架上摆满了一套套书籍，不禁肃然起敬："这小孩儿年纪虽小，学问倒是好的，这可比我们粗胚高明了。"

韦小宝见他眼望书籍，笑道："赵大哥，不瞒你说，这些书本子都是拿来摆样子的。兄弟识得的字，加起来凑不满十个。我自己的名字'韦小宝'三字，连在一起总算是识得的，分了开来，就靠不大住。除此之外，就只好对书本子他妈的干瞪眼了。"

赵良栋哈哈大笑，心头又是一松，觉得这小都统性子倒很直爽，不搭架子，说道："韦大人，卑职先前言语冒犯，你别见怪，"韦小宝笑道："见甚么怪啊。你我不妨兄弟相称，你年纪大，我叫你赵大哥，你就叫我韦兄弟。"赵良栋忙站起来请安，说道："都统大人可别说这等话，那太也折杀小人了。"

韦小宝笑道："请坐，请坐。我不过运气好，碰巧做了几件让皇上称心满意的事，你还道我真有甚么狗屁本事么？我做这个官，实在惭愧得紧，那及得上赵大哥一刀一枪，功劳苦劳，完全是凭真本事干起来的。"

赵良栋听得心头大悦，说道："韦大人，我是粗人，你有甚么事，尽管吩咐下来，只要小将做得到的，一定拚命给你去干。就算当真做不到，我也给你拚命去干。"

韦小宝大喜，说道："我也没甚么事，只是上次在天津卫见到赵大哥，见你相貌堂堂，一表人才，我是钦差大臣，人人都来拍我马屁，偏生赵大哥就不卖帐。"赵良栋神色有些尴尬，说道："小将是粗鲁武人，不善奉承上司，倒不是有意对钦差大臣无礼。"韦小宝道："我没见怪，否则的话，也不会找你来了。我心中有个道理，凡是没本事的，只好靠拍马屁去升官发财；不肯拍马屁的，一定是有本事之人。”

赵良栋喜道；“韦大人这几句话说得真爽快极了。小将本事是没有，可是听到人家吹牛拍马，心中就是有气。得罪了上司，跟同僚吵架，升不了官，都是为了这个牛脾气。”

韦小宝道：“你不肯拍马屁，一定是有本事的。”

赵良栋裂开了大嘴，不知说甚么话才好，真觉“生我者父母，知我者韦大人”也。

韦小宝吩咐在书房中开了酒席，两人对酌闲谈。赵良栋说起自己身世，是陕西省人氏，行伍出身，打仗时勇往直前，积功而升到副将，韦小宝听说他善于打仗，心头甚喜，暗想：“我果然没看错了人。”当下问起带兵进攻一座山头的法子。

赵良栋不读兵书，但久经战阵，经历极富，听韦小宝问起，只道是考较自己本事。当下滔滔不绝的说了起来；说得兴起，将书架上的四书五经一部部搬将下来，布成山峰、山谷、河流、道路之形，打仗时何处埋伏、何处佯攻、何处拦截、何处冲击，一一细加解释。他说的是双方兵力相等的战法。

韦小宝问道：“如果敌人只有一千人，咱们却有五千兵马，要怎么进攻，便能必胜？”赵良栋道：“打仗必胜，那是没有的。不过我们兵力多了敌人几倍，如果是由小将来带，倘若再打输了，那还算是人么？总要将敌人尽数生擒活捉，一个也不漏网才好。”

韦小宝命家丁去取了几千文铜钱来，当作兵马。赵良栋便布起阵来。

韦小宝将他的话记在心中，当晚留他在府中歇宿。次日去见康熙，依样葫芦，便在上书房布起阵来。韦小宝不敢胡乱搬动皇帝的书籍，大致粗具规模，也就是了。

康熙沉思半晌，问道："这法子是谁教你的？"韦小宝也不隐瞒，将赵良栋之事说了。康熙听说明珠连夜召了二十几名大胡子军官，从天津赶来，供他挑选，不由得哈哈大笑，问道："你又怎知赵良栋有本事？"

韦小宝可不敢说由于这大胡子不拍马屁，自己是马屁大王，这秘诀决不能让皇帝知道，便道："上次皇上派奴才去天津，我见这大胡子带的兵操得很好，心想总有一日要对吴三桂用兵，这大胡子倒是个人才。"

康熙点点头道："你念念不忘对付吴三桂，那就好得很。朝里那些老头子啊，哼，念念不忘就是怎样讨好吴三桂，向他索取贿赂。那赵良栋现今是副将，是不是？你回头答应他，一力保荐他升官，我特旨升他为总兵，让他承你的情，以后尽心帮你办事。"

韦小宝喜道："皇上体贴臣下，当真无微不至。"

他回到伯爵府，跟赵良栋说了。过得数日，兵部果然发下凭状，升赵良栋为总兵，听由都统韦小宝调遣。赵良栋自是感激不尽，心想跟着这位少年上司，不用拍马屁而升官甚快，实是人生第一大乐事。

这些日子，朝中大臣等待三藩是奉旨撤藩、还是起兵造反的讯息，心下都惶惶不安。

这日韦小宝正和赵良栋在府中谈论，有人求见，却是额驸吴应熊请去府中小酌。那请客的亲随说道："额驸很久没见韦大人，很是牵挂，务请韦大人赏光。额驸说，谢媒酒还没请您老人家喝过呢。"

韦小宝心想："这驸马爷有名无实，谢甚么媒？不过说到这个'谢'，你们姓吴的总不能请我喝一杯酒就此了事，不妨过去瞧瞧，顺手发财，有何不可。"当下带了赵良栋和骁骑营亲兵，来到额驸府中。

吴应熊与建宁公主成婚后，在北京已有赐第，与先前暂居时的局面又自不同，吴应熊带着几名军官，出大门迎接，说道："韦大人，咱们是自己兄弟，今日大家叙叙，也没外客。刚从云南来了几位朋友，正好请他们陪赵总兵喝酒。"

几名军官通名引进，一个留着长须、形貌威重的是云南提督张勇；另外两个都是副将，神情悍勇的名叫王进宝，温和恭敬的名叫孙思克。

韦小宝拉着王进宝的手，说道："五大哥，你是宝，我也是宝，不过你是大宝，我是小宝。咱哥儿俩'宝一对'，有杀没赔。"云南三将都哈哈大笑起来，见韦小宝性子随和，均感坎喜。韦小宝对张勇道："张大哥，上次兄弟到云南，怎么没见到你们三位啊？"张勇道："那时候王爷恰好派小将三人出去巡边，没能在昆明侍候韦大人。"韦小宝道："唉，甚么大人、小将的，大家爽爽快快，我叫你张大哥，你叫我韦兄弟，咱们这叫做'哥俩好，喜相逢'！"张勇笑道："韦大人这般说，我们可怎么敢当？"

几个人说笑着走进厅去，刚坐定，家人献上茶来，另一名家丁过来向吴应熊道："公主请额驸陪着韦大人进去见见。"韦小宝心中怦的一跳，心想："这位公主可不大好见。"想到昔日和她同去云南，一路上风光旖旎，有如新婚夫妇一般，不由得热血上涌，脸上红了起来。吴应熊笑道："公主常说，咱们的姻缘是韦大人撮成的，非好好敬一杯谢媒酒不可。"说着站起身来，向张勇等笑道："各位宽坐。"陪着韦小宝走进内堂。

经过两处厅堂，来到一间厢房，吴应熊反手带上了房门，脸色郑重，说道："韦大人，这一件事，非请你帮个大忙不可。"韦小宝脸上又是一红，心想："你给公主阉了，做不来丈夫，要我帮这大忙吗？"嗫嗫嚅嚅的道："这个……这个……有些不大好意思罢。”吴应熊一愕，说道：“若不是韦大人仗义援手，解这急难，别人谁也没此能耐。”韦小宝神色更是扭怩，心想：“定是公主逼他来求我的，否则为甚么非要我帮手不可，别人就不行？”

吴应熊见韦小宝神色有异，只道他不肯援手，说道：“这件事情，我也明白十分难办，事成之后，父王和兄弟一定不会忘了韦大人给我们的好处。”韦小宝心想：“为甚么连吴三桂也要感激我？啊，是了，吴三桂定是没孙子，要我帮他生一个。是不是能生孙子，那可拿不准啊。”说道：“驸马爷，这件事是没把握的。王爷跟你谢在前头，要是办不成，岂不是对不起人？”吴应熊道：“不打紧，不打紧。韦大人只要尽了力，我父子一样承情，就是公主，也是感激不尽。”韦小宝笑道：“你要我卖力，那是一定的。”随即正色道：“不伦成与不成，我一定守口如瓶，王爷与额驸倒可放一百二十个心。”

吴应熊道：“这个自然，谁还敢泄漏了风声？总得请韦大人鼎力，越快办成越好。”

韦小宝微笑道：“也不争在这一时三刻罢？”突然想起：“啊哟，不对！我帮他生个儿子倒不打紧，他父子俩要造反，不免满门抄斩。那时岂不是连我的儿子也一刀斩了？”随即又想：“小皇帝不会连建宁公主也杀了，公主的儿子，自然也网开这么两面三面。”

吴应熊见他脸色阴晴不定，走近一步，低声道：“削藩的事，消息还没传到云南，张提督他们是不知道的。韦大人若能赶着在皇上跟前进言，收回削藩的成命，六百里加急文书赶去云南，准能将削藩的上谕截回来。”韦小宝一愕，问道：“你……你说的是削藩的事？”吴应熊道：“是啊，眼前大事，还有大得过削藩的？皇上对韦大人，可说得是言听计从，只有韦大人出马，才能挽狂澜于既倒。”

韦小宝心想："原来我全然会错了意，真是好笑。"忍不住哈哈大笑。

吴应熊愕然道："韦大人为甚么发笑，是我的话说错了么？"韦小宝忙道："不是，不是。对不住，我忽然想起了另一件事好笑。"韦小宝脸上微有愠色，暗暗切齿："眼前且由得你猖狂，等父王举起义旗，一路势如破竹的打到北京，拿住了你这小子，瞧我不把你千刀万剐才怪。"

韦小宝道："驸马爷，明儿一早，我便去叩见皇上，说道吴额驸是皇上的妹夫，平西王是皇上的尊亲，就算不再加官晋爵，总不能削了尊亲的爵位，这可对不起公主哪。"

吴应熊喜道："是，是。韦大人脑筋动得快，一时三刻之间，就想了大条道理出来，一切拜托。咱们这就见公主去。"

他带领韦小宝，来到公主房外求见。公主房中出来一位宫女，吩咐韦小宝在房侧的花厅中等候。

过不多时，公主便来到厅中，大声喝道："小桂子，你隔了这么多时候也不来见我，你想死了？快给我滚过来！"韦小宝笑着请了个安，笑道："公主万福金安。小桂子天天记挂着公主，只是皇上派我出差，一直去到罗刹国，还是这几天刚回来的。"公主眼圈儿一红，道："你天天记着我？见你的鬼了，我……我……"说着泪水便扑簌簌的掉了下来。

韦小宝见公主玉容清减，神色憔悴，料想她与吴应熊婚后，定是郁郁寡欢，心想："吴应熊这小子是个太监，嫁给太监做老婆，自然没甚么快活。"眼见公主这般情况，想起昔日之情，不由得心生怜惜，说道："公主记挂皇上，皇上也很记挂公主，说道过得几天，要接公主进宫，叙叙兄妹之情。"这是他假传圣旨，康熙可没说过这话。

建宁公主这几个月来住在额驸府中，气闷无比，听了韦小宝这句话，登时大喜，问道："甚么时候？你跟皇帝哥哥说，明天我就去瞧他。"韦小宝道："好啊！额驸有一件事，吩咐我明天面奏皇上，我便奏请皇上接公主进宫便是。"吴应熊也很喜欢，说道："有公主帮着说话，皇上是更加不会驳回的了。"公主小嘴一撇，说道："哼，我只跟皇帝哥哥说家常话，可不帮你说甚么国家大事。"吴应熊陪笑道："好罢，你爱说甚么，就说甚么。"

公主慢慢站起来，笑道："小桂子，这么久没见你，你可长高了。听说你在罗刹国有个鬼姑娘相好，是不是啊？"韦小宝笑道："哪有这回事？"突然之间，拍的一声响，脸上已热辣辣的吃了公主一记耳光。韦小宝叫道："啊哟！"跳了起来。公主笑道："你说话不尽不实，跟我也胆敢撒谎？"提起手来，又是一掌。韦小宝侧头避过，这一掌没打着。

公主对吴应熊道："我有事要审问小桂子，你不必在这里听着了。"

吴应熊微笑道："好，我陪外面的武官们喝酒去。"心想眼睁睁的瞧着韦小宝挨打，他面子上可不大好看，当下退出花厅。

公主一伸手，扭住韦小宝的耳朵，喝道："死小鬼，你忘了我啦。"说着重重一扭。韦小宝痛得大叫，忙道："没有，没有！我这可不是瞧你来了吗？"公主飞腿在他小腹上踢了一脚，骂道："没良心的，瞧我不剐了你？若不是我叫你来，你再过三年也不会来瞧我。"

韦小宝见厅上无人，伸手搂住了她，低声道："别动手动脚的，明儿我跟你在皇宫里叙叙。"公主脸上一红，道："叙甚么？叙你这小鬼头！"伸手在他额头卜的一下，打了个爆栗。韦小宝抱着她双手紧了一紧，说道："我使一招'双龙抢珠'！"公主啐了他一口，挣扎了开去。韦小宝道："咱们如在这里亲热，只怕驸马爷起疑，明儿在宫里见。”

公主双颊红晕，说道：“他疑心甚么？”媚眼如丝，横了他一眼，似笑非笑的道：“小鬼头儿，快滚你的罢！”

注：晋时平蛮郡在今云南曲靖一带。《谕蜀文》的典故，是汉武帝通西南夷时，派司马相如先赴巴蜀宣谕，要西南各地官民遵从朝旨。

只见大路旁躺着两区匹死马，瞧模样正是滇马。张勇喜道：“都统大人，王副将带的路径果然不错。”王进宝却愁眉苦脸，不住叹气，说道：“唉，真可惜，真可惜！”

第三十八回　纵横野马群飞路　跋扈风筝一线天

韦小宝笑眯眯的回到大厅，只见吴应熊陪着四名武将闲谈。赵良栋和王进宝不知在争辩甚么，两人都是面红耳赤，声音极大。两人见韦小宝出来，便住了口。

韦小宝笑问："两位争甚么啊？说给我听听成不成？"张勇道："我们在谈论马匹。王副将相马眼光独到，凭他挑过的马，必是良驹。刚才大家说起了牲口，王副将称赞云南的马好。赵总兵不信，说道川马、滇马腿短，跑不快。王副将却说川马滇马有长力，十里路内及不上别的马，跑到二三十里之后，就越奔越有精神。"

韦小宝道："是吗？兄弟有几匹坐骑，请王副将相相。"吩咐亲兵回府，将马厩中的好马牵来。

吴应熊道："韦都统的坐骑，是康亲王所赠，有名的大宛良驹，叫做玉花骢。我们的滇马又怎及得上？"王进宝道："韦大人的马，自然是好的。大宛出好马，卑职也听到过。卑职在甘肃、陕西时，曾骑过不少大宛名驹，短途冲刺是极快的，甚么马也比不上。"

赵良栋道："那么赛长途呢？难道大宛马还及不上滇马？"王进宝道："云南马本来并不好，只不过胜在刻苦，有长力。这些年来卑职在滇北养马，将川马、滇马交配，这新种倒是很不错。"赵良栋道："老兄，你这就外行了。马匹向来讲纯种，种越纯越好，没听说杂种马反而更好的。”王进宝胀红了脸，说道：“赵总兵，我不是说杂种马一切都好。马匹用途不同，有的用以冲锋陷阵，有的用以负载辎重，就算是军马，也大有分别啊。有的是百里马，有的是千里马，长途短途，全然不同。”

赵良栋道：“哼，居然有人说还是杂种好。”王进宝大怒，霍地站起，喝道：“你骂谁是杂种？这般不干不净的乱说！”赵良栋冷笑道：“我是说马，又不是说人。谁的种不纯，作贼心虚，何必乱发脾气。”王进宝更加怒了，说道：“这是额驸公的府上，不然的话，哼哼！”赵良栋道：“哼哼怎样？你还想跟我动手打架不成？”

张勇劝道：“两位初次相识，何必为了牲口的事生这闲气？来来来，我陪两位喝一杯，大家别争了。”他是提督，官阶比赵良栋、王进宝都高，两人不敢不卖他面子，只得都喝了酒。两人你瞪着眼瞧我，我瞪着眼瞧你，若不是上官在座，两个火爆霹雳的人当场就要打将起来了。

过不多时，韦小宝中的亲兵、马夫牵了坐骑到来，众人同到后面马厩中去看马。王进宝倒也真的懂马，一眼之下，便说出每匹马的长处缺点，甚至连性情脾气也猜中了七八成。韦府的马夫都十分佩服，大赞王副将好眼力。

最后看到韦小宝的坐骑玉花骢。这马腿长膘肥，形貌神骏，全身雪白的毛上尽是胭脂斑点，毛色油光亮滑，漂亮之极，人人喝采不迭。王进宝却不置可否，看了良久，说道：“这匹马本质是极好的，只可惜养坏了。”韦小宝道：“怎地养坏了？倒要请教。”王进宝道：“韦大人这匹马，说得上是天下少有的良驹。这等好马，每天要骑了快跑十几里，慢跑几十里，越磨练越好。可是韦大人过于爱惜，不舍得多骑。这牲口过的日子太也舒服，吃的是上好精料，一年难得跑上一两趟，唉，可惜，可惜，好像是富贵人家的子弟，给宠坏了。”

吴应熊听了，脸色微变，轻轻哼了一声。韦小宝瞧在眼里，知道王进宝最后这几句话已得罪了吴应熊，心想："我不妨乘机挑拨离间，让他们云南将帅不和。"便道："王副将的话，恐怕只说对了一半，富贵人家子弟，也有本事极大的。好比额驸爷，他是你们王爷的世子，自幼儿便捧了金碗吃饭，端着玉碗喝汤，可半点没给宠坏啊。"

王进宝胀红了脸，忙道："是，是。王爷世子，自然不同。卑职决不是说额驸爷。"

赵良栋冷冷的道："在你心里，只怕以为也没甚么不同罢。"王进宝怒道："赵总兵，你为甚么老是跟兄弟过不去？兄弟并没得罪你啊。"韦小宝笑道："好了，别为小事伤了和气。做武官的，往往瞧不起朝里年轻大臣，也是有的。"王进宝道："回都统大人；卑职不敢瞧你不起。"赵良栋道："你瞧不起额驸爷。"王进宝大声道："没有。"

韦小宝道："王副将，可惜你养的好马，都留在云南，否则倒可让我们见识见识。"王进宝道："我养的马……是，是，不敢当。"韦小宝心觉奇怪："甚么叫做'是，是，不敢当！'？"赵良栋道："反正王副将的好马都在云南，死无对证。韦都统，小将在关外养了几百匹好马，匹匹日行三千里，夜行二千里。就可惜隔得远了，不能让都统大人瞧瞧。"

众人哈哈大笑，都知他是故意讥刺王进宝。

王进宝气得脸色铁青，指着左首的马厩，大声道："那边的几十匹马，就是这次我从云南带来的。赵总兵，你挑十匹马，跟我这里随便那十匹赛赛脚力，瞧是谁输谁赢。"

赵良栋见那些滇马又瘦又小，毛秃皮干，一共有五六十匹，心想："你这些叫化马有甚么了不起？"说道："马倒挺多，只不过有点儿五痨七伤。就是韦都统府里随便牵来的这几匹牲口，也扭保胜过了王副将你亲手调养的心肝宝贝儿。”韦小宝笑道：“大家空争无用。额驸爷，咱们各挑十匹，就来赛一赛马，双方赌个采头。”

吴应熊道：“韦都统的大宛良马，我们的云南小马那里比得上？不用赛了，当然是我们输。”韦小宝见王进宝气鼓鼓地、一脸不服气的神情，道：“额驸爷肯服输，王副将却不服输。这样罢，我拿一万两银子出来，额驸爷也拿一万两银子出来，待会儿咱们就去城外跑跑马，哪一个赢了六场，以后的就不用比了。你说好不好呢？”吴应熊还待于推，突然心念一动：“这小子年少好胜，我就故意输一万两银子给他，让他高兴高兴。”笑道：“好，就是这么办。韦大人，你如输了，可不许生气。”

韦小宝笑道：“赢要漂亮，输要光棍，那有输了生气之理？”一瞥眼间，见王进宝眼中闪烁着喜色，心道：“啊哟，瞧这王副将的神情，倒似乎挺有把握，莫非他这些痨病马当真很有长力？不行，不行，非作弊搞鬼不可。”他生平赌钱，专爱作弊，眼见这场赛马未必准赢，登时动了坏主意，心想今日赛马，已来不及做手脚，说道：“既要赌赛，我得去好好挑选十匹马。明天再赛怎样？”

吴应熊决心拉马，不尽全力，十场比赛中输八九场给他，今天比明日比也没分别，当即点头答应。

韦小宝在额驸府中饮酒听戏，不再提赛马之事。到得傍晚，邀请吴应熊带同张勇、王进宝、孙思克三人到自己府中喝酒。吴应熊欣然应邀，一行人便到韦小宝的伯爵府来。

坐定献上茶，韦小宝说声：“少陪，兄弟去安排安排。”吴应熊笑道：“大家自己人，不用客气。”韦小宝道：“贵客驾临，可不能太寒伧了。”

来到后堂，吩咐总管预备酒席戏班，跟着叫了府里的马夫头儿来，交给他三百两银子，说道：“我的玉花骢和别的马儿，还在额驸府中，你这就去牵回来，顺便请额驸府里的一班马夫去喝酒，喝得他妈的个个稀巴烂。”那马夫头儿应了。韦小宝道：“给马儿吃些甚么，那就身疲脚软，没力气跑路？可又不能毒死了。”马夫头儿道：“不知爵爷要怎么样，小人尽力去办就是。”韦小宝笑道：“跟你说了也不打紧，额驸有一批马，刚从云南运来的，夸口说长力极好，明儿要跟咱们的马比赛。咱们可不能输了丢人，是不是？”那夫头儿登时明白，笑道：“爵爷要小人弄点甚么给额驸的马儿吃了，明儿比赛，咱们就能准赢？”

韦小宝笑道：“对了，你聪明得很。明儿赛马，是有采头的，赢了再分赏金给你。你悄悄去办这件事，可千万不能给额驸府里的马夫知道了。这三百两银子拿去请客，喝酒赌钱嫖堂子，他妈的甚么都干，搅得他们昏天黑地，这才下药。”

那马夫头儿道：“爵爷望安，错不了。小人去买几十斤巴豆，混在豆料之中，喂吴府的马儿吃了，叫一匹匹马儿全拉一夜稀屎，明日比赛起来，乌龟也跑赢它们了。”

韦小宝随即出去陪伴吴应熊等人饮酒。他生怕吴应熊等回去后，王进宝又去看马，瞧出了破绽，是以殷勤接待，不住劝酒。赵良栋酒量极宏，一直跟王进宝斗酒，喝到深夜，除了韦小宝与吴应熊外，四员武将都醉倒了。

次日早朝后，韦小宝进宫去侍候皇帝。康熙笑容满面，心情极好，说道：“小桂子，有个好消息跟你说，尚可喜和耿精忠都奉诏撤藩，日内就动身来京了。”

韦小宝道：“恭喜皇上，尚耿二藩奉诏，吴三桂老家伙一只手掌拍不来手……”康熙笑道：“孤掌难鸣。”韦小宝道：“对，孤掌难鸣，咱们这就打他个落花流水。”康熙笑道：“倘若他也奉诏撤藩呢？”韦小宝一怔，说道：“那也好得很啊。他来到北京，皇上要搓他圆，他不敢扁，皇上要搓他扁，他说甚么也圆不起来。”

康熙微笑道：“你倒也明白这个道理。”韦小宝道：“那时候，他好比，似蛟龙，困在沙滩，这叫做虎落平阳……”说到这里，伸伸舌头，在自己额头卜的一下，打了一记。康熙哈哈大笑，说道：“这叫做虎落平阳被你欺，那时候哪，别说他不敢得罪我，连你也不敢得罪啊。”韦小宝道：“是，是，那也好玩得紧。”

康熙道：“敕建扬州忠烈祠的文章，我已经做好了，教翰林学士写了，你带去扬州刻在碑上。挑个好日子，这就动身罢。”韦小宝道：“是。如果三藩都奉诏撤藩，这忠烈祠还是要建么？”康熙道：“也不知吴三桂是不是奉诏。再说，褒扬忠烈，本是好事，就算吴三桂不造反，也是要办的。”韦小宝答应了，闲谈之际，说起建宁公主请求觐见。康熙点点头，吩咐身后太监，即刻宣建宁公主入见。

康熙兴致极好，详细问他罗刹国的风土人物，当时火枪手如何造反，苏菲亚公主如何平乱，大小沙皇如何并立，说了一回，公主来到了上书房。

一见之下，公主便伏在康熙脚边，抱住了他腿，放声大哭，说道：“皇帝哥哥，我今后在宫里陪着你，再也不回去了。”康熙抚着她头发，问道：“怎么啦？额驸欺侮你么？”公主哭道：“谅他也不敢，他……他……”说着又哭了起来。康熙心道：“你阉割了他，使他做不了你丈夫，这可是你自作自受。”安慰了她几句，说道：“好啦，好啦，不用哭啦，你陪我吃饭。”

皇帝吃饭，并无定时，一凭心之所喜，随时随刻就开饭。当下御膳房太监开上御膳，韦小宝在一旁侍候。他虽极得皇帝宠爱，却也不能陪伴饮食。康熙赏了他十几碗大菜，命太监送到他府中，回家后再吃。

公主喝得几杯酒，红晕上脸，眼睛水汪汪地，向着韦小宝一瞟一瞟。在皇帝跟前，韦小宝可不敢有丝毫无礼，眼光始终不和公主相接，一颗心怦怦乱跳，暗想："公主酒后倘若漏了口风，给皇帝瞧了出来，我这颗脑袋可不大稳当了。"他奉旨护送公主去云南完婚，路上却监守自盗，和公主私通，罪名着实不小，心下懊悔，实不该向皇帝提起公主要求觐见。

公主忽道："小桂子，给我装饭。"说着将空饭碗伸到他面前。康熙笑道："你饭量倒好。"公主道："见到皇帝哥哥，我饭也吃得下了。"韦小宝装了饭，双手恭恭敬敬捧着，放在公主面前桌上，公主左手垂了下去，重重在他大腿上扭了一把。韦小宝吃痛，却不敢声张，连脸上的笑容也不敢少了半分，只是未免笑得尴尬，却是无可如何了，心中骂道："死婊子，几时瞧我不重重的扭还你。"心中骂声未歇，脑袋不由得向后一仰，却是公主伸手到他背后，拉住了他辫子用力一扯。

这一下却给康熙瞧见了，微笑道："公主嫁了人，还是这样的顽皮。"公主指着韦小宝笑道："是他，是他……"韦小宝心中大急，不知她会说出甚么话来，幸喜公主只格格的笑了几声，说道："皇帝哥哥，你名声越来越好。我在宫里本来不知道，这次去云南，一路来回，听得百姓们都说，你做皇帝，普天下老百姓的日子过得真好。就是这小子哪，"说着向韦小宝白了一眼，道："官儿也越做越大。只有你的小妹子，却越来越倒霉。"

康熙本来心情甚好，建宁公主这几句恭维又恰到好处，笑道："你是妻凭夫贵，吴应熊他父子俩要是好好地听话撤藩，天下太平，我答应你升他的官便是。"公主小嘴一撇，说道："你升不升吴应熊这小子的官，不关我事，我要你升我的官。"康熙笑道："你做甚么官哪？"公主道："小桂子说，罗刹国的公主做甚么摄政女王。你就封我做大元帅，派我去打番邦罢。"康熙哈哈大笑，道："女子怎能做大元帅？"公主道："从前樊梨花、佘太君、穆桂英，哪一个不是抓印把子做大元帅？为甚么她们能做，我就不能？你说我武艺不行，咱们就来比划比划。”说着笑嘻嘻的站起身来。

康熙笑道：“你不肯读书，跟小桂子一般的没学问，就净知道戏文里的故事。前朝女子做元帅，倒真是有的。唐太宗李世民的妹子平阳公主，帮助唐太宗打平天下。她做元帅，统率的一支军队，叫做娘子军，她驻兵的关口，叫做娘子关，那就厉害得很了。”

公主拍手道：“这就是了。皇帝哥哥，你做皇帝胜过李世民。我就学学平阳公主。小桂子，你学甚么啊？学高力士呢？还是魏忠贤？”

康熙哈哈大笑，连连摇头，说道：“又来胡说八道了。小桂子这太监是假的。再说，高力士、魏忠贤都是昏君手下的太监，你这可不是骂我吗？”

公主笑道：“对不起，皇帝哥哥，你别见怪，我是不懂的。”想着“小桂子这太监是假的”这句话，瞟了韦小宝一眼，心中不由得春意荡漾，说道：“我该去叩见太后了。”

康熙一怔，心想：“假太后已换了真太后，你的母亲逃出宫去了。”他一直疼爱这个妹子，不忍令她难堪，说道：“太后这几天身子很不舒服，不用去烦她老人家了，到慈宁宫外磕头请安就是了。”

公主答应了，道：“皇帝哥哥，我去慈宁宫，回头再跟你说话。小桂子，你陪我去。”

韦小宝不敢答应。康熙向他使个眼色，命他设法阻拦公主，别让他见到太后。韦小宝会意，点头领旨，当下陪着公主，往慈宁宫去。

韦小宝嘱咐小太监先赶去慈宁宫通报。果然太后吩咐下来，身子不适，不用叩见了。

公主不见母亲很好，心中记挂，说道："太后身子不舒服，我更要瞧瞧。"说着拔足便往太后寝殿中闯了进去。一众太监、宫女哪敢阻拦？韦小宝急道："殿下，殿下，太后她老人家着了凉，吹不得风。"

公主道："我慢慢进门，一点儿风也不带进去。"推开寝殿门，掀起门帷，只见罗帐低垂，太后睡在床上，四名宫女站在床前。

公主低声道："太后，女儿跟你磕头来啦。"说着跪了下来，轻轻磕了几个头。只听得太后在帐中唔了几声。公主走到床边，伸手要揭帐子，一名宫女道："殿下，太后吩咐，谁也别惊动了太后。"公主点点头，揭开了帐子一条缝，向内张去，只见太后面向里床，似乎睡得很沉。公主低唤："太后，太后。"太后一声不答。

公主无奈，只得放下帐子，悄悄退出来，心中一阵酸苦，忍不住哭了出来。

韦小宝见她没瞧破真相，心头一块大石落地，劝道："公主住在京里，时时好进宫来请安。待太后大好之后，再来慈宁宫罢。"公主觉得有理，当即擦干了眼泪，道："我从前的住处不知怎样了，这就去瞧瞧。"说着便向自己的寝宫走去，韦小宝跟随在后。

公主以前所住的建宁宫便在慈宁宫之侧，片刻间就到了。公主嫁后，建宁宫由太监、宫女洒扫看守，一如其旧。

公主来到寝殿门口，见韦小宝笑嘻嘻站在门外，不肯进来，红着脸道："死太监，你怎不进来？"韦小宝笑道："我这太监是假的，公主的寝殿进来不得。"公主一伸手，扭住了他耳朵，喝道："你不进来，我把你这狗耳朵扭了下来。"用力一拉，将他扯进寝殿，随手关上殿门，上了门闩。韦小宝吓得一颗心突突乱跳，低声道："公主，在宫里可不能乱来，我……我……这可是要杀头的哪！"

公主一双眼水汪汪地如要滴出水来，昵声道："韦爵爷，我是你奴才，我来服侍你。”双臂一伸，紧紧将他抱住了。韦小宝笑道：“不，不可以！”公主道：“好，我去跟皇帝哥哥说，你在路上引诱我，叫我阉了吴应熊那小子，现下又不睬我了。”伸手在他腿上重重扭了一把。

过了良久良久，两人才从寝宫中出来。公主满脸眉花眼笑，说道：“皇上吩咐你说罗刹国公主的事给我听，怎么还没说完，就要走了？”韦小宝道：“奴才筋疲力尽，再也没力气说了。”公主笑道：“下次你再来跟我说去辽东捉狐狸精的事。”韦小宝斜眼相睨，低声道：“奴才再也说不动了。”公主格格一笑，一反手，拍的一声，打了他一记巴掌。

建宁宫的太监宫女都是旧人，素知公主又娇又蛮的脾气，见她出手打人，均想：“公主嫁了人，老脾气可一点没改。韦伯爵是皇上最宠爱的大臣，她居然也是伸手便打。”

两人回到上书房去向康熙告辞。天已傍晚，见康熙对着案上的一张大地图，正在凝神思索。公主道：“皇帝哥哥，太后身子不适，没能见着，过几天我再来磕头请安。”康熙点头道：“下次等她传见，你再来罢。”右手指着地图，问韦小宝道：“你们从贵州进云南，却从广西出来，哪一条路容易走些？”原来他是在参详云南的地形。

韦小宝道：“云南的山可高得很哪，不论从贵州去，还是广西去，都难走得紧。多数的山路不能行车，公主坐轿，奴才就骑马。”康熙点点头，忽然想起一事，吩咐太监：“传兵部车驾司郎中。”转头对公主道：“你这就回府去罢，出来了一整天，额驸在等你了。”

公主小嘴一撇，道：“他才不等我呢。”她有心想等齐了韦小宝一同出宫，在路上多说几句话儿也是好的，但听皇帝传见臣工，有国事咨询，说道：“皇帝哥哥，天这么晚了，你还要操心国家大事，从前父皇可没你这么勤劳政务。”

康熙心中一酸，想起父皇孤零零的在五台山出家，说道：“父皇聪明睿智，他办一个时辰的事，我三个时辰也办不完。”

公主微笑道：“我听大家都说，皇帝哥哥天纵英明，旷古少有，大家不敢说你强过了父皇，却说是中国几千年来少有的好皇帝。”

康熙微微一笑，说道：“中国历来的好皇帝可就多了。别说尧舜禹汤文武，三代以下，汉文帝、汉光武、唐太宗这些明主，那也令人欣慕得很。”

公主见康熙说话之时，仍是目不转瞬的瞧着地图，不敢多说，向韦小宝飞了一眼，手臂仍是垂着，手指向他指指，回过来向自己指指，意思说要他时时来瞧自己。韦小宝会意，微微颔首。当下公主向康熙行礼，辞了出去。

过了一会，康熙抬起头来，说道：“那么咱们所造的大炮只怕太重太大，山道上不易拖拉。”韦小宝一怔，随即明白康熙是要运大炮去云南打吴三桂，说道：“是，是。奴才胡里胡涂，没想到这一节。最好是多造小炮，两匹马拉得动的，进云南就方便得多。”康熙道：“山地会战，不能千军万马的一齐冲杀，步兵比马兵更加要紧。”

过不多时，兵部车驾驶三名满郎中、一名汉郎中一齐到来，磕见毕，康熙问道：“马匹预备得怎样了？”兵部车驾驶管的是驿递和马政之事，当即详细奏报，已从西域和蒙古买了多少马匹，从关外又运到了多少马匹，眼前已共有八万五千余匹良马，正在继续购置饲养。韦小宝甚喜，嘉奖了几句。四名郎中磕头谢恩。

韦小宝忽道：“皇上，听说四川、云南的马匹和口外西域的马不同，身躯虽小，却有长力，善于行走山海，也不知是不是。”康熙问四名郎中道："这话可真？"那汉人郎中道："回皇上：川马、滇马耐劳负重，很有长力，行走山道果然是好的。但平地上冲锋陷阵，远远及不上口马跟西域马。因此军中是不用川马、滇马的。"康熙向韦小宝望了一眼，问那郎中："咱们有多少川马、滇马？"那郎中道："回皇上：四川和云南驻防军中，川马、滇马不少，别地方就很少了。湖南驻防军中有五百多匹。"康熙点了点头，道："出去罢。"

他不欲向臣下泄漏布置攻滇的用意，待四名郎中退出后，向韦小宝道："亏得你提醒。明日就得下旨，要四川总督急速采办川马。这件事可须做得十分隐秘才好。"

韦小宝忽然嘻嘻一笑，神色甚是得意。康熙问道："怎么啦？"韦小宝笑道："吴额驸有一批滇马，刚从云南运来的，他夸口说这些马长力极好。奴才不信，约好了要䟢他赛上一赛。滇马是不是真的有长力，待会儿赛过就知道了。"

康熙微笑道："那你得跟他好好赛一赛，怎生赛法。"韦小宝道："我们说好了一共赛十场，胜了六场的就算赢。"康熙道："只赛十场，未必真能知道滇马的好处。你知道他有多少滇马运来？"韦小宝道："我看他马厩之中，总有五六十匹，都是新运到的。"康熙道："那你就跟他赛五六十场好了，要斗长路，最好是去西山，跑山路。"见韦小宝脸色有点古怪，便道："他妈的，没出息，倘若输了，采金我给你出好了。"

韦小宝不便直告皇帝，已在吴应熊马厩中做下了手脚，这场比赛自己已赢了九成九，但一赛下来，皇帝如以为滇马不中用，将来行军打仗，只怕误了大事，微笑道："那倒不是为了采金……"

康熙忽然"咦"的一声，说道："滇马有长力，吴应熊这小子，运这一大批滇马到北京来干甚么？"韦小宝笑道："他定是想出风头，夸他云南的马好。”康熙皱起了眉头，说道：“不对！这……这小子想逃跑。”韦小宝尚未明白，奇道：“逃跑？”

康熙道：“是了！”大声叫道：“来人哪！”吩咐太监：“立即传旨，闭紧九门，谁也不许出城，再传额驸吴应熊入宫见朕。”几名太监答应了出去传旨。

韦小宝脸上微微变色，道：“皇上，你说吴应熊这小子如此大胆，竟要逃跑？”康熙摇了摇头，道：“但愿我所料不确，否则的话，立刻就得对吴三桂用兵，这时候咱们可还没布置好。”韦小宝道：“咱们没布置好，吴三桂也未必便布置好了。”康熙脸上深有忧色，道：“不是的。吴三桂还没到云南，就已在招兵买马，起心造反了。他已搞了十几年，我却是这一两年才着手大举部署。”

韦小宝只有出言安慰：“不过皇上英明智慧，部署一年，抵得吴三桂部署二十年。”

康熙提起脚来，向他虚踢一脚，笑道：“我踢你一脚，抵得吴三桂那老小子踢上你二十脚。他妈的，小桂子，你可别看轻了吴三桂，这老小子很会用兵打仗，李自成这么厉害，都叫他打垮了。朝廷之中，没一个将军是他对手。”韦小宝道：“咱们以多为胜，皇上派十个将军出去，十个打他妈的一个。”康熙道：“那也得有个能干的大元帅才成。我手下要是有个徐达、常遇春，或者是个沐英，就不用担忧了。”韦小宝道：“皇上御驾亲征，胜过了徐达、常遇春、沐英。当年明太祖打陈友谅，他也是御驾亲征。”

康熙道：“你拍马屁容易，说甚么鸟生鱼汤，英明智慧。真的英明，第一就得有自知之明。行军打仗，非同小可。我从来没打过仗，怎能是吴三桂的对手？几十万兵马，一个指挥失当，不免一败涂地。前明土木堡之变，皇帝信了太监王振的话，御驾亲征，几十万大军，都叫这太监给胡里胡涂的搞得全军覆没，连皇帝也给敌人捉了去。”

韦小宝吓了一跳，忙道："皇上，奴才这太监可是假的。"康熙哈哈大笑，说道："你不用害怕，就算你这太监是真的，我又不是前明英宗那样的昏君，会让你胡来？"韦小宝道："对，对！皇上神机妙算，非同小可，戏文中是说得有的，叫做……叫做甚么甚么之中，甚么千里之外。"康熙笑道："这句句子太难，不教你了。"

说了一会话，太监来报，九门提督已奉旨闭城。康熙正稍觉放心，另一名太监接着来奏："额驸出城打猎未归，城门已闭，不能出城宣召。"

韦小宝在桌上一拍，站起身来，叫道："果然走了。"问道："建宁公主呢？"那太监道："回皇上：公主殿下还在宫里。"康熙恨恨的道："这小子，竟没半点夫妇情份。"

韦小宝道："皇上，奴才这就去追那小子回来。他说好今儿要跟奴才赛马，忽然出城打猎，的确路道不对。"康熙问那太监："额驸几时出城去的？"那太监："回皇上，奴才去额驸府宣旨，额驸府的总管说道，今儿一清早，额驸就出城打猎去了。"康熙哼了一声，道："这小子定是今早得到尚可喜、耿精忠奉旨撤藩的讯息，料知他老子立时要造反，便赶快开溜。"转头对韦小宝道："他已走了六七个时辰，追不上啦。他从云南运来几十匹滇马，就是要一路换马，逃回昆明。"

韦小宝心想："皇上当真料事如神，一听到他运来大批滇马，就料到他要逃走。"眼见康熙脸色不佳，不敢乱拍马屁，忽然想起一事，说道："皇上望安，奴才或许有法子抓这小子回来。"康熙道："你有甚么法子？胡说八道！倘若滇马真有长力，他离北京一远，乔装改扮，再也追不上了。"

韦小宝不知马夫头儿是否已给吴应熊那批滇马吃了巴豆，不敢在皇帝面前夸下海口，说道："食君之禄，忠君之事。奴才这就去追追看，真的追不上，那也没法子。"

康熙点头道："好！"提笔迅速写了一道上谕，盖上玉玺，命九门提督开城门放韦小宝出去，说道："你多带骁骑营军士，吴应熊倘若拒捕，就动手打好了。"将调兵的金符交了给他。韦小宝道："得令！"接了上谕，便向宫外飞奔出去。

公主正在宫门相候，见他快步奔出，叫道："小桂子，你干甚么？"韦小宝叫道："乖乖不得了，你老公逃了。"竟不停留，反而奔得更快。公主骂道："死太监，没规没矩的，快给我站住。"韦小宝叫道："我给公主捉老公去，赴汤蹈火，在所不辞，披星戴月，马不停蹄……"胡言乱语，早就去得远了。

韦小宝来到宫外，跨上了马，疾驰回府，中见赵良栋陪着张勇等三将在花厅喝酒，立即转身，召来几十名亲兵，喝令将张勇等三将拿下。众亲兵当下将三将绑了。

张勇凛然道："请问都统大人，小人等犯了甚么罪？"

韦小宝道："有上谕在此，没空跟你多说话。"说着将手中谕一扬，一连串的下令："调骁骑营军士一千人，御前侍卫五十人，立即来府前听令。预备马匹。"亲兵接令去了。

韦小宝对赵良栋道："赵总兵，吴应熊那小子逃走了。吴三桂要起兵造反。咱们赶快出城去追。"赵良栋叫道："这小子好大胆，卑职听由差遣。"张勇、王进宝、孙思克三人大吃一惊，面面相觑。韦小宝对亲兵道："好好看守这三人。赵总兵，咱们走。"

张勇叫道："韦都统，我们是西凉人，做的是大清的官，从来不是平西王的嫡系。我们三个以前在甘肃当武官，后来调到云南当差，一直受吴三桂排挤。他调卑职三人离开云南，就是明知我们三人不肯附逆，怕坏了他的大事。"韦小宝道："我怎知你这话是真是假？"孙思克道："吴三桂去年要杀我的头，全凭张提督力保，卑职才保住了脑袋。我心中恨这老混蛋入骨。"张勇道："卑职三人如跟吴应熊同谋，怎不一起逃走？”

韦小宝心想这句话倒也不错，沉吟道：“好，你们是不是跟吴三桂一路，回头再细细审问。赵总兵，追人要紧，咱们走罢。”张勇道：“都统大人，王副将善于察看马迹，滇马的蹄形，他一看便知。”韦小宝点头道：“这本事挺有用处。不过带了你们去，路上倘若捣起蛋来，老子可上了你们大当。”

孙思克朗声道：“都统大人，你把小将绑在这里，带了张提督和王副将去追。他二人倘若有甚异动，你回来一刀把小将杀了便是。”

韦小宝道：“好，你倒挺有义气。这件事我有些拿不定主意。来来来，张提督，我跟你掷三把骰子，要是你赢，就听你的，倘若我赢，只好借三位的脑袋使使。”也不等张勇有何言语，当即大声叫道：“来人哪，拿骰子来！”

王进宝道：“小将身边有骰子，你松了我绑，小将跟你赌便是。”

韦小宝大奇，吩咐亲兵松了他绑缚。王进宝伸入手袋，果然摸了三枚骰子出来，刷喇喇一把掷在桌上，手法甚是熟练。韦小宝问：“你身边怎地带着骰子？”王进宝道：“小将生平最爱赌博，骰子是随身带的。要是没人对赌，左手便同右手赌。”韦小宝更是兴味盎然，问道：“自己的左手跟右手赌，输赢怎生算法？”王进宝道：“左手输了，右手便打左臂一拳；右手输了，左手打右臂一拳。”韦小宝哈哈大笑，连说：“有趣，有趣。”又道：“老兄跟我志同道合，定是好人。来，把这两位将军也都放了。王副将，我跟你掷三把，不论是输是赢，你们都跟我去追吴应熊。若是我赢，刚才得罪了三位这件事，就此抵过。如果是你赢，我向三位磕头陪罪。”张勇等三人哈哈大笑，都说：“这个可不敢当。”

韦小宝拿起骰子，正待要掷，亲兵进来禀报，骁骑营军士和御前侍卫都已聚集，在府外候令。韦小宝收起骰子，道：“事不宜迟，咱们追人要紧。四位将军，这就去罢！”带了张勇、赵良栋等四人，点齐骁骑营军士和御前侍卫，向南出城追赶。

王进宝在前带路，追了数里，下马瞧了瞧路上马蹄印，说道：“都统大人，奇怪得很，这一行折而向东去了。”韦小宝道：“这倒怪了，他逃回云南，该当向南去才是。好，大伙儿向东。”赵良栋心下起疑：“向东逃去，太没道理。莫非王进宝这小子故意引我们走上错路，好让吴应熊逃走。”说道：“都统大人，可否由小将另带一路人马向南追赶？”

韦小宝向王进宝瞧了眼，见他脸有怒色，便道：“不用了，大伙儿由王副将带路好了。滇马是他养的，他不会认错。”吩咐亲兵，取兵刃由张勇等三人挑选。

张勇拿了一杆大刀，说道：“都统大人年纪虽轻，这胸怀可是了不起。我们是从云南来的军官，吴三桂造反，都统大人居然对我们推心置腹，毫不起疑。”

韦小宝笑道：“你不用夸奖。我这是押宝，所有银子，都押在一门。赢就大赢，既抓到吴应熊，又交了你们三位好朋友。输就大输，至不济给你老兄一刀砍了。”

张勇大喜，说道：“我们西凉的好男儿，最爱结交英雄好汉。承蒙韦都统瞧得起，姓张的这一辈子给你卖命。”说着投刀于地，向韦小宝拜了下去。王进宝和孙思克跟着拜倒。

韦小宝跳下马来，在大路上跪倒还礼。

四人跪拜了站起身来，相对哈哈大笑。韦小宝道：“赵总兵，你也请过来，大伙儿拜上一拜，今后就如结成了兄弟一般，有福共享，有难共当。”赵良栋道：“我可信不过这个王副将，等他抓到了吴应熊，我再跟他拜把子。”王进宝怒道：“我官阶虽低，却也是条好汉子，希罕跟你拜把子吗？”说着一跃上马，疾驰向前，追踪而去。

向东驰出十余里，王进宝跳下马来，察看路上蹄印和马粪，皱眉道："奇怪，奇怪。"张勇忙问："怎么啦？"王进宝道："马粪是稀烂的，不知是甚么缘故，这不像是咱们滇马的马粪。"韦小宝一听大喜，哈哈大笑，说道："这就是了，货真价实，童叟无欺，这的的确确是吴应熊的马队。"王进宝沉吟道："蹄印是不错的，就是马粪太过奇怪。"韦小宝道："不奇怪，不奇怪！滇马到了北京，水土不服，一定要拉烂屎，总得拉上七八天才好。只要马粪是稀烂的，那定是滇马。"

王进宝向他瞧了一眼，见他脸色诡异，似笑非笑，不由得将信将疑，继续向前追踪。

又奔了一阵，见马迹折向东南。张勇道："都统大人，吴应熊要逃到天津卫，从塘沽出海。他在海边定是预备了船只，从海道去广西，再转云南，以免路上给官军截拦了。"韦小宝点头道："对！从北京到昆明，十万八千里路程，随时随刻会给官民兵拦住，还是从海道去平安得多。"张勇道："咱们可得更加快追。"韦小宝问道："为甚么？"张勇道："从京城到海边，只不过几百里路，他不必体恤马力，尽可拚命快跑。"韦小宝道："是，是。张大哥料事如神，果然是大将之才。"张勇听他改口称呼自己为"大哥"，心下更喜。

韦小宝回头传令，命一队骁骑营加急奔驰，去塘沽口水师传令，封锁海口，所有船只不许出海。一名佐领接了将令，领兵去了。

过不多时，只见道旁倒毙了两匹马匹，正是滇马。张勇喜道："都统大人，王副将追的路径果然不错。"王进宝却愁眉苦脸，神色甚是烦恼。韦小宝道："王三哥，你为甚么不开心？"王进宝心想："我又不是行三，怎么叫我三哥？"说道："小将养的这些滇马，每一匹都是千中挑一的良驹，怎地又拉稀屎，又倒毙在路？就算吴应熊拚命催赶，马匹也不会如此不济！唉！真可惜，真可惜！”

韦小宝知他爱马，更不敢提偷喂巴豆之事，说道：“吴应熊这小子只管逃命，累死了好马，枉费了王三哥一片心血，他妈的，这小子不是人养的。”王进宝道：“都统大人怎地叫小将王三哥，这可不敢当。”韦小宝笑道：“张大哥、赵二哥、王三哥、孙四哥，我瞧那一位的胡子花白些，便算他年纪大些。”王进宝道：“原来如此。吴三桂一家人，没一个是好种。当兵的不爱马，总是没好下场。”说着唉声叹气。

行不数里，又见三匹马倒毙道旁，越走死马越多。张勇忽道：“都统大人，吴应熊的马吃坏了东西，跑不动了。可是防他下马逃入乡村躲避。”韦小宝道：“张大哥甚么事都料早了一着，兄弟佩服之极。”当即传令骁骑营，分开了包抄上去。

果然追不数里，北边一队骁骑营大声欢叫：“抓住了吴应熊啦！”

韦小宝等大喜，循声赶去，远远望见大路旁的麦田之中，数百名骁骑营军士围成一圈。这一带昨天刚下了雨，麦田中一片泥泞。韦小宝等纵马驰近，众军士已押着满身泥污的几人过来。当先一人正是吴应熊，只是身穿市井之徒服色，那还像是雍容华贵的金马玉堂人物？

韦小宝跳下马来，向他请了个安，笑道：“额驸爷，你扮戏文玩儿吗？皇上忽然心血来潮，要想听戏，吩咐小的来传。你这就去演给皇上看，那可挺合式。哈哈，你扮的是个叫化儿，这可不是《金玉奴棒打薄情郎》中的莫稽么？”

吴应熊早已惊得全身发抖，听着韦小宝调侃，一句话也答不出来。

韦小宝兴高采烈，押着吴应熊回京，来到皇宫时已是次日午间。康熙已先得到御前侍卫飞马报知，立即传见。韦小宝泥尘满脸，故意不加抹拭。

康熙一见，自然觉得此人忠心办事，劳苦功高之极，伸手拍他肩头，笑问："他妈的，小桂子，你到底有甚么本事，居然将吴应熊抓了回来？"

韦小宝不再隐瞒，说了毒马的诡计，笑道："奴才本来只盼赢他一万两银子，教他不敢夸口，同时奴才有钱花用，给皇上差去办事的时候，也不用贪污了。那知道皇上洪福齐天，奴才胡闹一番，居然也令吴三桂的奸计不能得逞。可见这老小子如要造反，准败无疑。"

康熙哈哈大笑，也觉这件事冥冥中似有天意，自己福气着实不小，笑道："我是有福的天子，你是福将，这就下去休息罢。"韦小宝道："吴应熊这小子已交御前侍卫看管，听由圣意处分。"康熙沉吟道："咱们暂且不动声色，仍然放他回额驸府去，且看吴三桂有何动静。最好他得知儿子给抓了回来，我又不杀他，就此感恩，不再造反。"韦小宝道："是，是。皇上宽宏大量，鸟生鱼汤。"

康熙道："你派一队骁骑营，前后把守额驸府门，有人出入，仔细盘查。他府里的骡马都拉了出来，一匹不留。"他说一句，韦小宝答应一句。韦小宝道："这次的有功人员，你开单奏上，各有升赏，连把放巴豆的马夫儿，也赏他个小官儿做做，哈哈。"

韦小宝跪下谢恩，将张勇、赵良栋、王进宝、孙思克四人的名字说了，又道："张勇等三将是云南的将领，但也明白效忠皇上，出力去抓吴应熊，可见吴三桂如想造反，他军下将官必定纷纷投降。"康熙道："张勇和那两员副将不肯附逆，那好得很。张勇本来是甘肃的提督，另外两员副将多半也不是吴三桂的旧部。"韦小宝道："皇上圣明。"

韦小宝出得宫来，亲将吴应熊押回额驸府，说道："驸马爷，我在皇上面前替你说了不少好话，才保住了你这颗脑袋。你下次再逃，可连我的脑袋也不保了。"吴应熊连声称谢，心中不住咒骂，只是数十匹好马如何在道上接连倒毙，以致功败垂成，这道理却始终不懂。

数日后朝旨下来，对韦小宝、张勇等奖勉一番，各升了一级。康熙不欲张扬其事，以致激得吴三桂生变，因此上谕中含糊其事，只说各人办事得力。

吴应熊这么一逃，康熙料知吴三桂造反已迫在眉睫，总算将吴应熊抓了回来，使他心有所忌，或能将造反之事缓得一缓。康熙这些日子来调兵遣将，造炮买马，十分忙碌，只是库房中银两颇有不足，倘若三藩齐反，再加上台湾、蒙古、西藏三地，同时要对付六处兵马，那时军费花用如流水一般，支付着实不易，只要能缓得一日，便多了一天来筹饷备粮。

康熙心想多亏韦小宝破了神龙岛，又笼络了罗刹国，神龙岛那也罢了，罗刹国却实是大敌，此人不学无术，却是一员福将，于是下了上谕，着他前赴扬州建造忠烈祠，暗中嘱咐，南下时绕道河南，剿灭王屋山司徒伯雷的匪帮，除了近在肘腋的心腹之患。韦小宝奏请张勇等四将拨归麾下，康熙自即准奏。

这日韦小宝带同张勇等四将正要起行，忽然施琅、黄甫以及天地会的徐天川、风际中等一齐来到。相见之下，尽皆欢喜。原来韦小宝中了洪教主的美人计被擒，施琅等倒不是不敢回来，却是每日里乘坐舰只，在各处海岛寻觅，盼能相救。徐天川等分赴辽东、直隶、山东三省沿海陆上寻访，直接接到韦小宝从京里发出的讯息，这才回京相会。

韦小宝自然不说遭擒的丑事，胡言乱语的掩饰一番。施琅等心中不信，却也不敢多问。韦小宝又去奏明皇帝，说了施琅等人的功绩，各人俱有封赏。徐天川等天地会兄弟不受清廷官禄，韦小宝自也不提。众人在北京大宴一日，次日一齐起程。

不一日来到王屋山下，韦小宝悄悄对天地会兄弟说知，要去剿灭司徒伯雷。众人都吃了一惊。李力世道："韦香主，这件事却干不得。司徒伯雷志在兴复明室，是一位大大的英雄好汉。咱们如去把王屋山挑了，那可是为鞑子出力。"韦小宝道："原来如此，我瞧司徒老儿那些徒儿，果然很有英雄气概。可是我奉了圣旨来剿王屋山，这件事倒为难了。"

玄贞道人道："韦香主在朝廷的官越做越大，只怕有些不妥。依我说，咱们跟司徒伯雷联手，这就反了罢。"祁清彪摇头道："咱们第一步是借鞑子之手，对付吴三桂这大汉奸。韦香主如在这时候造反，说不定鞑子皇帝又去跟吴三桂联成一气，那可功亏一篑了。"韦小宝原不想对康熙造反，一听这话，忙道："对，对！咱们须得干掉吴三桂再说，那是第一等大事。司徒伯雷只不过几百人聚在王屋山，小事一件，不可因小失大。"

徐天川道："眼前之事，是如何向鞑子皇帝搪塞交代。再说，鞑子皇帝有心在扬州为史阁部建忠烈祠，这件事，咱们也不能把他弄糟了。"史可法赤胆忠心，为国殉难，天下英雄豪杰无不钦佩。天地会群雄听徐天川一说，都点头称是。至于如何向皇帝交代敷衍，谁也及不上韦小宝的本事了，众人都眼望他，听由他自己出主意。

韦小宝笑道："既然王屋山打不得，咱们就送个信给司徒老兄，请他老哥避开了罢。"众人沉吟半晌，均觉还是这条计策可行。韦小宝想起那日掷骰子赌命，王屋派那小姑娘曾柔瓜子脸儿、大大的眼睛，甚是秀美可爱，心想："我跟司徒老儿又没交情，要送人情，还不如送了给曾姑娘。"

正在此时，张勇和赵良栋分别遣人来报，已将王屋山团团围住，四下通路俱已堵死。原来韦小宝一入河南省境，便将围剿王屋山的上谕悄悄跟张勇、赵良栋等四将说了。四将不动声色，分别带领人马，把守了王屋山下各处通道要地，只待接令攻山。

四将跟随韦小宝后，只凭擒拿吴应熊这样轻而易举的一件差事，便各升官，都很感激，只盼这次出力立功，在各处通道上遍掘陷坑，布满绊马索。弓箭手、钩镰枪手守住了四面八方，要将山上人众个个擒拿活捉，不让走脱了一个。四将均想："五千多名官兵，攻打山上千来名土匪，胜了有甚么希奇？只有不让一人漏网，才算有点儿小小功劳。"

韦小宝心想："将司徒伯雷他们一古脑儿捉了，也不是甚么大功，天地会众兄弟又极不赞成。江湖上好汉，义气为重，可不能得罪了朋友。"正自寻思如何向曾柔送信、放走王屋派众师徒，忽听得东面鼓声响动，众军士喊声大作。跟着哨探来报，山上有人冲杀下来。

韦小宝心想："三军之前，可不能下令放人，只有捉住了再说，慢慢设法释放便是。"传令："个个要捉活的，一人都不许杀伤。"亲兵传令出去。韦小宝又加以一句："尤其是女的，更加不可伤了。"一瞥眼见到徐天川、钱老本等人的神色，不禁脸上微微一红，心道："你们放心，这次不会再像神龙岛那样，中美人计被擒了。"

他带了天地会群雄，走向东首山道边观战，只见半山里百余人众疾冲而下。官兵得了主帅将令，不敢放箭，只涌上阻拦，但听得吆喝之声此伏彼起，冲下来的人一个个落入陷坑，被钩镰枪手钩起捉了。韦小宝想看曾柔是不是也拿住了，但隔得远了，瞧不清楚。

忽见一人纵跃如飞，从一株大树跃向另一株大树，窜下山来。官兵上前阻拦，那人矫捷之极，竟然阻他不住。玄贞道人赞叹："好身手！"

这人渐奔渐近，眼见再冲得数十丈便到山脚。钱老本道："这人武功如此了得，莫非就是司徒伯雷么？"徐天川道："除了司徒老英雄，只怕旁人也无这等……"一言未毕，孙思克突然叫道："这人好像是吴三桂的卫士。"说话之间，那人又已窜近了数丈。

韦小宝叫道："先抓住他再说！"天地会群雄纷向那人围了上去。

那人手舞钢刀，每一挥动，便砍翻了一名军士。孙思克挺着长枪迎上，看清楚了面貌，叫道："巴朗星，你在这里干甚么？"这人正是吴三桂身边的亲信卫士巴朗星。他大声叫道："我奉平西亲王将令，为朝廷除害，杀了反贼司徒伯雷。你们为甚么阻我？"

徐天川等一听，都大吃一惊，只见他腰间悬着一颗血肉模糊的头颅，那不知是不是司徒伯雷。众人一拥而上，团团围住。

孙思克道："韦都统在此，放下兵刃，上去参见，听由都统大人发落。"

巴朗星道："好！"将刀插入刀鞘，快步向韦小宝走去，大声道："参见都统大人。"韦小宝道："你在这里……"巴朗星突然一跃而起，双手分抓韦小宝的面门胸口。

韦小宝大叫："啊哟！我的妈！"转身便逃。巴朗星武功精强，嗤的一声，左手已扯下了了背上一片衣衫，右手往他头顶抓落，突觉右侧一足踢到，来势极快。巴朗星侧身避开，那人跟着迎面一掌，正是风际中。巴朗星举掌挡格，身子一晃，突觉后腰一紧，已被徐天川抱住。钱老本伸指戳在他胸口，巴朗星哼了一声。风际中左腿横扫，巴朗星站立不定，倒了下去。钱老本将他牢牢按住，亲兵过来绑了，推到韦小宝跟前。

巴朗星大声道："平西王大兵日内就到，那时叫你们一个个死无葬身之地，识时务的，这就快快投降。”韦小宝笑道：“平西王起兵了吗？我倒不知道啊。他老人家身体好罢？”巴朗星见他神态和善，一时不明他用意，说道：“钦差大臣，你到过昆明，平西王也很看重你。你是聪明人，干么做鞑子的奴才？还是早早归顺平西王罢。”徐天川在他屁股上踢了一脚，喝道：“吴三桂这大汉奸卑鄙无耻，你做他的奴才，更加无耻。”

巴朗星大怒，转头一口唾沫，向徐天川吐去。徐天川侧身避过，这口唾沫吐中一名亲兵的脸。韦小宝道：“巴老兄，有话好说，不必生气。你要我归降平西王，也不是不好商量。你到王屋山来贵干啊？”巴朗星道：“跟你说了也不打紧，反正司徒伯雷我已杀了。”说着向挂在腰间的首级瞧了一眼。韦小宝道：“平西王为甚么要杀他？”巴朗星道：“你跟我去见平西王，他老人家自然会跟你说。”

徐天川等人大怒，拔拳要打。韦小宝使眼色制住，命亲兵将巴朗星推入营中盘问。岂知这人十分倔强，对吴三桂又极忠心，只是劝韦小宝投降，此外不肯吐露半句。一搜他身边，搜出一封盖了朱红大印的文书来。韦小宝命人一读，原来是吴三桂所写的伪诏，封司徒伯雷为“开国将军”，问他这文书的来历，巴朗星瞪目不答。韦小宝眼见问不出甚么，吩咐押了下去，将擒来的余人拷打喝问，终于有人吃打不过，说了出来。

原来吴三桂部署日内起兵造反，派了亲信巴朗星带了一小队手下，去见旧部司徒伯雷，要他响应，嘱咐巴朗星，司徒伯雷倘若奉令，再好不过，否则就将他杀了，以防走漏密谋。司徒伯雷听说要起兵反清，十分喜欢，立即答应共襄义举，可是一问详情，才知吴三桂不是要兴复明室，而是自己要做皇帝，这“开国将军”的封号，更说得再也明白不过。司徒伯雷不肯接奉伪诏，要巴朗星回去告知吴三桂，倘若拥戴明帝后代，他决为前驱，万死不辞。但吴三桂当年杀害桂王，现下自己再想做皇帝，天下忠于明朝的志士决计不肯归附。

巴朗星劝了几句，司徒伯雷拍案大骂，说吴三桂断送汉家江山，万恶不赦，倘若改过自新，尚可将功赎罪，否则定当食其肉而寝其皮。巴朗星便不再说，当晚乘着司徒伯雷不备，突然将他刺死，割了他首级，率领同党逃下山来。王屋派众弟子出乎不意，追赶不及。不料官兵正在这时围山，吴三桂的部属一网遭擒。巴朗星突向韦小宝袭击，用意是要擒住主帅，作为要挟，以便脱逃。

韦小宝问明详情，召集天地会群雄密议。李力世道："韦香主，司徒老英雄忠肝义胆，不幸丧命奸人之手，咱们可得好好给他收殓才是。"韦小宝道："我倒有个主意在此。"于是将心中的计议说了。众人一齐鼓掌称善，当下分头预备。

这日官兵并不攻山。王屋派人众亦因首领被戕，乱成一团，只严守山口。

次日一早，韦小宝率领了天地会群雄及一队骁骑营官兵，带备各物，来到半山，命官兵驻扎待命，自行与徐天川等及亲兵上山。

行出里许，只见十余名王屋派弟子手执兵刃，拦在当路。徐天川单身上前，双手呈上一张素帖，帖上写的是："晚生韦小宝，率同李力世、祁清彪、玄贞道人、风际中、樊纲、钱老本、马彦超等，谨来司徒老英雄灵前致祭。"王屋派弟子见来人似无敌意，后面有人抬了一具棺材，又有香烛、纸钱等物，不禁大为奇怪，说道："各位稍待，在下上去禀报。"当下一人飞奔上山，余人仍严密守住山路。韦小宝等退开数十步，坐在山石上休息。

过不多时，山上走下数十人来，当先一人正是昔日会过的司徒鹤。他是司徒伯雷之子，山上首领逝世，王屋派就由他当家作主了。韦小宝一双眼骨溜溜只是瞧他身后，只见一个姑娘身形苗条，头戴白花，正是曾柔，不由得心中一阵欢喜。

司徒鹤朗声道："各位来到敝处，有甚么用意？"说着手按腰间剑柄。钱老本上前抱拳说道："敝上韦君，得悉司徒老英雄不幸为奸人所害，甚是痛悼，率领在下等人，前来到老英雄灵前致祭。"司徒鹤远远向韦小宝瞧了一眼，说道："他是鞑子朝廷的官员，率领官兵围山，定然不怀好意。你们想使奸计，我们可不上你这个当。"

钱老本道："请问杀害司徒老英雄的凶手是谁？"司徒鹤咬牙切齿的道："是吴三桂的卫士巴朗星，还有他手下的一批恶贼。"钱老本点头道："司徒少侠不信敝上的好意，这也难怪。我们无把祭品呈上。"回头叫道："带上来！"

两名亲兵推着一人缓缓上来。这人手上脚上都锁了铁链，头上用一块黑布罩住。王屋派众弟子都大为奇怪，不知对方捣甚么鬼。那人走到钱老本身后，亲后便拉住了铁链，不让他再走。钱老本道："司徒少侠主看！"一伸手，拉开那人头上罩着的黑布，只见那人横眉怒目，正是巴朗星。

王屋派众弟子一见，纷纷怒喝："这是奸贼！快把他杀了！"呛啷啷声响，各人挺起兵刃，便要将巴朗星乱剑分尸。

司徒鹤双手一拦，阻住各人，说道："且慢！"抱拳向钱老本问道："阁下拿得奸人，不知要如何处置？"钱老本道："敝上对司徒老英雄素来敬仰，那日和司徒少侠又有一面之缘，今日拿到这行凶奸人，连同他所带的一众恶贼，尽数要在司徒老英雄灵前千刀万剐，以慰老英雄在天之灵。"司徒鹤一怔，暗想天下哪有这样的好事？侧头瞧着巴朗星，心中将信将疑，寻思："鞑子狡狯，定有奸计。"

巴朗星突然破口大骂："操你奶奶，你看老子个鸟，你那老家伙都给老子杀了……”

钱老本右手一掌击在他后心，左足飞起，踢在他殿上。巴朗星手足被缚，难以避让，身子向前直跌，摔在司徒鹤身边，再也爬不起来。

钱老本道：“这是敝上的一件小小礼物，这奸人全凭阁下处置。”回头叫道：“都带上来。”一队亲兵押着百余身名系镣铐的犯人过来，每人头上都罩着黑布。黑布揭去，露出面目，尽是巴朗星的部属。钱老本道：“请司徒少侠一并带去罢。”

到此地步，司徒鹤更无怀疑，向着韦小宝遥遥一躬到地，说道：“尊驾盛情，敝派感激莫名。”寻思：“他放给我们这样一个大交情，不知想要我们干甚么，难道要我们投降鞑子吗？这可万万不能。”

韦小宝快步上前还礼，说道：“那天跟司徒兄、曾姑娘赌了一把骰子，一直记在心里，只想哪一天再来玩一手。”指着身后那具棺木，说道：“司徒老英雄的遗体，便在这棺木之中，便请抬上山去，缝在身躯之上安葬罢。”

司徒伯雷身首异处，首级给巴朗星带了下山，王屋派众弟子无不悲愤已极。司徒鹤仍恐有诈，走近棺木，见棺盖并未上榫，揭开一看，果见父亲的首级赫然在内，不由得大恸，拜伏在地，放声大哭。其余弟子见他如此，一齐跪倒哀哭。

司徒鹤站起身来，叫过四名师弟，抬了棺木上山，对韦小宝道：“便请尊驾赴行父灵前上一炷香。”韦小宝道：“自当去向老英雄灵前磕头。”命众亲兵在山口等候，只带了双儿和天地会兄弟，随着司徒鹤上山。

韦小宝走到曾柔身边，低声道：“曾姑娘，你好！”曾柔脸上泪痕未干，一双眼哭得红红地，更显得楚楚可怜，抬起头来，抽抽噎噎的道：“你……你是花差……花差将军？”韦小宝大喜，道：“你记得我名字?”曾柔低头嗯了一声,脸上微微一红。

她脸上这么一红,韦小宝心中登时一荡:“她为甚么见了我要脸红?男人笑眯眯,不是好东西,女人面孔红,心里想老公。莫非她想我做她老公?不知我给她的骰子还在不在?”低声问道:“曾姑娘,上次我给你的东西,你还收着吗?”曾柔脸上又是一红,转开了头,问道:“甚么东西?我忘啦?”韦小宝好生失望,叹了口气。曾柔回过头来,轻轻一笑,低声道:“别十!”韦小宝大喜,不由得心痒难搔,低声道:“我是别十,你是至尊!”曾柔不再理他,快步向前,走到司徒鹤身畔。

那王屋山四面如削,形若王者车盖,以此得名,绝顶处称为天坛,东有日精峰,西有月华峰。一行人随着司徒鹤来到天坛以北的王母洞。一路上苍松翠柏,山景清幽。王屋山于道书中称“清虚小有洞天”,天下三十六洞天中名列第一,相传为黄帝会王母之处。王屋派众聚居于王母洞及附近各洞之中,冬暖夏凉,胜于屋宇。

司徒伯雷的灵位设在王母洞中。弟子将首级和身子缝上入殓。

韦小宝率领天地会众兄弟在灵前上香致祭,跪下磕头,心想:“要讨好曾姑娘,须得越悲哀越好。”装假哭原是他的拿手好戏,想起在宫中数次给老婊子殴击的惨酷、为洪教主所擒后的惊险、一再被方怡欺骗的倒霉、阿珂只爱郑克塽的无可奈何,不由得悲从中来,放声大哭。初哭时尚颇勉强,这一哭开头,便即顺理成章,越哭越是悲切,大声道:“司徒老英雄,晚辈久闻你是一位忠臣义士,大大的英雄好汉。当年见到你公子的剑法,更知你武功了得,只盼能拜在你的门下,做个徒子徒孙,学几招武功,也好在江湖上扬眉吐气。哪知道你老人家为奸人所害,呜呜……呜呜……真叫人伤心之极了。”

司徒鹤、曾柔等本已伤心欲绝，听他这么一哭，登时王母洞中哭声震天，哀号动地。徐天川、钱老本等本来不想哭的，也不禁为众人悲戚所感，洒了几滴眼泪。

韦小宝捶胸顿足，大哭不休，反是王屋派弟子不住劝慰，这才收泪。他将巴朗星拉了过来，取过一柄钢刀，交在司徒鹤手里，说道："司徒少侠，你杀了这奸贼，为令尊报仇。"

司徒鹤一刀割下巴朗星的首级，放在供桌上。王屋派弟子齐向韦小宝拜谢大恩。

本来韦小宝小小年纪，原也想不出这个收买人心的计策，那是他从《卧龙吊孝》这出戏中学来的。周瑜给诸葛亮气死后，诸葛亮亲往柴桑口致祭，哭拜尽哀，引得东吴诸将人人感怀。幸好戏中诸葛亮所念的祭文太长，辞句又太古雅，韦小宝一句也记不得，否则在王屋山上依样葫芦的念了出来，可就立时露出狐狸尾巴了。

这么一来，王屋派诸人自然对他感恩戴德，何况当日韦小宝将司徒鹤等擒住之后，赠银释放，卖过一番大大的交情。但他是清廷贵官，何以如此，众人始终不解。钱老本将司徒鹤叫在一旁说明自己一伙人乃天地会青木堂兄弟。但韦小宝在朝廷为官，他的身份却不能吐露，只怕一有泄漏，坏了大事，只含糊其辞，说他为人极有义气，"身在曹营心在汉"，众兄弟都当他是好朋友。司徒鹤一听之下，恍然大悟，更连连称谢，其时语出至诚，比之适才心中疑虑未释，又是不同了。

跟着谈起王屋派今后出处，司徒鹤说派中新遭大丧，又逢官兵围山，也没想过这回事。钱老本微露招揽之意。天地会在江湖上威名极盛，隐为当世反清复明的领袖，王屋派向来敬慕，又是志同道合。司徒鹤一听大喜，便与派中耆宿及诸师兄弟商议，人人赞同。他当即向钱老本请求加盟。钱老本这时才对他明言，韦小宝实是青木堂的香主。

当日下午，天地会青木堂在王母洞中大开香堂，接纳王屋派诸人入会。众人拜过香主，便都是韦小宝的部属了。他心中欢喜，饮过结盟酒后，便想开赌，和新旧兄弟大赌一场。李力世、钱老本等连忙劝阻，说道兴高采烈的赌钱，未免对刚逝世的司徒伯雷不敬。

韦小宝赌不成钱，有些扫兴，问起王屋派的善后事宜。李力世道："王屋山在山西、河南两省交界，不属咱们青木堂管辖。按照本会规矩，越界收兄弟入会，是不妨的，但各堂兄弟不能越办事，最好司徒兄弟各位移去直隶省居住。"钱老本道："鞑子皇帝差韦香主来攻打王屋山，司徒兄弟各位今后不在王屋山了，韦香主就易于上报。"司徒鹤道："正是，小弟谨遵各位大哥吩咐。"韦小宝道："司徒大哥，现下我们要去扬州，给史阁部起一座忠烈祠。这祠堂起好，大伙儿就去打吴三桂了。"

司徒鹤站起身来，大声道："韦香主去打吴三桂，属下愿为前锋，率同师兄弟姊妹，跟吴三桂这恶贼拚个死活，为先父报仇雪恨。"

韦小宝喜道："那再好也没有了，各位这就随我去扬州罢。只不过须得扮作鞑子官兵，委屈了一些。"司徒鹤道："为了打吴三桂，再大的委屈也是甘心。韦香主做得鞑子官，我们自也做得鞑子兵。何况李大哥、徐大哥各位，不也都扮作了鞑子兵吗？"

当晚众人替司徒伯雷安葬后，收拾下山。会武功的男子随着韦小宝前赴扬州。老弱妇孺则到保定府择地安居，该处有天地会青木堂的分舵，自有人妥为照应。

韦小宝对张勇等言道，王屋山匪徒眼见大军围住，知道难以脱逃，经一番开导，大家一起归降。他已予以招安，收编为官兵。张勇等齐向他庆贺，说道都统兵不血刃，平定了王屋山的悍匪，立下大功。韦小宝道:“这是四位将军之功,若不是你们团团围住,众匪插翅难飞,他们也决计不肯投降。待兄弟申报朝廷,各有升赏。”四将大喜,知道兵部尚书明珠对他竭力奉承,只要是韦都统奏报的功劳,兵部一定从优叙议。

韦小宝初时担心曾柔跟随王屋派妇孺,前赴保定府安居,如指定要她同去扬州,可有些说不出口。待见她换上男装,与司徒鹤等同行,心中说不出的欢喜。一路之上,他总想寻个机会,跟她亲热一番。可是曾柔和众位师兄寸步不离,见到了他,只腼腼腆腆的微笑不语。韦小宝想要和她说句亲热话儿,始终不得其便,不由得心痒难搔。倘若他只是清军主帅,早就假公济私,调这亲兵入营侍候,但身为天地会香主,调戏会中妇女乃是厉禁,众兄弟面上也不好看,只有干咽馋涎,等候机会了。

韦小宝突觉后脑一紧，给人拉住辫子提了起来，跟着喉头气窒，那人左手叉在他颈中，脸上似笑非笑，低声喝道：“小混蛋，你好大胆，连老娘也敢戏耍！”

第三十九回　先生乐事行如栉　小子浮踪寄若萍

沿途官员迎送，贿赂从丰。韦小宝自然来者不拒，迤逦南下，行李日重。跟天地会兄弟们说起，说道我们败超额鞑子的吏治，贿赂收得越多，百姓越是抱怨，各地官员名声不好，将来起兵造反，越易成功。徐天川等深以为然。

不一日来到扬州。两江总督麻勒吉、江宁巡抚马佑以下，布政使、按察使、学政、淮扬道、粮道、河工道、扬州府知府、江都县知县以及各级武官，早已得讯，迎出数里之外。

钦差行辕设在淮扬道道台衙门，韦小宝觉得太过拘束，只住得一晚，便对道台说要另搬地方。他想行辕所在，最妙不过便是在旧居丽春院中，钦赐衣锦荣归，自是以回去故居最为风光。但钦差大臣将行辕设在妓院，毕竟说不过去，寻思当日在扬州之时，所怀抱的雄心大志，除了开几家大妓院之外，便是将禅智寺前芍药圃中的芍药花尽数连根拔起。

扬州芍药，擅名天下，禅智寺前的芍药圃尤其宏伟，各种千百，花大如碗。韦小宝在十岁那一年上，曾和一群顽童前去游玩，见芍药开得美丽，折了两朵拿在手中玩耍，给庙中和尚见到了，夺下花朵，还打了他两个耳括子。韦小宝又踢又咬，跟那和尚打闹起来，给那胖大和尚推在地下，踢了几脚。众顽童一哄而前，乱拔芍药。那和尚叫嚷起来，寺里涌出一群和尚与火工，手执棍棒，将从顽童赶开。韦小宝因是祸首，身上着实吃了不少棍棒，头上肿起了一个大块，回到丽春院，又给母亲罚一餐没饭吃。虽然他终于到厨房中偷吃了一个饱，但对“禅智寺采花受辱”这一役却引以奇耻。次日来到寺前，隔得远远的破口大骂，从如来佛的妈妈直骂到和尚的女儿，宣称：“终有一日，老子要拔光这庙前的芍药，把你这座臭庙踏为平地，掘成粪坑”，直骂到庙中和尚追将出来、他拔足飞奔为止。

过得数年，这件事早就忘了，这日回到扬州，要觅地作为行辕，这才想起禅智寺来，当下跟淮扬道道台说了，有心去作践一番。那道台寻思：“禅智寺是佛门胜地，千年古刹。钦差住了进去，只怕搅得一塌胡涂。”说道：“回大人：那禅智寺风景当真极佳，大人高见，卑职钦佩之至。不过在庙里动用荤酒，恐怕不甚方便。”韦小宝道：“有甚么不便？把庙里的菩萨搬了出去，也就是了。”那道台听说要搬菩萨，更吓了一跳，心想这可要闯出祸来，扬州城里众百姓如动了公愤，那可难以处理，当下陪笑请了个安，低声道：“回大人：扬州烟花，那是天下有名的。大人一路上劳苦功高，来到敝处，卑职自当尽心服侍，已挑了不少善于弹琴唱曲的美貌妞儿，供大人赏鉴。和尚庙里硬就硬板凳，只怕煞风景得很。”

韦小宝心想倒也有理，笑道：“依你说，那行辕设在何处才是？”那道台道：“扬州盐商有个姓何的，他家的何园，称为扬州名园第一。他有心巴结钦差大人，早就预备得妥妥帖帖，盼望大人光临。只是他功名太小，不敢出口。大人若不嫌弃，不妨移驾过去瞧瞧。”

这姓何的盐商家财豪富，韦小宝幼时常在他家高墙外走过，听到墙里传出丝竹之声，十分羡慕，只是从无机缘进去望上一眼，当下便道：“好啊，这就去住上几天，倘若住得不适意，咱们再搬便是。扬州盐商多，咱们挨班儿住过去，吃过去，也吃不穷了他们。”

那何园栋宇连云，泉石幽曲，亭舍雅致，建构精美，一看便知每一尺土地上都花了不少黄金白银。韦小宝大为称意，吩咐亲兵随从都住入园中。张勇等四将率领官兵，分驻附近官舍民房。

其时扬州繁华，甲于天下。唐时便已有“十里珠帘，二十四桥风月”之说。到得清初，淮盐集散于斯，更是兴旺。据史籍所载，明末扬州府属共三十七万五千余丁(十六岁以上的男子)，明清之际，扬州惨遭清兵屠戳，顺治三年只剩九千三百二十丁，但到康熙六年，又增至三十九万七千九百余丁，不但元气已完全恢复，且更胜于昔日。

次日清晨，扬州城中大小官员排班到钦差行辕来参见。韦小宝接见后，宣读圣旨。他不识康熙上谕上的字，早叫师爷教了念熟，这时一个字一个字背将出来，总算记心甚好，倒也没有背错，匆忙中将上谕倒拿了，旁人也没发觉。

众官员听得皇帝下旨豁免扬州府所属各县三年钱粮，还要抚恤开国时兵灾灾户的孤寡，兴建忠烈祠祭祀史可法等忠臣，无不大呼万岁，叩谢皇恩浩荡。

韦小宝宣旨已毕，说道：“众位大人，兄弟出京之时，皇上吩咐，江苏一省出产殷富，可是近年来吏治松弛，兵备也不整饬，命兄弟好好查察整顿。皇上对扬州百姓这么爱惜，咱们居官的，该当尽心竭力，报答圣恩才是。”文武百官齐声称是，不由得都暗暗发愁。其实这几句话是索额图教他的。韦小宝知道想贿赂收得多，第一是要对方有所求，第二是要对方有所忌，因此对江苏文武官员恐吓一番，势不可免，只不过这番话要说得不轻不重，恰到好处，又要文绉绉的官腔十足，却非请教索额图不可了。

官样文章做过，自有当地官员去择地兴建忠烈祠，编造应恤灾户名册，差人前赴四乡，宣谕皇上豁免钱粮的德音。这些事情非一朝一夕所能办妥，这段时候，便是让他在扬州这销金窝里享福了。此后数日之中，总督、巡抚设宴，布政司、按察司设宴，诸道设宴，自是陈列方丈，罗列珍馐，极尽豪奢，不在话下。

每日里韦小宝都想去丽春院探望母亲，只是酬酢无虚，始终不得其便。钦差大人的母亲在扬州做妓女，这件事可万万揭穿不得。丢脸出丑事小，失了朝廷体统事大，何况韦小宝做大官已久，一直不接母亲赴京享福，任由她沦落风尘，实是大大的不孝，给御史参上一本，连皇帝也难以回护。心想只好等定了下来，悄悄换了打扮，去丽春院瞧瞧，然后命亲兵把母亲送回北京安居，务须做得神不知、鬼不觉才是。以前他一直打的是足底抹油的主意，一见风声不对，立刻快马加鞭，逃之夭夭，不料官儿越做越大，越做越开心，这时竟想到要接母回京，那是有意把这官儿长做下去了。

过得数日，这一日是扬州府知府吴之荣设宴，为钦差洗尘。吴之荣从道台那里听到，钦差曾有以禅智寺为行辕之意，心想禅智寺的精华，不过是寺前一大芍药圃，钦差大人属意该寺，必是喜欢赏花。他善于逢迎，早于数日之前，便在芍药圃畔搭了一个花棚，是命高手匠人以不去皮的松树搭成，树上枝叶一仍如旧，棚内桌椅皆用天然树石，棚内种满花木青草，再以竹节引水，流转棚周，淙淙有声，端的是极见巧思，饮宴其间，便如是置身山野一般，比之富贵人家雕梁玉砌的华堂，又是别有一般风味。

哪知韦小宝是个庸俗不堪之人，周身没半根雅骨，来到花棚，第一句便问："怎么有个凉棚？啊，是了，定是庙里和尚搭来做法事的，放了焰口，便在这里拖饭给饿鬼吃。"

吴之荣一番心血，全然白用了，不由得脸色十分尴尬，还道钦差大臣有意讽刺，只得陪笑道："卑职见识浅陋，这里布置不当大人的意，实在该死。”

韦小宝见众宾客早就肃立恭候，招呼了便即就座。那两江总督与韦小宝应酬了几日，已回江宁治所。江苏省巡抚、布政司等的治所在苏州，这时都留在扬州，陪伴钦差大臣。其余宾客不是名士，便是有功名顶戴的盐商。

扬州的筵席十分考究繁富，单是酒席之前的茶果细点，便有数十种之多，韦小宝虽是本地土生，却也不能尽识。

喝了一会茶，日影渐渐西斜。日光照在花棚外数千株芍药之上，璀灿华美，真如织锦一般。韦小宝却越看越生气，想起当年被寺中僧人殴辱之恨，登时便想将所有芍药尽数拔起来烧了，只是须得想个借口，才好下手。正寻思间，巡抚马佑笑道：“韦大人，听大人口音，似乎也在淮扬一带住过的。淮扬水土厚，因此既出人才，也产好花”众官只知钦差是正黄旗满洲人，那巡抚这几日听他说话，颇有扬州乡音，于是乘机捧了一捧。

韦小宝正在想着禅智寺的僧人可恶，脱口而出：“扬州就是和尚不好。”

巡抚一怔，不明他真意何指。布政司慕天颜是个乖觉而有学识之人，接口道：“韦大人所见甚是，扬州的和尚势利，奉承官府，欺辱穷人，那是自古已然。”韦小宝大喜，笑道：“是啊，慕大人是读书人，知道书上写得有的。”慕天颜道：“唐朝王播碧纱笼的故事，不就是出在扬州的吗？”韦小宝最爱听故事，忙问：“甚么‘黄布比沙龙’的故事。”

慕天颜道：“这故事就出在扬州石塔寺。唐朝乾元年间，那石塔寺叫作木兰院，诗人王播年轻时家中贫穷……”韦小宝心想：“原来这人名叫王播，不是一块黄布。”听他续道：“……在木兰院寄居。庙里和尚吃饭时撞钟为号，王播听到钟声，也就去饭堂吃饭。和尚们讨厌他，有一次大家先吃饭，吃完了饭再撞钟。王播听到钟声，走进饭堂，只见僧众早已散去，饭菜已吃得干干净净……”

韦小宝在桌上一拍，怒道：“他妈的和尚可恶。”慕天颜道：“是啊，吃一餐饭，费得几何？当时王播心中惭愧，在壁上题诗道：‘上堂已了各西东，惭愧得黎饭后钟。’”

韦小宝问道：“‘得黎’是甚么家伙？”众官和他相处多日，知道这位钦差大人不是读书人，旗下的功名富贵多不从读书而来，也不以为奇。慕天颜道：“得黎就是和尚了。”韦小宝点头道：“原来就是贼秃。后来怎样？”

慕天颜道：“后来王播做了大官，朝廷派他镇守扬州，他又到木兰院去。那些和尚自然对他大为奉承。他去瞧瞧当年墙上所题的诗还在不在，只见墙上粘了一块名贵的碧纱，将他题的两句诗笼了起来，以免损坏。王播很是感慨，在后面又续了两句诗道：‘三十年前尘土面，如今始得碧纱笼。’”韦小宝道：“他定是把那些贼秃捉来大打板子了？”慕天颜道：“王播是风雅之士，想来题两句诗稍示讥讽，也就算了。”韦小宝心道：“倘若是我，哪有这么容易罢手的？不过要我题诗，可也没有这本事。老子只会拉屎，不会题诗。”

说了一会故事，撤茶斟酒。韦小宝四下张望，隔座见王进宝一口一杯，喝得甚是爽快，心念一动，说道：“王将军，你曾说战马吃了芍药，那就特别雄壮，是不是？”一面说，一面大做眼色。王进宝不明其意，说道：“这个……”韦小宝道：“皇上选用名种好马，甚么蒙古马、西域马、川马、滇马，皇上都吩咐咱们要小心饲养，是不是？”康熙着意于蓄马，王进宝是知道的，便道：“大人说得是。”韦小宝道：“你熟知马性，在北京之时，你说如给战马吃了芍药，奔跑起来便快上一倍。皇上这般爱马，咱们做奴才的，自该上仰圣意。如把这里的芍药花掘起来送去京师，交给兵部车驾司喂马，皇上得知，必定龙颜大悦。”

众人一听，个个神色十分古怪，芍药花能壮马，倒是第一次听见，瞧王进宝唯唯否否的模样，显是不以为然，只是不敢公然驳回而已。但韦小宝开口皇上，闭口皇上，抬出皇帝这顶大帽子来，又有谁敢稍示异议？眼见这千余株名种芍药要尽毁于他手，扬州从此少了一个名胜，却不知这位韦大人何以如此痛恨这些芍药？人人面面相觑，说不出话来。

知府吴之荣道：“韦大人学识渊博，真是教人敬佩。这芍药根叫做赤芍，《本草纲目》中是有的，说道功能去瘀活血。芍药的名称中有个‘药’字，可见古人就知它是良药。马匹吃了芍药，血脉畅通，自然奔驰如飞。大人回京之时，卑职派人将这里的芍药花都掘了，请大人带回京城。”众官一听，心中都暗骂吴之荣卑鄙无耻，为了迎逢上官，竟要毁去扬州的美景。韦小宝拍手笑道：“吴大人办事干练，好得很，好得很。”吴之荣大感荣幸，忙下座请安，说道：“谢大人夸奖。”

布政司慕天颜走出花棚，来到芍药丛中，摘了一朵碗口大的芍药花，回入座中，双手呈给韦小宝，笑道：“请大人将这朵花插在帽上，插职有个故事说给大人听。”

韦小宝一听又有故事，便接过花来，只见那朵芍药瓣作深红，每一瓣花瓣拦腰有一条黄线，甚是娇艳，便插在帽上。

慕天颜道：“恭喜大人，这芍药有个名称，叫作‘金带围’，乃是十分罕见的名种。古书上记载得有，见到这‘金带围’的，日后会做宰相。”

韦小宝笑道：“哪有这么准？”慕天颜道：“这故事出于北宋年间。那时韩魏公韩琦镇守扬州，就在这禅智寺前的芍药圃中，忽有一株芍药开了四朵大花，花瓣深红，腰有金线，便是这金带围了。这种芍药从所未有，极是珍异。下属禀报上去，韩魏公驾临观赏，十分喜欢，见花有四朵，便想再请三位客人，一同赏花。”韦小宝从帽上将花取下再看，果觉红黄相映，分外灿烂。那一条金色横纹，更是百花所无。

慕天颜道：“那时在扬州有两名出名人物，一是王维，一是王安石，都是大有才学见识之人。韩魏公心想，花有四朵，人只三个，未免美中不足，另外请一个人罢，名望却又配不上。正在踌躇，忽有一人来拜，却是陈升之，那也是一位大名士。韩魏公大喜，次日在这芍药圃前大宴，将四朵金带围摘了下来，每人头上簪了一朵。这故事叫做《四相簪花宴》，这四人后来都做了宰相。”

韦小宝笑道：“这倒有趣，这四位仁兄，都是有名的读书人，会做诗做文章，兄弟可比不上了。”慕天颜道：“那也不然。北宋年间，讲究读书人做宰相。我大清以马上得天下，皇上最看重的，却是有勇有谋的英雄好汉。”韦小宝听到“有勇有谋的英雄好汉”这九字评语，不由得大为欢喜，连连点头。

慕天颜道：“韩魏公封为魏国公，那不用说了。王安石封荆国公，王维封岐国公，陈升之封秀国公。四位名臣不但都做宰相，而且都封国公，个个既富贵，又寿考。韦大人少年早达，眼下已封了伯爵，再升一级，便是侯爵，再升上去，就是公爵了。就算封王、封亲王，那也是指日间的事。”韦小宝哈哈大笑，说道：“但愿如慕大人金口，这里每一位也都升官发财。”众官一齐站起，端起酒杯，说道：“恭贺韦大人加官晋爵，公侯万代。”

韦小宝站起身来，和众官干了一杯，心想：“这官儿既有学问，又有口才，会说故事，讨人喜欢。要是叫他到北京办事，时时听他说说故事，不强似说书先生吗？这人天生是马屁大王，取个名和叫慕天颜，摆明了想朝见皇上。”

慕天颜又道：“韩魏公后来带兵，镇守西疆。西夏人见了他怕得要死，不敢兴兵犯界。西夏人当时怕了宋朝两位大臣，一位就是韩魏公韩琦，另一位是范文正公范仲淹。当时有两句话道：'军中有一韩，西贼闻之心胆寒，军中有一范，西贼闻之惊破胆。'将来韦大人带兵镇守西疆，那是'军中有一韦，西贼见之忙下跪'！"

韦小宝大乐，说道："'西贼'两字妙得很，平西王这西……"忽然心想："吴三桂还没起兵造反，可不能叫他'西贼'，"忙改口道："平西王镇守西疆，倒也太平无事，很有功劳。"吴之荣道："平西王智勇双全，劳苦功高，爵封亲王，世子做了额驸。将来韦大人大富大贵，寿比南山，定然也跟平西王一般无异。"韦小宝心中大骂："辣块妈妈，你要我跟吴三桂这大汉奸一般无异。这老乌龟指日就要脑袋搬家，你叫我跟他一样！"

慕天颜平日用心揣摩朝廷动向，日前见到邸报，皇上下了撤藩的意旨，便料到吴三桂要倒大霉，这时见韦小宝脸色略变，更是心中雪亮，说道："韦大人是皇上亲手提拔的大臣，乃是圣上心腹之寄，朝廷柱石，国家栋梁。平西王目前虽然官爵高，终究是不能跟韦大人比的。吴府尊这个比喻，有点不大对。韦小宝祖上，唐朝的忠武王韦皋，曾大破吐番兵四十八万，威震西陲。当年朱琴造反，派人邀韦忠武王一同起兵。忠武王对皇帝忠心不贰，哪肯做这等大逆不道之事？立刻将反贼的使者斩了，还发兵助朝廷打平反贼，立下大功。韦大人相貌堂堂，福气之大，无与伦比，想必是韦忠武王传下来的福泽。"

韦小宝微笑点头。其实他连自己姓甚么也不知道，只因母亲叫作韦春芳，就跟了娘姓，想不到姓韦的还有这样一位大有来头人物，这布政司硬说是自己的祖先，那是硬要往自己脸上贴金；听他言中之意，居然揣摩到吴三桂要造反，这人的才智，也很了不起了。

吴之荣给慕天颜这么一驳，心中不忿，但不敢公然和上司顶撞，说道："听说韦大人是正黄旗人。"言下之意自然是说："他是满洲人，又怎能跟唐朝的韦臯拉得上干系？"慕天颜笑道："吴府尊只知其一，不知其二。方今圣天子在位，对天下万民，一视同仁，满汉一家，又何必有畛域之见？"这几句话实在有些强辞夺理，吴之荣却不敢再辩，心想再多说得几句，说不定更会得罪钦差，当下连声称是。

慕天颜道："平西王是咱们扬州府高邮人，吴府尊跟平西王可是一家吗？"吴之荣并非扬州高邮人，本来跟吴三桂没甚么干系，但其时吴三桂权势熏天，他趋焰附势，颇以姓吴为荣，说道："照族谱的排行，卑职比平西王矮了一辈，该称王爷为族叔。"

慕天颜点了点头，不再理他，向韦小宝道："韦大人，这金带围芍药，虽然已不如宋时少见，如此盛开，却也异常难得。今日恰好在韦大人到来赏花时开放，这不是巧合，定是有天意的。卑职有一点小小意见，请大人定夺。"韦小宝道："请老兄指教。"

慕天颜道："指教二字，如何敢当？那芍药花根，药材行中是有的，大人要用来饲马，想药材铺中制炼过的更有效力。卑职吩咐大量采购，运去师京备用。至于这里的芍药花，念着他们对大人报喜有功，是否可暂且留下？他日韦大人挂帅破贼，拜相封王，就如韩魏公、韦忠武王一般，再到这里来赏花，那时金带围必又盛开，迎接贵人，岂不是一桩美事？据卑职想来，将来一定是戏文都有得做的。"

韦小宝兴高采烈，道："你说戏子扮了我唱戏？"慕天颜道："是啊，那自然要一个俊雅漂亮的小生来扮韦大人了，还有些白胡子、黑胡子、大花脸、白鼻子小丑，就扮我们这些官儿。"众官都哈哈大笑。韦小宝笑道："这出戏叫做甚么？"慕天颜向巡无马佑道："那得请抚台大人题个戏名。"他见巡抚一直不说话，心想不能冷落了他。

马佑笑道："韦大人将来要封王，这出戏文就叫做《韦王簪花》罢？"众官一齐赞赏。

韦小宝心中一乐，也就不再计较当年的旧怨了，心想："老子做宰相是做不来的，大破西贼，弄个王爷玩玩，倒也干得过，倘若拔了这些芍药，只怕兆头不好。"一眼望出去，见花圃中的金带围少说也还有几十朵，心想："哪里便有这许多宰相了，难道你们个个都做宰相不成？抚台、藩台还有些儿指望，这吴之荣贼头狗脑，说甚么也不像，将来戏文里的白鼻子小丑定是扮他。"明知布政司转弯抹角、大费心机的一番说话，意在保全这禅智寺前的数千株芍药，做官的诀窍首在大家过得去，这叫做"花花轿子人抬人"，你既然捧了我，我就不能一意孤行，叫扬州通城的官儿脸上都下不来，当下不再提芍药之事，笑道："将来就算真有这一出戏，咱们也都看不着了，不如眼前先听听曲子罢！"

众官声齐称是。吴之荣早有准备，吩咐下去。只听得花棚外环佩玎当，跟着传来一阵香风。韦小宝精神一振，心道："有美人看了。"果见一个女子娉娉婷婷的走进花棚，向韦小宝行下礼去，娇滴滴的说道："钦差大人和众位大人万福金安，小女子侍候唱曲。"

只见这女子三十来岁年纪，打扮华丽，姿色却是平平。笛师吹起笛子，她便唱了起来，唱的是杜牧的两首扬州诗：

"青山隐隐水迢迢，秋尽江南草木凋。

二十四桥明月夜，玉人何处教吹箫？"

"落魄江南载酒行，楚腰纤细掌中轻。

十年一觉扬州梦，赢得青楼薄幸名。"

笛声悠扬，歌声宛转，甚是动听。韦小宝瞧着这个歌妓，心中却有些不耐烦起来。

那女子唱罢，又进来一名歌妓。这女子三十四五岁年纪，举止娴雅，歌喉更是熟练，纵是最细微曲折之处，也唱得抑扬顿挫，变化多端。唱的是秦观一首《望海潮》词：

“星分牛斗，疆连淮海，扬州万井提封。花发路香，莺啼人起，朱帘十里春风。豪杰气如虹。曳照春金紫，飞盖相从。巷入垂杨，画桥南北翠烟中。”

这首词确是唱得极尽佳妙，但韦小宝听得十分气闷，忍不住大声打了个呵欠。

那《望海潮》一词这时还只唱了半阕，吴之荣甚是乖觉，见钦差大人无甚兴致，挥了挥手，那歌妓便停住不唱，行礼退下。吴之荣陪笑道：“韦大人，这两个歌妓，都是扬州最出名的，唱的是扬州繁华之事，不知大人以为如何？”

哪知韦小宝听曲，第一要唱曲的年轻美貌，第二要唱的是风流小调，第三要唱得浪荡风骚。当日陈圆圆以倾国倾城之貌，再加说连带唱，一路解释，才令他听完一曲《圆圆曲》。眼前这两个歌妓姿色平庸，神情呆反，所唱的又不知是甚么东西，他打了个呵欠，已可算是客气之极了，听得吴之荣问起，便道：“还好，还好，就是太老了一点。这种陈年宿货，兄弟没甚么胃口。”

吴之荣道：“是，是。杜牧之是唐人，秦少游是宋人，的确是太陈旧了。有一首新诗，是眼下一个新进诗人所作，此人叫作查慎行，成名不久，写的是扬州田家女的风韵，新鲜得很，新鲜得很。”作个手势，侍役传出话去，又进来一名歌妓。

韦小宝说“陈年宿货”，指的是歌妓，吴之荣却以为是说诗词太过陈旧。韦小宝对他所说的甚么杜牧之、秦少游，自是不知的云，只懂了“扬州田家女的风韵，新鲜得很，新鲜得很”这句话。心想：“既是新鲜得很的扬州田家女，倒也不妨瞧瞧。”

那歌妓走进花棚，韦小宝不看倒也罢了，一看之下，不由得怒从心上起，恶向胆边生，登时便要发作。原来这歌妓五十尚不足，十四颇有余，鬓边已见白发，额头大有皱纹，眼应大而偏细，嘴须小而反巨。见这歌妓手抱琵琶，韦小宝怒火更盛，心想："凭你也来学陈圆圆！"却听弦索一动，宛如玉响珠跃，鹂啭燕语，倒也好听。只听她唱道：

"淮山浮远翠，淮水漾深渌。倒影入楼台，满栏花扑扑。谁知贾门外，依旧有芦屋。时见淡妆人，青裙曳长幅。"

歌声清雅，每一句都配了琵琶的韵节，时而如流水淙淙，时而如银铃玎玎，最后"青裙曳长幅"那一句，琵琶声若有若无，缓缓流动，众官无不听得心旷神怡，有的凝神闭目，有的摇头晃脑。琵琶声一歇，众官齐声喝采。慕天颜道："诗好，曲子好，琵琶也好。当真是荆钗布裙，不掩天香国色。不论做诗唱曲，从淡雅中见天然，那是第一等的功夫了。"

韦小宝哼了一声，问那歌妓："你会唱《十八摸》罢？唱一曲来听听。"

众官一听，尽皆失色。那歌妓更是脸色大变，突然间泪水涔涔而下，转身奔出，拍的一声，琵琶掉在地下。那歌妓也不拾起，径自奔出。

韦小宝哈哈大笑，说道："你不会唱，我又不会罚你，何必吓成这个样子？"

那《十八摸》是极淫秽的小调，连摸女子身上十八处所在，每一摸有一样比喻形容。众官虽然人人都曾听过，但在这盛宴雅集的所在，怎能公然提到？那岂不是大玷官箴？那歌妓的琵琶和歌喉，在扬州久负盛名，不但善于唱诗，而且自己也会做诗，名动公卿，扬州的富商巨贾等闲要见她一面也不可得。韦小宝问这一句，于她自是极大的羞辱。

慕天颜低声道："韦大人爱听小曲，几时咱们找个会唱的来，好好听一听。"韦小宝道："连《十八摸》也不会唱，这老婊子也差劲得很了。几时我请你去鸣玉坊丽春院去，那边的婊子会唱的小调多得很。”此言一出口，立觉不妥，心想：“丽春院是无论如何不能请他去的。好在扬州妓院子甚多，九大名院、九小名院，随便那一家都好玩。”举起酒杯，笑道：“喝酒，喝酒。”

众文官听他出语粗俗，都有些尴尬，借着喝酒，人人都装作没听见。一干武将却脸有欢容，均觉和钦差大人颇为志同道合。

便在此时，只见一名差役低着头走出花棚，韦小宝见了他的背影，心中一动：“这人的背影好熟，那是谁啊？”但后来这差役没再进来，过得片刻，也就淡忘了。

又喝得几杯酒，韦小宝只觉跟这些文官应酬索然无味，既不做戏，又不开赌，实在无聊之极，心里只是在唱那《十八摸》：“一呀摸，二呀摸，摸到姐姐的头发边……”再也忍耐不住，站起身来，说道：“兄弟酒已够了，告辞。”向巡抚、布政司、按察司等几位大员拱拱手，便走了出去。众官齐出花极，送他上了大轿。

韦小宝回到行辕，吩咐亲兵说要休息，不论甚么客来，一概挡驾不见，入房换上了一套破烂衣衫。那是数日前要双儿去市上买来的一套旧衣，买来后扯破数处，在地下践踏一过，又倒上许多灯油，早已弄得污秽油腻不堪。帽子鞋袜，连结辫子的头绳，也都换了破旧的劣货。从炭炉里抓了一把炉灰，用水调开了，在脸上、手上乱涂一气，在镜子里一照，果然回复了当年丽春院里当小厮的模样。

双儿服侍他更换衣衫，笑道：“相公，戏文里钦差大臣包龙图改扮私访，就是这个样子吗？”韦小宝道：“差不多了，不过包龙图生来是黑炭脸，不用再搽黑灰。”双儿道：“我跟你去好不好？你独个儿的，要是遇上了甚么事，没个帮手。”韦小宝笑道：“我去的那地方，美貌的小妞儿是去不得的。”说着便哼了起来：“一呀摸，二呀摸，摸到我好双儿的脸蛋边……"伸手去摸她脸。双儿红着脸嘻嘻一笑，避了开去。

韦小宝将一大叠银票塞在怀里，又拿了一包碎银子，捉住双儿，在她脸上轻轻一吻，从后门溜了出去。守卫后门的亲兵喝问："干甚么的？"韦小宝道："我是何家奶妈的儿子的表哥的妹夫，你管得着吗？"那亲兵一怔，心中还没算清这亲戚关系，韦小宝早已出门。

扬州的大街小巷他无不烂熟，几乎闭了眼睛也不会走错，不多时便来到瘦西湖畔的鸣玉坊，隐隐只听得各处门户中传出箫鼓丝竹，夹着猜拳唱曲、呼幺喝六。这些声音一入耳，当真比钧天仙乐还好听十倍，心中说不出的舒服受用。走到丽春院外，但见门庭依旧，跟当年离去时并无分别。他悄悄走到院侧，推开边门，溜了进去。

他蹑手蹑脚的走到母亲房外，一张之下，见房里无人，知道母亲是在陪客，心道："辣块妈妈，不知是那个瘟生这当儿在嫖我妈妈，做我的干爹。"走进房中，见就上被褥还是从前那套，只是已破旧得多，心想："妈妈的生意不大好，我干爹不多。"侧过头来，见自己那张小床还是摆在一旁，床前放着自己的一对旧鞋，床上被褥倒浆洗得干干净净。走过去坐在床上，见自己的一件青竹布长衫摺好了放在床角，心头微有歉意："妈是在等我回来。他妈的，老子在北京快活，没差人送钱给妈，实在记心不好。"横卧在床，等母亲回来。

妓院中规矩，嫖客留宿，另有铺陈精洁的大房。众妓女自住的小房，却颇为简陋。年轻貌美的红妓住房较佳，像韦小宝之母韦春芳年纪已经不小，生意冷落，老鸨待好自然也马虎得很，所住的是一间薄板房。

韦小宝躺了一会，忽听得隔房有人厉声喝骂，正是老鸨的声音："老娘白花花的银子买了你来，你推三阻四，总是不肯接客，哼，买了你来当观世音菩萨，在院子里供着好看么？打，给我狠狠的打！"跟着鞭子着肉声、呼痛声、哭叫声、喝骂声，响成一片。

这种声音韦小宝从小就听惯了，知道是老鸨买来了年轻姑娘，逼迫她接客，打一顿鞭子实是稀松平常。小姑娘倘若一定不肯，甚么针刺指甲、铁烙皮肉，种种酷刑都会逐一使了出来。这种声音在妓院中必不可免，他阕别已久，这时又再听到，倒有些重温旧梦之感，也不觉得那小姑娘有甚么可怜。

那小姑娘哭叫："你打死我好了，我死也不接客，一头撞死给你看！"老鸨吩咐龟奴狠打。又打了二三十鞭，小姑娘仍哭叫不屈。龟奴道："今天不能打了，明天再说罢。"老鸨道："拖这小贱货出去。"龟奴将小姑娘扶了出去，一会儿又回进房来。老鸨道："这贱货用硬的不行，咱们用软的，给她喝迷春酒。"龟奴道："她就是不肯喝酒。"老鸨道："蠢才！把迷春酒放在肉里，不就成了。"龟奴道："是，是。七姐，真有你的。"

韦小宝凑眼到板壁缝去张望，见老鸨打开柜子，取出一瓶酒来，倒了一杯，递给龟奴。只听她说道："叫了春芳陪酒的那两个公子，身边钱钞着实不少。他们说在院子里借宿，等朋友。这种年轻雏儿，不会看中春芳的，待会我去跟他们说，要他们梳笼这贱货，运气好的话，赚他三四百两银子也不希奇。"龟奴笑道："恭喜七姐招财进宝，我也好托你的福，还一笔赌债。"老鸨骂道："路倒尸的贱胚，辛辛苦苦赚来几两银子，都去送在三十二张骨牌里。这件事办得不好，小心我割了你的乌龟尾巴。"

韦小宝知道"迷春酒"是一种药酒，喝了之后就人事不知，各处妓院中用来迷倒不肯接客的雏妓，从前听着只觉十分神奇，此时却知不过是在酒中混了些蒙汗药，可说寻常得紧，心想："今日我的干爹是两个少年公子？是甚么家伙，倒要去瞧瞧。"

他悄悄溜到接待富商豪客的“甘露在”外，站在向来站惯了的那个圆石墩上，凑眼向内张望。以往每逢有豪客到来，他必定站在这圆石墩窥探，此处窗缝特大，向厅内望去，一目了然，客人侧坐，却见不到窗外的人影。他过去已窥探了不知几百次，从来没碰过钉子。

只觉厅内红烛高烧，母亲脂粉满脸，穿着粉红缎衫，头上戴了一朵红花，正在陪笑给两个客人斟酒。韦小宝细细瞧着母亲，心想：“原来妈这么老了，这门生意做不长啦，也只有这两个瞎了眼的瘟生，才会叫她来陪酒。妈的小调唱得又不好听，倘若是我来逛院子，倘若她不是我妈，倒贴我一千两银子也不会叫她。”只听他母亲笑道：“两位公子爷喝了这杯，我来唱个《相思五更调》给两位下酒。”

韦小宝暗暗叹了口气，心道：“妈的小调唱来唱去只是这几只，不是《相思五更调》，就是‘一根紫竹直苗苗’，再不然就是‘一把扇子七寸长，一人煽风二人凉’，总不肯多学几只。她做婊子也不用心。”转念一想，险些笑了出来：“我学功夫也不肯用心，原来我的懒性儿，倒是妈那里传下来的。”

忽听得一个娇嫩的声音说道：“不用了！”这三字一入耳，韦小宝全身登时一震，险些从石墩上滑了下来，慢慢斜眼过去，只见一只纤纤玉手挡住了酒杯，从那只纤手顺着衣袖瞧上去，见到一张俏丽脸庞的侧面，却不是阿珂是谁？韦小宝心中大跳，惊喜之心难以抑制：“阿珂怎么到了扬州？为甚么到丽春院来，叫我妈陪酒？她女扮男装来到这里，不叫别人，单叫我妈，定是冲着我来了。原来她终究还有良心，记得我是跟她拜了天地的老公。啊哈，妙极，妙之极矣！你我夫妻团圆，今日洞房花烛，我将你双手抱在怀里……”

突然听得一个男子声音说道：“贤弟暂且不喝，待得那几位蒙古朋友到来……”韦小宝耳中嗡的一声，立知大事不妙，眼前天旋地转，一时目不见物，闭目定得一定神，睁眼看去，坐在阿珂身侧的那个少年公子，却不是台湾的二公子郑克塽是谁？

韦小宝的母亲韦春芳笑道：“小相公既然不喝，大相公就多喝一杯。”给郑克塽斟了一杯酒，一屁股坐在他怀里。阿珂：“喂，你放尊重些。”韦春芳笑道：“啊哟，小相公脸皮嫩，看不惯这调调儿。你以后天天到这里来玩儿，只怕还嫌人家不够风情呢。小相公，我叫个小姑娘来陪你，好不好？”阿珂忙道：“不，不，不要！你好好坐在一旁！”韦春芳笑道：“啊，你喝醋了，怪我陪大相公，不陪你。”站起身来，往阿珂怀中坐下去。

韦小宝只看得又是好气，又是好笑，心道：“天下竟有这样的奇事，我的老婆来嫖我的妈妈。”只见阿珂伸手一推，韦春芳站立不定，一交坐倒。韦小宝大怒，心道：“小婊子，你推你婆婆，这般没上没下！”

韦春芳却不生气，笑嘻嘻站起身来，说道：“小相公就是怕丑，你过来坐在我的怀里好不好？”阿珂怒道：“不好！”对郑克塽道：“我要去了！甚么地方不好跟人会面，为甚么定要在这里？”郑克塽道：“大家约好了在这里的，不见不散。我也不知原来是这等肮脏地方。喂，你给我规规矩矩的坐着。”最后这句话是对韦春芳说的。

韦小宝越想越怒，心道：“那日在广西柳江边上，你哀求老子饶你狗命，罚下重誓，决不再跟我老婆说一句话，今日竟然一同来嫖我妈妈。嫖我妈妈，倒也罢了，你跟我老婆却不知已说了几千句、几万句话。那日没割下你的舌头，实是老子大大的失策。”

韦春芳打起精神，伸手去撴郑克塽的头颈，郑克塽将她手臂一把推开，说道：“你到外面去罢，咱兄弟俩有几句话说。等我叫你再进来。”韦春芳无奈，只得出厅。郑克塽低声道：“珂妹，小不忍则乱大谋，要成就大事，咱们只好忍耐着点儿。”郑克塽道：“那葛尔丹王子不是好人，他为甚么约你到这里来会面？”

韦小宝听到“葛尔丹王子”五字，寻思：“这蒙古混蛋也来了，好极，好极，他们多半是在商量造反。老子调兵遣将，把他们一网打尽。”

只听郑克塽道：“这几日扬州城里盘查很紧，旅店客栈中的客人，只要不是熟客，衙役捕快就来问个不休，倘若露了行迹，那就不妙了。这妓院中却没公差前来罗唣。咱们住在这里，稳妥得多。我跟你倒也罢了，葛尔丹王子一行人那副蒙古模样，可惹眼得很。再说，你这么天仙般的相貌，倘若住了客店，通扬州的人都要来瞧你，迟早定会出事。”阿珂浅浅一笑，道：“不用你油嘴滑舌的讨好。”郑克塽伸臂搂住她肩头，在她嘴角边轻轻一吻，笑道：“我怎么油嘴滑舌了？要是天仙有你这么美貌，甚么吕纯阳、铁拐李，也不肯下凡了，每个神仙都留在天上，目不转睛的瞧着我的小宝贝儿。”阿珂嗤的一笑，低下头去。

韦小宝怒火冲天，不可抑制，伸手一摸匕首，便要冲进去火拼一场，随即转念：“这小子武功比我强，阿珂又帮着他。我一冲进去，奸夫淫妇定谋杀亲夫。天下甚么人都好做，就是武大郎做不得。”当下强忍怒火，对他二人的亲热之态只好闭目不看。

只听阿珂道：“哥哥，到底……”这“哥哥”两字一叫，韦小宝更是酸气满腹，心道：“他妈的好不要脸，连‘哥哥’也叫起来了。”她下面几句说话，就没听入耳中。只听郑克塽道：“他在明里，咱们在暗里。葛尔丹手下的武士着实厉害，包在我身上，这一次非在他身上刺几个透明窟窿不可。”阿珂道：“这家伙实在欺人太甚，此仇不报，我这一生总是不会快活。你知道，我本来是不肯认爹爹的，只因他答应为我报仇，派了八名武功好手陪我来一同行事，我才认了他。”韦小宝心道：“是谁得罪了你？你要报仇，跟你老公说好了，没甚么办不到的事，又何必认了吴三桂这大汉奸做爹爹。”

郑克塽道：“要刺死他也不是甚么难事，只不过鞑子官兵戒备严密，得手之后要全身而退，就不大容易。咱们总得想个万全之策，才好下手。阿珂道：“爹爹答应我派人来杀了这人，也不是全为了我。他要起兵打鞑子，这人是大大的阻碍。他吩咐我千万别跟妈说，我就料到他另有私心。”郑克塽道：“你跟你妈说了没有？”阿珂摇摇头，说道：“没有。这种事情越隐秘越好，说不定妈要出言阻止，我如不听妈的话，那也不好，还不如不说。”韦小宝心想：“她要行刺甚么人？这人为甚么是吴三桂起兵的阻碍？”

只听郑克塽道：“这几日我察看他出入的情形，防护着实周密，要走近他身前，就为难得很。我想来想去，这家伙是好色之徒，倘若有人扮作歌妓甚么的，使可挨近他身旁了。”韦小宝心道：“好色之徒？他说的是抚台？还是藩台？”

阿珂道：“除非是我跟师姊俩假扮，不过这种女子的下贱模样，我扮不来。”郑克塽道：“不如设法买通厨子，在他酒里放毒药。”阿珂恨恨的道：“毒死了他，我这口气不出。我要砍掉他一双手，割掉他尽向我胡说八道的舌头！这小鬼，我……我好恨！”

“这小鬼”三字一入耳，韦小宝脑中一阵晕眩，随即恍然，心中不住说：“原来是要谋杀亲夫。”他虽知道阿珂一心一意的向着郑克塽，可万万想不到对自己竟这般切齿痛恨，心想：“我又有甚么对不住你了？”这个疑窦顷刻间便即解破，只听郑克塽道：“珂妹，这小子是迷上你啦，对你是从来不敢得罪半分的。我知道你要杀他，其实是为了给我出气。你这番情意，我……我真不知如何报答才是。”

阿珂柔声道：“他欺辱你一分，比欺辱我十分还令我痛恨。他如打我骂我，我瞧在师父面上，这口气也还咽得下，可是他对你……对你一次又一次的这般无礼，叫人一想起，恨不得立即将他千刀万剐。”郑克塽道：“珂妹，我现在就报答你好不好。”右臂也伸将过去，抱住了她身子。阿珂满脸娇羞，将头钻入他怀里。

韦小宝心中又酸又怒又苦，突然间头顶一紧，辫子已给人抓住。他大吃一惊，跟着耳朵又被人扭住，待要呼叫，听到耳边一个熟悉的声音低喝：“小王八蛋，跟我来！”这句“小王八蛋”，平生不知已给这人骂地几千百次，当下更不思索，乖乖的跟了便走。

抓他辫子、扭他耳朵之人，手法熟练已极，那也是平生不知已抓过他、扭过他几千百次了，正是他母亲韦春芳。

两人来到房中，韦春芳反脚踢上房门，松手放开他辫子和耳朵。韦小宝叫道：“妈！我回来了！”韦春芳和他凝视良久，突然一把将他抱住，呜呜咽咽的哭了起来。韦小宝笑道：“我不是回来见你了吗？你怎么哭了？”韦春芳抽抽噎噎的道：“你死到哪里去了？我在扬州城里城外找遍了你，求神拜佛，也不知许了多少愿心，磕了多少头。乖小宝，你终于回到娘身边了。”韦小宝笑道：“我又不是小孩子了，到外面逛逛，你不用担心。”

韦春芳泪眼模糊，见儿子长得高了，人也粗壮了，心下一阵欢喜，又哭了起来，骂道：“你这小王八蛋，到外面逛，也不给娘说一声，去了这么久，这一次不狠狠给你吃一顿笋炒肉，小王八蛋不知道老娘的厉害。”

所谓“笋炒肉”，乃是以毛竹板打屁股，韦小宝不吃已久，听了忍不住好笑。韦春芳也笑了起来，摸出手帕，给他擦去脸上泥污；擦得几擦，一低头，见到自己一件缎子新衫的前襟上又是眼泪，又是鼻涕，还染上儿子脸上的许多炭灰，不由得肉痛起来，拍的一声，重重他了他一个耳光，骂道：“我就是这一件新衣，还是大前年过年缝的，也没穿过几次。小王八蛋，你一回来也不干好事，就弄脏了老娘的新衣，叫我怎么去陪客人？”

韦小宝见母亲爱惜新衣，闹得红了脸，怒气勃发，笑道：“妈，你不用可惜。明儿我给你去缝一百套新衣，比这件好过十倍的。”韦春芳怒道：“小王八蛋就会吹牛，你有个屁本事？瞧你这副德性，在外边还能发了财回来么？”韦小宝道：“才是没发到，不过赌钱手气好，赢了些银子。”

韦春芳对儿子赌钱作弊的本事倒有三分信心，摊开手掌，说道：“拿来！你身边存不了钱，过不了半个时辰，又去花个干净。”韦小宝笑道：“这一次我赢得太多，说甚么也花不了。”韦春芳提起手掌，又是一个耳光打过去。

韦小宝一低头，让了开去，心道：“一见到我伸手就打的，北有公主，南有老娘。”伸手入怀，正要去取银子，外边龟奴叫道：“春芳，客人叫你，快去！”

韦春芳道：“来了！”到桌上镜箱竖起的镜子前一照，匆匆补了些脂粉，说道：“你给我躺在这里，老娘回来要好好审你，你……你可别走！”韦小宝见母亲眼光中充满担忧的神色，生怕自己又走得不知去向，笑道：“我不走，你放心！”韦春芳骂了声“小王八蛋”，脸有喜色，掸掸衣衫，走了出去。

韦小宝在床上躺下，拉过被来盖上，只躺得片刻，韦春芳便走进房来，手里拿着一把酒壶，她见儿子躺在床上，便放了心，转身便要走出。韦小宝知道是郑克塽要她去添酒，突然心念一动，道：“妈，你给客人添酒去吗？”韦春芳道：“是了，你给我乖乖躺着，妈回头弄些好东西给你吃。”韦小宝道：“你添了酒来，给我喝几口。”韦春芳骂道：“馋嘴鬼，小孩儿家喝甚么酒？”拿着酒壶走了。

韦小宝忙向板壁缝中一张，见隔房仍是无人，当即一个箭步冲出房来，走进隔房，打开柜子，取了老鸨的那瓶“迷春酒”，回入自己房中，藏在被窝里，拔开了瓶塞，心道：“郑克塽你这小杂种，要在我酒里放毒药，老子今日给你来个先下手为强！”

过不多时，韦春芳提着一把装得满满的酒壶，走进房来，说道：“快喝两口。”韦小宝躺在床上，接过了酒壶，坐起身来，喝了一口。韦春芳瞧着儿子偷嫖客的酒喝，脸上不自禁的流露爱怜横溢之色。韦小宝道：“妈，你脸上有好大一块煤灰。”韦春芳忙到镜子前去察看。韦小宝提起酒壶往被中便倒，跟着将“迷春酒”倒了大半瓶入壶。

韦春芳见脸上干干净净，哪里有甚么煤灰了，登时省起儿子又在捣鬼，要支使开自己，以便大口偷酒喝，当即转身，抢过了酒壶，骂道：“小王八蛋是坶娘肚里钻出来的，我还不知你的鬼计？哼，从前不会喝酒，外面去浪荡了这些日子，甚么坏事都学会了。”

韦小宝道：“妈，那个小相公脾气不好，你说甚么得灌他多喝几杯。他醉了不作声，再骗那大相公的银子就容易了。”

韦春芳道：“老娘做了一辈子生意，这玩意儿还用你教吗？”心中却颇以儿子的主意为然，又想：“小王八蛋回家，真是天大的喜事，今晚最好那瘟生不叫我陪过夜，老娘要陪儿子。”拿了酒壶，匆匆出去。

韦小宝躺在床上，一会儿气愤，一会儿得意，寻思：“老子真是福将，这姓郑的臭贼甚么人不好嫖，偏偏来讨我便宜，想做老子的干爹。今日还不嗤的一剑，再撒上些化尸粉？”想到在郑克塽的伤口中撒上化尸粉后，过不多久，便化成一滩黄水，阿珂醉转来，她的“哥哥”从此无影无踪，不知去向。她就是想破了脑袋，也猜不到是怎么一回事，“他妈的，你叫哥哥啊，多叫几声哪，就快没得叫了。”

他想得高兴，爬起身来，又到甘露厅外向内张望，只见郑克爽刚喝干了一杯酒，阿珂举杯就口，浅浅喝了一口。韦小宝大喜，只见母亲又给郑克塽斟酒。郑克塽挥手道："出去，出去，不用你侍候。"韦春芳答应了一声，放下酒壶时衣袖遮住了一碟火腿片。

韦小宝微微一笑，心道："我就有火腿吃了。"忙回入房中。

过不多时，韦春芳拿了那碟火腿片进来，笑道："小王八蛋，你死在外面，有这好东西吃吗？"笑眯眯的坐在床沿，瞧着儿子吃得津津有味，比自己吃还要喜欢。

韦小宝道："妈，你没喝酒？"韦春芳道："我已喝了好几杯，再喝就怕醉了，你又溜走。"韦小宝心想："不把妈妈迷倒，干不了事。"说道："我不走就是。妈，我好久没陪你睡了，你今晚别去陪那两个瘟生，在这里陪我。"

韦春芳大喜，儿子对自己如此依恋，那还是他七八岁之前的事，想不到出外吃了一番苦头，终究想起娘的好处来，不由得眉花眼笑，道："好，今晚娘陪乖小宝睡。"

韦小宝道："妈，我虽在外边，可天天想着你。来，我给你解衣服。"他的马屁功夫用之于皇帝、教主、公主、师父，无不极灵，此刻用在亲娘身上，居然也立收奇效。韦春芳应酬得嫖客多了，男人的手摸上身来，便当他是木头，但儿子的手伸过来替自己解衣扣，不由得全身酸软，吃吃笑了起来。

韦小宝替母亲解去了外衣，便去给她解裤带。韦春芳呸的一声，在他手上轻轻一拍，笑道："我自己解。"忽然有些害羞，钻入被中，脱下裤子，从被窝里拿出来放在被上。韦小宝摸了两锭银子，共有三十几两，塞在母亲手里，道："妈，这是我给你的。"韦春芳一阵欢喜，忽然流下泪来，道："我……我给你收着，过得……过得几年，给你娶媳妇。"

韦小宝心道："我这就娶媳妇去了。"吹熄了油灯，道："妈，你快睡，我等你睡着了再睡。"韦春芳笑骂："小王八蛋，花样真多。"

便闭上了眼。她累了一日，又喝了好几杯酒，见到儿子回来，更喜悦不胜，一定下来，不多时便迷迷糊糊的睡去了。韦小宝听到她鼾声，蹑手蹑脚的轻步走到门边，心中一动，又回来将母亲的裤子抛在帐子顶上，心道："待会你如醒转，没了裤子，就不能来捉我。"

走到甘露厅外一张，见郑克塽仰在椅中，阿珂伏在桌上，都已一动不动，韦小宝大喜，待了片刻，见两人仍是不动，当即走进厅去，反手待要带门，随即转念："不忙关门，倘若这小子是假醉，关上了门可逃不走啦。"拔了匕首在手，走近身去，伸右手推推郑克塽，他全不动弹，果已昏迷，又推推阿珂。她唔唔两声，却不坐起。韦小宝心想："她喝酒太少，只怕不久就醒了，那可危险。"将匕首插入靴中，扶了她坐直。

阿珂双目紧闭，含含糊糊的道："哥哥，我……我不能喝了。"韦小宝低声道："好妹子，再喝一杯。"斟满一杯酒，左手挖开她小嘴，将酒灌了下去。

眼见阿珂迷迷糊糊将这杯迷春酒吞了肚中，心道："老子跟你明媒正娶的拜了天地，你不肯跟老公洞房花烛，却到丽春院来做小婊子，要老公做瘟生来梳笼你，真正犯贱。"

阿珂本就秀丽无俦，这时酒醉之后，红烛之下更加显得千娇百媚。韦小宝色心大动，再也不会理郑克塽死活醉醒，将阿珂打横抱起，走进甘露厅侧的大房。

这间大房是接待豪客留宿的，一张大床足有六尺来阔，锦褥绣被，陈设华丽。韦小宝将阿珂轻轻放在床上，回出来拿了烛台，放在床头桌上，只见阿珂脸上红艳艳地，不由得一颗心扑通、扑通的乱跳，俯身给她脱去长袍，露出贴身穿着的淡绿亵衣。

他伸手去解她亵衣的扣子，突然听得背后脚步声响，一人冲了进来，正要回头，辫子一紧，耳朵一痛，又已给韦春芳抓住了。

韦小宝低声道:"妈,快放手!"

韦春芳骂道:"小王八蛋,咱们人虽穷,院子里的规矩可坏不得。扬州九大名院,那有偷客人钱的。快出去!"韦小宝急道:"我不是偷人钱啊。"

韦春芳用力拉他辫子,拚命扯了他回到自己房中,骂道:"你不偷客人钱,解人家衣服干甚么?这几十两银子,定是做小贼偷来的。辛辛苦苦的养大你,想不到你竟会去做贼。"一阵气苦,流下泪来,拿起床头的两锭银子,摔在地下。

韦小宝难以解释,若说这客人女扮男装,其实是自己老婆,一则说来话长,二则母亲说甚么也不会相信,只道:"我为甚么要偷人家钱?你瞧,我身边还有许多银子。"从怀 掏出一大叠银票,说道:"妈,这些银子我都要给你的,怕一时吓坏了你,慢慢再给你。"

韦春芳见几百两的银票共有数十张之多,只吓得睁大了眼,道:"这……这……小贼,你……你……你还不是从那两个相公身上摸来的?你转世投胎,再做十世小王八蛋,也挣不到这许多银子,快去还了人家。咱们在院子里做生意,有本事就骗人家十万八万,却是要瘟生心甘情愿,双手奉送。只要偷了人家一个子儿,二郎神决不饶你,来世还是干这营生。小宝,娘是为你好!"说到后来,语气转柔,又道:"人家明日醒来,不见了这许多银子,那有不吵起来的?衙门里公差老爷来一查,捉了你去,还不打得皮开肉烂的吗?乖小宝,咱们不能要人家这许多银子。"说来说去,总是要儿子去还钱。

韦小宝心想:"妈缠七夹八,这件事一时说不明白了,闹到老鸨、乌龟知道了,大家来一乱,这件事全坏啦。"心念一动,已有了主意,便道:"好,好,妈,就依你啦。"携了母亲的手来到甘露厅,将一叠银票都塞在郑克塽怀里,拉出自己两个衣袋底,拍拍身上，道："我一两银子也没了，你放心罢？"韦春芳叹了口气，道："好，要这样才好。"

韦小宝回到自己房里，见母亲下身穿着一条旧裤，不由得嗤的一笑。韦春芳弯起手指，在他额头卜的一记，骂道："我起身解手，摸不到裤子，就知你不干好事去了。"说着不禁笑了起来。韦小宝道："啊哟，不好，要拉屎。"抱住肚子，匆匆走出。韦春芳怕他又去甘露厅，见他走向后院茅房，这才放心，心道："你再要去花厅，总逃不过老娘的眼去。"

韦小宝走出边门，飞奔回到何园。守门亲兵伸手拦住，喝道："干甚么？"韦小宝道："我是钦差大人，你不认得了吗？"那亲兵一惊，仔细一看，果是钦差大人，忙道："是，是大人……"韦小宝那等他说完，快步回到房中，说道："好双儿，快快，帮我变回钦差大人。"一面说，一面力扯身上长衫。

双儿服侍他洗脸更衣，笑道："钦差大人私行察访，查到了真相吗？"韦小宝道："查到了，咱们这就去拿人。你快穿亲兵衣服，再叫八名亲兵随我去。"双儿道："要不要叫徐老爷子们？"韦小宝心想："郑克塽和阿珂已经迷倒，手到擒来，不费吹灰之力。徐天川他们要是跟了去，又不许我杀姓郑的那臭小子了。叫了亲兵同去，是摆架子吓我娘、吓老鸨龟儿的。"便道："不用了。"

双儿穿起亲兵服色，道："咱们同曾姑娘同去，好不好？"亲兵队中只有她跟曾柔两个是女扮男装，两个少女这些日子相处下来，已然十分亲密。韦小宝心想："要抱阿珂到这里来，她一个不行，须得两个人抬才是。钦差大人不能当着下人动手，又不能让亲兵的臭手碰到我老婆的香身？"说道："很好，你叫她一起去，可别叫王屋派那些人。"

曾柔本就穿着亲兵装束，片刻便即就绪。韦小宝带着二女和八名亲兵，又到丽春院来。两个亲兵上去打门，喝道："参将大人到，快开门迎接。"众亲兵得了嘱咐，只说韦小宝是参将，要吓吓老鸨、龟儿，一名参将已绰绰有余。

打了半天，大门才呀的一声开了，一名龟奴迎了出来，叫道："有客！"这两个字叫得没精打采。韦小宝怕他认得自己，不敢向他瞧去。一名亲兵喝道："参将老爷驾到，叫老鸨好好侍候。"

韦小宝来到厅上，老鸨出来迎接，对韦小宝瞧也不瞧，便道："请老爷去花厅吃茶。"韦小宝心想："你不瞧我最好，免得认了我出来，也不用见我妈了，吩咐他们抬了阿珂和郑克塽走便是。"只是这老鸨平素接待客人十分周到，对官面上的更是恭敬客气，今日却这等冷淡，话声也很古怪，不觉微感诧异。

他走进甘露厅，只见酒席未收，郑克塽仍是仰坐在椅中，正待下令，只见一个衣着华丽之人走了过来，说道："韦大人，你好！"

韦小宝一惊，心道："你怎认得我？"向他瞧去，这一惊非同小可，弯腰伸手，便去摸靴中匕首。突觉手上一紧，身后有人抓住了他手腕，冷冷的道："好好坐下罢，别动粗！"左手抓住他后领，提起他身子，往椅中一送。韦小宝暗暗叫苦，但听得双儿一呼娇叱，已跟那人动上了手。曾柔上前夹击，旁边一个锦衣公子发掌向她劈去，两人斗了起来。

韦小宝凝目一看，这锦衣公子原来也是女扮男装，是阿珂的师姊阿琪。跟双儿相斗之人身材高瘦，却是西藏喇嘛桑结，这时身穿便装，头上戴帽，拖了个假辫。第一个衣着华丽之人则是蒙古王子葛尔丹。韦小宝心道："我忒也胡涂，明明听得郑克塽说约了葛尔丹在此相会，怎不防到这一着？我一见阿珂，心里就迷迷糊糊的，连老子姓甚么也忘了。他妈的，我老子姓甚么，本来就不知道，倒也难怪。"

只听得双儿"啊哟"一声，腰里已被桑结点了穴道，摔倒在地。这时曾柔还在和阿琪狠斗，阿琪招式虽精，苦于出手无力，几次打中了曾柔，却伤她不得。桑结走近身去，两招之间就把曾柔点倒。八名亲兵或被桑结点倒，或被葛尔丹打死，摔在厅外天井中。

桑结嘿嘿一笑，坐了下来，说道："韦大人，你师父呢？"说着伸出双手，直伸到他面前。只见他十根手指都少了一截，本来手指各有三节，现下只剩下两节，极为诡异可怖，韦小宝暗暗叫苦："那日他翻阅经书，手指沾上了我所下的毒，这人居然狠得起心，将十根手指都斩了下来。今日老子落在他手中，一报还一报，把我十根手指也都斩下一截，那倒还不打紧，怕的是把我脑袋斩下一截。"

桑结见他吓得呆了，甚是得意，说道："韦大人，当日我见你小小孩童，不知你是朝中大大的贵人，多有得罪。"韦小宝道："不敢当。当日我只道你是一个寻常喇嘛，不知你是一位大大的英雄，多有得罪。"桑结哼了一声，问道："你怎知我是英雄了？"韦小宝道："有人在经书上下了剧毒，想害我师父，给我师父识破了，不敢伸手去碰。你定要瞧这部经书，我师父无可奈何，只好给你。大喇嘛，你手指中毒之后，当机立断，立刻就把毒手指斩去，真正了不起！自己抹脖子自杀容易，自己斩去十根手指，古往今来，从来没哪一位大英雄干过。想当年关云长刮骨疗毒，不皱一皱眉头，那也是旁人给他刮骨，要他自己斩手指，那就万万不能。你比关云长还厉害，这不是自古以来天下第一位大英雄么？"

桑结明知他大拍马屁，不过想自己对他手下留情，比之哀求饶命，相差也是无几，不过这些言语听在耳里，倒也舒服受用。当日自己狠砍下十根手指，这才保得性命，虽然双手残废，许多武功大打折扣，但想到彼时生死悬于一线，自己竟有这般刚勇，心下也常自引以为傲。他带同十二名师弟，前来中原劫夺《四十二章经》，结果十二人尽皆丧命，自己还闹得双手残废，如此倒霉之事，自然对人绝口不提，也从来无人敢问他为何会斩去十根手指，因此韦小宝这番话，还是第一次听见。

大喇嘛阴沉沉的脸上，不自禁多了几丝笑意，说道："韦大人，我们得知你驾临扬州，大家便约齐了来跟你相会。你专门跟平西王捣蛋，坏了他老人家不少大事。额驸想回云南探亲，也是给你阻住的，是不是？"韦小宝道："各位消息倒灵通，当真了得！这次我出京，皇上吩咐了甚么话，各位知不知道？"桑结道："倒要请教。"

韦小宝道："好说，好说。皇上说道：'韦小宝，你去扬州办事，只怕吴三桂要派人行刺，朕有些放心不下。好在他儿子在朕手里，要是你有甚么三长两短，朕把吴应熊这小子一模一样的两短三长便了。吴三桂派人割了你一根小指头儿，吴应熊这小子也不免少一根小指头儿。吴三桂这老小子派人杀你，等于杀他自己儿子。'我说：'皇上，别人的儿子我都可以做，吴三桂的儿子却一定不做。'皇上哈哈大笑。就这么着，我到扬州来啦。"

桑结和葛尔丹对望一眼，两人脸色微变。桑结道："我和王子殿下这次到扬州来找你，初时心想皇帝派出来的钦差，定是甚么了不起的人物，哪知道我二人远远望了一望，却原来是老相识，连这位阿琪姑娘，也识得你的。"韦小宝笑道："咱们是老相好了。"

阿琪拿起桌上的一只筷子，在他额头一戳，啐道："谁跟你是老相好？"

桑结道："我们约了台湾郑二公子在这里相会，原是要商量怎么对你下手，想不到你竟会自己送上门来，可省了我们不少力气。"

韦小宝道："正是。皇上向王子手下那大胡子罕帖摩盘问了三天，甚么都知道了。"

桑结和葛尔丹听到罕帖摩的名字，都大吃一惊，同时站起，问道："甚么？"

韦小宝道："那也没甚么。皇上跟罕帖摩说的是蒙古话，叽哩咕噜的，我一句也不懂。后来皇上赏了他好多银子，派他去兵部尚书明珠大人手下办事，过不了三天，就派我去催他快些画地图。这些行军打仗的事，我也不懂。我对皇上说：'皇上，蒙古，西藏，地方太冷，你要派兵去打仗，奴才跟你告个假，到扬州花花世界去逛逛罢。'"

葛尔丹满脸忧色，问道："你说小皇帝要派兵去打蒙古、西藏？"韦小宝摇头道："这种事情，我不大清楚了。皇上说：'咱们最好只对付一个老家伙。蒙古、西藏要是帮咱们，咱们就当他们是朋友；他们要是帮老家伙，咱们没法子，只好先发制人。'"

桑结和葛尔丹对望了一眼，心中略宽，都坐了下来。葛尔丹问起罕帖摩的情形，韦小宝于他开貌举止，描绘得活龙活现，不由葛尔丹和桑结不信。

韦小宝见他二人都眉头微蹙，料想他二人得知罕帖摩降清，蒙古、西藏和勾结之事已瞒不过小皇帝，生怕康熙先下手为强；眼见双儿和曾柔都给点了穴道，躺在地下，那八名亲兵多半均已呜呼哀哉，他这次悄悄来到丽春院，生恐给人发见自己身世秘密，因此徐天川、张勇、赵齐贤等无一得知，看来等到自已给人剁成肉酱，做成了扬州出名的狮子头，不论红烧也罢，清蒸也罢，甚至再加蟹粉，还是无人来救；既无计脱身，只有信口开河，聊胜于坐以待毙，说道："皇上听说葛尔丹王子武功高强，英雄无敌，倒也是十分佩服的。"

葛尔丹微笑问道："皇帝也练武功么？怎知道我有武功？"韦

小宝道："皇上自然会武的，还挺不错呢。殿下那日在少林寺大显身手，只打得少林寺方丈甘拜下风，达摩堂、罗汉堂、般若堂三堂首座望风披靡。兄弟都向皇上细细说了。"那日葛尔丹在少林铩羽而去，此刻听韦小宝为他大吹法螺，以桑结之前大有面子，不禁脸现得意之色。

韦小宝道："少林寺方丈晦聪大师的武功，在武林中也算是数一数二的了，可是王子殿下衣袖只这么一拂，晦聪方丈便站立不定，一交坐倒，幸亏他坐下去时，屁股底下恰好有个蒲团，才不摔坏了那几根老头骨……"其实那天桑结是给晦聪袍袖一拂，一交坐在椅上，再也站不起来，韦小宝却把话倒转来说了，心道："晦聪师兄待我不错，但今日做师弟的身遇血光之灾，眼看就要圆寂坐化，前往西天，只好空即是色，色即是空，师兄胜即是败，败即是胜。"嘴里胡言乱语，心中胡思乱想，一双眼睛东张西望，一瞥眼间，只见阿琪似笑非笑，一双妙目盯在葛尔丹脸上，眼光中充满着情意。

韦小宝心念一动："这恶姑娘想做蒙古王妃。"便道："皇上说道：'葛尔丹王子武功既高，相貌又漂亮，他要娶王妃，该当娶一个年轻美貌、也有武功的姑娘才是……'"偷眼向阿琪瞧去，果见她脸上一红，神色间十分关注，接着道："……那陈圆圆虽然号称天下第一美人，可是现下年纪大了，葛尔丹又何必定要娶她呢？"

阿琪忍不住道："谁说人要娶陈圆圆了？又来瞎说！"葛尔丹摇头道："哪有此事？"

韦小宝道："是啊。我说：'启禀皇上：葛尔丹王子殿下有个相好的姑娘叫做阿琪姑娘……'"阿琪啐了一口，脸上神色却十分欢喜。葛尔丹向她笑吟吟的望了一眼。韦小宝续道："'……这位阿珂姑娘武功天下第三，只不及桑结大喇嘛、葛尔丹王子殿下，比之皇上，嘻嘻，似乎还强着一点儿，奴才说的是老实话，皇上可别见怪……”

桑结本来听得有些气闷，但听他居然对皇帝说自己是武功天下第一，明知这小鬼的说话十成中信不了半成，但也不自禁怡然自得，鼻中却哼了一声，示意不信。

韦小宝续道：“皇上说：‘我不信。这小姑娘武功再好，难道还强得过她师父吗？’我说：‘皇上有所不知。这小姑娘的师父，是一位身穿白衣的尼姑，武功本来是很高的，算得上天下第三。可是有一次跟桑结大喇嘛比武，给桑结大喇嘛一掌劈过去，那师及抵挡不住，全身内功散得无影无踪。因此武功天下第三的名号，就给她徒儿抢去了。’”

阿琪听他说穿自己师承的来历，心下惊疑不定：“他怎会知道我师父？”

桑结虽未和九难动过手，但十二名师弟尽数在她师徒手下死于非命，实是生平的奇耻大辱，此刻听韦小宝宣称九难被自己一掌劈得内功消散，实是往自己脸上大大贴金。他和葛尔丹先前最担心的，都是怕韦小宝揭露自己的丑史，因此均想尽快杀了此人灭口，待听他将自己的大败说成大胜，倒也不忙杀他了。桑结向阿琪凝视片刻，心想：“我此刻才知，原来你是那白衣小尼姑的徒儿。这中间只怕有点儿古怪。”

阿珂问道：“你说陈圆圆甚么的，又怎样了？”

韦小宝道：“那陈圆圆，我在昆明是亲眼见过的。不瞒姑娘说，她比我大了好几岁，不过‘天下第一美人’这六个字，的确名不虚传。我一见之下，登时灵魂儿出窍，手脚冰冷，全身发抖，心中只说‘世上哪有这样美貌的人儿？’阿琪姑娘，你的师妹阿珂，算得是很美了，但比之这个陈圆圆，容貌体态，那可差得太多。”

阿琪自然知道阿珂容颜绝美，远胜于己，又知韦小宝对阿珂神魂颠倒，连他都这般说，只怕这话倒也不假，但嘴上兀自不肯服气，说道："你这小孩儿是个小色迷，见到人家三分姿色，就说成十分。陈圆圆今年至少也四十几岁了，就算从前美貌，现今也不美了。"

韦小宝连连摇头道："不对，不对。像你阿琪姑娘，今年不过十八九岁，当然美得不得了。再过三十年，一定仍然美丽之极，你要是不信，我跟你打个赌。如果三十年后你相貌不美了，我割脑袋给你。"

阿琪嘻的一笑，任何女人听人称自己美貌，自然开心，而当着自己情郎之面称赞，更加心花怒放，何况她对自己容色本就颇有自信，想来三十年后，自己也不会难看多少。

韦小宝只盼她答应打这赌，那么葛尔丹说不定会看在意中人面上，便让自己再活三十年，到那时再决输赢，也还不迟。不料桑结哼了一声，冷冷的道："就可惜你活不过今晚了。阿琪姑娘三十年后的芳容，你没福气见到啦。"

韦小宝嘻嘻一笑，说道："那也不打紧。只盼大喇嘛和王子殿下记得我这句话，到三十年后的今天，就知韦小宝有先见之明了。"桑结、葛尔丹、阿琪三人忍不住都哈哈大笑。

韦小宝道："我到昆明，还是几个月之前的事，我是送建宁公主去嫁给吴三桂的儿子，你们三位都知道的了。本来这是大大的喜事，可是一进昆明城里，只见每条街上都有人在号啕大哭，隔不了几家，就是一口棺材，许多女人和小孩披麻戴孝，哭得昏天黑地。"

葛尔丹和阿琪齐问："那为了甚么？"

韦小宝道："我也奇怪得很哪。一问云南的官儿，大家支支吾吾的都不肯说。后来我派亲兵出去打听，才知道了，原来这天早晨，陈圆圆听说公主驾到，亲自出来迎接。她从轿子里一出来，昆明十几万男人就都发了疯，个个拥过去看她，都说天上仙女下凡,你推我拥,踹死了好几千人。平西王帐下的武官兵丁起初拚命弹压,后来见到了陈圆圆,大家刀枪也都掉了下来,个个张大了口,口水直流,只是瞧着陈圆圆。”

桑结、葛尔丹、阿琪三人你瞧瞧我,我瞧瞧你,均想:“这小孩说话定然加油添酱,不过陈圆圆恐怕当真美貌非凡,能见上一见就好了。”

韦小宝见三人渐渐相信,又道:“王子殿下,平西王麾下有个总兵,叫做马宝,你听过他名字么?”葛尔丹和阿琪都点了点头。他二人和马宝曾同去少林寺,怎不认得?葛尔丹道:“那天在少林寺中,你也见过他的。”韦小宝道:“是他么?我倒忘了。当日我只留神王子殿下大显神功,打倒少林寺的高僧,没空再瞧旁人,就稍算有一点儿空闲,也只顾到向阿琪姑娘的花容月貌偷偷多看上几眼。”阿琪啐了他一口,心中却甚喜欢。

葛尔丹问道:“马总兵又怎么了?”韦小宝叹了口气,说道:“马总兵也就是这天出的事。他奉平西王将令保护陈圆圆,那知道他看得陈圆圆几眼,竟也胡里胡涂了,居然过去摸了摸她那又白又嫩的小手。后来平西王知道了,打了他四十军棍。马总兵悄悄对人说:‘我摸的是陈圆圆的左手,本来以为王爷要割了我一只手。早知道只打四十军棍,那么连也右手也摸一摸了。八十下军棍,未必就打得死我。’平西王驾下共有十大总兵,其余九名总兵都羡慕得不得了。这句话传到平西王耳里,他就传下将令,今后谁摸陈圆圆的手,非砍下双手不可。平西王的女婿夏国相,也是十大总兵之一,他就叫高手匠人先做下一双假手。他说自己有时会见到这个天仙似的岳母,万一忍不住要上去摸手,不如自己先做下假手,以免临时来不及定做,这叫做有甚么无患。”

葛尔丹只听得张大了口,呆呆出神。桑结不住摇头,连说:“荒唐,荒唐!”也不知是说十大总兵荒唐,还是说韦小宝荒唐。阿琪道："你见过陈圆圆，怎不去摸她的手？"

韦小宝道："那是有缘故的。我去见陈圆圆之前，吴应熊先来瞧我，说我千里迢迢的送公主去给他做老婆，他很是感激。他从怀里掏出一副东西，金光闪闪，镶满了翡翠、美玉、红宝石、猫儿眼，原来是一副黄金手铐。"

阿琪问道："甚么手铐，这般珍贵？"

韦小宝道："是啊，当时我便问他是甚么玩意儿，总以为是他送给我的礼物。哪知他喀喇一声，把我双手拷住了。我大吃一惊，叫道：'额驸，你干么拿我？我犯了甚么罪？'吴应熊道：'钦差大人，你不可会错了意，兄弟是一番好意。你要去见我陈姨娘，这副手铐是非戴不可的，免得你忍耐不住，伸手摸她。倘若单是摸摸她的手，父王冲着你钦差大人的面子，也不会怎样。就只怕你一呀摸，二呀摸，三呀摸的摸起来，父王不免要犯杀害钦差大人的大罪。大人固然不妥，我吴家可也糟了。'我吓了一跳，就戴了手铐去见陈圆圆。"

阿琪越听越好笑，道："我真可是不信。"韦小宝道："下次你到北京，向吴应熊要这副金手铐来瞧瞧，就不由你不信了。他是随身携带的，以便一见陈圆圆，立刻取出戴上，只要慢得一步，那就乖乖不得了。"桑结哼了一声道："陈圆圆是他庶母，难道他也敢有非礼的举动？"韦小宝道："他当然不敢，因此随身携带这副金手铐啊。"阿琪道："他到了北京，又何必再随身携带？"

韦小宝一怔，心道："糟糕！牛皮吹破了。"但他脑筋转得甚快，立即说道："吴应熊本来想立刻回昆明的，又没想在北京长住。留在北京，那是不得已。"桑结瞪了他一眼，道："那是你恩将仇报了。人家借手铐给你，很够交情，你却阻拦了他，不让他回云南。"

韦小宝摇头道："吴应熊于我有甚么恩？他跟我有不共戴天

之仇。”桑结奇道:“他得罪你甚么了?”韦小宝道:“还不得罪?借手铐给我,那比杀了我老子还恶毒。当时我若不是戴着这副手铐,陈圆圆的脸蛋也摸过了。唉,大喇嘛,王子殿下,只要我摸过陈圆圆那张比花瓣儿还美上一万倍的脸蛋,吴三桂砍下我这一双手又有甚么相干?就算他再砍下我一双腿,做成云南宣威火腿,又算得甚么?”

三人神驰天南,想像陈圆圆的绝世容光,听了他这几句话竟然不笑。

韦小宝压低嗓子,装出一副神秘莫测的模样,悄声道:“有个天大的秘密,三位听了可不能泄漏。本来是不能说的,不过难得跟三位谈得投机,不妨跟知己说说。”葛尔丹忙问:“甚么机密?”韦小宝低声道:“皇上调兵遣将,要打吴三桂。”桑结等三人相视一笑,都想:“那是甚么机密了?皇上不打吴三桂,吴三桂也要起兵打皇上。”韦小宝道:“你们可知皇上为甚么要对云南用兵?那就难猜些了。”

阿琪道:“难道也是为了陈圆圆?”韦小宝一拍桌子,显得惊异万分,说道:“咦!你怎么知道?”阿琪道:“我是随便猜猜。”

韦小宝大为赞叹,说道:“姑娘真是女诸葛,料事如神。皇上做了皇帝,甚么都有了,就只少了这个‘天下第一美人’。上次皇上为甚么派我这小孩子去云南,却不肖甚么德高望重、劳苦功高的大臣?就是要我亲眼瞧瞧,到底这女子是不是当真美得要命,再要我探探的吴三桂口风,肯不肯把陈圆圆献进宫去。派白胡子大臣去办这件事,总有点不好意思,是不是?哪知我只提得一句,吴三桂就拍案大怒,说道:‘你送一个公主来,就想掉换我的活观音?哼哼,就是一百个公主,我也不换。’”

桑结和葛尔丹对望一眼,隐隐觉得上了吴三桂的大当,原来其中还有这等美色的纠葛。吴三桂当年“冲冠一怒为红颜”,正是为了陈圆圆，断送了大明三百年的江山，此事天下皆知。小皇帝年少风流，这种事倒也是在情理之中。

韦小宝心道："小玄子，你是鸟生鱼汤，决不贪图老乌龟的老婆。我小桂子大难临头，只好说你几句坏话，千万不好当真。"见桑结和葛尔丹都神色严重，又道："我见吴三桂一发怒，就不敢再说。那时我在云南，虽带得几千兵马，怎敌得过吴三桂手下的千军万马？只好闷声发财了，是不是啊？"葛尔丹点了点头。

韦小宝道："一天晚上，那大胡子罕帖摩来见我，他说是王子殿下派他去昆明跟吴三桂联络的。他在昆明却发觉情势不对，说蒙古人是成甚么汗的子孙，都是英雄好汉，干么为了吴三桂的一个美貌女子去打仗送死。他求我偷偷带他去北京见皇帝，要亲自对皇帝说，陈圆圆甚么的，跟蒙古王子、西藏喇嘛都不相干。蒙古葛尔丹王子早有了一位阿琪姑娘，不会再要陈圆圆的了。西藏大喇嘛也有了……有了很多美貌的西藏姑娘……"

桑结大喝："胡说！我们黄教喇嘛严守清规戒律，决不贪花好色。"韦小宝忙道："那是罕帖摩说的，可不关我事。大喇嘛，罕帖摩为了讨了皇帝，叫他放心，不用担心人会抢陈圆圆，只怕是有的。"桑结哼了一声，道："下次见到罕帖摩，须得好好问他一问，到底是他说谎，还是你说谎，如此败坏我的清誉。"

韦小宝心中一喜："他要去质问罕帖摩，看来一时就不会杀我了。"忙道："是，是。下次你叫我跟罕帖摩当面对证好了。你们帮吴三桂造反，实在没甚么好处。就算造反成功，你们两位身边若不带备一副手铐，总还是心惊肉跳……"忽见桑结脸有怒色，忙道："大喇嘛色即是空，空即是色，见了陈圆圆当然不会动心。不过……不过……唉！"

桑结问道："不过甚么？"韦小宝道："上次我到昆明，陈圆圆出来迎接公主，不是挤死了好几千人么？这些死人的家里做法事，和尚道士忽然请不到了。”阿琪问道：“那为甚么？”韦小宝道：“许许多多和尚见到了陈圆圆，凡心大动，一天之中，昆明有几千名和尚还俗，不出家了。你想，突然间少了几千和尚，大做法事自然不够人手了。”

葛尔丹等三人都将信将疑，觉他说得未免太玄，但于陈圆圆的美艳，却已决无怀疑。

阿琪向葛尔丹晃了一眼，轻轻的道：“昆明地方这等古怪，我是不去的了。你要帮吴三桂，你自己去罢。”葛尔丹忙道：“谁说要去昆明了？我又不想见陈圆圆。我看我们的阿琪姑娘，也不见得会输了给陈圆圆。”阿琪脸色沉了一来，说道：“你说我不见得会输了给陈圆圆，明明说我不及她。你就是想去见她。”说着站起身来，道：“我走啦！”

葛尔丹大窘，忙道：“不，不！我对天发誓，这一生一世，决不看陈圆圆一眼。”阿琪回嗔作喜，坐了下来。韦小宝道：“你决不看陈圆圆一眼，这话是对的。不论是谁，一见到她，只看一眼怎么够？一百眼、一千眼也看不够啊。”葛尔丹骂道：“你这小鬼，就是会瞎说。我立誓永远不见陈圆圆的面就是。若是见了，教我两只眼睛立刻瞎了。”阿琪大喜，含情脉脉的凝视着他。

韦小宝道：“我听小皇帝说，真不明白你们两位帮吴三桂是为了甚么。倘若是要得陈圆圆，那没有法子，天下只一个陈圆圆，连小皇帝也没有。除了这美女之外，吴三桂有甚么，小皇帝比他多十倍还不止。你们两位只要帮皇帝，金银财宝，要多少有多少。”

桑结冷冷的道：“西藏和蒙古虽穷，却也不贪图金银财宝。”韦小宝心想：“他二人不要金银财宝，也不要美女，最想要的是甚么？”念头一转，心道：“是了，小丈夫一日不可无钱，大丈夫一日不可无权。我韦小宝是小丈夫，他两个是大丈夫。”便道：“小皇帝说，葛尔丹只是个王子，还不够大，倘若帮我打吴三桂，我就封他为蒙古国王。”

葛尔丹双目射出喜悦的光芒，颤声问道：“皇……皇帝当真说过这句话？”韦小宝道：“当然！我为甚么骗你？”桑结道：“天下也没蒙古国王这衔头。皇帝如能帮着殿下做了准喀尔汗，殿下也就心满意足了。”韦小宝道：“可以，可以！这‘整个儿好’，皇帝一定肯封。”心想：‘整个儿好’是他妈的甚么玩意儿？难道还有‘一半儿好’的？”

桑结见他脸上神色，料想他不懂，说道：“蒙古分为几部，准喀尔是其中最大的一部。蒙古的王不叫国王，叫做汗。王子殿下还没做到汗。”韦小宝道：“原来如此。王子殿下只要帮皇上，做个把整个儿汗那还不容易？皇帝下一道圣旨，派几万兵马去，别的蒙古人还会反抗吗？”葛尔丹一听大喜，道：“皇帝如肯如此，那自然易办。”

韦小宝一拍胸膛，说道：“你不用担心，包在我身上办到就是。皇上只恨吴三桂一人。阿琪姑娘虽然美貌，只档给皇上瞧见，他包管不会来抢你的。至于桑结大喇嘛呢，你帮了皇上的忙，皇上自会封你做管治全西藏的大官。”他不知这大官叫做甚么，不敢乱说。

桑结道：“全西藏是达赖活佛管的，可不能由皇上随便来封。”韦小宝道：“别人做是活佛，你为甚么不能做？西藏一共有几个活佛？”桑结道：“还有一个班禅活佛，一共是两位。”韦小宝道：“是啊，一日不过三，甚么都要有三个才是道理。咱们请皇上再封一位桑结活佛，桑结大活佛专管达甚么、班甚么的两个小活佛。”桑结心中一动：“这小家伙瞎说一气，倒也有些道理。”想到此处，一张瘦削的脸上登时现出了笑容。

韦小宝此时只求活命脱身，对方不论有甚么要求，都是一口答应，何况封准噶尔汗、西藏大活佛，又不用他费一两银子本钱，说道："我不是吹牛，兄弟献的计策，皇帝有九成九言听计从。再说，两位肯帮着打吴三桂，皇帝不但要封赏两位，兄弟也是立了大功，非升官发财不可。常言道得好：'朝里有人好做官。'兄弟在朝里做大官，两位分别在蒙古、西藏做大官。我说哪，咱三个不如拜把子做了结义兄弟，此后咱们三人有福共享，有难同当，不愿同年同月同日生，但愿同年同月同日死。天下除了小皇帝，就是咱三个大了，那岂不是美得很么？"心想："但愿同年同月同日死，这句话是很要紧的。他二人只要一点了头，就不能再杀我了。再要杀我，等于自杀。"

桑结和葛尔丹来到扬州之前，早已访查清楚，知道这少年钦差是小皇帝驾前的第一大红人，飞黄腾达，升官极快，只万万想不到原来便是那个早就认识的少年。葛尔丹原和他并无仇怨，桑结却给他害死了十二名师弟，斩去了十根手指，本来恨之切骨，但听了他这番言语后，心想众师弟人死不能复生，指头斩后不能重长，倘若将此人一掌打死，也不过出了一口恶气，徒然帮了吴三桂一个大忙，于自己却无甚利益，但如跟他结拜，倒十分实惠，好处甚多。两人你瞧瞧我，我瞧瞧你，都缓缓点头。

韦小宝大喜过望，想不到一番言辞，居然打动了两个恶人之心，生怕二人反悔，忙道："大哥、二哥、二嫂，咱们就结拜起来。二嫂拜不拜都成，你跟二哥拜了天地，那都是一家人了。"阿琪红着脸啐了一口，只觉这小孩说话着实讨人欢喜。

桑结突然一伸手，拍了一声，将桌子角儿拍了下来。韦小宝吃了一惊，心道："又干甚么了？"只听桑结厉声道："韦大人，你今天这番话，我暂且信了你的。可是日后你如反复无常，食言而肥，这桌了角儿便是你的榜样。"

韦小宝笑道："大哥说哪里话来，我兄弟三人一起干事，大家都有好处。兄弟假如欺骗了你们，你们在蒙古、西藏发兵跟皇帝过不去，皇帝一怒之下，定要砍了我脑袋。两位哥哥请想，兄弟敢不敢对你们不住？”桑结点点头，道：“那也说得是。”

当下三人便在厅上摆起红烛，向外跪拜，结拜兄弟，桑结居长，葛尔丹为次，韦小宝做了三弟。他向大哥、二哥拜过，又向阿琪磕头，满口“二嫂”，叫得好不亲热，心想：你做了我二嫂，以后见到我调戏我自己的老婆阿珂，总不好意思再来干涉了罢？

阿琪提起酒壶，斟了四杯酒，笑道：“今日你们哥儿三个结义，但愿此后有始有终，做出好大的事业来。小妹敬你们三位一杯。”桑结笑道：“这杯酒自然是要喝的。”说着拿起了酒杯。

韦小宝忙道：“大哥，且慢！这是残酒，不大干净。咱们叫人换过。”大声叫道：“来人哪！快取酒来。”微觉奇怪：“丽春院里怎么搞的？这许久也不见有人来侍候。”又想：“是了。老鸨、龟奴见到打架，又杀死了官兵，都逃得干干净净了。”

正想到此处，却见走进一名龟驻，低垂着头，含含糊糊的道：“甚么事””韦小宝心道：“丽春院里的龟奴，我哪一个不识得？这家伙是新来的，哪有对客人这般没规矩的？定是吓得傻了。”喝道：“快去取两壶酒来。”那龟奴道：“是了！”转身走出。

韦小宝见到那龟奴的背影，心念一动：“咦！这人是谁？白天在禅智寺外赏芍药，就见过他，怎么他到这里来做龟奴？其中定有古怪。”凝神一想，不由得背上出了一身冷汗，“啊”的一声，跳了起来。

桑结、葛尔丹、阿琪三人齐问：“怎么？”韦小宝低声道：“这人是吴三桂手下高手武士假扮的，咱们刚才的说话，定然都教他听去啦。”桑结和葛尔丹吃了一惊，齐道：“那可留他不得。”韦小宝道：“二位哥哥且……且不忙动手。咱们假装不知，且看他一共来了多少人，有……有甚么鬼计。”他说这几句话时，声音也颤了。这龟驻倘若真是吴三桂的卫士所扮，他倒也不会这般惊惶，原来此人却是神龙教的陆高轩。

这人自神龙岛随着他同赴北京，相处日久，此时化装极为巧妙，面目已全然不识，但见到他的背影，却感眼熟。日间在禅智寺外仍未省起，此刻在丽春院中再度相见，便知其中必有蹊跷，仔细一想，这才恍然。单是陆高轩一人，倒也不惧，但他既在禅智寺外听到自己无意中漏出的口风，说要到丽春院来听曲，便即来此化装成为龟奴，那么多半胖头陀和瘦头陀也来了，说不定洪教主也亲自驾临，要再说得洪教主跟自己也拜上把子，发誓同年同月同日死，那可千难万难。他越想越怕，额头上汗珠一颗颗的渗将出来。

只见陆高轩手托木盘，端了两壶酒进来，低下头，将酒壶放在桌上。韦小宝寻思：“他低下了头，生怕我瞧出破绽，哼，不知还来了甚么人？”说道：“你们院子里怎么只有你一个？快多叫些人进来侍候。”陆高轩“嗯”的一声，忙转身退出。

韦小宝低声道：“大哥、二哥、二嫂，待会你们瞧我眼色行事。我如眼睛翻白，抬头上望，我们立刻出手，将进来的人杀了。这些人武功高强，非同小可。”桑结等都点头答应，心中却想：“吴三桂手下的卫士，武功再高，也没甚么了不起，何必这样大惊小怪？”

过了一会，陆高轩带了四名妓女进来，分别坐在四人身畔。韦小宝一看，四名妓女都不相识，并不是丽春院中原来的姑娘。四妓相貌都极丑陋，有的吊眼，有的歪嘴，皮肤或黄或黑，或凹凸浮肿，或满脸疮疤。韦小宝笑道：“丽春院的姑娘，相貌可漂亮得紧哪。”只见那坐在桑结身边、满脸疮疤的姑娘向他眨了眨眼，随即又使个眼色。

韦小宝见她眼珠灵活，眼神甚美，心想：“这四人是神龙教的，故意扮成了这般模样，她却向我连使眼色，那是甚么意思？”端起原来那壶迷春酒，给四名妓女都斟了一杯，说道：“大家都喝一杯罢！”

妓院之中，原无客人向妓女斟酒之理，客人一伸手去拿酒壶，妓女早就抢过去斟了。但四名妓女只垂首而坐，韦小宝给她们斟酒，四人竟一句话不说。韦小宝心道：“这四个女人假扮婊子，功夫极差。”说道：“你们来服侍客人，怎么不懂规矩，自己不先喝一杯？”说着又斟了一杯，对陆高轩道：“你是新来的罢？连乌龟也不会做。你们不敬客人的酒，客人一生气，还肯花钱么？”

陆高轩和四女以为妓院中的规矩确是如此，都答应了一声：“是！”各人将酒喝了。

韦小宝笑道：“这才是了。院子里还有乌龟婊子没有？通统给我叫过来。偌大一家丽春院，怎么只你们五个人？只怕有点儿古怪。”那脸孔黄肿的妓女向陆高轩使个眼色。陆高轩转身而去，带了两名龟奴进来，沙哑着嗓子道：“婊子没有了，乌龟倒还有两只。”

韦小宝暗暗好笑，心道：“婊子、乌龟，那是别人在背后叫的，你自己做龟奴，怎能口称‘婊子、乌龟’？就算是嫖院的客人，也不会这样不客气。院子里只说‘姑娘、伴当’。我试你一试，立刻就露出了马脚。哼哼，洪教主神机妙算，可是做梦也想不到，我韦小宝就是在这丽春院中长大的。”

只见那两名龟奴都高大肥胖，一个是胖头陀假扮，一瞧就瞧出来了，另一个依稀是瘦头陀，可是怎么如此之高？微一转念，已知他脚底踩了高跷，若大心中先已有数，可夫万万瞧不出来。他又斟了两杯酒，说道：“客人叫你们乌龟喝酒，你们两只乌龟快喝！”

胖头陀一声不响的举杯喝酒，瘦头陀脾气暴躁，忍耐不住，骂道："你这小杂种才是乌龟！"陆高轩忙一扯他袖子，喝道："快喝酒！你怎敢得罪客人？"瘦头陀这次假扮龟奴，曾受过教主的严诫，心中一惊，忙将酒喝了。

韦小宝问道："都来齐了吗？没别的人了？"陆高轩道："没有了！"

韦小宝道："洪教主没扮乌龟么？"说了这句话，双眼一翻，抬头上望。

陆高轩等七人一听此言，都大吃一惊，四名妓女一齐站起。桑结早在运气戒备，双手齐出，登时点中了瘦头陀和陆高轩二人的腰间。

这两指点出，陆高轩应手而倒，瘦头陀却只哼了一声，跟着挥掌向桑结当头劈落。桑结吃了一惊，心想自己的"两指禅"功夫左右齐发，算得天下无双，自从十根手指中毒截去之后，手指短了一段，出手已不如先前灵活，但正因短了一段，若是点中在敌人身上，力道可又比昔日强了三分。此时明明点中这大胖子腰间穴道，何以此人竟会若无其事？难道他也如韦小宝一般，已练成了"金刚护体神功"？

其实这两人谁也没有"金刚护体神功"。韦小宝所以刀枪不入，只是穿了护身宝衣，而瘦头陀却是脚下踩了高跷，凭空高了一尺。桑结以为他身材真是如此魁梧，伸指点他腰间，中指处却是他大腿外侧。瘦头陀只一阵剧痛，穴道并未封闭。

这时胖头陀已和葛尔丹斗在一起。满脸疮疤的妓女在和阿琪相斗，另外一名妓女却向韦小宝扑来。韦小宝笑道："你发花癫么？这般恶形恶状干甚么？"眼见那妓女十指如钩，来势凶狠，心中一惊，一低头便钻到了桌子底下，伸手在那妓女的腿上一推。那妓女喝了迷春酒后，药力发作，头脑中本已迷迷糊糊，给他一推，站立不定，身子晃了几晃，一交坐倒，再也站不起来。跟着其余三名假妓女也都先后晕倒。

瘦头陀和桑结拆得几招，嫌足底高跷不便，双脚运劲，拍拍两声，将高跷踹断了。桑结骂道："原来是个矮子。"瘦头陀怒道："老子从前可比你高得多，我喜欢做矮子，跟你甚么相干？"桑结哈哈大笑，两人口中说话，手上丝毫不停。两个都是武功好手，数招之后，互相暗暗佩服。桑结心道："吴三桂手下，居然有这样一个武功了得的矮胖卫士。"瘦头陀心道："你武功虽高，却给韦小宝这小鬼做走狗，也不是甚么好脚色。"

那边厢葛尔丹数招间就敌不过胖头陀了。只是胖头陀喝了一杯迷春酒，手脚不甚灵便，才一时没将他打倒。阿琪见跟自己相斗的妓女招式灵活，可是使不了几招，便即晕倒，暗暗奇怪，转头见葛尔丹不住倒退，忙向前相助。胖头陀眼前一黑，身子晃了几下，只感敌人在自己胸口拍了一掌，力道却不厉害。他闭着眼睛，两手一分，格开对方手臂，双手食指点到了敌人腑下。阿琪登时全身酸软，慢慢倒下，压在陆高轩背上，正自惊惶，只见胖头陀突然俯冲摔倒。

葛尔丹叫道："阿琪，阿琪，你怎么了？"蓦地里胖头陀跃起身来，当胸一拳，将他打得摔出丈许，重重撞在墙上。胖瘦二头陀内力甚深，虽然喝了迷春药，但这不过是妓院中所调制的寻常迷药，并不如何厉害，两人虽感昏晕，还在勉力支撑。

这时瘦头陀双眼瞧出来白蒙蒙的一团，只见桑结一个人影模模糊糊的晃来晃去，他伸手去打，都给桑结轻易避过，自己左肩和右颊却接连重重的吃了两拳。桑结的拳力何等沉重，饶是瘦头陀皮粗肉厚，却也抵受不起，不禁连声吼叫，转身夺门而逃。陆高轩摇摇晃晃的站起身来，上身穴道未解，胡里胡涂的跟着奔了出去。

葛尔丹给胖头陀打得撞上墙壁，背脊如欲断裂，正自心怯，却见敌人左手扶住了桌子，闭着眼睛，右掌在面前胸口不住摇晃，似是怕人袭击。葛尔丹瞧出便宜，跃将过去，猛力一脚，踢中他后臀。胖头陀大叫一声，左手反转，抓住了葛尔丹胸口，将他身子提了起来。桑结抢上相救。胖头陀睁开眼睛，抓着葛尔丹抢出甘露厅，飞身上墙。

桑结喝道："放下人来！"追了出去，跟着上屋。但听两人呼喝之声渐渐远去。

韦小宝从桌底下钻出来，只见地下横七竖八的躺了一大堆人。双儿和曾柔躺在厅角落里；四名假妓女晕倒在地；郑克塽本来伏在桌上，打斗中椅子给人推倒，已滚到了桌子底下；阿琪下身搁在一张翻倒的椅上，上身躺在地下。一干人个个毫不动弹，有的是被点中了穴道，有的是为迷春酒所迷，均如死了一般。

他最关心双儿，忙将她扶起，见她双目转动，呼吸如常，便感放心，只是他不会解穴，只好将双儿，曾柔、阿琪三人扶入椅中坐好。

心中又记挂母亲，奔到母亲房中，只见韦春芳倒在床边，韦小宝大惊，忙抢上扶起，见她身子软软的，呼吸和心跳却一如其常，料想是给神龙教的人点了穴道，丽春院中的婊子、乌龟，定然个个不免，穴道被点，过得几个时辰自会解开，倒也不必担心。

回到甘露厅中，侧耳倾听，没半点胖瘦二头陀或桑结、葛尔丹回转的声音，心想："这满脸疮疤的假婊子向我大使眼色，似乎是叫我留心，这人良心倒好，不知是谁？"走过去俯身伸手，在那女子脸上抹了几抹，一层灰泥应手而落，露出一张娇嫩白腻的脸蛋。韦小宝一声欢呼，原来竟是小郡主沐剑屏。他低下头来，在她脸上轻轻一吻，说道："究竟你对我有良心，你定是给他们逼着来骗我的。"

突然心中一跳:“还有那三个假婊子是谁?方姑娘不知在不在内?这小婊子专门想法子害我,这次若不在内,倒奇怪得紧了。”想到了方怡,既感甜蜜,又感难过,眼见那脸蛋黄肿的女子身材苗条,看来多半是方怡,便伸手去兵她脸上化妆。

泥粉落下,露出一张姿媚娇艳的脸蛋,年纪比方怡大了五六岁,容貌却比她更美,原来是洪教主夫人。她酒醉之后,双颊艳如桃花,肌肤中犹似要渗出水来。过去虽觉洪夫人美貌动人,却从来不敢以半分轻薄的眼色相觑,这时她烂醉如泥,却是机会来了,伸出右手,在她脸颊上捏了一把,见她双目紧闭,并无知觉,他一颗心怦怦乱跳,又在她另一边脸颊上捏了一把。

转身过来看另外两个女子,见两人都身材臃肿,决非方怡,其中一人曾恶狠狠的向自己扑击。韦小宝提起酒壶,在她脸上淋了些酒水,然后拉起她衣襟在脸上一抹,现出真容,赫然竟是假太后。韦小宝大喜,心道:“这场功劳当真大得很了。皇上和太后要我捉拿这老婊子报仇,千方百计的捉不到,哪知道她自己竟会到丽春院来做老婊子。可见我一直叫她老婊子,那是神机妙算,早有先见之明。”

再去抹掉第四个假婊子的化妆,露出容貌来却是方怡。韦小宝大吃一惊:“她为甚么腰身这样粗,难道跟人私通,怀了孩儿?天灵灵,地灵灵,老婊子真的做了老婊子,韦小乌龟真的做了小乌龟?”伸手到她内衣一摸,触手之处不是肌肤,拉出来却是个枕头。

韦小宝哈哈大笑,笑道:“你的良脒,可比小郡主坏得太多。她唯恐我遭了你们毒手,不住向我使眼色。你却唯恐我瞧出来,连大肚婆娘也敢装。哈哈,你 小婊子在丽春院里大了肚皮,我给你打胎。早打胎,晚打胎,打下一个枕头来。”

走到厅外一瞧,只见数名亲兵死在地下,院中乌灯黑火,声息全无，心想："胖瘦二头陀都喝了药酒，终究打不过我那两个结义哥哥，但如洪教主他们在外接应，结果就难说得很了。两位哥哥，倘若你们今天归位，小弟恕不同年同月同日死，对不住之至！"

回进厅来，但见洪夫人、方怡、沐剑屏、双儿、曾柔、阿琪六个美人儿有的昏迷不醒，有的难以动弹，各有各的娇媚，心中大动，心道："里边床上还有一个美貌小姑娘，比这六个人还美得多。那是我已经拜过天地、却未洞房花烛的元配老婆。今晚你巴巴的来寻我，你老公要是不来睬你，未免太过无情无义，对太你不住了罢？"

正要迈步入内，只见曾柔的一双俏眼瞧向自己，脸上晕红，神色娇羞，心想："从王屋山来到扬州，一路之上，你这小妞儿老是避我，要跟你多说一句话也不成。今晚可也不能跟你客气了。"将她抱起，搬入内房，放在阿珂之旁。

只见阿珂兀自沉睡，长长的睫毛垂了下来，口唇边微露笑意，她昏迷之中，多半兀自在大做好梦，正跟郑克塽亲热。

韦小宝心想："一不做，二不休，把你们这批老婊子、假婊子、好姑娘、坏女人，一古脑儿都搬了进来。这里是丽春院，女人来到妓院，还能有甚么好事？这是你们自己来的，醒转之后可不能怪我。"他从小就胸怀大志，要在扬州开大妓院，更要到丽春院来大摆花酒，叫全妓院妓女相陪，此刻情景虽与昔日雄图颇有不符，却也是非同小可的壮举。

当下将双儿、阿琪、洪夫人、方怡、沐剑屏一一抱了入内，最后连假太后也抱了进去，八个女子并列床上。忽然想到："朋友妻，不可欺。二嫂，你是我嫂子，咱们英雄好汉，可得讲义气。"将阿琪又抱到厅上，放在椅中坐好，只见她目光中颇有嘉许之意。

韦小宝见她容颜娇好，喘气甚急，胸脯起伏不已，忽觉后悔：

“我跟大喇嘛和蒙古王子拜把子，又不是情投意合，只不过是想个计策，骗得他们不来杀我。甚么大哥、二哥，都是随口瞎说的。这阿琪姑娘如此美貌，叫她二嫂，太过可惜，不如也做了我老婆罢。说书的说《三笑姻缘九美图》，唐伯虎有九个老婆。我就把阿琪算在其内，也不过是八美，还差了一美。呸，呸，呸！这婊子又老又凶，怎么也能算一美？”

与唐伯虎相比，少他一美，还可将就，连少两美，实在太也差劲，当下又抱起阿琪，走向室内。走了几步，忽想：“关云长千里送皇嫂，可没将刘大嫂变成关二嫂。韦小宝七步送二嫂，总不能太不讲义气，少两美就少两美罢，还怕将来凑不齐？”于是立即转身，又将阿琪放在椅中。

阿琪不知他心中反复交战，见他将自己抱着走来走去，不知捣甚么鬼，内微感诧异。

韦小宝走进内室，说道：“方姑娘、小郡主、洪夫人，你们三个是自己到丽春院来做婊子的。双儿、曾姑娘，你们两个是自愿跟我到丽春院来的。这是甚么地方，你们来时虽不知道，不过小妞儿们既然来到这种地方，不陪我是不行的。阿珂，你是我老婆，到这里来嫖我妈妈，也就是嫖你的婆婆，你老公要嫖还你了。”伸手将假太后远远推在床角，抖开大被，将余下六个女子盖住，踢下鞋子，大叫一声，从被子底下钻了进去。

胡天胡地，也不知过了多少时候，桌上蜡烛点到尽头，房中黑漆一团。

又过良久，韦小宝低声哼起“十八摸”小调：“一百零七摸，摸到姊姊妹妹七只手……一百零八摸，摸到姊姊妹妹八只脚……”正在七手八脚之际，忽听得一个娇柔的声音低声道：“不……不要……郑……郑公子……是你么？”正是阿珂的声音。她饮迷春酒最早，昏睡良久，药性渐退，慢慢醒转。韦小宝大怒，心想："你做梦也梦到郑公子，只道是他爬上了你床，好快活么？"压低了声音，说道："是我。"

阿珂道："不，不！你不要……"挣扎了几下。

忽听得郑克塽在厅中叫道："阿珂，阿珂，你在哪里？"喀喇一声，呛啷啷一片响亮，撞翻了一张椅子，桌上杯碟掉到地下。阿珂听到他在厅上，那么抱住自己的自然不是他了，一惊之下，又清醒了几分，颤声道："你……你是谁？怎么……我……我……"韦小宝笑道："是你的亲老公，你也听不出？"阿珂这一惊非同小可，使力挣扎，想脱出他怀抱，却全身酸软无力，惊叫："郑公子，郑公子！"

郑克塽跌跌撞撞的冲进房来，房中没半点光亮，砰的一声，额头在门框上一撞，叫道："阿珂，你在哪里？"阿珂道："我在这里！放开手！小鬼，你干……干甚么？"郑克塽道："甚么？"他不知阿珂最后这两句话是对韦小宝说的。

韦小宝意气风发，如何肯放？阿珂央求道："好师弟，求求你，快放开我。"韦小宝道："我说过不放，就是不放！大丈夫一言既出，死马难追。"

郑克塽又惊又怒，喝道："韦小宝，你在哪里？"韦小宝得意洋洋的道："我在床上，抱着我老婆。我在洞房花烛，你来干甚么？要闹新房么？"郑克塽大怒，骂道："闹你妈的新房！"韦小宝笑道："你要闹我妈的新房，今天可不成，因为她没客人，除非你自己去做新郎。"

郑克塽怒道："胡说八道。"循声扑向床上，来揪韦小宝，黑暗中抓到一人的手臂，问道："阿珂，是你的手么？"阿珂道："不是。"

郑克塽只道这手臂既然不是阿珂的，那么定然是韦小宝的，当下狠狠用力一扯，不料所扯的却是假太后毛东珠。她饮了迷春酒后昏昏沉沉，但觉得有人扯她手臂，左手反过来拍一掌，正好击在郑克塽顶门。她功力已去了十之八九，这一掌无甚力道。郑克塽却大吃一惊，一交坐倒，脑袋在床脚上一撞，又晕了过去。

阿珂惊呼："郑公子，你怎么了？"却不听见答应。韦小宝道："他来闹新房，钻到床底下去了。"阿珂哭道："不是的。快放开我！"韦小宝道："别动，别动！"阿珂手肘一挺，撞在他喉头。韦小宝吃痛，向后一仰。阿珂脱却束缚，忙要下床，身子一转，压在毛东珠胸口。毛东珠吃痛，一声大叫，伸手牢牢抱住了她。阿珂在黑暗之中也不知抱住自己的是谁，极度惊恐之下，更是没丝毫力道，忽觉右足又给人压住了，只吓得全身冷汗直冒："床上有这许多男人！"

韦小宝在黑暗中找不到阿珂，说道："阿珂，快出声，你在哪里""阿珂心道："你就杀了我头，我也不作声。"韦小宝道："好，你不说，我一呀摸，二呀摸，一个个的摸将过来，总要摸到你为止。"忽然唱起小调来："一呀摸，二呀摸，摸到一个美人儿。美人脸蛋像瓜子，莫非你是老婊子？"口唱小调，双手乱摸。

忽听得院子外人声喧哗，有人传呼号令，大队兵马将几家妓院一起围住了，跟着脚步声响，有人走进丽春院来。韦小宝知道来人若不是自己部下，便是扬州的官员，心中一喜，正要从被窝里钻出来，不料来人走动好快，火光亮处，已到了甘露厅中，只听得玄贞道人叫道："韦大人，你在那里吗？"语音甚是焦急。韦小宝脱口答道："我在这里！"

天地会群雄发觉不见了韦小宝，生怕他遇险，出来找寻，知他是带了亲兵向鸣玉坊这一带而来，一查便查到丽春院中有人打架。进得院子，见几名亲兵死在地下，众人大吃一惊，直听到他亲口答应，这才放心。

韦小宝耳听得众人大声招呼，都向这边涌来，忙站起来放下帐子，至于两只脚踏在谁的身上，也顾不得这许多了。

帐子刚放下，玄贞等已来到房间，各人手持火把，一眼见到郑克塽晕倒在床前，都感诧异。又有人叫："韦大人，韦大人！"韦小宝叫道："我在这里，你们不可揭开帐子。"

众人听到他声音，都欢呼起来。各人你瞧瞧我，我瞧瞧你，脸上都含笑容，均想："大家担足了心事，你却在这里风流快活。"

韦小宝借着火光，穿好衣衫，找到帽子戴上，从床上爬了下来，穿上鞋子，说道："我用计擒住了好几名钦犯，都在床上，大伙儿这场功劳不小。"

众人大为奇怪，亘知他行事神出鬼没，其时也不便多问。

韦小宝吩咐将郑克塽绑起，用轿子将阿琪送去行辕，随即将帐子角牢牢塞入被底，传进十余名亲兵，下令将大床抬回钦差行辕。亲兵队长道："回大人：门口太小，抬不出去。"韦小宝骂道："笨东西，不会拆了墙壁吗？"那队长立时领悟，连声称是，吆喝传令。众亲兵一齐动手，将丽春院墙壁拆开了三堵。十余人拿了六七条轿杠，横在大床之底，将大床平平稳稳的抬了出去。

其时天已大明，大床在扬州大街上招摇过市。众亲兵提了"肃静"、"回避"的硬牌，鸣锣喝道，前呼后拥。扬州百姓见了，无不啧啧称奇。

大床来到何园，门口仍是太小。这时亲兵队长学乖了，不等钦差大人吩咐，立时下令拆墙，将大床抬入花厅，放在厅心。韦小宝传下将令，床中擒有钦犯，非同小可，命数十名将领督率兵卒，弓上弦，刀出鞘，在花厅四周团团围住，又命徐天川等人到屋外把守，以防瘦头陀等前来劫夺。

花厅四周守御之人虽众，厅中却只有一张大床，剩下他孤身一人。韦小宝心想："刚才在丽春院中，如此良机，七个美却似乎抱不到一半，而且黑暗之中，也不知抱过了谁，还有谁没抱。咱们从头来过，还是打从一呀摸开始。”口中低哼：“一呀摸，二呀摸，摸到妹妹……”拉开帐子，扑上床去。突觉辫子一紧，喉头一痛，被人拉住辫子，提了起来，那人左手叉在他颈中，正是洪夫人。隔了这些时候，迷春药酒力早过，洪夫人、毛东珠、方怡、沐剑屏四女都已醒转。双儿和曾柔身上被封的穴道也已渐渐解开。只是大床在扬州街上抬过，床周兵多将广，床中七女谁也不敢动弹，不敢出声。此刻韦小宝又想享温柔艳福，一上床就被洪夫人抓住。

洪夫人脸色似笑非笑，低声喝道：“小鬼，你好大胆，连我也敢戏耍！”韦小宝吓得魂飞天外，陪笑道：“夫人，我……我不是戏耍，这个……那个……”洪夫人道：“你唱的是甚么小调？”韦小宝笑道：“这是妓院里胡乱听来的，当不得真。”洪夫人低声道：“你要死还是要活？”韦小宝笑道：“属下白龙使，恭祝夫人和教主仙福永享，寿与天齐。夫人号令，属下遵奉不误。”

洪夫人见他说这几句话时嬉皮笑脸，殊少恭谨之意，啐了一口，说道：“你先撤了厅周的兵将。”韦小宝道：“好，那还不容易？你放开手，我去发号施令。”洪夫人道：“你在这里传令好了。”韦小宝无奈，只得大声叫道：“厅外当差的总督、巡抚、兵部尚书、户部尚书们大家听着，所有的兵将通统退开，不许在这里停留。”

洪夫人一扯他辫子，喝道：“甚么兵部尚书、户部尚书，胡说八道。”说着又是用力一扯。韦小宝大叫：“哎唷，痛死啦！”

外面统兵官听得他说甚么总督、尚书，已然大为起疑，待听他大声呼痛，登时便有数十人手执刀枪，奔进厅来，齐问：“钦差大人，有甚么事？”韦小宝叫道：“没……没甚么！哎唷，我的妈啊！”众将官面面相觑，手足无措。

洪夫人心下气恼，提起手来，拍的一声，重重打了韦小宝一个耳光。韦小宝又叫:“我的妈啊,别打儿子!”洪夫人不知他叫人为娘,就是骂人婊子,但见他如此惫懒,提掌又待再待,突然肩后“天宗”和“神堂”两穴上一阵酸麻,右臂软软垂下。

洪夫人一惊,回头看是谁点了她穴道,见背后跟自己挨得最近的是方怡,冷笑道:“方姑娘,你武功不错哪!”左手疾向方怡眼中点去。方怡叫道:“不是我!”侧头让开。洪夫人待要再攻,忽然身后两只手伸过来抱住了她左臂,正是沐剑屏。她叫道:“夫人,不是我师姊点你的!”她见到点洪夫人穴道的乃是双儿。

毛东珠提起手来,打了沐剑屏一掌,幸好她已无内力,沐剑屏并未受伤。毛东珠第二掌又即打来,方怡伸手格开。

阿珂见四个女子打成一团,翻身便要下床,右脚刚从被中伸出,“啊”的一声,立即缩回。韦小宝拉住她左脚,说道:“别走!”阿珂用力一挣,叫道:“放开我!”韦小宝笑道:“你倒猜猜看,我肯不肯放?”阿珂急了,转身便是一拳。韦小宝一让,砰的一声,打中在曾柔左颊。曾柔叫道:“你怎么打我?”阿珂道:“对……对不起……哎唷!”却是给方怡一掌打中了。霎时之间,床上乱成一团,七个女子乱打乱扭。

韦小宝大喜,心道:“这叫做天下大乱,群雄……不,群雌混战!”正要混水摸鱼,突然间喀喇喇一声响,大床倒塌下来。八人你压住我手,我压住你腿。七个女子齐声尖叫。

众将官见到这等情景,无不目瞪口呆。

韦小宝哈哈大笑,想从人堆中爬出来,只是一条左腿不知给谁扭住了,叫:“大家放开手!众将官,把我大小老婆们一齐抓了起来!”众将官站成一个圈子,却不敢动手。

韦小宝指着毛东珠道:“这老婊子乃是钦犯,千万不可让她逃走了。”众将官都感奇怪:“怎么这些女子都是你的大小老婆,其中一个是钦犯,两个却又扮作了亲兵?”当下有人以刀枪指住毛东珠，另外有人拉她起来，喀喀两声，给她戴上了手铐。

韦小宝指着洪夫人道："这位夫人，是我的上司，不过咱们也给她戴上副手铐罢。"众将更奇，也给洪夫人上了手铐。洪夫人空有一身武艺，却给双儿点了两处穴道，半身酸麻，难以反抗。

这时双儿和曾柔才从人堆里爬了出来，想起昨晚的经历，又是脸红，又是好笑。

韦小宝指着方怡道："她是我大小老婆！"指着沐剑屏道："她是小小老婆，大小老婆要上了手铐，小小老婆不必。"众将给方怡上了手铐。钦差大人的奇言怪语，层出不穷，众将听得多了，这时也已不以为异了。

这时坐在地下的只剩下了阿珂一人，只见她头发散乱，衣衫不整，穿的是男子打扮，却是明艳绝伦，双手紧紧抓住长袍的下摆，遮住裸露的双腿，低下了头，双颊晕红。

众兵将均想："钦差大人这几个大小老婆，以这个老婆最美。"只听韦小宝道："她是我明媒正娶的元配夫人，待我扶她起来。"走上两步，说道："娘子请起！"伸手去扶。

忽听得拍的一响，声音清脆，钦差大人脸上已重重吃了一记耳光。阿珂垂头哭道："你就是会欺侮我，你杀了我好啦。我……我……我死也不嫁给你。"

众将官面面相觑，无不愕然。钦差大人当众被殴，众将官保护不力，人人有亏职守。只是殴辱钦差的乃是他的元配夫人，上前阻止固是不行，呛喝几声似乎也不合体统，一时不知如何是好。

韦小宝抚着被打的半边面颊，笑道："我怎舍得杀你？娘子不用生气，下官立时杀了郑公子便是。"大声问道："丽春院里抓来的那男子在哪里？"一名佐领道："回都统：这小子上了足镣手铐，好好的看守着。"韦小宝道："很好。他如想逃走，先斩了他左

腿，然后再斩他右腿……”阿珂吓得急叫：“别……别……斩他脚……他……他不会逃走的。”韦小宝道：“你如逃走，我就斩郑公子的双手。”向方怡、沐剑屏等扫了一眼，道：“我这些大小老婆、小小老婆倘若逃走了，就割郑公子的耳朵鼻子。”

阿珂急道：“你……你……这些女人，跟郑公子有甚么相干？为甚么要怪在他头上？”韦小宝道：“自然相干。我这些女人个个花容月貌，郑公子是色鬼，一见之下，定然会不怀好意。”阿珂心想：“那还是拉不上干系啊。”但这人不讲道理，甚么也说不明白，一急之下，又哭了出来。

韦小宝道：“戴手铐的女人都押了下去，好好的看守，再上了脚镣。吩咐厨房，摆上酒筵，不戴手铐的好姑娘们，在这里陪我喝酒。”众亲兵轰然答应。

阿珂哭道：“我……我不陪你喝酒，你给我戴上手铐好啦。”

曾柔一言不发，低头出去。韦小宝道：“咦，你到哪里去？”曾柔转头说道：“你……你好不要脸！我再也不要见你！”韦小宝一怔，问道：“为甚么？”曾柔道：“你……你还问为甚么？人家不肯嫁你，你强逼人家，你做了大官，就可以这样欺侮百姓吗？我先前还当你是个……是个英雄，哪知道……”韦小宝道：“哪知道怎样？”曾柔忽然哭了出来，掩面道：“我不知道？你……你是坏人，不是好人。”说着便向厅外走去。

两名军官挺刀拦住，喝道：“你侮慢钦差，不许走，听候钦差大人发落。”

韦小宝给曾柔这番斥责，本来满腔高兴，登时化为乌有，觉得她的话倒也颇有道理，自己做了鞑子大官，仗势欺人，倒如是说书先生口中的奸臣恶霸一般，心想：“英雄做不成，那也罢了。做奸臣总不成话。”长长叹了口气，说道：“曾姑娘，你回来，我有话说。”

曾柔回过头来，昂然道："我得罪了你，你杀我的头好了。"

双儿跟她交好，忙劝道："曾姊姊，你别生气，相公不会杀你的。"

韦小宝黯然道："你说得对，我如强要她们做我老婆，那是奸臣强抢民女，好比《三笑姻缘》中的王老虎抢亲。"手指阿珂，对带领亲兵的佐领道："你带这位姑娘出去。再把那姓郑的男子放了，让他们做夫妻去罢。"说这几句话时，委实心痛万分。又指着方怡道："开了手铐，也放她去罢，让她去找她的亲亲刘师哥去。唉，我的元配夫人轧姘头，我的大小老婆也轧姘头。他妈的，我是甚么钦差大人、都统大人？我是双料乌龟大人。"

那佐领见他大发脾气，吓得低下了头，不敢作声。韦小宝道："快快带这两个女人出去。"那佐领应了，带了阿珂和方怡出去。韦小宝瞧着二女的背影，心中实是恋恋不舍。只见方怡和阿珂头也不回的出去，既无一句话道谢，也无一个感激的眼色。

曾柔走上两步，低声道："你是好人！你……你罚我好了。"温柔的神色中大有歉意。

韦小宝登时精神为之一振，当即眉花眼笑，说道："对，对！我确要罚你。双儿、小郡主、曾姑娘，你们三个是好姑娘，来，咱们到里边说话。"

他正想带了三女到内堂亲热一番，厅口走进一名军官，说道："启禀都统大人：外面有一个人，说是奉了洪教主之命，求见大人。"韦小宝吓了一跳，忙道："甚么红教主、绿教主，不见，不见，快快轰了出去。"那军官躬身道："是！"退了一步，又道："那人说，他们手里有两个男人，要跟都统大人换两个女人。"

韦小宝道："换两个女人？"眼光在洪夫人和毛东珠脸上扫过，摇头道："他倒开胃！这样好的货色，我怎么肯换？"那军官道："是。卑职去把他轰走。"韦小宝问道："他用甚么男人来换？他妈

的，男人有甚么好？男人来换女人，倒亏他想得出。”那军官道：“那人胡说八道，说甚么一个是喇嘛，一个是王子，都是都统大人的把兄弟。”

韦小宝“啊”的一声，心想：“原来桑结喇嘛和葛尔丹王子给洪教主拿住了。”说道：“又是喇嘛，又是王子，我要来干甚么？你去跟那家伙说，这两个女人，就是用两百万个男人来换，我也不换。”那军官连声称是，便要退出。

韦小宝向曾柔望了一眼，心想：“她先前说我是坏人，不是好人。我把自己老婆放了，让她们去轧姘头，她才算我是好人。哼！要做好人，本钱着实不小。桑结和葛尔丹二人，总算是跟我拜了把子的，我不掉他们回来，定要给洪教主杀了。我扣着洪夫人有甚么用？她虽然美貌之极，又不会肯跟我仙福永享，寿与天齐。他妈的重色轻友，不是英雄好汉！”喝道：“且慢！”那军官应了声：“是！”躬身听令。

韦小宝道：“你去对他说，叫洪教主把那两人放回来，我就送还洪夫人给他。这位夫人花容月貌，赛过了西施、杨贵妃，是世上的无价之宝，本来杀了我头也是不肯放的，掉他两个男人，他是大大便宜了。另外这女人虽然差劲，却是不能放的。”那军官答应了出去。

洪夫人一直扳起了脸，到这时才有笑容，说道：“钦差大人好会夸奖人哪。”韦小宝说道：“夫人，你美得不得了，又何必客气？咱们好人做到底，蚀本也蚀到底。先送货，后收钱。来人哪，快把我上司的手铐开了。”接过钥匙，亲自打开洪夫人手铐，陪着她出去。

来到大厅，只见那军官正在跟陆高轩说话。韦小宝道：“陆先生，你这就好好伺候夫人回去。夫人，属下恭送你老人家得胜回朝，祝你与教主仙福永享，寿与天齐。”

洪夫人格格娇笑，说道："祝钦差大人升官发财，寿比南山，娇妻美妾，公侯万代。"

韦小宝叹了口气，摇头道："升官发财容易，娇妻美妾，那就难了。"大声吩咐："奏乐，送客，备轿。"鼓乐声中，亲自送到大门口，瞧着洪夫人上了轿子。

吴之荣跪在地上，双手，呈上书信，说道："这封信干系重大之极，大人请看！"韦小宝不接，问道："又是些甚么诗，甚么文章？"

第四十回　待兔只疑株可守　求鱼方悔木难缘

洪夫人所乘轿子刚抬走，韦小宝正要转身入内，门口来了一顶大轿，扬州府知府来拜。韦小宝眼见到手的美人一个个离去，心情奇劣，没好气的问道："你来干甚么？"

知府吴之荣请安行礼，说道："卑职有机密军情禀告大人。"韦小宝听到"机密军情"四字，这才让他入内，心道："倘若不是机密大事，我打你的屁股。"

来到内书房，韦小宝自行坐下，也不让座，便问："甚么机密军情？"吴之荣道："请大人屏退左右。"韦小宝挥手命亲兵出去。吴之荣走到他身前，低声道："钦差大人，这件事非同小可，大人奏了上去，是件了不起的大功。卑职也叨光大人的福荫。因此卑职心想，还是别先禀告抚台、藩台两位大人为是。"韦小宝皱眉道："甚么大事，这样要紧？"

吴之荣道："回大人：皇上福气大，大人福气大，才教卑职打听到了这个大消息。"韦小宝哼了一声，道："你吴大人福气也大。"吴之荣道："不敢，不敢。卑职受皇上恩典，钦差大人的提拔，日日夜夜只在想如何报答大恩。昨日在禅智寺外陪着大人赏过芍药之后，想到大人的谈论风采，心中佩服仰慕得了不得，只盼能天天跟着大人当差，时时刻刻得到大人的指教。"韦小宝道："那很好啊。你这知府也不用做了。我瞧你聪明伶俐，不如……不如……嗯……”吴之荣大喜，忙请个安，道：“谢大人栽培。”

韦小宝微笑道：“不如来给我做看门的门房，要不然就给我抬轿子。我天天出门，你就可见到我了，哈哈，哈哈！”吴之荣大怒，脸色微变，随即陪笑道：“那好极了。给大人做门房，自然是胜于在扬州做知府。卑职平时派了不少闲人，到处打探消息，倘若有人心怀叛逆，诽谤皇上，诬蔑大臣，卑职立刻就知道了。这等妖言惑众、扰乱听闻的大罪，卑职向来是严加惩处的。”韦小宝“唔”了一声，心想这人话风一转，轻轻就把门房、轿夫的事一句带过，深通做官之道，很了不起。

吴之荣又道：“倘若是贩夫走卒，市井小人，胡言乱语几句也无大害，最须提防的是读书人。这种人做诗写文章，往往拿些古时候的事来讥刺朝政，平常人看了，往往想不到他们借古讽今的恶毒用意。”韦小宝道：“别人看了不懂，就没甚么害处啊。”

吴之荣道：“是，是。虽然如此，终究其心可诛，这等大逆不道的诗文，是万万不能让其流毒天下的。”从袖中取出一个手抄本，双手呈上，说道：“大人请看，这是卑职昨天得到的一部诗集。”倘若他袖中取出来的是一叠银票，韦小宝立刻会改颜相向，见到是一本册子，已颇为失望，待听得是诗集，登时便长长打了个呵欠，也不伸手去接，抬起了头，毫不理睬。

吴之荣颇为尴尬，双手捧着诗集，慢慢缩回，说道：“昨天酒席之间，有个女子唱了首新诗，是描写扬州乡下女子的，大人听了很不乐意。卑职便去调了这人的诗集来查察，发觉其中果然有不少大逆犯忌的句子。”韦小宝懒洋洋的道：“是吗？”吴之荣翻开册子，指着一首诗道：“大人请看，这首诗题目叫做《洪武铜炮歌》。这查慎行所写的，是前朝朱元璋用过的一尊铜炮。”韦小宝一听，倒有了些兴致，问道：“朱元璋也开过大炮吗？”

吴之荣道：“是，是。眼下我大清圣天子在位，这姓查的却去做诗歌颂朱元璋的铜炮，不是教大家怀念前朝吗？这诗夸大朱元璋的威风，已是不该，最后四句说道：'我来见汝荆棘中，并与江山作凭吊。金狄摩挲总泪流，有情争忍长登眺？'这人心怀异志，那是再也明白不过了。我大清奉天承运，驱除朱明，众百姓欢欣鼓舞还来不及，这人却为何见了朱元璋的一尊大炮，就要凭吊江山？要流眼泪？"（按：查慎行早期诗作，颇有怀念前明者，后来为康熙文学侍从之臣，诗风有变。）

韦小宝道："这铜炮在哪里？我倒想去瞧瞧。还能放么？皇上是最喜欢大炮的。"吴之荣道："据诗中说，这铜炮是在荆州。"韦小宝脸上板，说道："既不在扬州，你来罗唆甚么？你做的是扬州知府，又不是荆州知府，几时等你做了荆州知县，再去查考这铜炮罢。"吴之荣大吃一惊，心想去做荆州知县，那是降级贬官了，此事不可再提。当即将诗集收入袖中，另行取出两部书来，说道："钦差大人，这查慎行的诗只略有不妥之处，大大恩典，不加查究。这两部书，却万万不能置之不理了。"韦小宝皱眉道："那又是甚么家伙了？"

吴之荣道："一部是查伊璜所作的《国寿录》，其中文字全都是赞扬反清叛逆的。一部是顾炎武的诗集，更是无君无上、无法无天之至。"

韦小宝暗吃一惊："顾炎武先生和我师父都是杀乌龟同盟的总军师。他的书怎会落在这官儿手中？不知其中有没提到我们天地会？"问道："书里写了甚么？你详细说来。"

吴之荣见韦小宝突感关注，登时精神大振，翻开《国寿录》来，说道："回大人：这部书把反清的叛逆都说成是忠臣义士。这篇《兵部主事赠监察御史查子传》，写的是他堂兄弟查美继抗拒我大清的逆事，说他如何勾结叛徒，和王师为敌。"右手食指指着文字，读道："'会四月十七日，清兵攻袁花集，退经退袁。美继监凌、扬、周、王诸义师，船五百号，众五千余人，皆白裹其头，午余竞发，追及之，斩前百余级，称大捷，敌畏，登岸走。'大人你瞧，他把叛徒称为'义师'，却称我大清王师为'敌'，岂非该死之至吗？"

韦小宝问道："顾炎武的书里又写甚么了？"吴之荣放下《国寿录》，拿起顾炎武的诗集，摇头道："这人作的诗，没一首不是谋反叛逆的言语。这一首题目就叫做《羌胡》，那明明是诽谤我大清。"他手指诗句，读了下去：

"我国金瓯本无缺，乱之初生自夷孽。征兵以建州，加饷以建州。土司一反西蜀忧，妖民一唱山东愁，以至神州半流贼，谁其嚆矢由夷酋。四入郊圻躏齐鲁，破邑屠城不可数。刳腹绝肠，折颈折颐，以泽量尸。幸而得囚，去乃为夷，夷口呀呀，凿齿锯牙。建蚩旗，乘莽车。视千城之流血，拥艳女兮如花。呜呼，夷德之残如此，而谓天欲与之国家……"

韦小宝摇手道："不用念了，咦咦呀呀，不知说些甚么东西。"吴之荣道："回大人：这首诗，说咱们满洲人是蛮夷，说明朝为了跟建州的满洲人打仗，这才征兵加饷，弄得天下大乱。又说咱们满洲人屠城杀人，剖肚子，斩肠子，强抢美女。"韦小宝道："原来如此。强抢美女，那好得很啊。清兵打破扬州，不是杀了很多百姓吗？若不是为了这件事，皇上怎会豁免扬州三年钱粮？嗯，这个顾炎武，做的诗倒也老实。"

吴之荣大吃一惊，暗想："你小小年纪，太也不知轻重。这些话幸好是你说的，倘若出于旁人之口，我奏告了上去，你头上这顶纱帽还戴得牢么？"但他知韦小宝深得皇帝宠幸，怎有胆子去跟钦差大人作对？连说了几个"是"字，陪笑道："大人果然高见，卑职茅塞顿开。这一首《井中心史歌》，还得请大人指点。这首诗头上有一篇长序，真是狂悖之至。"捧起册子，摇头晃脑的读了起来：

“崇祯十一年冬，苏州府城中承天寺以久旱浚井，得一函，其外曰《大宋铁函经》，锢之再重。（大人，那里说井里找到了一只铁盒子。韦小宝道：“铁盒子？里面有金银宝贝吗？”中有书一卷，名曰《心史》，称‘大宋孤臣郑思肖百拜封’。思肖，号所南，宋之遗民，有闻于志乘者。其藏书之日为德祐九年。宋已亡矣，而犹日夜望陈丞相、张少保统海外之兵，以复大宋三百年之土宇（大人，文章中说的是宋朝，其实 影射大清，顾炎武盼望台湾郑逆统率海外叛兵，来恢复明朝的土宇。）而驱胡元于漠北，至于痛哭流涕，而祷之天地，盟之大神，谓气化转移，必有一日变夷为夏者。（大人，他骂我们满清人是鞑子，要驱逐我们出去。韦小宝道：“你是满洲人么？”这个……这个……卑职做大清皇上的奴才，做满洲大人的属下，那是一心一意为满洲打算的了。）

于是郡中之人见者无不稽首惊诧，而巡抚都院张公国维刻之以传，又为所南立祠堂，藏其函祠中。未几而遭国难，一如德祐末年之事。呜呼，悲矣！（大人，大清兵进关，吊民伐罪，这顾炎武却说是国难，又说呜呼悲矣，这人的用心，还堪问吗？）

“其书传至北方者少，而变故之后，又多讳而不出，不见此书者三十余年，而今复睹之于富平朱氏。昔此书初出，太仓守钱君肃赋诗二章，昆山归生庄和之八章。及浙东之陷，张公走归东阳。赴池中死。钱君遁之海外，卒于琅琦山。归生更名祚明，为人尤慷慨激烈，亦终穷饿以没。（大人，这三个反逆，都是不臣服我大清的乱民，幸亏死得早，否则一个个都非满门抄斩不可。）

“独余不才，浮沉于世，悲年远之日往，值禁网之愈密，（大人，他说朝廷查禁逆乱文字，越来越厉害，可是这家伙偏偏胆上生毛，竟然不怕）而见贤思齐，独立不惧，将发挥其事，以示为人臣处变之则焉，故作此歌。”

韦小宝听得呵欠连连，只是要知道顾炎武的书中写些甚么，耐着性子听了下去，终于听他读完了一段长序，问道："完了吗？"吴之荣道："下面是诗了。"韦小宝道："若是没甚么要紧的，就不用读了。"吴之荣道："要紧得很，要紧得很。"读道：

"有宋遗臣郑思肖，痛哭胡元移九庙，独力难将汉鼎扶，孤忠欲向湘累吊。著书一卷称《心史》，万古此心心此理。千寻幽井置铁函，百拜丹心今未死。胡虏从来无百年，得逢圣祖再开天……（大人，这句'胡虏从来无百年'，真是大大该死。他咒诅我大清享国不会过一百年，说汉人会出一个甚么圣祖，再来开天。甚么开天？那就是推翻我大清了！）"

韦小宝道："我听皇上说过，大清只要善待百姓，那就坐稳了江山，否则空口说甚么千年万年，也是枉然。有一个外国人叫作汤若望，他做钦天监监正，你知道么？"吴之荣道："是，卑职听见过。"韦小宝道："这人做了一部历书，推算了二百年。有人告他一状，说大清天下万万年，为甚么只算二百年。当时鳌拜当国，胡涂得紧，居然要杀他的头。幸亏皇上圣明，将鳌拜痛骂了一顿，又将告状的人砍了脑袋，满门抄斩。皇上最不喜欢人家冤枉好人，拿甚么大清一百年天下、二百年天下的鬼话来害人。皇上说，真正的好官，一定爱惜百姓，好好给朝廷当差办事。至于诬旁告人，老是在诗啊文章啊里面挑岔子，这叫做鸡蛋里寻骨头，那就是大花脸奸臣，吩咐我见到这种家伙，立刻绑起来砍他妈的。"

韦小宝一意回护顾炎武，生怕吴之荣在自己这里告不通，又去向别的官儿出首，闹出事来，越说越是声色俱厉，要吓得吴之荣从此不敢再提此事。他可不知吴之荣所以知到知府，全是为了举告浙江湖州庄廷鑨所修的《明史》中使用明朝正朔，又有对清朝不敬的词句。挑起文字狱以干求功名富贵，原是此人的拿手好戏。

这次吴之荣找到顾炎武、查伊璜等人诗文中的把柄，喜不自胜，以为天赐福禄，又可连升三级，那知钦差大人竟会说出这番话来。他霎时之间，全身冷汗直淋，心想："我那桩《明史》案子，是鳌拜大人亲手经办的。鳌拜大人给皇上革职重处，看来皇上的性子确是和鳌拜大人完全不同，这一次可真糟糕之极了。"康熙如何擒拿鳌拜，说来不大光彩，众大臣揣摩上意，官场中极少有人谈及，吴之荣官卑职小，又在外地州县居官，不知他生平唯一的知音鳌拜大人，便是死于眼前这位韦大人之手，否则的话，更加要魂飞魄散了。

韦小宝见他面如土色，簌簌发抖，心中暗喜，问道："读完了吗？"吴之荣道："这首诗，还……还……还有一半。"韦小宝道："下面怎么说？"吴之荣战战兢兢的读道：

"黄河已清人不待，沉沉水府留光彩。忽见奇书出世间，又惊胡骑满江山。天知世道将反复，故出此书示臣鹄。三十余年再见之，同心同调复同时。陆公已向朝门死，信国捐躯赴燕市。昔日吟诗吊古人，幽篁落木愁山鬼。呜呼，蒲黄之辈何其多！所南见此当如何？"

他读得上气不接下气，也不敢插言解说了，好容易读完，书页上已滴满了汗水。

韦小宝笑道："这诗也没有甚么，讲的是甚么山鬼，甚么黄脸婆，倒也有趣。"吴之荣道："回大人：诗中的'蒲黄'两字，是指宋朝投降元朝做大官的蒲寿庚和黄万石，那是讥刺汉人做大清官吏的。"韦小宝脸一沉，厉声道："我说黄脸婆，就是黄脸婆。你老婆的脸很黄么？为甚么有人做诗取笑黄脸婆，要你看不过？"

吴之荣退了一步，双手发抖，拍的一声，诗集落地，说道："是，是。卑职该死。"

韦小宝乘机发作，喝道："好大的胆子！我恭诵皇上圣谕，开导于你。你小小的官儿，晚敢对我摔东西，发脾气！你瞧不起皇上圣谕，那不是造反么？”

咕咚一声，吴之荣双膝跪地，连连磕头，说道：“大……大人饶命，饶……饶了小人的胡涂。”韦小宝冷笑道：“你向我摔东西，发脾气，那也罢了，最多不过是个侮慢钦差的罪名，重则杀头，轻则充军，那倒是小事……”吴之荣一听比充军杀头还有更厉害的，越加磕头如捣蒜，说道：“大人宽宏大量，小……小……小的知罪了。”韦小宝喝道：“你瞧不起皇上的圣谕，那还了得？你家中老婆、小姨、儿子、女儿、丈母、姑母、丫头、姘头，一古脑儿都拉出去砍了。”吴之荣全身筛糠般发抖，牙齿相击，格格作声，再也说不出话来。

韦小宝见吓得他够了，喝问：“那顾炎武在甚么地方？”吴之荣颤声道：“回……回大人……他……他……他是在……牙齿”咬破了舌头，话也说不清楚了，过了好一会，才战战兢兢的道：“卑职大胆，将顾炎武和那姓查的，还……还有一个姓吕的，都……都扣押在府衙门里。”韦小宝道：“你拷问过没有？他们说了些甚么？”

吴之荣道：“卑职只是随便问几句口供，他三人甚么也不肯招。”韦小宝道：“他们当真甚么也没说？”吴之荣道：“没……没有。只不过……只不过在那姓查的身边，搜出了一封书信，却是干系很大。大人请看。”从身边摸出一个布包，打了开来，里面是一封信，双手呈上。韦小宝不接，问道：“又是些甚么诗、甚么文章了？”

吴之荣道：“不，不是。这是广东提督吴……吴六奇写的。”

注：顾炎武之诗，原刻本有许多隐语，以诗韵韵目作为代字，如以“虞”代“胡”，以“支”代“夷”等，以免犯忌，后人不易索解。潘重规先生著《亭林诗考索》，详加解明。本文所引系据潘著考订。

韦小宝听到“广东提督吴六奇”七个字，吃了一惊，忙问：“吴六奇？他也会做诗？”吴之荣道：“不是。吴六奇密谋造反，这封信是铁证如山，他于也抵赖不了。卑职刚才说的机密军情，大功一件，就是这件事。”韦小宝唔了一声，心下暗叫：“糟糕！”

吴之荣又道：“回大人：读书人做诗写文章，有些叛逆的言语，大人英断，说是不打紧的，卑职十分佩服。常言道得好：秀才造反，三年不成。料想也不成大患。不过这吴六奇绾一省兵符，他要起兵作乱，朝廷如不先发制人，那……那可不得了。”说到吴六奇造反之事，口齿登时伶俐起来，他一直跪在地下，眼见是韦小宝脸上阴晴不定，显见对此事十分关注，于是慢慢站起身来。韦小宝哼的一声，瞪了他一眼。吴之荣一惊，又即跪倒。

韦小宝道：“信里写了些甚么？”吴之荣道：“回大人：信里的文字是十分隐晦的，他说西南即有大事，正是大丈夫建功立业之秋。他邀请这姓查的前赴广东，指点机宜。信中说：‘欲图中山、开平之伟举，非青田先生运筹不为功’。那的的确确是封反信。”韦小宝道：“你又来胡说八道了。西南即有大事，你可知是甚么大事？你小小官儿，哪知道皇上和朝廷的机密决策？”吴之荣道：“是，是。不过他信中明明说要造反，实在轻忽不得。”

韦小宝接过信来，抽出信笺，但见笺上写满了核桃大的字，只知道墨磨得很浓，笔划很粗，却一字不识，说道：“信上没说要造反啊。”

吴之荣道：“回大人：造反的话，当然是不会公色写出来的。这吴六奇要做中山王、开平王，请那姓查的做青田先生，这就是造反了。”

韦小宝摇头道：“胡说！做官的人，哪一个不想封王封公？难道你不想么？这吴军门功劳很大，他想再为朝廷立一件大功，盼皇上封他一个王爷，那是忠心得很哪。”

吴之荣脸色极是尴尬，心想："跟你这种不学无术之徒，当真甚么也说不清楚。今日我已得罪了你，如不从这件事上立功，我这前程是再也保不住了。"于是耐着性子，陪笑道："回大人，明朝有两个大将军，一个叫徐达，一个叫常遇春。"

韦小宝从小听说书先生说《大明英烈传》，明朝开国的故事听得滚瓜烂熟，一听他提起徐常二位大将，登时精神一振，全不似听他诵念诗文那般昏昏欲睡，笑道："这两个大将军八面威风，那是厉害得很的。你可知徐达用甚么兵器？常遇春又用甚么兵器？"

这一下可考倒了吴之荣，他因《明史》一案飞黄腾达，于明朝史事甚是熟稔，但徐达、常遇春用甚么兵器，却说不上来，陪笑道："卑职才疏学浅，委实不知。请大人指点。"

韦小宝十分得意，微笑道："你们只会读死书，这种事情就不知道了。我跟你说，徐大将军是宋朝岳飞岳爷爷转世，使一杆浑铁点钢枪，腰间带一十八枝狼牙箭，百步穿杨，箭无虚发。常将军是三国时燕人张翼德转世，使一根丈八蛇矛，有万夫不当之勇。"跟着说起徐常二将大破元兵的事迹。这些故事都是从说书先生口中听来，自是荒唐的多，真实的少。

吴之荣跪在地下听他说故事，膝盖越来越是酸痛，为了讨他欢喜，只得装作听得津津有味，连声赞叹，好容易听他说了个段落，才道："大人博闻强记，卑职好生佩服。那徐达、常遇春二人功劳很大，死了之后，朱元璋封他二人为王，一个是中山王，一个是开平王。朱元璋有个军师……"韦小宝道："对了。那军师是刘伯温，上知天文，下知地理，前知三千年，后知一千年。"跟着滔滔不绝的述说，刘伯温如何有通天彻地之能，鬼神莫测之机，打仗时及如何甚么甚么之中，甚么千里之外。

吴之荣双腿麻木，再也忍耐不住，一交坐倒，陪笑道："大人说故事实在好听，卑职听得出了神。大人恩典，卑职想站起来听，不知可否？”韦小宝一笑，道：“好，起来罢。”

吴之荣扶着椅子，慢慢站起，说道：“回大人：吴六奇信里的青田先生，就是刘基刘伯温了，那刘伯温是浙江青田人。吴六奇自己想做徐达、常遇春，要那姓查的做刘伯温。”

韦小宝道：“想做徐达、常遇春，那好得很啊。那姓查的想做刘伯温，哼，他未必有这般本事。你道刘伯温很容易做吗？刘伯温的《烧饼歌》说：‘手执钢刀九十九，杀尽胡儿方罢手’，嘿，厉害，厉害！”

吴之荣道：“大人真是聪明绝顶，一语中的。那徐达、常遇春、刘伯温三人，都是打元兵的，帮着朱元璋赶走了胡人。吴六奇信中这句话，明明是说要起兵造反，想杀满洲人。”

韦小宝吃了一惊，心道：“吴大哥的用意，我难道不知道？用得着你说？这封信果然是极大的把柄，天幸撞在我的手里。”于是连连点头，伸手拍拍他肩膀，说道：“好！运气真好！这件事倘若你不是来跟我说，那就大事不妙了。皇上说我是福将，果然是圣上的金口，再也不错的。”

吴之荣肩头给他拍了这几下，登时全身骨头也酥了，只觉自出娘胎以来，从未有过如此荣耀，不由得感激涕零，呜咽道：“大人如此眷爱，此恩此德，卑职就是粉身碎骨，也难以报答。大人是福将，卑职跟着你，做个福兵福卒，做只福犬福马，那也是光宗耀祖的事。”

韦小宝哈哈大笑，提起手来，摸摸他脑袋，笑道：“很好，很好！”吴之荣身材高，见他伸手摸自己的头不大方便，忙低下头来，让他摸到自己头顶。先前韦小宝大发脾气，吴之荣跪下磕头，已除下了帽子，韦小宝手掌按在他剃得光滑的头皮上，慢慢向后抚去，便如是抚摸一头摇尾乞怜的狗子一般，手掌摸到他的后脑，心道："我也不要你粉身碎骨，只须在这里砍上他妈的一刀。"问道："这件事情，除你之外，还有旁人得知么？"

吴之荣道："没有，没有。卑职知道重关重大，决不敢泄露半点风声，倘若给吴六奇这反贼知道逆谋已经败露，立即起事，大人和卑职就半点功劳也没有了。"韦小宝道："对，你想得挺周到。咱们可要小心，千万别让抚台、藩台他们得知，抢先呈报朝廷，夺了你的大功。"吴之荣心花怒放，接连请安，说道："是，是。全仗大人维持栽培。"

韦小宝把顾炎武那封信揣入怀里，说道："这些诗集子，且都留在这里。你悄悄去把顾炎武那几人都带来，我盘问明白之后，就点了兵马，派你押解，送去北京。我亲自拜折，启奏皇上。这一场大功劳，你是第一，我叨光也得个第二。"吴之荣喜不自胜，忙道："不，不。大人第一，卑职第二。"韦小宝知道："你见到皇上之后，说甚么话，待会我再细细教你。只要皇上一喜欢，你做个巡抚、藩台，包在我身上就是。"

吴之荣喜欢得几欲晕去，双手将诗集文集放在桌上，咚咚咚的连磕响头，这才辞出。

韦小宝生怕中途有变，点了一队骁骑营军士，命一名佐领带了，随同吴之荣去提犯人。

他回到内堂，差人去传李力世等前来商议。只见双儿走到跟前，突然跪在他面前，呜咽道："相公，我求你一件事。"

韦小宝大为奇怪，忙握住她手，拉了起来，却不放手，柔声道："好双儿，你是我的命根子，有甚么事，我一定给你办到。"见她脸颊上泪水不断流下，提起左手，用衣袖给她抹眼泪。双儿道："相公，这件事为难得很，可是我……我不能不求你。"韦小宝左臂搂住她腰，道："越是为难的事，我给你办到，越显得我宠爱我的好双儿。甚么事，快说。”

双儿苍白的脸上微现红晕，低声道：“相公，我……我要杀了刚才那个官儿，你可别生我的气。”韦小宝心想：“这件事咱俩志同道合，你来求我，那是妙之极矣。”问道：“这官儿甚么地方得罪你了？”双儿抽抽噎噎的道：“他没得罪我。这个吴之荣，是我家的大仇人，庄家的老爷、少爷，全是给他害死的。”

韦小宝登时省悟，那晚在庄家所见，个个是女子寡妇，屋中又设了许多灵位，原来罪魁祸首便是此人，问道：“你没认错人吗？”

双儿泪水又是扑簌簌的流下，呜咽道：“不……不会认错的。那日他……他带了公差衙役来庄家捉人，我年纪还小，不过他那凶恶的模样，我说甚么也不会忘记。”

韦小宝心想：“我须当显得十分为难，她才会大大见我的情。”皱起眉头，沉思半晌，踌躇道：“他是朝廷命官，扬州知的知府，皇帝刚好派我到扬州来办事，你如杀了他，只怕我的官也做不成了。刚才他又来跟我说一件大事，你要杀他，恐怕……恐怕……”

双儿十分着急，流泪道：“我……我原知道要教相公为难。可是，庄家的老太太，三少奶奶她们……每天在灵位之前磕头，发誓要杀了这姓吴的恶官报仇雪恨。”

韦小宝一拍大腿，说道：“好！是我的好双儿求我，就是你要我杀了皇帝，要我自杀，我都依你的，何况一个小小知府？可是你得给我亲个嘴儿。”

双儿满脸飞红，又喜又羞，转过了头，低声道：“相公待我这样好，我……我这个人早就是你的了。你……你……”说着低下了头去。韦小宝见她宛娈柔顺，心肠一软，倒不忍就此对她轻薄，笑道：“好，等咱们大功告成，我要亲嘴，你可不许逃走。”双儿红着脸，缓缓点了点头。韦小宝道："倘若你此刻杀他，这仇报得还是不够痛快。我让你带他去庄家，教他跪在庄家众位老爷、少爷的灵位之前，让三少奶奶她们亲手杀了这狗头，你说可好？"

双儿觉得此事实在太好，只怕未必是真，睁着圆圆的眼睛望着韦小宝，不敢相信，说道："相公，你不是骗我么？"韦小宝道："我为甚么骗你？这狗官既是你的仇人，也就是我的仇人了。他要送我一场大富贵，我也毫不希罕。只要小双儿真心对我好，那比世上甚么都强！"双儿心中感激，靠在他的身上，忍不住又哭了出来。

韦小宝搂着她柔软的纤腰，心中大乐，寻思："这等现成人情，每天要做他十个八个，也不嫌多。吴之荣这狗官怎么不把阿珂的爹爹也害死了？阿珂倘若也来求我报仇，让我搂搂抱抱，岂不是好？"随即转念：阿珂的爹爹不是李自成，就是吴三桂，怎能让吴之荣害死？

只听得室外脚步声响，知是李力世等人到来，韦小宝道："这件事放心好了。现下我有要事跟人商量，你到门外守着，别让人进来，可也别偷听我们说话。"双儿应道："是。我从来不偷听你说话。"突然拉起韦小宝的右手，俯嘴亲了一下，闪身出门。

李力世等天地会群雄来到室中，分别坐下。韦小宝道："众位哥哥，昨晚我听到一个大消息，事情紧急，来不及跟众位商量，急忙赶到丽春院去。总算运气不坏，虽然闹得一塌胡涂，终于救了顾炎武先生和吴六奇大哥的性命。"

群雄大为诧异，韦香主昨晚之事确实太过荒唐。宿娼嫖院，那也罢了，却从妓院里抬了一张大床出来，搬了七个女子招摇过市，乱七八糟，无以复加，原来竟是为了相救顾炎武和吴六奇，那当真想破头也想不到了，当下齐问端详。

韦小宝笑道："咱们在昆明之时，众位哥哥假扮吴三桂的卫士，去妓院喝酒打架。兄弟觉得这计策不错，昨晚依样葫芦，又来一次。"群雄点头，均想："原来如此。"韦小宝心想若再多说，不免露出马脚，便道："这中间的详情，也不用细说了。"伸手入怀，摸了吴六奇那封书信出来。

钱老本接了过来，摊在桌上，与众同阅，只见信端写的是"伊璜仁兄先生道鉴"，信末署名是"雪中铁丐"四字。大家知道"雪中铁丐"是吴六奇的外号，但"伊璜先生"是谁却都不知。群雄肚里墨水都颇为有限，猜到信中所云"西南将有大事"是指吴三桂将要造反，但甚么"欲图中山、开平之伟业"，甚么"非青田先生运筹不为功"这些典故隐语，却全然不懂，各人面面相觑，静候韦小宝解说。

韦小宝笑道："兄弟肚里胀满了扬州汤包和长鱼面，墨水是半点也没有的。众位哥哥肚里，想必也是老酒多过墨水。顾炎武先生不久就要到来，咱们请他老先生解说便是。"

说话之间，亲兵报道有客来访，一个是大喇嘛，一个是蒙古王子。韦小宝请天地会群雄以亲兵身份伴随接见，生怕这两个"结义兄长"翻脸无情，一面又去请阿琪出来。

相见之下，桑结和葛尔丹却十分亲热，大赞韦小宝义气深重。待得阿琪欢欢喜喜的出来相见，葛尔丹更是心花怒放，这时阿琪手铐早已除去，重施脂粉，打扮齐整。

韦小宝笑道："幸好两位哥哥武功盖世，杀退了妖人，否则的话，兄弟小命不保。这批妖人武艺不弱，人数又多。两位哥哥以少胜多，打得他们屁滚尿流，落荒而逃，兄弟佩服之至。咱们来摆庆功宴，庆贺两位哥哥威震天下，大胜而归。"

桑结和葛尔丹明明为神龙教所擒，幸得韦小宝释放洪夫人，将他二人换了回来，但在韦小宝说来，倒似是他二人将敌人打得大败亏输一般。桑结脸有惭色，心中暗暗感激。葛尔丹却眉飞色舞，在心上人之前得意洋洋。

钦差说一声摆酒，大堂中立即盛设酒筵。韦小宝起身和两位义兄把盏，谀词潮涌，说到后来，连桑结也忘了被擒之辱。只是韦小宝再赞他武功天下第一，桑结却连连摇手，自知比之洪教主，实是远为不及。

喝了一会酒，桑结和葛尔丹起身告辞。韦小宝道："两位哥哥，最好请你们两位各写一道奏章，由兄弟呈上皇帝。将来大哥要做西藏活佛，二哥要做'整个儿好'，兄弟在皇帝跟前一定大打边鼓。"说到这里，放低了声音，道："日后吴三桂这老小子起兵造反，两位哥哥帮着皇帝打这老小子，咱们的事，哪有不成功之理？"两人大喜，齐说有理。

韦小宝领着二人来到书房。葛尔丹道："愚兄文墨上不大来得，这道奏章，还是兄弟代写了罢。"韦小宝笑道："兄弟自己的名字，只有一个'小'字，写来担保是不会错的，那个'韦'字就靠不住了。这个'宝'字，写来写去总有些儿不对头。咱们叫师爷来代写。"桑结道："这事十分机密，不能让人知道。愚兄文笔也不通顺，对付着写了便是。好在咱们不是考状元，皇上也不来理会文笔好不好，只消意思不错就是了。"他每根手指虽斩去了一节，倒还能写字，于是写了自己的奏章，又代葛尔丹写了，由葛尔丹打了手印，画上花押。

三人重申前盟，将来富贵与共，患难相扶，决不负了结义之情。韦小宝命人托出三盘金子，分赠二位义兄和阿琪，备马备轿，恭送出门。

回进厅来，亲兵报道吴知府已押解犯人到来。韦小宝吩咐吴之荣在东厅等候，将顾炎武等三人带到了内堂，开了手铐，屏退亲兵，只留下天地会群雄，关上了门，躬身行礼，说道："天地会青木堂香主韦小宝，率同众兄弟参见顾军师和查先生、吕先生。"

那日查伊璜接到吴六奇密函，大喜之下，约了吕留良同到扬州，来到顾炎武商议，不料吴之荣刚好查到顾炎武的诗集，带了差衙捕快去拿人，将查吕二人一起擒了去。一加抄检，竟在查伊璜身上将吴六奇这通密函抄了出来。三人愧恨欲死，均想自己送了性命倒不打紧，吴六奇这密谋一泄漏，可坏了大事。哪知道奇峰突起，钦差大臣竟然自称是天地会的香主，不由得惊喜交集，如在梦中。

当日河间府开杀龟大会，韦小宝并未露面，但李力世、徐天川、玄贞道人、钱老本等均和顾炎武相识。顾、查、吕三人当年在运河舟中遇险，曾蒙天地会总舵主陈近南相救，待知眼前这个少年钦差便是陈近南的徒弟，当下更无怀疑，欢然叙话。查伊璜说了吴六奇信中"中山、开平、青田先生"的典故，天地会群雄这才恍然，连说好险。

吕留良叹道："当年我们三人，还有一位黄梨洲黄兄，得蒙尊师相救，今日不慎惹祸，又得韦兄弟解难。唉，当真是百无一用是书生，贤师徒大恩大德，更是无以为报了。"

韦小宝道："大家是自己人，吕先生又何必客气？"

查伊璜道："扬州府衙门的公差突然破门而入，真如迅雷不及掩耳，我一见情势不对，忙想拿起吴兄这封信来撕毁，却已给公差抓住了手臂，反到背后。只道这场大祸闯得不小，兄弟已打定主意，刑审之时，招供这写信的'雪中铁丐'就是吴三桂。反正兄弟这条老命是不能保了，好歹要保得吴六奇吴兄的周全。"

众人哈哈大笑，都说这计策真妙。查伊璜道："那也是迫不得已的下策。'雪中铁丐'名扬天下，只怕拉不到吴三桂的头上。问官倘若调来吴兄的笔迹，一加查对，那是非揭露真相不可。"顾炎武道："我们两次泄露了吴兄的秘密，两次得救，可见冥冥中自有天意，鞑子气运不长，吴兄大功必成。可是自今以后，这件事再也不能出口，总不成第三次又有这般运气。"众人齐声称是。顾炎武问韦小宝："韦香主，你看此事如何善后？"

韦小宝道："难得和三位先生相见，便请三位在这里盘桓几日，大家一起喝酒。再把吴之荣这狗官叫来，让他站在旁边瞧着，就此吓死了他。如果狗官胆子大，吓他不死，一刀砍了他狗头便是。"顾炎武笑道："这法儿虽是出了胸中恶气，只怕泄露风声。这狗官是朝廷命官，韦香主要杀他，总也得有个罪名才是。"

韦小宝沉吟片刻，说道："有了。就请查先生假造一封信，算是吴三桂写给这狗官的。这狗官吹牛，说道依照排行算起来，吴三桂是他族叔甚么的，要是假造书信嫌麻烦，就将吴六奇大哥这封信抄一遍就是了。只消换了上下的名字。不论是谁跟吴三桂勾结，我砍了他的脑袋，小皇帝一定赞成。"

众人一齐称善。顾炎武笑道："韦香主才思敏捷，这移花接木之计，可说是一箭双雕，即以其人之道，还治其人之身。伊璜兄，就请你大笔一挥罢。"查伊璜笑道："想不到今日要给吴三桂这老贼做一次记录。"

韦小宝以己度人，只道假造一封书信甚难，因此提议原信照抄。但顾、查、吕三人乃当世名士，提笔写信，便如韦小宝掷骰子、赌牌九一般，直是家常便饭，何中道哉？查伊璜提起了笔，正待要写，问道："不知吴之荣的别字叫作甚么？吴之荣写信给他，如果用他别字，更加显得熟络些。"韦小宝道："高大哥，请你去问问这狗官。"

高彦超出去询问，回来笑道："这狗官字'显扬'。他问为甚么问他别字。我说钦差大臣要写信给京里吏部、刑部两位尚书，详细称赞他的功劳，呈报他的官名别字。这狗官笑得嘴也合不拢来，赏了我十两银子。”说着将一锭银子在手中一抛一抛。众人又都大笑。

查伊璜一挥而就，交给顾炎武，道：“亭林兄你瞧使得吗？”顾炎武接过，吕留良就着他手中一起看了，都道：“好极，好极。”吕留良笑道：“这句‘岂知我太祖高皇帝首称吴国，竟应三百年后我叔侄之姓氏’，将这个‘吴’字可扣得极死，再也推搪不了。”顾炎武笑道：“这两句‘欲斩白蛇而赋大风，愿吾侄纳圯下之履；思奋濠上而都应天，期吾侄叔诚意之爵。’那是从六奇兄这句‘欲图中平、开平之伟业，非青田先生运筹不成功’之中化出来的了。”查伊璜笑道：“依样葫芦，邯郸学步。”

天地会群雄面面相觑，不知他三人说些甚么，只道是甚么帮会暗语、江湖切口。

顾炎武于是向众人解说，明太祖朱元璋初起之时自称“吴国公”，后来又称“吴王”，这刚好和吴三桂、吴之荣的姓氏相同；斩白蛇、赋大风是汉高祖刘邦的事，圯下纳履是张良的故事；朱元璋起于濠上而定都应天，爵封诚意伯的就是刘伯温。

韦小宝鼓掌道：“这封信写得比吴六奇大哥的还要好，这吴三桂原是想做皇帝。只不过将他比做汉高祖、朱元璋，未免太捧他了。”吕留良笑道：“这是吴三桂自己捧自己，可不是查先生捧他啊。”韦小宝笑道：“对，对！我忘了这是吴三桂自己写的。”查伊璜问道：“下面署甚么名好？”顾炎武道：“这一封信，不论是谁一看，都知道是吴三桂写的，署名越是含糊，越像是真的，就署‘叔西手札’四字好了。”对钱老本道：“钱兄，这四个字请你来写，我们的字有书生气，不像带兵的武人。”

钱老本拿起笔来，战战兢兢的写了，歉然道：“这四字歪歪斜斜，太不成样子。”顾炎武道：“吴三桂是武人，这信自然是要记室写的。这四个字署名很好，没有章法间架，然而很有力道，像武将的字。”

查伊璜在信封上写了“亲呈扬州府家知府老爷亲拆’十二字，封入信笺，交给韦小宝，微笑道：“伪造书信，未免有损阴德，不是正人君子之所为。不过为了兴复大业，也只好不拘小节了。”韦小宝心想：“对付吴之荣这种狗贼，造一封假信打甚么紧？读书人真酸得可笑。”收起书信，说道：“这件事办好之后，咱们来喝酒，给三位先生接风。”

顾炎武道：“韦兄弟和六奇兄一文一武，定是明室中兴的柱石，邓高密、郭汾阳也不过如是。若能扳倒了吴三桂这老贼，更是如去鞑子之一臂。韦兄弟这杯酒，待得大功告成之时再喝罢。咱们三人这就告辞，以免在此多耽，走漏风声，坏了大事。”

韦小宝心中虽对顾炎武颇为敬重，但这三位名士说话咬文嚼字，每句话都有典故，要听懂一半也不大容易，和他们多谈得一会，便觉周身不自在，听说要走，真是求之不得，心想：“你们三位老先生赌钱是一定不喜欢的，见了妓院里的姑娘只怕要吓得魂不附体。我若是骂一句‘他妈的’，你们非瞪眼珠、吹胡子不可，还是快快的请罢。”

于是取出一叠银票，每人分送三千两，以作盘缠，请徐天川和高彦超从后门护送出城。

顾、查、吕三人一走，韦小宝全身畅快，心想：“朝廷里那些做文官的，个个也都是读书人，偏是那么有趣。江苏省那些大官，好比马抚台、慕藩台，可也比顾先生、查先生他们好玩。若是交朋友哪，吴之荣这狗头也胜于这三位老先生了。”正想到巡抚、布政司，亲兵来报，巡抚和布政司求见。韦小宝一凛：“难道走漏了风声？”

韦小宝出厅相见，见二人脸上神色肃然，心下不禁惴惴。宾主行礼坐下。巡抚马佑从衣袖中取出一件公文，站起身来双手呈上，说道："钦差大人，出了大事啦。"韦小宝接过公文，交给布政司慕天颜，道："兄弟不识字，请老兄念念。"慕天颜道："是。"打开了公文，他早已知道内容，说道："大人，京里兵部六百里紧急来文，吩咐转告大人，吴三桂这逆贼举兵造反。"

韦小宝一听大喜，忍不住跳起身来，叫道："他妈的，这老小子果然干起来啦。"

马佑和慕天颜面面相觑。钦差大人一听到吴三桂造反的大消息，竟然大喜若狂，不知是何用意。

韦小宝笑道："皇上神机妙算，早料到这件事了。两位不必惊慌。皇上的兵马、粮草、大炮、火药、饷银、器械，甚么都预备得妥妥当当的。吴三桂这老小子不动手便罢，他这一造反，咱们非把他的陈圆圆捉来不可。"马佑和慕天颜虽他听言语不伦不类，但听说皇上一切有备，倒也放了不少心。吴三桂善于用兵，麾下兵强马壮，一听得他起兵造反，所有做官的都胆战心惊，只怕头上这顶乌纱帽要保不住。

韦小宝道："有一件事倒奇怪得很。"二人齐道："请道其详。"韦小宝道："这个消息，两位是刚才得知吗？"马佑道："是。卑职一接到兵部公文，即刻知会藩台大人，赶来大人行辕。"韦小宝道："当真没泄漏？"两人齐道："这是军国大事，须请大人定夺，卑职万万不敢泄漏。"韦小宝道："可是扬州府知府却先知道了，岂不是有点儿古怪吗？"

马佑和慕天颜对望了一眼，均感诧异。马佑道："请问大人，不知吴知府怎么说。"韦小宝道："他刚才鬼鬼祟祟的来跟我说，西南将有大事发生，有人要做朱元璋、他要做刘伯温。劝我识时务，把你们两位扣了起来。我听了不懂，甚么朱元璋、刘伯温，胡说八道，正在骂他，你们两位就来了。"

两人大吃一惊，脸色大变。马佑庸庸碌碌，慕天颜却颇有应变之才，低声道："那吴某如此说，是在劝大人造反。他不要脑袋了。"韦小宝道："我可不懂他说甚么，要他说得明白些。他老是抛书袋，甚么先发后发。我说老子年纪轻轻，已做了大官，还不算先发吗？"

马佑和慕天颜均想："这吴知府说的，是先发制人，后发制于人。钦差大人没学问，还道是先发达、后发达。"两人老成练达，也不说穿。哪知"先发制人"这句成训，韦小宝从小就听说书先生说过无数遍，这一次却不是没学问，而是装傻。

马佑道："这吴知府好大的胆子！不知他走了没有？"韦小宝道："他还在这里候着，说要跟我商议大事。哼，他小小知府，有甚么大计跟我商议？打吴三桂的大计，兄弟也只跟两位商议，不会去听他一个小小知府的罗唆。"马佑道："是，是。可否请大人把吴知府叫出来，让卑职问他几句话？"韦小宝道："很好！"转头吩咐亲兵："请吴知府。"

吴之荣来到大厅，只见巡抚和布政司在座，不由得又喜又忧，喜的是钦差大臣十分重视自己的密报，竟将抚藩都请了来同一商议，忧的是讯息一泄露，巡抚和布政司不免分了自己的大功，当下上前请安参见，垂手站立。

韦小宝知道："吴知府请坐。"吴之荣道："是，是。多谢大人赐座。"屁股沾着一点椅子边儿坐了。韦小宝道："吴知府，你有一件大事来跟兄弟商议，虽然你再三说道，不可让抚台大人和藩台大人知道，不过这件事十分重大，只好请两位大人一起来谈谈，请你不可见怪。"吴之荣神色十分尴尬，忙起身向韦小宝和抚藩三人请安，陪笑道："卑职大胆，三位大人明鉴。这个……这个……"要待掩饰几句，但韦小宝已开门见山的说了出来，不论说甚么都是难以掩饰。巡抚和布政司二人的脸色，自然要有多难看便有多难看了。

韦小宝微笑道："吴知府讯息十分灵通，他说西南有一位手握兵马大权的武将，日内就要起兵造反。他这一起兵，可乖乖不得了，天下震动，皇上的龙廷也坐不稳了，说不定咱们的人头都要落地。是不是？"吴之荣道："是。不过三位大人洪福齐天，那自然逢凶化吉，遇难呈祥，定是百无禁忌的。"

韦小宝道："这是托吴大人的福了。吴大人，这位武将，跟你是同宗，也是姓吴？"吴之荣应道："是。这是敝宗……"韦小宝抢着道："你拿到了这武将的一封信，是他亲笔所写，这封信不会是假的罢？"吴之荣道："千真万确，决计不假。"

韦小宝点头道："这信中虽然没说起要起兵造反，不过说到了朱元璋、刘伯温甚么的。兄弟没读过书，不明白信里讲些甚么，吴大人跟兄弟详细解说信里意思，要兄弟立刻动手，甚么先发后发的，说道这是一百年也难遇上的机会，一场大富贵是一定不会脱手的，兄弟可以封王，而吴大人也能封一个伯爵甚么的，是不是？"吴之荣道："这是卑职的谬见，大人明断，胜于卑职百倍。那封信里写的，的确是这个意思。"

韦小宝从右手袖筒里取出吴六奇那封信来，拿到吴之荣面前，身子一侧，遮住了那信，说道："就是这封信，是不是？你瞧清楚了，事关重大，可不能弄错。"吴之荣道："是，是。正是这封，那是决计不会错的。"韦小宝道："很好。"将那信收入右手袖筒，回坐椅上，说道："吴知府，请你暂且退下，我跟抚台大人、藩台大人两位商议。看来我们三人的功名富贵，要全靠你吴大人了，哈哈。"

吴之荣掩不住脸上的得意之情，又向三人请安，道："全仗三位大人恩典栽培。"侧身慢慢退了下去。韦小宝待他退到门口，问道："吴知府，你的别字，叫作甚么？"吴之荣道："不敢。卑职贱名之荣，草字显扬。"韦小宝点点头，道："这就是了。"

马佑和慕天颜二人当韦小宝讯问吴之荣之时，心中都已大怒，只是官场规矩，上官正在说话，下属不敢插口。马佑脾气暴躁，待要申斥，韦小宝已命吴之荣退下，不由得额头青筋突起，满脸胀得通红。

韦小宝从左手袖筒中取出查伊璜所写的那封假信，说道："两位请看看这信。吴之荣这厮说得这信好不厉害，兄弟没读过书，也不知他说的是真是假。"

马佑接过信来，见封皮上写的是"亲呈扬州府家知府老爷亲拆"，抽出信笺，和慕天颜同观，见上款是"显扬吾侄"。两人越看越怒。马佑不等看完全信，已拍案大叫："这狗头如此大胆，我亲手一刀把他杀了。"慕天颜心细，觉得吴之荣胆敢公然劝上官造反，未免太过不合情理，然而刚才韦小宝当面讯问，对方对答一句句亲耳听见，哪里更有怀疑？昨日在禅智寺前赏芍药，吴之荣亲口说过吴三桂是他族叔，看来吴之荣料定吴三桂造反必成，得意忘形，行事便肆无忌惮起来。

韦小宝道："这封书信，当真是吴三桂写给他的？"马佑道："这狗头自己说是千真万确。"韦小宝道："信里长篇大论，到底写些甚么，烦二位解给兄弟听听。"慕天颜于是一句句解释，甚么"斩白蛇而赋大风"、"纳圯下之履"、甚么"奋濠上而都应天"、"取诚意之爵"等典故，一一说明。马佑道："单是'我太祖高皇帝首称吴国'这一句，就要叫他灭族。"慕天颜点头道："吴逆起事，听说正是以甚么朱三太子号召，说要规复明室。"

正议论间，忽报京中御前侍卫到来传宣圣旨。韦小宝和马佑、慕天颜跪下接旨，却是康熙宣召韦小宝急速进京，至于敕建扬州忠烈祠之事，交由江苏省布政司办理。

韦小宝大喜，心想："小皇帝打吴三桂，如果派我当大元帅，那可威风得紧。”马佑、慕天颜听上谕中颇有奖励之语，当即道贺，恭喜他加官晋爵。

韦小宝道：“兄弟明日就得回京，叩见皇上之时，自会称赞二位是大大的好官。只不过二位的官做得到底如何好法，说来惭愧，兄弟实在不大明白，只好请二位说来听听。”

抚藩二人大喜，失手称谢。慕天颜便夸赞巡抚的政绩，他揣摩康熙的性情，尽拣马佑如何勤政爱民、宣教德化的事来说，其中九成倒是假的。只听得马佑笑得嘴也合不拢来。接着慕天颜也说了几件自己得意的政绩，虽然言辞简略，却都是十分实在的功劳。

韦小宝道：“这些兄弟都记下了。咱们还得再加上一件大功劳。吴逆造反，皇上痛恨之极，这吴之荣要作内应，想叫江苏全省文武百官一齐造反，幸亏给咱们三人查了出来。这一奏报上去，封赏是走不去的。兄弟明日就要动身回京，就请二位写一道奏章罢。”抚藩二人齐道：“这是韦大人的大功，卑职不敢掠美。”韦小宝道：“不用客气，算是咱们三人一齐立的功劳好了。”慕天颜又道：“总督麻大人回去了江宁，钦差大臣回奏圣上之时，最好也请给麻大人说几句好话。”韦小宝道：“很好。说好话又不用本钱。”

马佑、慕天颜又再称谢，这才辞出。韦小宝吩咐徐天川等将吴之荣绑了起来，口中塞了麻核，叫他有口难言。吴之荣心中的惊惧和诧异，自是再也无法形容了。

次日一早，扬州城里的文武官员便一个个排着班等在厅中，候钦差大人接见。每个人自均有一份重礼。在扬州做官，那是天下最丰裕的缺份，每个官员也不想升官，只盼钦差大人回到北京说几句好话，自己的职位能多做得几年，那就心满意足了。

总督昨日也已得到讯息，连夜赶到扬州，他和巡抚送的程仪自然更重。扬州一府豁免三年钱粮，经手之人自有回扣，韦小宝虽然来不及亲办，藩台早将他应得回扣备妥奉上。韦小宝随身带来的武将亲随，也都得了丰厚礼金。马佑已写了奏摺，请韦小宝面奏，奏章中将韦小宝如何明查暗访、亲入险地、这才破获吴三桂、吴之荣的密谋等情，大大夸张了一番，而总督、巡抚、布政司三人从旁襄助，也不无功劳。

慕天颜又道："皇上对吴逆用兵，可惜卑职是文官，没本事上阵杀贼。卑职已秉承总督大人、抚台大人的意思，十天之内，派人押解一批粮饷送去湖南，听由皇上使用。"

韦小宝喜道："大军未发，粮草先行。三位想得周到，皇上一定十分欢喜。"

众官辞出后，韦小宝派亲兵去丽春院接来母亲，换了便服，和母亲相见。

韦春芳不知儿子做了大官，只道是赌钱作弊，赢了一笔大钱，听他说要接自己去北京享福当即摇头，说道："赢来的银子，今天左手来，明天右手去。我到了北京，你却又把钱输了个干净，说不定把老娘卖人窑子。老娘要做生意，还是在扬州的好。北京地方，那些弯舌头的官话老娘也说不来。"韦小宝笑道："妈，你放一百二十个心。到了北京，你有丫头老妈子服侍，甚么事也不用做。我的银子永远输不完的。"韦春芳不住摇头，道："甚么事也不做，闷也闷死我了。丫头老妈子服侍，老娘没这个福份，没的三天就翘了辫子。"

韦小宝知道母亲脾气，心想整天坐在大院子里纳闷，确也毫无味道，拿出一叠银票，共五万两银子，说道："妈，这笔银子给你。你去将丽春院买了来，自己做老板娘罢。我看还可再买三间院子，咱们开丽春院、丽夏院、丽秋院、丽冬院，春夏秋冬，一年四季发财。"韦春芳却胸无大志，笑道："我去叫人瞧瞧，也不知银票是真的还是假的，倘若当真兑得银子，老娘小小的弄间院子，也很开心了。要开大院子，等你长大了，自己来做老板罢。”低声问道：“小宝，你这大笔钱，可不是偷来抢来的罢？”

韦小宝从袋里摸出四粒骰子，叫道：“满堂红！”一把掷在桌上，果真四粒骰子都是四点向天。韦春芳大喜，这才放心，笑道：“小王八蛋学会了这手本事，那是输不穷你啦。”